BASTEI
LÜBBE
TASCHENBUCH

Weitere Titel der Autorin:

In seiner Stimme
In seinem Herzen

Über die Autorin:

Jay Crownover lebt in Colorado, wo auch ihre Romane spielen. Sie liebt Tattoos und Körperschmuck, und so ist es kein Wunder, dass ihre Helden zur Sorte tätowierte und gepiercte Bad Boys gehören. Ihre Leidenschaft galt schon immer dem Lesen und Schreiben, und mit dem Erfolg ihrer Serie MARKED MEN ist ein Traum für sie wahr geworden.

Jay Crownover

IN SEINEN AUGEN

Roman

Aus dem amerikanischen Englisch
von Christiane Meyer

BASTEI LÜBBE
TASCHENBUCH

BASTEI LÜBBE TASCHENBUCH
Band 17 256

Dieser Titel ist auch als E-Book erschienen

MIX
Papier aus verantwortungsvollen Quellen
FSC® C083411

Vollständige Taschenbuchausgabe

Deutsche Erstausgabe

Titel der amerikanischen Originalausgabe: »Rule«
Originalverlag: William Morrow Paperbacks
Published by arrangement with Avon,
an imprint of HarperCollins Publishers, LLC.

Textredaktion: Anja Lademacher
Titelillustration: © Britta Schunck
Umschlaggestaltung: Massimo Peter
Satz: Urban SatzKonzept, Düsseldorf
Gesetzt aus der Garamond
Druck und Verarbeitung:
CPI books GmbH, Leck – Germany
ISBN 978-3-404-17256-6

2 4 6 5 3

Dieses Buch ist all denen gewidmet, die geduldig zugehört haben, als ich jammerte, dass ich meinem Leben einen neuen Sinn geben müsse. Und es ist denjenigen gewidmet, die mich dazu ermutigt haben, das zu tun, was ich am besten kann: einfach loszulegen und über das zu schreiben, womit ich mich auskenne – nur ein bisschen romantischer und idealisierter. Und so ist das hier auch für all die echten tätowierten Jungs, die mich im Laufe der Jahre ein Stück auf meinem Weg begleitet und als Inspiration für meine Figuren gedient haben.

1. Kapitel

Rule

Im ersten Moment dachte ich, das Hämmern in meinem Kopf wäre mein Gehirn, das nach den locker zehn Schnäpsen, die ich am Abend zuvor im *Crown Royal* getrunken hatte, versuchte, sich aus meinem Schädel zu befreien. Doch dann wurde mir klar, dass es das Geräusch von Schritten war. Irgendjemand stürmte durch meine Wohnung. *Sie* war wieder da. Und mit Schrecken fiel mir ein, dass wir Sonntag hatten. Egal, wie oft ich sie verfluchte, egal, wie abweisend ich zu ihr war oder in welcher noch so schlimmen Verfassung sie mich vorfand – sie tauchte jeden Sonntagmorgen auf, um mich zum Brunch bei meinen Eltern abzuholen.

Ein leises Stöhnen von der anderen Seite des Bettes erinnerte mich daran, dass ich gestern Nacht nicht allein nach Hause gekommen war, auch wenn ich mich weder an den Namen des Mädchens erinnerte noch daran, wie sie aussah oder ob es sich gelohnt hatte, sie mit nach Hause zu nehmen. Mit der Hand fuhr ich mir übers Gesicht und schwang die Beine über die Bettkante. Genau in dem Moment ging die Schlafzimmertür auf. Ich hätte der Kleinen niemals meinen Wohnungsschlüssel geben dürfen. Ich machte mir nicht die Mühe, meine Blöße zu bedecken, sie war es gewohnt, ins Zimmer zu platzen und mich verkatert und nackt vorzufinden – wieso also sollte es heute anders sein? Das Mädchen in meinem Bett drehte sich um und verengte die Augen zu schmalen Schlitzen, als sie sah, dass unser peinliches kleines Stelldichein einen Neuzugang zu verzeichnen hatte.

»Hast du nicht gesagt, du wärst Single?« Bei ihrem vorwurfsvollen Tonfall richteten sich die Härchen in meinem Nacken auf. Keine Frau, die gewillt war, mit einem Kerl nach Hause zu gehen, um unverbindlichen Sex zu haben, hatte das Recht, sich irgendein Urteil zu erlauben. Vor allen Dingen dann nicht, wenn sie noch nackt und zerzaust in meinem Bett lag.

»Gib mir zwanzig Minuten.« Mit gespreizten Fingern strich ich durch mein unordentliches Haar.

Die blonde Frau stand immer noch in der Tür und zog eine Augenbraue hoch. »Du hast zehn.« Normalerweise hätte ich auch eine Augenbraue hochgezogen und sie spöttisch nachgemacht, aber mein Kopf tat höllisch weh, und es wäre sowieso sinnlos gewesen, denn sie war längst immun gegen den Scheiß, den ich abzog. »Ich mach noch schnell Kaffee. Eigentlich wollte ich auch Nash einladen, aber er meinte, er habe einen Termin und müsse dringend in den Laden. Ich warte dann im Wagen.« Damit machte sie auf dem Absatz kehrt, und im nächsten Augenblick war sie verschwunden. Mühsam kam ich auf die Beine und blickte mich suchend nach einer Hose um. Irgendwo musste ich sie am Abend zuvor ja fallen gelassen haben.

»Was ist denn los?« Fast hätte ich die Frau in meinem Bett vergessen. Ich fluchte still und zog mir ein schwarzes T-Shirt über, das noch halbwegs sauber aussah.

»Ich muss los«, brummte ich.

»Was?«

Stirnrunzelnd sah ich sie an, während sie sich im Bett aufsetzte und die Decke vor ihre Brust zog. Sie war hübsch und hatte, soweit ich das erkennen konnte, einen schönen Körper. Ich fragte mich, was ich ihr alles erzählt hatte, um sie dazu zu bewegen, mit mir nach Hause zu gehen. Auf jeden

Fall gab es Schlimmeres, als neben dieser Sorte Frau aufzuwachen.

»Ich muss weg. Ich habe eine Verabredung. Du musst also jetzt aufstehen und gehen. Normalerweise wäre mein Mitbewohner noch da, dann hättest du noch liegen bleiben können, doch wie du ja sicher mitbekommen hast, musste er zur Arbeit. Also solltest du jetzt sofort deinen kleinen Arsch in Bewegung setzen und hier verschwinden.«

Mit einem fassungslosen Ausdruck auf dem Gesicht starrte sie mich an. »Machst du Scherze?«

Über die Schulter hinweg warf ich ihr einen Blick zu, während ich meine Boots unter einem Haufen Schmutzwäsche hervorzog und meine Füße hineinsteckte. »Nein.«

»Was muss man für ein Arschloch sein, um sich so zu verhalten? Kein: ›Dankeschön für die letzte Nacht.‹ Kein: ›Du warst toll.‹ Kein: ›Wie wäre es mit einem gemeinsamen Mittagessen?‹ Einfach nur: ›Verpiss dich!‹?« Aufgebracht schlug sie die Decke zurück. Mir fiel auf, dass sie ein schönes Tattoo hatte, das sich auf einer Seite über ihre Rippen zog. Wahrscheinlich war das der einzige Grund gewesen, der mich – betrunken, wie ich gestern gewesen war – an ihr gereizt hatte. »Du bist echt ein Mistkerl, weißt du das?«

»Mistkerl« war noch untertrieben, aber das musste die Braut, die nur eine von sehr vielen war, ja nicht erfahren. Insgeheim verfluchte ich Nash. Mein Mitbewohner war echt cool. Wir waren seit der Grundschule die besten Freunde, und eigentlich konnte ich mich hundertprozentig darauf verlassen, dass er mir den Rücken freihielt, wenn ich sonntagmorgens so überstürzt verschwinden musste. Doch ich hatte schlichtweg vergessen, dass er heute noch eine seiner Arbeiten zu Ende bringen musste. Also war ich an diesem Morgen auf mich allein gestellt. Zuerst würde ich die Frau, die ich in der Nacht zuvor aufgerissen hatte, nach draußen komplimentieren und dann einen Zahn zulegen müssen, bevor die Kleine im Wagen noch ohne mich abfuhr. Die Situation bereitete mir mehr Kopfschmerzen, als ich im Moment vertragen konnte.

»Hey, wie heißt du überhaupt?« Ihre Stimmung schlug blitzartig von angepisst in fuchsteufelswild um. Sie streifte sich einen superkurzen schwarzen Rock und ein noch winzigeres Tanktop über. Dann strich sie sich mit den Fingern durch ihre blond gefärbte Mähne und fixierte mich mit einem zornigen Blick aus Augen, unter denen nach der Nacht ein Schatten verschmierter Wimperntusche lag.

»Ich heiße Lucy. Schon vergessen?« Ich gab gerade eine ansehnliche Menge Stylingschaum in meine Haare, damit es in alle Richtungen abstand. Schließlich sprühte ich mich mit Deo ein, um den Geruch von Sex und Schnaps zu übertönen, der mit Sicherheit noch an mir hing. Mit einem Achselzucken blickte ich sie an. Sie kam hüpfend auf mich zu, wobei sie sich umständlich einen ihrer High Heels anzog, die förmlich nach schmutzigem Sex schrien.

»Ich bin übrigens Rule.« Ich hätte ihr ja die Hand gereicht, aber das kam mir irgendwie komisch vor. Also zeigte ich nur auf die Wohnungstür und ging ins Badezimmer, um mir die Zähne zu putzen und den abgestandenen Geschmack von Whiskey loszuwerden. »In der Küche steht Kaffee. Du kannst mir ja deine Nummer aufschreiben, damit ich dich mal anrufen kann. Sonntags ist es bei mir immer etwas schwierig.« Sie würde niemals erfahren, wie wahr diese Bemerkung war.

Sie starrte mich böse an, wobei die Spitze ihres sexy Schuhs gereizt auf und ab wippte. »Du hast wirklich keine Ahnung mehr, wer ich bin, oder?«

Dieses Mal zog ich die Augenbrauen hoch, auch wenn mein Hirn laut »Nein!« schrie. Mit einem Mund voller Zahnpastaschaum blickte ich sie nur stumm an.

Unvermittelt schrie sie auf und zeigte auf ihre Seite. »Du musst dich doch wenigstens *daran* erinnern!«

Kein Wunder, dass mir ihr Tattoo so gut gefallen hatte – ich hatte es ihr irgendwann selbst gestochen. Ich spuckte die Zahnpasta ins Waschbecken und betrachtete mich im Spiegel. Ich sah richtig scheiße aus. Meine Augen wirkten glasig und waren rot gerändert, meine Haut war grau, und an meinem Hals entdeckte ich einen Knutschfleck in der Größe von Rhode Island. Mom würde begeistert sein, wenn sie mich so sah. Und auch die Frisur, die ich im Moment hatte, würde ihr ausgesprochen gut gefallen. Normalerweise hatte ich dichtes dunkles Haar, doch zurzeit trug ich die Seiten rasiert, und vorne hatte ich es in einem schönen leuchtenden Violett gefärbt. Das Haar stand hoch und sah aus, als hätte ich es mit einem Rasentrimmer gestaltet. Meine Eltern hatten ohnehin schon ein Problem mit den Tattoos, die sich über meine Arme hinauf bis zu meinem Hals zogen – die Frisur wäre das Tüpfelchen auf dem I. Allerdings konnte ich in der Kürze der Zeit sowieso nichts mehr an meinem Aussehen retten, also schlurfte ich aus dem Bad. Ich fasste die Kleine kurzerhand am Ellbogen und ging mit ihr zur Tür. Besser, ich würde mir für die Zukunft merken, dass es um einiges unkomplizierter wäre, mit zu den Frauen nach Hause zu gehen, statt sie mit zu mir zu nehmen.

»Hör mal, ich muss jetzt wirklich dringend los«, sagte ich und schloss die Wohnung hinter uns ab. »Mir gefällt das auch nicht besonders. Aber wenn du jetzt ausflippst und mir eine Szene machst, bringt das überhaupt nichts, es macht mich nur sauer. Ich hoffe, du hattest gestern Nacht ein bisschen Spaß. Du kannst mir, wie gesagt, deine Telefonnummer dalassen, doch wir wissen wohl beide, dass die Chancen, dass ich mich bei dir melde, gegen null gehen. Wenn du in Zukunft nicht mehr wie Dreck behandelt werden willst, solltest du vielleicht aufhören, mit betrunkenen Kerlen nach Hause zu gehen, die du nicht kennst. Glaube mir: Wir sind wirklich nur auf das Eine aus. Und am nächsten Morgen wünschen wir uns nichts mehr, als dass ihr euch möglichst leise verkrümelt. Ich habe mörderische Kopfschmerzen und das Gefühl, gleich kotzen zu müssen. Außerdem steht mir eine einstündige Autofahrt mit einer Frau bevor, die mich hasst und sich im Geiste meinen Tod ausmalt. Also, können wir uns das Theater sparen und einfach getrennte Wege gehen?«

Inzwischen hatte ich Lucy zum Vordereingang des Apartmentgebäudes bugsiert, in dem ich wohnte. Neben meinem Pick-up sah ich den BMW der Kleinen stehen. Ungeduldig wartete sie auf mich und würde wahrscheinlich losfahren, wenn ich noch mehr Zeit vergeudete. Ich warf Lucy ein schiefes Grinsen zu und zuckte mit den Schultern. Immerhin war es nicht ihre Schuld, dass ich ein Arschloch war. Sogar mir war klar, dass sie etwas Besseres als diese gleichgültige Abfuhr verdient hatte.

»Komm schon, mach dir nichts draus. Ich kann ganz charmant sein, wenn ich mich darauf konzentriere. Du bist ganz sicher nicht die Erste und wirst auch nicht die Letzte sein, die in dieser kleinen Show mitspielen muss. Ich freue mich, dass dein Tattoo so krass geworden ist. Es wär schön, wenn du mich deswegen in Erinnerung behältst und nicht wegen gestern Nacht.«

Dann rannte ich die Eingangsstufen hinunter, ohne mich noch einmal zu Lucy umzudrehen, und öffnete die Beifahrertür des schicken schwarzen BMW. Ich hasste diesen Wagen, und ich hasste es, dass er so gut zu seiner Besitzerin passte.

»Elegant«, »gepflegt« und »teuer« waren Ausdrücke, die definitiv auch auf meine Reisebegleitung passten. Als wir vom Parkplatz herunterfuhren, brüllte Lucy mir irgendetwas hinterher und zeigte mir den Mittelfinger. Meine Beifahrerin rollte mit den Augen und murmelte leise: »Sehr stilvoll.« Sie war es gewohnt, die kleinen Szenen zu verfolgen, die die Frauen machten, wenn ich sie am nächsten Morgen aus der Wohnung warf. Einmal hatte ich sogar eine neue Windschutzscheibe für den BMW besorgen müssen, weil eine der Damen mit einem Stein nach mir geworfen und mich um Längen verfehlt hatte.

Ich rückte mit dem Sitz ein Stück zurück, um meine langen Beine ausstrecken zu können, und lehnte den Kopf an die Seitenscheibe. Es war immer eine lange Fahrt, auf der so gut wie nicht geredet wurde. An Tagen wie heute war ich nicht unglücklich darüber, an anderen Tagen zehrte es an meinen Nerven. Wir kannten uns seit der Mittelstufe und waren beide ein fester Bestandteil im Leben des anderen. Sie kannte meine Stärken und Schwächen sehr genau. Meine Eltern liebten sie wie eine Tochter und machten keinen Hehl daraus, dass sie ihre Anwesenheit weitaus angenehmer fanden als meine. Man hätte glauben können, dass es uns nach allem, was wir gemeinsam durchgemacht hatten – positiv wie negativ –, eigentlich leichtfallen müsste, ein bisschen Small Talk zu machen. Doch weit gefehlt.

»Du schmierst gerade den ganzen Mist, der in deinen Haaren klebt, an meine Scheibe.« Ihre Stimme passte nicht zu ihrer Erscheinung – sie klang nach Zigaretten und Whiskey, während sie wie Champagner und Seide aussah. Mir hatte ihre Stimme immer gefallen, und wenn wir ausnahmsweise mal gut miteinander auskamen, konnte ich ihr stundenlang zuhören.

»Ich werde später alles sorgfältig reinigen.«

Sie schnaubte verächtlich. Ich schloss die Augen und verschränkte die Arme vor der Brust. Es würde eine ruhige Fahrt werden – zumindest dachte ich das. Offensichtlich hatte sie jedoch einiges zu besprechen, denn als sie den Wagen auf den Highway lenkte, drehte sie das Radio leiser und sagte meinen Namen. »Rule.«

Ich wandte den Kopf ganz leicht zur Seite und öffnete ein Auge einen Spaltbreit. »Shaw.« Ihr Name war genauso schick und ausgefallen wie alles andere an ihr. Sie war blass, hatte weißblondes Haar, das an Schnee erinnerte, und große grüne Augen, die wie *Granny-Smith*-Äpfel aussahen. Obwohl sie eher zierlich und locker dreißig Zentimeter kleiner war als ich mit meinen gut eins neunzig, hatte sie sehr weibliche Kurven. Sie gehörte zu den Frauen, die die Männer unweigerlich anstarrten. Doch sobald sie ihnen einen kühlen Blick aus ihren grünen Augen zuwarf, wussten sie, dass sie keine Chance hatten. Im Gegensatz zu all den anderen Frauen, die »Komm und nimm mich!« auf der Stirn stehen zu haben schienen, verströmte sie Unnahbarkeit.

Sie stieß den Atem aus, und ich beobachtete, wie eine Strähne ihres hellen Haars vor ihrer Stirn flatterte. Aus den Augenwinkeln sah sie mich an. Ich bemerkte meine eigene Anspannung, als mir auffiel, wie fest sie das Lenkrad umklammert hielt.

»Was ist los, Shaw?«

Sie biss sich auf die Unterlippe – ein sicheres Zeichen dafür, wie nervös sie war. »Ich schätze, du hast in der letzten Woche nicht auf die Anrufe deiner Mutter reagiert?«

Ich hatte nicht gerade ein enges Verhältnis zu meinen Eltern. Genau genommen tolerierten wir uns gegenseitig einigermaßen. Deshalb schickte meine Mom auch jedes Wochenende Shaw vorbei, um mich abzuholen. Wir stammten beide aus einer Kleinstadt namens Brookside, die in einer wohlhabenden Gegend von Colorado liegt. Als ich meinen Abschluss in Händen gehalten hatte, war ich sofort nach Denver gezogen. Shaw war zwei Jahre jünger als ich und ebenfalls nach Denver gezogen, weil sie unbedingt auf die dortige Uni hatte gehen wollen. Das Mädchen sah nicht nur aus wie eine Fee aus einem Märchen, die Kleine studierte auch noch Medizin und wollte Ärztin werden. Meine Mom wusste, dass ich von allein niemals die zweistündige Autofahrt nach Brookside und zurück unternehmen würde, um sie am Wochenende zu besuchen. Aber wenn Shaw fuhr und mich abholte, hatte ich nicht nur ein schlechtes Gewissen, weil sie sich die Zeit nehmen musste, mich zu meinen Eltern zu bringen, ich hatte darüber hinaus auch keine Ausrede mehr, nicht hinzufahren. Shaw bezahlte das Benzin, wartete darauf, dass ich mich aus dem Bett schälte und meinen Arsch jeden Sonntag nach Hause bewegte, und hatte sich im Laufe der letzten zwei Jahre nicht einmal darüber beklagt.

»Nein, ich hatte in der letzten Woche zu viel zu tun.« Ich hatte *tatsächlich* viel zu tun gehabt, doch ich redete einfach auch nicht gern mit meiner Mutter, also hatte ich die drei Anrufe von ihr schlichtweg ignoriert.

Shaw seufzte und umklammerte das Lenkrad noch ein bisschen fester. »Sie wollte dich anrufen, um dir zu sagen, dass Rome verletzt worden ist und er deshalb sechs Wochen Heimaturlaub hat. Dein Dad ist gestern zur Militärbasis in Colorado Springs gefahren und hat ihn abgeholt.«

Ich setzte mich so abrupt auf, dass ich mit dem Kopf unsanft gegen das Autodach knallte. Ich fluchte laut und rieb über die schmerzende Stelle. Mein Schädel dröhnte jetzt noch schlimmer als ohnehin schon. »*Was?* Was genau meinst du damit, dass er verletzt worden ist?« Rome war mein großer Bruder. Er war drei Jahre älter als ich und hatte die vergangenen sechs Jahre größtenteils bei Einsätzen in Übersee verbracht. Wir hielten engen Kontakt, auch wenn es ihm ein Dorn im Auge war, wie distanziert das Verhältnis zwischen meinen Eltern und mir geworden war. Wenn er verletzt worden wäre, dann hätte er es mir sicherlich selbst erzählt.

»Ich bin mir nicht sicher. Margot hat mir gesagt, dass irgendetwas mit dem Konvoi passiert sei, mit dem er auf Patrouille gewesen ist. Ich glaube, er war in einen ziemlich heftigen Unfall verwickelt. Sie meinte, dass sein Arm und ein paar seiner Rippen gebrochen seien. Sie war allerdings sehr aufgeregt, und ich konnte sie nicht so genau verstehen.«

»Rome hätte mich angerufen.«

»Rome stand zuerst unter Schmerzmitteln und musste in den letzten zwei Tagen dann umfassend Bericht erstatten. Er hat eure Mutter gebeten, dich anzurufen. Ihr Archer-Jungs seid ja so stur. Margot war der Meinung, dass du nicht abnehmen würdest, wenn du ihre Nummer im Display sehen würdest, aber er hat darauf bestanden, dass sie es weiterhin versuchen solle.«

Mein Bruder war bei einem Unfall verletzt worden und jetzt zu Hause. Und ich wusste nichts davon. Wieder schloss ich die Augen und ließ meinen Kopf gegen die Rückenlehne sinken. »Tja, das sind ja tolle Neuigkeiten«, brummte ich. »Sag mal, willst du eigentlich auch bei deiner Mom vorbeischauen?«, fragte ich sie. Ich musste sie nicht ansehen, um zu spüren, wie sie sich noch ein wenig mehr verspannte. Ich konnte diese Anspannung, die wie eisige Wellen von ihr ausging, praktisch mit Händen greifen.

»Nein.« Das war alles, was sie dazu sagte, und das überraschte mich nicht. Bei den Archers ging es vielleicht nicht besonders kuschelig und warmherzig zu, doch gegen die Landons verblassten selbst wir. Shaws Familie stank vor Geld, Gold und sonstigen Reichtümern. Sie logen und betrogen. Shaws Eltern waren geschieden und hatten wieder geheiratet. Nach allem, was ich im Laufe der Jahre mitbekommen hatte, war das Interesse der beiden an ihrer leiblichen Tochter gleich null, sie schien eher durch eine Vereinigung von Steuerformularen als in einem Schlafzimmer entstanden zu sein. Ich wusste, dass Shaw mein Zuhause liebte, dass sie meine Eltern liebte, weil es die einzige Form von Normalität war, die sie je erlebt hatte. Ich gönnte ihr das. Wenn ich ehrlich war, war ich sogar dankbar dafür, dass sie mich durch ihre Anwesenheit aus der Schusslinie meiner Eltern holte. Wenn Shaw im Studium Erfolg hatte, einen wohlhabenden Studenten datete und das Leben führte, das meine Eltern sich für ihre Söhne gewünscht hatten – leider vergeblich –, dann gingen sie wenigstens nicht mir auf den Wecker. Da Rome für gewöhnlich am anderen Ende der Welt weilte, war ich der Einzige, dem meine Eltern auf die Nerven gehen konnten, und von daher schämte ich mich nicht, Shaw als Puffer zu benutzen.

»Mann, ich habe seit drei Monaten nicht mehr mit Rome gesprochen. Es ist toll, ihn endlich wiederzusehen. Ob ich ihn überreden kann, ein paar Tage mit Nash und mir in Denver zu verbringen? Bestimmt kann er ein bisschen Spaß vertragen.«

Wieder seufzte sie und stellte das Radio ein bisschen lauter. »Du bist zweiundzwanzig, Rule. Wann hörst du endlich auf, dich wie ein Teenager zu benehmen? Hast du die Kleine überhaupt nach ihrem Namen gefragt? Und falls es dich interessiert: Du riechst wie eine Mischung aus Schnapsbrennerei und Stripclub.«

Ich schnaubte und schloss die Augen. »Du bist neunzehn,

Shaw. Wann wirst du endlich aufhören, es allen anderen recht machen zu wollen? Meine zweiundachtzigjährige Großmutter hat mehr gesellschaftliche Verpflichtungen als du, und ich glaube, sie ist ganz sicher nicht so verklemmt wie du.« Ich würde ihr nicht sagen, wie sie duftete, denn es war ein süßer, reizender Duft, und ich hatte im Augenblick nicht vor, nett zu ihr zu sein.

Ich konnte ihren wütenden Blick spüren und verbarg ein Grinsen. »Ich mag Ethel.« Ihr Ton war mürrisch.

»Alle mögen Ethel. Sie ist quirlig und lässt sich von niemandem irgendetwas vorschreiben. Du könntest dir von ihr die eine oder andere Scheibe abschneiden.«

»Oh, vielleicht sollte ich mir einfach das Haar pink färben, jeden sichtbaren Zentimeter meines Körpers tätowieren lassen, mir Unmengen Metall ins Gesicht schrauben und mit jedem schlafen, der nicht bei drei auf den Bäumen ist. Das ist doch deine Vorstellung von einem reichen und erfüllten Leben?«

Bei diesen Worten riss ich die Augen auf, und mein Kopf dankte es mir mit einem stechenden Schmerz.

»Zumindest tue ich das, was ich will. Ich weiß, wer und was ich bin, Shaw, und ich entschuldige mich nicht dafür. Und im Moment höre ich da Margot Archer durch deinen hübschen kleinen Mund sprechen.«

Sie zog die Mundwinkel herunter, und ihr Blick verfinsterte sich. »Wie auch immer. Wir sollten uns jetzt einfach wieder ignorieren. Ich dachte nur, du solltest über Rome Bescheid wissen. Die Archer-Jungs konnten noch nie gut mit Überraschungen umgehen.«

Sie hatte recht. Nach allem, was ich so erlebt hatte, brachten Überraschungen nie etwas Gutes, sondern endeten damit, dass einer sauer war. Und für mich endeten sie meistens mit einem Streit. Ich liebte meinen Bruder, aber ich musste zugeben, dass ich mich irgendwie darüber ärgerte, dass er es erstens nicht für nötig befunden hatte, mir mitzuteilen, dass er einen Unfall gehabt hatte, und dass er mich zweitens noch immer dazu zwingen wollte, mich mit unseren Eltern zu vertragen. Wahrscheinlich war ihr Vorschlag, den Rest der Fahrt über zu schweigen, gar nicht so verkehrt. Also rutschte ich auf dem Beifahrersitz so weit nach unten, wie der kleine Sportwagen es zuließ, und döste ein. Es waren gerade zwanzig Minuten vergangen, als ihr Handy eine Melodie von The Civil Wars spielte. Ich schreckte auf, blinzelte verschlafen und strich mir über die Stoppeln in meinem Gesicht. Wenn meine Frisur Mom schon wütend machen würde, dann würde die Tatsache, dass ich zu beschäftigt gewesen war, um mich für ihren heiß geliebten Brunch zu rasieren, sie erst recht in den Wahnsinn treiben.

»Nein. Ich habe dir gesagt, dass ich nach Brookside fahre und erst spät wieder zurück bin.« Ich warf ihr einen Blick zu. Sie musste es bemerkt haben, denn sie erwiderte ihn kurz. Mir entging nicht, dass sie ganz leicht errötete. »Nein, Gabe, ich habe dir gesagt, dass ich keine Zeit habe, weil ich im Labor bin.« Ich konnte die Worte nicht verstehen, doch wer auch immer am anderen Ende war, klang erbost über ihre Abfuhr. Ich sah, wie sie das Handy fester umklammerte. »Das geht dich überhaupt nichts an. Ich muss jetzt Schluss machen. Wir reden später.« Sie wischte über das Display und steckte das schicke Gerät zurück in den Halter oberhalb meines Knies.

»Ärger im Paradies?« Eigentlich waren mir Shaw und ihr reicher Freund, der später bestimmt mal Herrscher über das Universum werden würde, herzlich egal. Aber es war nur höflich, nachzufragen, wenn sie so aufgewühlt war. Ich hatte

Gabe nie persönlich kennengelernt, doch nach allem, was ich von Mom gehört hatte – wenn ich mir mal die Mühe machte, ihr zuzuhören –, passte er genau zur zukünftigen Frau Doktor. Seine Familie war genauso reich wie ihre, und sein Dad war Richter oder Anwalt oder machte irgendetwas mit Politik, womit ich nichts anfangen konnte. Ich war mir hundertprozentig sicher, dass der Typ Bundfaltenhosen, pinkfarbene Polohemden und weiße Slipper trug. Es sah erst nicht so aus, als würde Shaw mir antworten wollen. Doch dann räusperte sie sich und trommelte mit ihren manikürten Fingern aufs Lenkrad.

»Genau genommen nicht. Wir haben uns getrennt. Nur scheint Gabe das irgendwie nicht zu begreifen.«

»Echt?«

»Ja. Vor zwei Wochen schon. Ich habe schon länger mit dem Gedanken gespielt, die Beziehung zu beenden. Ich bin im Moment einfach mit dem Studium und der Arbeit zu beschäftigt, um einen Freund zu haben.«

»Wenn er der Richtige gewesen wäre, würdest du nicht so denken. Du hättest dir die Zeit einfach genommen.«

Sie sah mich mit hochgezogenen Augenbrauen an. »Aha, der größte Weiberheld des Jahrhunderts will mir also Beziehungstipps geben.«

Ich verdrehte die Augen, und wieder protestierte mein Kopf. »Dass es bisher keine Frau gegeben hat, mit der ich mir etwas Ernstes hätte vorstellen können, bedeutet nicht, dass ich den Unterschied zwischen Qualität und Quantität nicht kenne.«

»Gut, dass du's sagst. Gabe wünschte sich mehr, als ich ihm geben wollte. Es ist schwierig, weil meine Eltern ihn so mochten.«

»Stimmt. Nach allem, was ich gehört habe, hat er doch wie

die Faust aufs Auge zu dir gepasst. Was meinst du damit, dass er sich mehr gewünscht hat, als du geben wolltest? Hat er versucht, dir nach nur sechs Monaten einen Ring an den Finger zu stecken?«

Sie sah mich an und verzog die Lippen zu einem spöttischen Lächeln. »Ganz falsch. Er wollte, dass unsere Beziehung sich ernsthafter gestaltete, als mir lieb war.«

Ich lachte leise und rieb mir die Nasenwurzel. Meine Kopfschmerzen waren zu einem dumpfen Pochen abgeklungen und wurden allmählich erträglich. Ich musste Shaw bitten, bei *Starbucks* zu halten, wenn ich diesen Nachmittag überstehen wollte.

»Ist das deine Art, mir mitzuteilen, dass er mit dir ins Bett wollte und du nicht?«

Wortlos verengte sie die Augen zu schmalen Schlitzen und nahm die Abfahrt, die nach Brookside führte.

»Du müsstest bei *Starbucks* halten, bevor wir zu meinen Eltern fahren. Und glaubst du, mir wäre nicht aufgefallen, dass du meine Frage nicht beantwortet hast?«

»Wenn wir jetzt noch bei *Starbucks* halten, kommen wir ganz sicher zu spät. Und nicht jeder Kerl denkt mit seinem Schwanz.«

»Der Himmel wird uns schon nicht auf den Kopf fallen, wenn wir mal fünf Minuten später kommen, als Margot es vorgesehen hat. Ist das dein Ernst? Du hast den Loser sechs Monate lang hingehalten, ohne ihn ranzulassen?« Ich lachte auf. Ich lachte so laut, dass ich meinen Kopf mit beiden Händen festhalten musste, weil mein mit Whiskey umnebeltes Hirn wieder anfing, Alarm zu schlagen. Ich rang nach Luft und sah Shaw mit Lachtränen in den Augen an. »Wenn du wirklich glaubst, dass ich dir das abnehme, bist du doch nicht so schlau, wie ich immer gedacht habe. Jeder Kerl unter neunzig würde versuchen, dich ins Bett zu bekommen, Shaw. Und ganz besonders der Kerl, der der Meinung ist, dein Freund zu sein. Ich bin ein Mann, ich weiß, wovon ich rede.«

Wieder biss sie sich auf die Unterlippe und kam offenbar zu dem Schluss, dass ich recht haben könnte. Sie lenkte den Wagen auf den Parkplatz des Coffeeshops. Ich sprang sofort aus dem Auto, um endlich meine Beine ausstrecken zu können und ein bisschen Abstand zu Shaw und ihrer typisch überheblichen Art zu bekommen. Als ich den Coffeeshop betrat, stand eine Warteschlange am Tresen. Ich schaute mich nach einem bekannten Gesicht um. Brookside war eine kleine Stadt, und wenn ich am Wochenende hier war, traf ich unweigerlich auf jemanden, mit dem ich mal zur Schule gegangen war oder so. Ich hatte Shaw gar nicht gefragt, ob ich ihr etwas mitbringen sollte, da sie sowieso schon sauer war, dass wir anhalten mussten. Als ich fast an der Reihe war, spielte das Handy in meiner Hosentasche einen Song von Social Distortion. Nachdem ich einen großen schwarzen Kaffee bestellt hatte, zog ich das Telefon aus der Hosentasche und stellte mich an die Theke, um auf meine Bestellung zu warten. Neben mir stand eine süße Brünette, die ihr Bestes gab, um mich möglichst unauffällig abzuchecken.

»Was gibt's?«

Ich hörte die Musik, die im Laden lief, im Hintergrund plärren, als Nash fragte: »Wie ist es heute Morgen gelaufen?«

Nash kannte meine Fehler und schlechten Angewohnheiten besser als jeder andere. Er verurteilte mich niemals, was der Grund dafür war, dass unsere Freundschaft so lange hielt.

»Scheiße lief's. Ich habe einen Kater, bin richtig schlecht drauf und werde schon wieder gezwungen, an einem dieser

Familientreffen teilzunehmen. Und außerdem ist Shaw heute in ausgesprochen guter Form.«

»Wie war die Kleine von gestern Nacht?«

»Keine Ahnung. Ich kann mich noch nicht einmal daran erinnern, dass ich die Bar mit ihr zusammen verlassen habe. Offensichtlich habe ich ihr irgendwann mal ein riesiges Tattoo gestochen, und sie war sauer, weil ich mich nicht an sie erinnern konnte.«

Nash lachte leise. »Sie hat dir das gestern Abend bestimmt sechs Mal gesagt. Sie wollte sich sogar in aller Öffentlichkeit das Top ausziehen, um dir das Tattoo zu zeigen. Und ich habe deinen besoffenen Hintern nach Hause gefahren. Ich wollte dich schon um Mitternacht dazu bewegen, nach Hause zu gehen, aber du wolltest wie immer nichts davon wissen.«

Ich schnaubte und griff nach meinem Kaffee, als der Typ hinter dem Tresen meinen Namen nannte. Mir fiel auf, dass die Brünette genau beobachtete, wie sich meine Hand um den Pappbecher schloss. Auf der Hand prangte der drohend gespreizte Kopf einer Königskobra. Der Rest der Schlange zog sich über meinen Unterarm und um den Ellbogen. Die gespaltene Zunge der Kobra formte auf meinem Ringfinger das L in meinem Namen, der auf meine Fingerknöchel tätowiert war. Überrascht formte sie mit den Lippen ein stummes »Oh!«, und ich zwinkerte ihr zu. Mit dem Kaffee in der Hand verließ ich den Coffeeshop und ging zurück zum BMW.

»Tut mir leid, Kumpel. Wie war dein Termin?«

Nashs Onkel Phil hatte das Tattoo-Studio vor Jahren in Capitol Hill eröffnet. Vor allem Gangmitglieder und Biker waren seine Kunden gewesen. Seit die Gegend von jungen Städtern und Hipstern entdeckt worden war, war *The Marked* eines der angesagtesten Tattoo-Studios der Stadt. Nash und ich hatten uns in der fünften Klasse im Kunst-Kurs kennengelernt und waren seitdem unzertrennlich. Seit wir zwölf waren, wollten wir in die Stadt ziehen und für Phil arbeiten. Wir waren beide talentiert und hatten die Persönlichkeit, um den Laden richtig zum Laufen zu bringen. Deshalb hatte Phil keine Bedenken gehabt, uns auszubilden und einen Job zu geben, als wir noch keine zwanzig waren. Es war super, einen Freund mit demselben Job zu haben. Ich hatte jede Menge Tätowierungen auf meiner Haut, gelungene und weniger gelungene – sie zeigten, dass Nash im Laufe der Zeit immer besser und besser geworden war. Und dasselbe konnte er über mich sagen.

»Ich habe die Rückentätowierung fertig gemacht, an der ich seit Juli gearbeitet habe. Es ist besser gelaufen, als ich gedacht hätte, und der Typ spricht schon davon, sich auch die Vorderseite machen zu lassen. Das übernehme ich, er gibt verdammt viel Trinkgeld.«

»Schön.« Ich jonglierte mit dem Handy in der einen und dem Kaffee in der anderen Hand und versuchte gleichzeitig, irgendwie die Autotür zu öffnen, als ich plötzlich eine weibliche Stimme hörte.

»Hey.« Ich warf einen Blick über die Schulter. Die Brünette stand lächelnd neben ihrem Wagen, direkt neben Shaws BMW. »Mir gefallen deine Tattoos.«

Ich erwiderte ihr Lächeln und machte einen Satz zurück, als Shaw die Tür von innen aufmachte, sodass mir fast der kochend heiße Kaffee über die Hose geschwappt wäre.

»Danke.« Wären wir nicht so weit weg von zu Hause gewesen und hätte Shaw nicht schon den Rückwärtsgang eingelegt, hätte ich mir die Zeit genommen, das Mädchen nach seiner Telefonnummer zu fragen. So nickte ich ihr nur zu und stieg in den Wagen. Shaw warf mir einen verächtlichen Blick zu, den ich ignorierte. Ich widmete mich wieder meinem Telefonat mit Nash. »Rome ist zu Hause. Er hatte einen Unfall, und Shaw hat erzählt, dass er ein paar Wochen Heimaturlaub bekommen hat. Ich schätze, dass Mom deshalb die ganze Woche über ständig angerufen hat.«

»Super. Frag ihn, ob er Lust hat, ein paar Tage mit uns abzuhängen. Ich vermisse den bekloppten Idioten.«

Ich nippte an meinem Kaffee, und endlich ließen die Schmerzen in meinem Kopf nach. »Das hatte ich vor. Ich rufe dich auf dem Rückweg an und erzähle dir, was los ist.«

Ich strich mit dem Daumen über das Display und beendete das Gespräch. Dann machte ich es mir auf dem Beifahrersitz bequem. Shaw funkelte mich wütend an. Ich hätte schwören können, dass ihre Augen glühten. Ganz ehrlich, ich hatte noch nie solch ein Grün gesehen. Wenn Shaw wütend wurde, wirkten ihre Augen einfach übernatürlich.

»Deine Mom hat angerufen, als du gerade damit beschäftigt warst, mit der Kleinen zu flirten. Sie ist sauer, weil wir zu spät sind.«

Ich nahm noch einen Schluck von dem schwarzen Nektar der Götter und trommelte mit meiner freien Hand im Takt auf mein Knie. Schon immer war ich ein unruhiger Mensch gewesen, und je näher wir dem Haus meiner Eltern kamen, desto schlimmer wurde diese Unruhe. Der Brunch bei meiner Mutter lief immer gestelzt und gezwungen ab. Ich verstand nicht, warum sie sich das jede Woche wieder antaten. Und ich verstand nicht, warum Shaw dieses Theater unterstützte. Dennoch ging ich jede Woche hin, auch wenn mir klar war, dass sich nichts ändern würde.

»Sie ist sauer, weil *du* zu spät bist. Wir wissen beide, dass es ihr vollkommen egal ist, ob ich dabei bin oder nicht.« Meine

Finger trommelten schneller und schneller, während Shaw den Wagen in eine bewachte Wohnanlage lenkte. Wir kamen an Reihen von völlig identischen Häusern vorbei, die sich an die Berghänge schmiegten.

»Das ist nicht wahr, und das weißt du auch, Rule. Ich quäle mich nicht jedes Wochenende durch diese Autofahrten und ertrage freiwillig deine Gemeinheiten am Morgen danach, weil deine Eltern gern möchten, dass ich mit ihnen sonntags Eier und Pfannkuchen esse. Ich tue es, weil sie dich sehen wollen, weil sie versuchen, eine Beziehung zu dir aufzubauen, auch wenn du sie noch so oft verletzt und von dir stößt. Ich schulde es deinen Eltern. Und was noch wichtiger ist: Ich schulde Remy zumindest den Versuch, dich dazu zu bewegen, dass du dich korrekt verhältst – auch wenn das weiß Gott ein Fulltime-Job ist.«

Ich atmete scharf ein, als sich der furchtbare Schmerz, der mich immer überfiel, wenn jemand Remys Namen nannte, in meiner Brust ausbreitete. Unwillkürlich öffneten und schlossen sich meine Finger um den Kaffeebecher, und ich drehte den Kopf, um Shaw anzufunkeln.

»Remy hätte niemals so ein Riesentheater gemacht, um mich zu einem Menschen zu machen, der ich nicht bin. Für die beiden war ich nie gut genug und werde es auch nie sein. Er hat das besser gewusst als jeder andere und hat sich immer angestrengt, all das für sie zu sein, was ich nie sein konnte.«

Sie seufzte und parkte den Wagen auf der Auffahrt hinter dem SUV meines Vaters. »Der einzige Unterschied zwischen dir und Remy ist, dass er zugelassen hat, dass Menschen ihn liebten. Und du ...« Sie stieß die Fahrertür auf und funkelte mich über die Mittelkonsole hinweg an. »Du wolltest immer, dass jeder, der etwas um dich gab, dir das bewies, bis auch der letzte Zweifel ausgeräumt war. Du wolltest nie, dass es leicht ist, dich zu lieben, Rule. Und du sorgst verdammt gut dafür, dass niemand das je vergisst.« Sie stieg aus und warf die Tür so heftig zu, dass mir die Zähne klapperten und meine Kopfschmerzen mit einem Schlag wieder zurück waren.

Es war drei Jahre her, drei einsame, leere, traurige Jahre, seit aus den Archer-Brüdern, die einmal ein Trio gewesen waren, ein Duo geworden war. Ich stand Rome nahe – er war toll und immer mein Vorbild gewesen, wenn es darum ging, cool und hart zu sein. Doch Remy war meine andere Hälfte gewesen. Buchstäblich. Er war mein Zwillingsbruder gewesen, das Licht in meinem Dunkel, die Leichtigkeit in meiner Härte, die Freude in meiner Angst, die Perfektion in meinem totalen Chaos. Ohne ihn war ich unvollständig. Drei Jahre waren vergangen, seit ich ihn mitten in der Nacht angerufen hatte, um ihn zu bitten, mich von irgendeiner lahmen Party abzuholen, weil ich zu betrunken gewesen war, um selbst zu fahren. Drei Jahre waren vergangen, seit er, ohne weitere Fragen zu stellen, die Wohnung verließ, die wir gemeinsam bewohnt hatten, um mich abzuholen.

Drei Jahre waren vergangen, seit er auf der regennassen, glatten I-25 die Kontrolle über seinen Wagen verloren hatte und mit knapp einhundertdreißig Kilometern pro Stunde in das Heck eines Sattelschleppers gerast war. Drei Jahre waren vergangen, seit wir meinen Zwillingsbruder beerdigt hatten und meine Mutter mich am offenen Grab mit Tränen in den Augen angesehen und gesagt hatte: »Du hättest dort liegen sollen.« Drei Jahre waren vergangen, und noch immer zog es mir die Beine unter dem Körper weg, wenn ich seinen Namen hörte – vor allem aus dem Mund der Person, die Remy genauso sehr geliebt hatte, wie er mich geliebt hatte.

Remy war all das gewesen, was ich nie gewesen war – adrett, gut gekleidet und mit dem Ziel vor Augen, eine Ausbildung zu machen und sich eine gute, sichere Zukunft aufzubauen. Der einzige Mensch auf der Welt, der gut genug für meinen einzigartigen Bruder Remy gewesen war, war Shaw Landon. Die beiden waren unzertrennlich gewesen, seit er sie zum ersten Mal mit nach Hause gebracht hatte. Damals war sie vierzehn Jahre alt gewesen und hatte der Enge ihres goldenen Käfigs, den ihre Familie ihr geschaffen hatte, entfliehen wollen. Er hatte immer darauf beharrt, dass sie nur Freunde seien, dass er Shaw wie eine Schwester liebe und dass er sie vor ihrer schrecklichen, kalten Familie beschützen wolle. Aber aus seinem Umgang mit ihr hatten immer Ehrfurcht und Fürsorge gesprochen. Ich wusste, dass er sie geliebt hatte. Und da immer alle Remy vertraut hatten, war Shaw schnell ein »Ehrenmitglied« unserer Familie geworden. Auch wenn ich es nicht gern zugab, so war sie die Einzige, die wirklich verstehen konnte, wie tief mein Schmerz darüber war, meinen Bruder verloren zu haben.

Ich musste mich erst ein paar Minuten sammeln. Bedächtig trank ich meinen Kaffee aus, dann öffnete ich die Beifahrertür. Als ich mich aus dem Sportwagen schälte, war ich nicht überrascht, eine hochgewachsene Gestalt zu erblicken, die um den SUV herumkam. Mein Bruder war ein paar Zentimeter größer als ich und hatte die Figur eines Kämpfers. Sein dunkelbraunes Haar trug er militärisch kurz. In seinen Augen, die von demselben Eisblau waren wie meine, sah ich seine Erschöpfung, als er mich matt anlächelte. Ich pfiff leise, als ich bemerkte, dass er seinen linken, eingegipsten Arm in einer Schlinge trug. Außerdem trug er am Fuß eine Orthese. Eine frische Narbe, bei der die Fäden noch nicht gezogen worden waren, zog sich durch eine seiner Augenbrauen quer über seine

Stirn. Der Rasentrimmer, der schon für meine Frisur verantwortlich gewesen war, hatte offensichtlich auch vor meinem großen Bruder nicht haltgemacht.

»Du siehst gut aus, Soldat.«

Er umarmte mich mit dem gesunden Arm. Unwillkürlich zuckte ich zusammen, als ich die Bandage um seine gebrochenen Rippen spürte. »Ich sehe so gut aus, wie ich mich fühle. Du hast ausgesehen wie ein Clown, als du gerade ausgestiegen bist.«

»Ich sehe in Gegenwart dieser Frau immer aus wie ein Clown.«

Rome lachte und wuschelte mir durch das stachelig gestylte Haar. »Ihr benehmt euch immer noch wie Todfeinde?«

»Eher wie entfernte Bekannte. Sie ist so zimperlich und voreingenommen wie immer. Warum hast du mir nicht am Telefon oder per E-Mail Bescheid gegeben, dass du einen Unfall hattest? Ich musste es auf der Fahrt hierher von ihr erfahren.«

Er fluchte, als wir uns langsam auf den Weg ins Haus machten. Es brachte mich aus der Fassung, wie vorsichtig er sich bewegte. Ich fragte mich, ob er neben den sichtbaren Verletzungen vielleicht noch etwas Schlimmeres hatte.

»Ich war bewusstlos, nachdem der Hummer sich überschlagen hatte. Wir sind über eine Mine gefahren. Es war furchtbar. Eine Woche lang lag ich mit einer schweren Gehirnerschütterung im Krankenhaus, die meiste Zeit war ich bewusstlos. Als ich wieder zu mir kam, mussten sie mich an der Schulter operieren. Deshalb stand ich die ganze Zeit unter Medikamenten. Ich habe Mom angerufen und gedacht, sie würde dich anrufen und dir erklären, was passiert ist. Ich habe allerdings gehört, dass du – wieder mal – nicht abgenommen hast, als sie versucht hat, dich zu erreichen.«

Ich zuckte mit den Achseln und fasste ihn am Ellbogen, als er an der Treppe zur Eingangstür ein bisschen ins Wanken geriet. »Ich hatte viel zu tun.«

»Du bist so verdammt stur.«

»So stur nun auch wieder nicht – immerhin bin ich ja hier, oder etwa nicht? Ich wusste bis vor einer Viertelstunde nicht mal, dass du zu Hause bist.«

»Der einzige Grund, warum du hier bist, ist die Kleine. Sie ist wild entschlossen, die Familie zusammenzuhalten, auch wenn es nicht ihre eigene ist. Du gehst da jetzt rein und benimmst dich. Ansonsten trete ich dir in den Hintern – gebrochener Arm hin oder her.«

Ich brummte ein paar nicht ganz jugendfreie Schimpfwörter vor mich hin und folgte meinem verletzten Bruder ins Haus. Sonntage zählten wirklich nicht gerade zu meinen Lieblingstagen.

2. Kapitel

Shaw

Leise schloss ich die Badezimmertür hinter mir und verriegelte sie. Ich lehnte mich ans Waschbecken und fuhr mir mit zittrigen Händen über das Gesicht. Jeden Sonntag wurde es schwieriger und schwieriger, bei diesen Familienzusammenkünften Rules Anstandsdame zu spielen. Ich würde ein Magengeschwür bekommen. Wenn ich ihn noch einmal mit einem seiner fürchterlichen Betthäschen erwischte, würde ich wahrscheinlich einen Mord begehen. Ich drehte mich um, um mir kaltes Wasser ins Gesicht zu spritzen. Vorsichtig nahm ich mein langes blondes Haar im Nacken zusammen. Ich musste mich zusammenreißen, denn ich wollte nicht, dass Margot, Dale oder Rome bemerkten, dass irgendetwas nicht stimmte – Rome war selbst unter dem Einfluss von Schmerzmitteln der aufmerksamste Mensch, den ich kannte. Ihm entging nichts, wenn es um seine Brüder und damit auch um mich ging, da ich praktisch zu seiner kleinen Ersatzschwester geworden war.

Es wurde schwieriger und schwieriger, Zeit in Rules Gegenwart zu verbringen. Sicher lag es daran, dass sein Anblick mich an all das erinnerte, was ich nicht mehr hatte – ein Problem, mit dem auch Margot und Dale kämpften, worum sich dieser unsensible Arsch jedoch einen Scheiß kümmerte. Aber am meisten machte mir zu schaffen, dass Rule extrem kompliziert war. Er war dreist, hatte eine große Klappe, war leichtsinnig, gedankenlos, oft schlecht gelaunt und im Großen und Ganzen eine ziemliche Nervensäge. Doch wenn er wollte, war er charmant und lustig, ein talentierter Künstler und oft der interessanteste Mensch in einem Raum. Seit meinem vierzehnten Lebensjahr war ich bis über beide Ohren in diese zwei Seiten von ihm verliebt. Natürlich hatte ich auch Remy geliebt. Ich hatte ihn wie einen Bruder geliebt, wie den besten Freund und den vollendeten Beschützer, der er gewesen war. Aber Rule liebte ich, als wäre es der Sinn meines Lebens. Ich liebte ihn, als wäre es unvermeidlich. Es schien fast so, als könnte ich nichts dagegen tun, auch wenn mir noch so oft vor Augen geführt wurde, was für eine schlechte Idee das war, wie wenig wir zusammenpassten und was für ein kaltherziges Arschloch er war. Also brach mir jedes Mal das Herz, wenn mir wieder mal klar wurde, dass ich für ihn nicht mehr als eine Mitfahrgelegenheit war.

Meine eigene Familie war so kaputt, dass ich wohl niemals der Mensch geworden wäre, der ich war, wenn es die Archers nicht gegeben hätte. Remy hatte mich unter seine Fittiche genommen, als ich ein einsamer Teenie ohne Freunde gewesen war. Rome hatte gedroht, den ersten Jungen, der mich zum Weinen bringen würde, weil er meine Liebe nicht erwiderte, zu verprügeln. Margot war mit mir für die Schulbälle einkaufen gegangen, weil meine eigene Mutter zu beschäftigt mit ihrem neuen Mann gewesen war. Dale war mit mir zur *University of Denver* und zur *University of Colorado Boulder* gefahren und hatte mir geholfen, eine vernünftige, rationale Entscheidung bei der Auswahl des Colleges zu treffen. Und Rule, tja, Rule hatte mich stets daran erinnert, dass Geld nicht alle Wünsche erfüllen konnte und dass es vergebene Liebesmüh war, zu versuchen, es allen recht machen und so perfekt wie nur möglich sein zu wollen, da das sowieso unmöglich war.

Ich stieß den Atem aus, den ich eine gefühlte Stunde lang

angehalten hatte, und nahm ein Kosmetiktuch, um die dunklen Spuren der Wimperntusche unter meinen Augen zu entfernen. Wenn ich nicht bald zurück ins Esszimmer ging, würde Margot kommen, um nach mir zu sehen. Und ich hatte gerade keine überzeugende Ausrede, warum ich im Badezimmer stand und die Nerven verlor. Ich holte ein Zopfgummi aus meiner Tasche und band meine Haare zu einem tief sitzenden Pferdeschwanz zusammen. Behutsam trug ich Lipgloss auf. Während ich mich im Spiegel betrachtete, gab ich mir die größte Mühe, mich selbst zu ermutigen und aufzurichten. Immerhin hatte ich das alles schon zahllose Sonntage überstanden. Dies war ein Tag wie jeder andere. Ich wollte gerade in den Flur hinaustreten, als mein Handy klingelte. Mühsam unterdrückte ich ein Stöhnen, als ich sah, dass es wieder Gabe war, der mich anrief. Ich leitete den Anruf auf die Mailbox um und fragte mich zum x-ten Mal in den vergangenen Monaten, warum ich überhaupt Zeit in diesen aufgeblasenen Arsch investiert hatte. Er war überaus eingebildet, habgierig, extrem oberflächlich und vor allem an meinem Nachnamen und am Vermögen meiner Eltern interessiert.

Ich hatte ihn gar nicht treffen wollen, hatte überhaupt keinen Mann daten wollen, doch meine Eltern hatten mir keine andere Wahl gelassen. Wie immer war ich unter dem Druck, den sie ausgeübt hatten, irgendwann eingeknickt und hatte mich bereit erklärt, Zeit mit ihm zu verbringen. Ich hatte es länger mit ihm ausgehalten, als ich gedacht hätte, schließlich war Gabe mehr mit sich selbst beschäftigt als mit mir. Erst als er auf Sex gedrängt, mich begrapscht und an Stellen berührt hatte, an denen ich von ihm nicht hatte berührt werden wollen, hatte ich die Reißleine gezogen und Schluss gemacht. Unglücklicherweise schienen jedoch weder er noch meine Eltern das begriffen zu haben. Und so war ich im Laufe der vergangenen zwei Wochen mit Telefonanrufen, Nachrichten und E-Mails bombardiert worden. Gabe konnte ich leicht aus dem Weg gehen – meiner Mutter dagegen nicht.

Ich steckte gerade das Handy wieder ein, als eine ruhige Stimme erklang. »Was ist los mit dir, meine Kleine? Ich war über achtzehn Monate weg und bekomme nur eine kurze Umarmung und einen flüchtigen Kuss auf die Wange, und dann verschwindest du? Wo sind die Tränen, wo sind die hysterischen Anfälle, weil ich gesund und munter wieder zu Hause bin? Was geht in deinem Kopf vor? Und mach mir nichts vor – ich weiß, dass dort etwas vorgeht.«

Ich lachte unsicher und lehnte meinen Kopf an seine starke Brust. Trotz seiner Verletzungen war Rome noch immer der Typ, der sich schützend vor die Menschen stellte, die er liebte. Er streichelte mir über den Kopf und legte die Hand in meinen Nacken. »Ich habe dein hübsches Gesicht vermisst, Shaw. Du ahnst nicht, wie gut es tut, endlich wieder zu Hause zu sein.«

Ich erschauerte und schlang den Arm um seine Taille, um ihn zu drücken, ohne ihm wehzutun. »Ich habe dich auch vermisst, Rome. Ich bin nur genervt und gestresst. In der Uni ist viel zu tun, ich arbeite drei oder vier Abende in der Woche, und meine Eltern bedrängen mich noch immer wegen des Kerls, mit dem ich neulich Schluss gemacht habe. Du weißt doch, dass ich gern mit euch allen zusammen bin. Ich dachte, deine Mutter würde einen Herzanfall bekommen, als sie anrief, um mir zu erzählen, was dir passiert ist. Ich bin so froh, dass es dir einigermaßen gut geht. Die Familie würde es nicht überstehen, wenn sie noch einen Jungen verlieren würde.«

»Nein, wahrscheinlich nicht. Ich kann nicht glauben, dass sie dich immer noch dazu zwingt, den Chauffeur für meinen bescheuerten Bruder zu spielen.«

Ich hakte mich bei ihm unter, und wir machten uns gemeinsam auf den Weg ins Esszimmer. »Nur so ist er hierherzubewegen. Wenn ich keine Zeit habe, weil ich für die Uni arbeiten muss oder irgendetwas anderes dazwischenkommt, dann fährt er einfach nicht. Meistens weiß er nicht mal, welchen Tag wir haben, wenn ich ihn abhole. Dann ist es ein Wunder, wenn er es überhaupt ins Auto schafft. Heute war so ein Tag. Wenn ich bei ihm auftauche, fühlt er sich verpflichtet, mitzufahren – egal, was er gerade macht oder mit wem er im Bett liegt.«

Rome fluchte unterdrückt. »Es bringt den Jungen nicht um, sich einmal in der Woche zusammenzureißen und Mom und Dad zu besuchen. Er sollte dich nicht als Babysitter missbrauchen.«

Ich zuckte die Achseln, weil wir beide wussten, dass jeder der Archer-Jungs eine bestimmte Rolle im Leben spielte. Remy war der gute Sohn gewesen, der erfolgreiche Student, der zukünftige Absolvent einer der angesehensten Eliteuniversitäten des Landes. Er war außerdem dafür verantwortlich gewesen, Rule vor Schwierigkeiten zu bewahren und ihm den Rücken freizuhalten, wenn sein Zwillingsbruder ein Problem gehabt hatte, das er allein nicht lösen konnte. Rule war früher und auch jetzt noch der wilde Junge, der sein Leben voll auskostete und sich auch dann nicht entschuldigte, wenn er auf seinem Weg jemanden kränkte oder verletzte. Rome war der Chef der Bande. Die Zwillinge hatten ihn immer vergöttert, waren mit ihm durch dick und dünn gegangen. Nach Remys Tod war es keine Überraschung gewesen, dass Rome seinen Bruder noch stärker hatte beschützen wollen und dass ich übergangslos Remys Rolle übernommen und begonnen hatte, Rule davor zu bewahren, vom rechten Weg abzukommen.

»Aber es ist das Einzige, was ich für Margot und Dale tun kann. Sie haben immer so viel für mich getan und nie irgendeine Gegenleistung dafür gefordert. Einmal in der Woche Rules schlechte Laune auszuhalten ist ein Opfer, das ich bringen kann.«

In Romes Augen blitzte etwas auf. Die Augen waren denen seines Bruders so ähnlich, dass es manchmal wehtat, hineinzublicken. Rome ließ sich nichts vormachen, und es hätte mich nicht gewundert, wenn er mehr über die Dinge, die ich lieber für mich behielt, wusste, als er verriet.

»Ich möchte nur nicht, dass du die Zielscheibe bist, wenn Rule Rule ist. Mom muss endlich über das, was passiert ist, hinwegkommen – genau wie er. Wir sind alle erwachsen, und dein Leben ist zu kurz, als dass du ewig den Friedensstifter zwischen den beiden spielen solltest.«

Ich seufzte und senkte die Stimme, als wir vor der Esszimmertür standen. Der Tisch war bereits gedeckt, und die anderen saßen an ihren angestammten Plätzen. Dale thronte am Kopf des Tisches, Margot zu seiner Rechten. Neben ihr befand sich mein Platz. An Dales linker Seite saß Rome, und Rule hatte auf dem Stuhl am anderen Ende des Tisches Platz genommen, um möglichst viel Abstand zu seinen Eltern zu haben. »Sie müssen die Tatsache akzeptieren, dass er niemals wie Remy sein wird. Und er muss damit aufhören, ihnen das bei jeder sich bietenden Gelegenheit unter die Nase zu reiben. Solange nicht eine der beiden Seiten nachgibt und verzeiht, wird sich niemals etwas ändern.«

Er hauchte mir einen Kuss auf die Schläfe und drückte mich kurz. »Ich glaube nicht, dass ihnen bewusst ist, wie viel Glück sie mit dir haben, Kleines.«

Ich ließ ihn los und setzte mich auf den Stuhl zwischen Margot und Rule und bemühte mich, nicht zusammenzuzucken, als Rule mir aus leicht zusammengekniffenen Augen einen Blick zuwarf. Offensichtlich wusste er, dass Rome und ich über ihn geredet hatten. Ich schenkte Dale ein Lächeln, als er begann, die wie immer üppig gefüllten Schüsseln herumzureichen. Ich wollte Rome gerade fragen, was er in der nächsten Zeit geplant habe, als Margot zu sprechen begann und ich erschreckt aufblickte.

»Wäre es zu viel verlangt, wenn du zum Brunch in einem Hemd auftauchen würdest, das noch alle Knöpfe hat, und in einer Hose, die nicht aussieht, als stammte sie aus dem Secondhandshop? Ich meine, dein Bruder ist schwer verletzt und hatte einen fürchterlichen Unfall, und trotzdem hat er sich mehr Mühe gegeben als du, Rule.«

Ungläubig starrte ich sie an und musste mir auf die Zunge beißen, um sie nicht anzufahren, ihn in Ruhe zu lassen. Vor allem, weil Familienzusammenkünfte eigentlich locker und entspannt sein sollten. Ich wusste genau, dass sie nicht mit der Wimper gezuckt hätte, wenn *ich* in T-Shirt und Jeans aufgetaucht wäre. Doch weil Rule es war, betrachtete sie es als direkten Angriff auf ihre Person.

Rule nahm ein bisschen Speck von dem Teller, den ich ihm reichte, und machte sich gar nicht erst die Mühe, ihr zu antworten. Stattdessen wandte er sich Rome zu und fragte ihn nach seinen Plänen für die Zeit, die er zu Hause verbringen würde. Rule wollte, dass sein Bruder ihn für eine Woche in der Stadt besuchte, um ein wenig Zeit mit ihm und Nash zu verbringen. Mir fiel auf, dass Margot missmutig die Lippen aufeinanderpresste und dass Dale die Augenbrauen zusammenzog. Diese Mienen konnte ich an jedem Sonntag, an dem wir zu Besuch waren, in den verschiedensten Variationen beobachten. Es versetzte mir einen Stich, denn selbst in einem zerknitterten Hemd und zerrissenen Jeans war Rule ein Mensch, dem man jeden Look, den er trug, abkaufte, weil er ihn zu seinem eigenen machte. Genau dasselbe galt für seine Tattoos, die ihn von Kopf bis Fuß zierten, und für die Ansammlung von Metall, das er über sein Gesicht verteilt trug.

Man konnte nicht abstreiten, dass Rule ein gut aussehender Mann war. Um ehrlich zu sein, sah er vielleicht sogar ein bisschen zu gut aus. Aber er war kompliziert, und die Schönheit, die er ausstrahlte, wurde manchmal davon verdeckt. Von allen Brüdern hatte er die klarsten eisblauen Augen. Sein Haar war dicht und glänzend, auch wenn es manchmal in Violett, Grün oder Blau erstrahlte. Und obwohl seine Tätowierungen in allen Farben des Regenbogens leuchteten, war Rule derjenige, auf den die Frauen flogen. Genau wie die Brünette im Coffeeshop. Ihr Name war Amy Rodgers, und ich war auf der High School vier Jahre lang von ihr und ihren Cheerleader-Freundinnen gequält worden. Meist traf sie sich mit Sportlern und Jungs aus guten Familien. Typen mit Irokesenschnitt und gepiercten Augenbrauen und Lippen passten nicht in ihr Beuteschema. Doch selbst sie konnte der Anziehungskraft eines Rule Archer nicht widerstehen.

»Und was ist mit deinen Haaren passiert, mein Sohn? Es wäre schön, wenn du zur Abwechslung mal eine natürliche Haarfarbe hättest – vor allem, da die ganze Familie zusammen ist und wir uns alle freuen, dass dein Bruder gesund zurückgekehrt ist.«

Ich stöhnte innerlich auf und nahm stumm die Schüssel mit Früchten entgegen, die Margot mir reichte. Nachdem sie sich nun beide auf ihn eingeschossen hatten, würde er auf keinen Fall ruhig bleiben und die Kritik schweigend über sich ergehen lassen. Normalerweise beachtete er seine Mom einfach nicht und gab seinem Vater Dale knappe, schnippische Antworten. Aber nachdem er nun von beiden unterbrochen und angegriffen worden war, während er sich mit Rome hatte unterhalten wollen, würde er reagieren müssen. Schon an guten Tagen hatte Rule eine kurze Zündschnur, doch wenn man ihn in die Ecke drängte, wenn er verkatert war und sich mühsam zusammenriss, war ein Streit vorprogrammiert. Über den Tisch hinweg warf ich Rome einen panischen Blick zu, aber bevor er eingreifen konnte, hatte Rule schon zum verbalen Gegenschlag ausgeholt.

»Tja, Pops, die Farbe Lila findet man überall in der Natur, also weiß ich gar nicht, was du hast. Und was meine Klamotten betrifft: Ich denke, wir können alle froh sein, dass ich überhaupt eine Hose angezogen habe, wenn man bedenkt, in was für einem Zustand ich war, als Shaw mich heute Morgen abgeholt hat. Wenn ihr dann jetzt damit fertig seid, jeden meiner Schritte zu kommentieren und jede meiner Entscheidungen zu kritisieren, würde ich mich gern weiter mit meinem Bruder unterhalten, den ich seit einem Jahr nicht mehr gesehen habe und der bei einem Anschlag beinahe ums Leben gekommen wäre.«

Margot rang nach Luft, und Dale schob seinen Stuhl zurück. Ich ließ den Kopf nach vorn fallen und rieb mir die Nasenwurzel. Ein pochender Schmerz machte sich hinter meiner Stirn breit.

»Einen Nachmittag, Rule, einen verdammten Nachmittag – das ist alles, worum wir dich bitten.« Dale stürmte aus dem Zimmer, und Margot brach augenblicklich in Tränen aus. Sie hielt sich die Serviette vors Gesicht. Ich streckte unbeholfen den Arm aus und tätschelte ihre Schulter. Ich warf Rule einen Blick zu, doch er war schon aufgestanden und auf dem Weg zum Ausgang. Ich sah zu Rome hinüber, der nur den Kopf schüttelte und sich mühsam erhob. Margot blickte hoch und schaute ihren ältesten Sohn flehentlich an.

»Sag ihm, Rome, dass man seine Eltern nicht so behandelt. Er hat keinen Respekt vor uns.« Mit zitternden Fingern wies sie zur Tür. »Sag ihm, dass sein Verhalten inakzeptabel ist.«

Rome sah zu mir und dann zu seiner Mom. »Klar, Mom, ich werde es ihm sagen. Aber dir sage ich, dass es keinen Grund gibt, ihn so anzugehen. Wen stört es, wenn er gern Jeans tragen und sich die Haare in der Farbe eines verdammten Schlumpfs färben will? Was zählt, ist, dass er hier ist und dass er sich Mühe gegeben hat. Shaw hat sich die Zeit genommen, um dir und Dad den Wunsch zu erfüllen, die ganze Familie an einen Tisch zu bringen. Und ihr habt genau drei Sekunden gewartet, ehe ihr den Finger in die Wunde gelegt und ihn heruntergemacht habt.«

Margot keuchte, doch Rome war noch nicht fertig.

»Ihr beide müsst mal wieder zu euch kommen. Ich hätte genauso gut in einem Leichensack statt mit einem Gipsverband nach Hause kommen können. Ihr habt schon einen Sohn verloren. Ihr solltet die Söhne schätzen, die ihr noch habt – ganz egal, ob ihr mit den Entscheidungen, die wir treffen, einverstanden seid oder nicht.«

Margot rannen Tränen über die Wangen, und sie lehnte ihren Kopf an meine Schulter. »Shaw kommt gern an Sonntagen zu Besuch. Wir sollten sie nicht länger bitten, Rule mitzubringen, denn er will offensichtlich nicht hier sein. Ich habe nicht mehr die Kraft, ihn in die Familie zu integrieren. Es tut zu weh.«

Rome schüttelte den Kopf, und wir beide seufzten. Er folgte seinem Bruder aus dem Zimmer, während ich weiterhin versuchte, Margot zu trösten. Diese Frau war immer nett zu mir gewesen und hatte mich wie eine Tochter behandelt, als meine Mutter mich nicht beachtet hatte. Was ich ihr nun zu sagen hatte, entsprang dem Wunsch, nicht noch einmal zusehen zu müssen, wie eine Familie zerbrach.

»Margot, du und Dale seid wunderbare Menschen und gute Eltern, aber ihr müsst aufhören, in der Vergangenheit zu leben. Ich werde euch sonntags nicht mehr besuchen, bis ihr Rule so akzeptiert, wie er ist, und ihn einfach liebt. Ich vermisse Remy. Sein Tod war eine Tragödie, doch ihr werdet aus Rule niemals einen Ersatz für Remy machen. Und ich kann nicht länger zusehen, wie ihr es immer wieder versucht. Meine Eltern wollten mich jahrelang in eine Form pressen, in die ich nicht gepasst habe, und ich wünschte, ich hätte ihnen genauso viel entgegensetzen können, wie Rule es kann.«

Ich stand auf und musste meine Tränen herunterschlucken, als sie mich fassungslos und traurig ansah.

»Wenn Remy noch hier wäre, dann wäre alles anders«, sagte sie. »Du wärst noch immer glücklich mit ihm, Rule hätte sich nicht so fürchterlich verändert, und Rome wäre niemals zum Militär gegangen.«

Ich musste ein paar Schritte zurückweichen, denn das, was sie gerade gesagt hatte, war so falsch, dass es mich fast von den Beinen riss. »Margot, Rule war schon immer schwierig. Er hat sich nie eurem Willen gebeugt. Rome hatte sich schon lange vor dem Unfall verpflichtet. Und ich habe euch schon x-mal gesagt, dass Remy und ich nur befreundet waren – wir waren nicht ineinander verliebt. Ich glaube, du solltest dir lieber professionelle Hilfe suchen, wenn du dir die Wahrheit einfach so zurechtlegst, wie es dir passt – du riskierst damit, einen wundervollen Sohn zu verlieren.«

»Das glaubst du doch nicht wirklich, oder? Rule behandelt dich genauso schlecht wie mich und seinen Vater.«

Ich biss mir auf die Unterlippe und rieb mir über die

schmerzenden Schläfen. »Er ist kein schlechter Mensch und verhält sich auch nicht falsch. Es ist nur etwas schwieriger, ihn zu lieben. Remy hat es euch leicht gemacht. Rule hat das nie getan. Aber er ist es wert. Und solange seine Familie das nicht begreift, habe ich Besseres zu tun, als hier zu sein. Wenn ich Streit und Verbitterung möchte, kann ich genauso gut meine Familie besuchen. Ich liebe dich und Dale, doch ich sehe, was ihr Rule antut, und da möchte ich nicht länger mitspielen. Rome hatte recht: Du musst die Familie schätzen, die du hast, und nicht dein Leben damit verbringen, sie mit der Familie zu vergleichen, die du verloren hast. Remy war mein Leben, Margot, aber er ist tot, und Rule lebt.«

Sie verschränkte die Arme auf dem Tisch und legte den Kopf darauf. Ich wusste, dass in diesem Moment niemand mehr zu ihr durchdringen konnte, also ging ich zur Tür. Ich war nicht überrascht, als ich Dale an der Küchenanrichte lehnen sah. Er sah mich ernst an.

»Sie wird es nicht gut verkraften, wenn du nicht mehr vorbeikommst. Du bist ein wichtiger Teil der Familie.«

Ich steckte mir die Haare hinter die Ohren und warf Dale ein betrübtes Lächeln zu. »Genau wie euer Sohn.«

»Margot ist nicht die Einzige, die sich das erst wieder in Erinnerung rufen muss, und du musst doch auch zugeben, dass seine Haare lächerlich aussehen.«

Zum ersten Mal an diesem Tag lachte ich wirklich. Ich ging zu ihm und umarmte ihn. »Sie braucht Hilfe, Dale. Remy ist schon eine Weile tot, und sie will Rule unbedingt dazu bringen, seinen Platz einzunehmen. Dazu wird es aber niemals kommen – das wissen wir alle.«

Er hauchte einen Kuss auf meinen Scheitel und hielt mich dann eine Armeslänge von sich entfernt. »Ich weiß nicht, warum du den Jungen immer verteidigst. Er ist aufbrausend und unglaublich wild. Du bist klug und schön. Dir muss doch klar sein, wie es mit Rule enden wird.«

»Ich halte nichts davon, in die Zukunft zu blicken und Dingen vorauszugreifen. Ich lese das Buch immer vom Anfang bis zum Ende. Sag Margot, dass sie mich anrufen kann, wenn sie sich beruhigt hat. Doch ich meine es ernst. Erst wenn es ein echtes Familienessen ist, erst wenn Rule nicht mehr dafür kritisiert wird, wer er ist, komme ich wieder. Die Situation belastet mich einfach zu sehr.«

»Das verstehe ich, Kind. Aber falls du irgendetwas brauchst, melde dich bitte.«

»Gut.«

»Du weißt, dass er es nicht gutheißen würde, dass du dieses Opfer für ihn bringst.«

»Vielleicht würde er es nicht gutheißen, Dale, doch es ist *meine* Entscheidung. Und auch wenn niemand anders – auch Rule nicht – es sieht und begreift, ich bin davon überzeugt, dass er jedes Opfer wert ist. Remy hat genauso gedacht. Ihr solltet versuchen, euch das in Erinnerung zu rufen, wenn er das nächste Mal mit pinkfarbenen Haaren auftaucht.«

Damit ging ich hinaus. Als ich die beiden Brüder in der Einfahrt stehen sah, wie sie die Köpfe zusammensteckten, blieb ich stehen. Rule wirkte wütend, und Rome sah traurig aus, es war herzzerreißend und beeindruckend zugleich. Als Rule mich entdeckte, machte er einen Schritt zurück. Sie wechselten noch ein paar leise Worte und verabschiedeten sich, indem sie die Fäuste gegeneinanderschlugen. Rome zog Rule dann noch an sich und kam anschließend zu mir. Auch mich umarmte er herzlich und gab mir noch einen Kuss auf die Wange.

»Ich werde hier in den nächsten Tagen so viele Brandherde

löschen, wie ich kann, dann komme ich in die Stadt. Ich rufe dich an, sobald ich kann.«

»Probier, deine Mutter davon zu überzeugen, sich Hilfe zu suchen, Rome. Bitte.«

»Ich liebe dich, Kleine. Versuch du, den Idioten vor weiteren Schwierigkeiten zu bewahren, ja?«

Ich gab ihm ebenfalls einen Kuss auf die Wange. »Das mache ich doch immer.«

»Ich wusste nicht, dass es so schlimm ist, Shaw. Ich war nicht hier und habe viel verpasst.«

»Familien sind wie alles andere: Es ist viel Arbeit nötig, viel Geduld und vor allem Menschen, die mit aller Kraft dafür sorgen, dass es läuft – nur dann kann es funktionieren. Ich freue mich, dass du nach Hause gekommen bist, Rome.« Noch einmal drückten wir einander, ehe ich mich von ihm löste und Rule meinen Wagenschlüssel zuwarf. »Ich habe Kopfschmerzen. Kannst du zurückfahren?«

Normalerweise ließ ich ihn nicht in die Nähe meines Wagens, denn er fuhr wie ein Irrer und nahm keine Rücksicht auf andere. Aber ich wusste, dass ich es nicht schaffen würde. Ich spürte, wie aus den Kopfschmerzen allmählich eine Migräne wurde, und ich wünschte mir nichts sehnlicher, als die Augen zu schließen, in ein weiches Bett zu kriechen und die Decke über den Kopf zu ziehen. Ich setzte mich auf den Beifahrersitz und rollte mich zusammen.

Rule sagte nichts, als er den Wagen startete und wir uns auf den Weg nach Hause machten. Er stellte das Radio nicht an und versuchte auch nicht, mich in ein höfliches Gespräch zu verwickeln. Ich wusste, dass er sich nicht für die Szene entschuldigen würde. Das tat er nie, also schnitt ich das Thema gar nicht erst an. Ich döste vor mich hin, als das Handy in meiner Tasche klingelte und ich aufschreckte. Am Klingelton erkannte ich, dass Gabe anrief. Ich fluchte, was ich normalerweise selten tat, und schaltete das Handy aus. Mittlerweile hatte sich mein Magen zusammengezogen, und Punkte tanzten vor meinen Augen.

»Er ruft dich öfter an, als zu der Zeit, als ihr noch ein Paar wart.« Rule redete leise, und ich fragte mich, ob er vielleicht ahnte, wie sehr mein Kopf schmerzte.

»Er ist eine Nervensäge. Ich habe dir ja gesagt, dass er es nicht kapiert hat.«

»Ist das ein Problem für dich?«, fragte er. Ich öffnete mein linkes Auge einen winzigen Spaltbreit und blickte ihn an. Es sah ihm überhaupt nicht ähnlich, mir gegenüber so viel Besorgnis zu zeigen.

»Nein. Es ist ja auch erst zwei Wochen her. Ich denke, er vermisst die Vorstellung, mit mir zusammen zu sein, mich als Menschen vermisst er nicht so sehr. Ich glaube, irgendwann wird es ihm langweilig, oder er findet eine andere und lässt mich in Ruhe.«

»Du musst jemandem Bescheid sagen, falls er doch zu einem Problem werden sollte. Keine Frau sollte mit so etwas allein zurechtkommen müssen.«

»Das werde ich.« Wir schwiegen wieder, bis er sich unvermittelt räusperte. Ich kannte Rule lange genug, um zu wissen, dass er mir etwas zu sagen hatte, sich aber nicht traute. Mir war klar, dass ich nur warten musste.

»Hör mal, es tut mir leid wegen heute Morgen. Genau genommen tut es mir wegen vieler Sonntage leid. Du solltest mich nicht mehr in so einem Zustand sehen. Eigentlich solltest du dich überhaupt nicht mehr um mich kümmern müssen. Ich habe kein Interesse mehr an erzwungenen Familienzusammenkünften. Damit wird nur das Messer noch tiefer in die Wunde gestoßen. Das Drama hat sich über Jahre hinweg angekündigt, und es ist nicht gerecht, dass du mittendrin steckst und Remy nicht mehr da ist, um hinter dir zu stehen. Er hat dich vergöttert, und ich habe das einfach nicht entsprechend gewürdigt.«

Mein Kopf tat so weh, dass ich keine Kraft hatte, mich mit ihm über meine Beziehung oder vielmehr Nicht-Beziehung mit Remy auseinanderzusetzen. Keiner der Archers schien zu begreifen, dass wir nur Freunde gewesen waren und nicht mehr. Die Legende, dass wir ein Paar gewesen waren, hatte sich verselbstständigt, und ich konnte nichts tun, um das zu ändern. Vor allem nicht in meinem Zustand – ich spürte, wie mir das bisschen Essen, das ich zum Brunch zu mir genommen hatte, wieder hochkam. Ich richtete mich auf und griff nach Rules Arm. Wahrscheinlich war das bei einhundertfünfzig Kilometern pro Stunde auf dem Highway keine so gute Idee, doch ich stand kurz davor, meinen Mageninhalt in einem Wagen zu verteilen, der mehr gekostet hatte, als die meisten Menschen im Jahr verdienten.

»Fahr rechts ran!«

Rule fluchte laut und drängte sich an einem Minivan vorbei auf den Standstreifen. Ich stieß die Tür auf, fiel auf die Knie und erbrach mich auf den Asphalt. Warme Hände hielten meine Haare zurück und reichten mir ein zerknülltes Bandana. Als ich endlich wieder durchatmen konnte, nahm ich ihm die Wasserflasche ab, die er mir reichte, und hockte mich hin, während die Welt um mich herum schwankte.

»Was ist los?«

Ich spülte mir mit einem Schluck Wasser den Mund aus und spuckte es weit weg, damit ich seine schwarzen Stiefel nicht traf. »Migräne.«

»Seit wann hast du das?«

»Schon immer. Ich muss mich auf die Rückbank legen.«

Er zog mich auf die Beine und hielt mich fest. Mir wurde bewusst, dass es das erste Mal seit Jahren war, dass er mich absichtlich berührte. Wir umarmten uns nie, berührten uns nie zufällig, klatschten nie ab und begrüßten uns auch nie per Handschlag. Wir achteten darauf, uns nicht anzufassen. Als er mich nun stützte, rebellierte mein Inneres. Ich stöhnte, als er mich in den Wagen hievte. Ich war klein genug, um mich ohne Probleme auf der Rückbank ausstrecken zu können. Rule kletterte wieder hinter das Lenkrad und warf mir über die Schulter hinweg einen Blick zu. »Schaffst du den Rest der Fahrt?«

Ich legte einen Arm über die Augen und die andere Hand auf meinen Magen, der sich noch immer in Aufruhr befand. »Ich habe ja keine andere Wahl. Fahr einfach wieder rechts ran, wenn ich schreie.«

Er fädelte sich wieder in den fließenden Verkehr ein und schwieg einen Moment lang, ehe er fragte: »Wissen die anderen, dass du Migräne hast?«

»Nein. Ich habe diese Anfälle nicht besonders oft. Eigentlich nur, wenn ich gestresst bin oder nicht gut geschlafen habe.«

»Hat Remy darüber Bescheid gewusst?«

Ich wollte seufzen, aber ich antwortete: »Ja.«

Er murmelte etwas, das ich nicht verstehen konnte. Ich spürte, dass er mich wieder anblickte. »Das hat er mir nie gesagt. Er hat mir sonst *alles* erzählt. Sogar Dinge, die ich nicht wissen wollte. Er hat ständig von dir gesprochen.«

Er irrte sich. Er irrte sich total. Doch das war Remys Geheimnis, und obwohl er tot war, würde ich dieses Geheimnis nicht preisgeben. Es gab vieles, das Rule und Rome nicht wussten. Dinge, über die er aus Angst nicht hatte sprechen wollen, Dinge, mit denen er tagtäglich gerungen hatte. Die

Tatsache, dass ich unter Migräne litt und hoffnungslos in Rule verliebt war, war nur die Spitze des Eisbergs.

»Er hat wahrscheinlich nur vergessen, es zu erwähnen. Wie gesagt, ich habe die Attacken ja nicht besonders oft. Und als ihr nach Denver gezogen seid und ich noch die High School zu Ende bringen musste, hat er vermutlich nicht mehr daran gedacht, weil wir nicht mehr so oft Zeit miteinander verbracht haben. Erst in den letzten Jahren sind die Anfälle schlimmer geworden.« Ich musste nicht erklären, dass es an Remys Tod und daran lag, dass er nicht länger für mich da war und mir bei meinen Problemen helfen konnte.

»Das ist aber eine ziemlich wichtige Information, an die er sich nicht mehr erinnern konnte.«

»Obwohl ihr Archers es anders seht, gab es für Remy weitaus wichtigere Dinge als unsere Freundschaft und das, was zwischen uns war beziehungsweise nicht war.«

Rule schnaubte verächtlich. »Ja, klar. Remy war ein anderer Mensch, nachdem ihr euch kennengelernt hattet. Er war schon immer ein guter Mensch – viel besser als wir alle –, aber nachdem du in sein Leben getreten warst, schien es, als hätte er seine Bestimmung gefunden. Du warst jemand ohne all die Altlasten, die wir so mit uns herumschleppten, jemand, den er einfach lieben konnte. Du hast ihn zu einem noch besseren Menschen gemacht.«

Mein Herz zog sich so schmerzhaft zusammen, dass mich das Gefühl fast überwältigte. »Tja, er hat mich gerettet, also haben wir uns gegenseitig zu besseren Menschen gemacht.«

Wieder herrschte ein unbehagliches Schweigen zwischen uns. Als Rule irgendwann vor dem Gebäude hielt, in dem sich sein Apartment befand, drehte er sich um und sah mich an. Unter meinem Arm hervor warf ich ihm einen Blick zu. Das Blau seiner Augen ging in dem silber-grauen Schimmer fast unter. »Schaffst du es bis zum University Park oder soll ich dich bringen? Ich kann Nash bitten, uns hinterherzufahren und mich dann mit zurückzunehmen. Er hat Feierabend.« Es war ein nettes Angebot, das ich von ihm nicht erwartet hätte, doch für diesen Tag hatte ich genug von den Archers. Und an einem frühen Sonntagabend war auf dem Weg von Capitol Hill zum University Park sowieso nicht viel los.

»Das schaffe ich schon. Es ist ja nicht weit.« Ich kletterte von der Rückbank und musste mich an den Wagen lehnen, während Rule ausstieg. Wir standen so dicht beieinander, dass ich unter dem Tattoo eines Kolibris, das seinen Hals schmückte, seinen Pulsschlag sehen konnte. »Danke, trotzdem.«

Er atmete durch und fuhr sich mit den Händen übers Gesicht. Dann machte er einen Schritt zurück und achtete darauf, dass ich ihm in die Augen blickte, als er sagte: »Es ist mein Ernst, dass ich sonntags nicht mehr zu meinen Eltern fahre. Komm ja nicht nächste Woche vorbei und erwarte, dass ich mich zusammenreiße und mitkomme. Ich bin durch mit dem Thema.«

Ich hob zwei Finger an die Stirn und salutierte, bevor ich mich auf den Sitz sinken ließ, den er gerade freigemacht hatte. »Verstanden. Meine Dienste als Chauffeur Schrägstrich Puffer werden nicht länger benötigt. Das heißt vermutlich, dass ich dich nicht mehr sehen werde. Versuche bitte, auf dich aufzupassen, Rule. Irgendjemand muss es ja tun.«

Ich zog die Tür zu, ehe er noch etwas erwidern konnte, und wartete gar nicht erst ab, dass er vom Wagen zurückgetreten war, bevor ich den Rückwärtsgang einlegte und anfuhr.

Es war eine kurze Fahrt bis zu der Wohnung, die ich mir mit meiner besten Freundin Ayden teilte. Ich hatte sie im ersten Jahr am College kennengelernt, als wir Zimmernachbarn im Studentenwohnheim gewesen waren. Sie studierte Chemie im Hauptfach, arbeitete in derselben Sportbar wie ich und hatte die unendliche Geduld, mein neurotisches Verhalten zu ertragen. Auch sie hatte keine schöne Kindheit erlebt. Ich konnte mich hundertprozentig auf sie verlassen. Außerdem war sie klug – es hatte keine zehn Sekunden gedauert, bis sie durchschaut hatte, dass mein Sozialleben brachlag und ich mich auf keinen Kerl einlassen konnte, mit dem ich ausging, weil ich hoffnungslos in Rule Archer verliebt war.

Als ich nun mit Tränen in den Augen in die Wohnung stolperte, brachte sie mich ins Bett, ohne mich mit Fragen zu bedrängen, und ließ die Rollläden herunter. Sie ging kurz raus und kehrte dann mit Schmerztabletten und einem großen Glas Wasser zurück.

Die Matratze gab nach, als Ayden zu mir ins Bett kletterte. Ich zog meine High Heels aus und löste meinen Gürtel.

»War es so schlimm heute?« Ayden stammte aus Kentucky. Ihr gedehnter Tonfall schien mich liebevoll zu umarmen.

»Er hatte wieder irgendeine Schlampe zu Besuch und einen Knutschfleck am Hals so groß wie Alaska. Außerdem hat meine Erzfeindin von der High School ihn bei *Starbucks* angemacht. Und Margot und Dale haben weniger als eine Minute gebraucht, um ihn wegen seiner Klamotten und seiner Haare zu beleidigen und ihm wieder in Erinnerung zu rufen, dass er niemals so sein wird wie sein verstorbener Zwillingsbruder ... Dieses Mal haben sie zum Glück seinen Job und seine mangelnden Manieren ausgelassen, aber er hat trotzdem die Nerven verloren und ist abgehauen. Sie haben entschieden, dass es vielleicht besser wäre, wenn wir sonntags nicht mehr vorbeikommen würden. Die zweite Familie also, die sich nicht zusammenreißen und sich nicht einfach lieben und achten kann. Zur Krönung des Ganzen hat Gabe mich ständig mit Anrufen terrorisiert – im Augenblick fällt mir kein Mensch ein, mit dem ich weniger gern sprechen würde. Also, ja, es war heute sehr schlimm.«

Sie strich mir übers Haar und lachte leise. »Was du immer für Sachen machst, Kleine.«

»Du sagst es.«

»Hast du ihm eigentlich den Schlüssel für seine Wohnung zurückgegeben?«

Ich stöhnte auf und vergrub mein Gesicht im Kissen. »Nein. Das habe ich total vergessen. Allerdings habe ich auch in nächster Zeit nicht vor, ihn wieder mit zwei Mädchen *in flagranti* zu erwischen. Ehrlich gesagt, wäre ich froh, Rules gepiercten Schwanz nie mehr wiedersehen zu müssen.«

Ayden lachte, rollte sich auf den Rücken und starrte an die Decke. Ihr Haar war so schwarz, wie meines blond war. Sie trug ihre Haare kurz. Ihre großen Augen hatten die Farbe von Whiskey, und sie hatte ein Herz aus Gold. Remy und sie waren die besten Freunde, die ich je gehabt hatte. Ich liebte sie dafür, dass ich ihr nicht immer alles erklären musste, damit sie es analysieren konnte. Sie verstand mich einfach. Und auch wenn sie in diesem besonderen Fall nicht nachvollziehen konnte, wie ich einen Menschen, der mich nur als Nervensäge betrachtete, gleichzeitig hassen und lieben konnte, verurteilte oder kritisierte sie mich doch nicht dafür.

»Der Junge ist echt schwierig.«

»Ich weiß nicht, vielleicht tut mir der Abstand gut. Vielleicht gibt mir die Distanz zu dieser Familie den Raum, meine Gefühle für ihn in den Griff zu bekommen. Ich kann nicht den Rest meines Lebens damit verbringen, vor allen Menschen davonzulaufen, weil sie nicht Rule sind.«

»Ich kann nicht behaupten, dass ich traurig über Gabes Abgang bin, aber du verdienst jemanden, der dich gut behandelt und liebt. Es steht dir zu, denn niemand, den ich je kennengelernt habe, liebt so offen und gibt so viel wie du. Wenn man bedenkt, dass deine Eltern so eiskalt sind, grenzt das an ein Wunder. Du bist ein gutes Mädchen, Shaw, und das Mindeste, was du verdient hast, ist ein guter Mann.«

Ich faltete meine Hände und legte meine Wange darauf. Die Kopfschmerzen ebbten allmählich ab, und ich wollte nur noch schlafen und alles verarbeiten, was heute passiert war.

Ayden hatte recht: Ich verdiente einen guten Mann. Ich wusste, wie ein guter Mann aussah, wie er sich verhielt, denn ich war mit einem der besten befreundet gewesen. Remy hatte alles verkörpert, was ein vernünftiges Mädchen sich von einem Mann wünschte, und dennoch hatte ich nie entsprechende Gefühle für ihn gehabt. Ich erinnerte mich noch genau an das erste Mal, als er mich mit zu sich nach Hause genommen hatte. Ich war damals vierzehn Jahre alt gewesen und hatte es schwer gehabt, mich auf der High School in die Gruppe der schicken, reichen Kinder einzufügen. Mittlerweile wusste ich, wie wichtig ein Image und Marken waren, doch damals wollte ich nur Jeans und einen Pferdeschwanz tragen. Remy war siebzehn Jahre alt und Captain des Footballteams gewesen. Er hatte mich weinend vor der Umkleide der Mädchen gefunden, nachdem es eine besonders hässliche verbale Auseinandersetzung mit Amy und ihren Freundinnen gegeben hatte. Er hatte sich nicht über mich lustig gemacht, mir keine Fragen gestellt oder seltsam reagiert, weil ich neu auf der High School und er schon länger da war. Er hatte mich einfach in den Arm genommen und nach Hause gebracht, weil ich traurig und allein gewesen war. Er hatte nicht gewollt, dass mir das noch einmal passierte. Er hatte mir damals gesagt, dass er in meinen Augen lesen könne, dass ich ein netter Mensch sei und dass ich jemanden brauche, der sich um mich kümmern würde. Und von dem Moment an war er derjenige gewesen, der diese Aufgabe übernommen hatte. Ich erinnerte mich noch an die warmen Gefühle, die ich empfunden hatte, erinnerte mich an die Dankbarkeit und die überwältigende Freude, die ich gespürt hatte, weil da endlich jemand gewesen war, der verstand, dass ich Liebe verdiente. Aber die lebhafteste Erinnerung hatte ich an den Augenblick, als Rule in die Küche gekommen war und mein Innerstes in Aufruhr versetzt hatte. Er hatte mit einem Kopfnicken in meine Richtung gedeutet und gefragt: »Wer ist die Kleine?«

Mein Herz hatte einen Schlag lang ausgesetzt, und ich hatte das Gefühl gehabt, nicht mehr richtig atmen zu können. Meine Haut war erhitzt gewesen, und ich hatte keinen klaren Gedanken fassen können. Damals hatte ich es als jugendliche Schwärmerei abgetan. Die Archer-Jungs sahen gut aus und waren beeindruckend. Jedes Mädchen verliebte sich unweigerlich einmal in einen Bad Boy. Natürlich überwanden die meisten es, wenn sie durchschauten, dass der Bad Boy nur ein Arsch war und dass sie es verdienten, besser behandelt zu werden. Doch meine Gefühle veränderten sich einfach nicht – obwohl es klar war, dass diese Gefühle niemals erwidert werden würden. Rule hatte in mir immer nur Remys Anhängsel gesehen, das verwöhnte kleine Mädchen. Und als wir älter geworden waren, war ich für ihn nur Remys Freundin gewesen. Das war schlimm gewesen, denn ich war dies alles nie gewesen. Ich hatte mir daraufhin die größte Mühe gegeben, alle Beziehungen in meinem Leben zu sabotieren und Mann für Mann abzulehnen. Ich hatte mir eben nicht den netten Kerl gewünscht, sondern hatte mich nach dem Mann gesehnt, der kaputt war und nicht sah, was ich für ihn empfand.

Ich war ein gutes Mädchen – ich war treu, ehrlich, arbeitete hart und investierte viel Zeit und Energie, um mir eine gesicherte Zukunft aufzubauen. Ich hielt mich von Schwierigkeiten fern und gab mir Mühe, die perfekte, makellose Tochter zu sein, die meine Eltern sich so sehr wünschten, und die erfolgreiche Frau, die zu sein die Archers mich ermutigt hatten. Dagegen gestand ich mir nie zu, der Mensch zu sein, der ich eigentlich in meinem Inneren war. Dieser Mensch war tief in mir verborgen und klammerte sich an die Hoffnung, dass Rule eines Tages vielleicht doch noch entdecken würde, dass es ihn gab. Es war ermüdend und kraftraubend, aber in verletzlichen Momenten, in denen ich brutal ehrlich zu mir war, musste ich zugeben, dass ich nicht sicher war, wie lange ich noch so weitermachen konnte.

3. Kapitel

Rule

Es war eine verrückte Woche im Laden. Vermutlich lag es daran, dass die Leute gerade ihre Steuerrückzahlungen erhalten hatten und das Geld gleich wieder ausgaben. Ich hatte die ganze Woche über einen Kunden nach dem anderen. Selbst an meinem freien Tag kam ich ins Geschäft, um an dem Arm-Tattoo eines Kunden weiterzuarbeiten, das ich vor zwei Monaten begonnen hatte. Nash war genauso ausgebucht wie ich. Als es endlich Samstagabend war, hatten wir beide Lust, uns zu betrinken. Der Sonntag verlief wie immer – nur, dass ich das Mädchen dieses Mal zu seinem Auto bringen konnte und keine Angst haben musste, dass Shaw hereinplatzen und etwas sehen würde, das sie nicht sehen sollte. Ich rief Rome an, um ihn zu fragen, wann er in die Stadt kommen würde. Offensichtlich hatte die Situation zu Hause sich nicht geändert, und Rome wollte Mom noch nicht allein lassen. Ich versuchte, Mitleid für Mom aufzubringen, doch es gelang mir nicht.

Gerade als ich mir ein Bier aufmachen und mich vor den Fernseher setzen wollte, um mir das Spiel anzusehen, kam Nash aus seinem Zimmer. Er zog einen Kapuzenpullover über und setzte eine schwarze Baseballkappe auf. Zwar war er ein paar Zentimeter kleiner als ich und etwas gedrungen, aber er sah alles in allem verdammt viel besser aus als ich. Sein schwarzes Haar rasierte er sich meistens kurz, weil er auch am Kopf Tätowierungen hatte. Seine hellen Augen, die oft eher violett als blau wirkten, hoben sich von seiner dunkleren Haut ab. Er hatte nicht so viele Piercings im Gesicht wie ich – lediglich einen Ring durch die Nasenscheidewand, ein sogenanntes Septum-Piercing, und Plugs aus Obsidian in den Ohrläppchen. Aus welchen Gründen auch immer tätowierte er sich weder die Hände noch den Hals. Ich musste immer darüber lachen, denn immerhin hatte er sich auch die Kopfhaut tätowieren lassen. Wenn wir zusammen ausgingen, kamen wir selten allein nach Hause. Nash war viel netter als ich, sah jedoch um einiges gefährlicher aus.

»Jet und Rowdy sind im *Goal Line*, um sich das Spiel anzusehen. Wir können mit ihnen abhängen, wenn du Lust hast und Aufmunterung brauchst.«

Rowdy war ein Kollege aus dem Tattoo-Studio, und Jet war Leadsänger einer lokalen Metal-Band, die wir mochten. Die beiden verbrachten viel Zeit mit uns. In eine Bar zu gehen, um sich das Spiel anzusehen, klang lustiger, als allein auf der Couch vor sich hin zu brüten, also stellte ich das Bier zurück in den Kühlschrank und zog meine schwarzen Boots an.

Nash fuhr einen restaurierten 73er Dodge Charger. Es war ein Monster aus schwarzem Metall, viel Chrom und einem leistungsstarken Motor. Ich war mir ziemlich sicher, dass jeder in der Gegend immer genau wusste, wann wir kamen oder wegfuhren, denn der Wagen war unglaublich laut. Trotzdem war es cool, mit dem Auto unterwegs zu sein. Ich wusste, dass der Wagen Nash eine Menge bedeutete, weil er die meisten Umbauten an dem Fahrzeug selbst durchgeführt und lange geschraubt hatte. Ich kannte Nashs Hintergrund nicht besonders gut, doch da meine eigene Herkunft alles andere als atemberaubend war, drängte ich ihn nicht, mir mehr darüber zu erzählen. Ich wusste, dass sein Dad gestorben war, als Nash noch ein Kind gewesen war. Seine Mutter hatte dann irgendein Arschloch geheiratet, mit dem Nash bis heute nichts zu tun haben wollte. Phil – der Besitzer des Tattoo-Shops, der uns so viele Freiheiten ließ – hatte Nash unter seine Fittiche genommen, ihn davon abgehalten, auf die schiefe Bahn zu geraten, kriminell zu werden und unzählige ungewollte Kinder in die Welt zu setzen.

Die Bar befand sich in Lower Downtown oder LoDo, wie die Bewohner die Gegend nannten. Viele Einheimische und Arbeiter trafen sich dort. Da ich seit Jahren nicht mehr an einem Sonntag hier gewesen war, wusste ich nicht, wie voll der Laden war, wenn die *Broncos* spielten. Die Jungs, die wir Faust an Faust und mit einem Kopfnicken begrüßten, hatten sich im hinteren Teil einen Tisch direkt unter einem Flatscreen gesichert und bereits einen Pitcher Bier bestellt. Lauter Jubel erklang, als die *Broncos* einen Punkt machten.

»Was geht, Leute?« Nash schenkte die Gläser voll, nachdem wir es uns bequem gemacht hatten. Rowdy wackelte mit den Augenbrauen und wies über seine Schulter hinweg zur Theke.

»Ist das hier nicht besser als ein Familientreffen? Niemand will seine Mom in einem solchen Outfit sehen.«

Die Mädchen, die hinter dem Tresen arbeiteten, trugen sexy Sport-Uniformen oder waren als Cheerleader zurechtgemacht. Andere hatten winzige Oberteile und Hotpants an, die an Fußballtrikots erinnerten. Mir persönlich gefielen die kleinen Schiedsrichterkostüme am besten, die kaum den Po der Mädchen bedeckten.

»Nein, ganz bestimmt nicht.« Es war schön, an einem Sonntag einfach Zeit mit den Jungs zu verbringen. Bisher waren Sonntage immer schrecklich gewesen. Das hier war auf jeden Fall um Längen besser, als von meinen Eltern in der Luft zerrissen zu werden, weil ich es gewagt hatte, zu atmen.

Ein schlechtes Gewissen machte sich breit, weil ich so selbstsüchtig war, aber ich wusste, dass ich es mit ein paar Bieren zerstreuen konnte.

Jet sah von dem Teller mit Nachos auf, die er ununterbrochen in sich hineinschob, und zeigte mit dem Daumen über die Schulter hinweg zur Bar. »Wartet, bis ihr die Kleine gesehen habt, die uns bedient. Mann, da fehlen einem echt die Worte.«

Jets Band, Enmity, war eine Lokalgröße, und ich hatte mit eigenen Augen gesehen, dass Jet eine Menge Groupies hatte, unter denen er frei wählen konnte. Wenn er also von einer Frau beeindruckt war, dann musste sie schon eine Nummer sein, und ich konnte es kaum erwarten, sie endlich zu sehen. Wir unterhielten uns und leerten den Pitcher Bier in weniger als einer halben Stunde. Die Jungs wurden immer lauter und ausgelassener. Eine neue Runde Bier musste her. Die heiße Kellnerin hatte ich noch nicht zu Gesicht bekommen. Doch mit einem Mal spürte ich, wie sich die Härchen in meinem Nacken aufstellten. Eine blonde Frau kam auf unseren Tisch zu. Ihr Haar war so blond, dass es beinahe weiß erschien. Die junge Frau hatte es zu zwei Zöpfen zusammengebunden. Unter ihrem exakt geschnittenen Pony blickte sie mich mit ihren erstaunlich grünen Augen an, und rote Lippen hoben sich gegen eine blasse Haut ab. Ich kannte dieses Gesicht so gut wie mein eigenes. Sie trug das kleine Schiedsrichterkostüm und dazu eine Netzstrumpfhose. Außerdem trug sie schwarze Boots, die ihre wundervollen Beine bis hinauf zum Knie verhüllten. Während ich noch zu verdauen versuchte, dass ich sie kannte, starrten meine Freunde sie grinsend an. Nash erhob sich und umarmte sie herzlich.

»Hey, Kleine! Was machst du denn hier?«

Shaw stieß einen kleinen Schrei aus, als sie meinen Mitbewohner drückte, ließ mich jedoch nicht aus den Augen. »Äh ... Ich arbeite hier. Schon eine ganze Weile. Normalerweise habe ich sonntags frei, aber da mein Terminplan sich geändert hat und viel zu tun ist, bin ich hier. Und was treibt ihr hier?«

Ich wusste, dass die Frage an mich gerichtet war, doch ich war noch immer so überrascht über ihr Aussehen, dass ich kein Wort herausbrachte. Nash ließ den Arm auf ihrer Schulter liegen und wies auf unsere Freunde. »Der Typ mit den Koteletten ist Rowdy – er arbeitet mit Rule und mir im Shop. Der Typ, der sich pausenlos Nachos reinschiebt, ist Jet – er ist der Sänger von Enmity, und wir sind zusammen aufgewachsen. Jungs, das ist Shaw – sie kennt Rule und seine Brüder schon seit Kindertagen.«

Mit einer Mischung aus Staunen und Widerwillen beobachtete ich, wie meine Freunde sich beinahe überschlugen, um ihr die Hand zu schütteln, die sie ihnen entgegenstreckte. Ich hatte noch immer keinen Ton gesagt, und es wurde allmählich peinlich. Aber sie lächelte nur, nahm den leeren Pitcher und versprach uns, in ein paar Minuten mit Nachschub zurück zu sein. Vier Augenpaare folgten ihr, als sie sich mit wehenden Zöpfen umdrehte und mit schwingenden Hüften zur Theke ging. Am liebsten hätte ich jedem – inklusive mir selbst – eine schallende Ohrfeige verpasst. Als sie außer Hörweite war, drehte Rowdy sich zu mir um, streckte den Arm aus und schlug mir auf den Kopf. Ich fluchte und funkelte ihn wütend an, ohne jedoch Anstalten zu machen, zurückzuschlagen.

»Wofür zum Teufel war das denn?«, knurrte ich.

Er schüttelte den Kopf und zeigte auf mich. »*Das* ist das Mädchen, mit dem du am Wochenende nicht gern zusammen nach Hause fährst? *Das* ist das Mädchen, über das du dich ständig beklagst, weil es hereinplatzt, wenn du dich mal wieder wie ein Idiot benimmst? *Das* ist das Mädchen, dessen Telefonanrufe du ignorierst und das du meidest wie die Pest? Mann, Rule, ich wusste gar nicht, dass du schwul bist.«

Nash lachte, und Jet johlte laut los. Ich zeigte Rowdy den Mittelfinger und verengte die Augen zu schmalen Schlitzen.

»Halt die Klappe. Du hast keine Ahnung, wovon du sprichst.«

»Nein? Ich habe aber Augen im Kopf, und die Kleine ist der Hammer. Also bist du entweder blind oder total bescheuert. Denn wenn ich jede Woche zwei Stunden lang allein mit ihr im Auto säße, würde ich Gott dafür danken – und nicht rummeckern.«

Nash schüttelte den Kopf. »Ich kann nicht glauben, dass du nicht wusstest, dass sie hier arbeitet. Hörst du ihr denn überhaupt nicht zu, wenn sie was sagt?«

Wütend funkelte ich ihn an. »Du wusstest es ja auch nicht, und du unterhältst dich jeden Sonntag, wenn sie vorbeikommt, mit ihr.«

»Ich frage sie allerdings nur, ob sie einen Kaffee möchte, und nicht, wie sie ihren Lebensunterhalt verdient. Mann, gib's zu: Du bist scheiße.« Ich wollte ihm widersprechen, doch er fuhr einfach fort: »Und sie ist heiß. Sie war schon immer heiß. Du magst sie nur nicht, und deshalb bemerkst du es nicht. Sie sieht schon in den schicken Klamotten, die sie sonst trägt, gut aus, aber, hey, in dieser Uniform …«

»Ich mag sie wohl.« Ich ging nicht weiter auf ihr Aussehen ein, denn darüber zu reden kam mir komisch vor. Natürlich hatte ich Augen im Kopf und wusste, dass sie ein hübsches Mädchen war. Doch sie wirkte immer so kühl und unnahbar, dass ich in ihr nie die attraktive Frau gesehen hatte – eher eine

Art Kunstwerk, das man sich mal in einem Museum ansah, nichts für jeden Tag eben.

»Lüg nicht. Ihr beide könnt einander nicht ausstehen.«

Ich zuckte die Achseln. »Sie gehört irgendwie zur Familie. Und du weißt, was ich von meiner Familie halte.«

Jet zog eine Augenbraue hoch. »Ich wünschte, in meiner Familie gäbe es jemanden, der so aussieht.«

Ich verdrehte die Augen. »Hör auf, du Schleimer.«

Shaw kam zurück und brachte nicht nur einen, sondern zwei Pitcher mit Bier und einen Teller mit Chicken Wings. Sie lächelte Nash und die anderen Jungs an. Als ihr Blick auf mich fiel, war die Freundlichkeit wie weggewischt. »Die Chicken Wings gehen auf mich. Ich kann nicht aus meiner Haut – ich muss sonntags dafür sorgen, dass du was in den Magen bekommst.« Damit drehte sie sich um und schlenderte zum Nachbartisch, an dem eine Gruppe Männer mittleren Alters in schlecht sitzenden Trikots hockte. Unwillkürlich kniff ich leicht die Augen zusammen, als einer der Männer seine Hand auf ihren mit Rüschen besetzten Po legte. Shaw war das offenbar gewohnt, denn sie schenkte ihm ein strahlendes Lächeln und löste sich mit einem Schritt von dem Grapscher. Als sie kurz darauf an unserem Tisch vorbeikam und mich betont ignorierte, griff ich nach ihrem Arm.

Wütend betrachtete sie die tätowierten Finger, die sich um ihren Arm schlossen. Erstaunt bemerkte ich, wie ein Blitz mich zu durchzucken schien, als ich sie berührte. Ich zog beide Augenbrauen hoch und grinste sie an.

»Wissen deine Eltern eigentlich, dass du hier arbeitest? Und Margot? Ich kann kaum glauben, dass die Erwachsenen, die du so mühsam zu beeindrucken versuchst, wirklich wissen, dass du hier halb nackt herumtänzelst.«

Finster sah sie mich an und schüttelte meine Hand ab.

»Nein, meine Eltern wissen nichts davon – sie haben mich ja auch nie danach gefragt. Und Margot weiß, dass ich in einer Sportbar arbeite. Sie weiß allerdings nicht, wie meine Arbeitskleidung aussieht. Im Übrigen bin ich nicht halb nackt. Lass mich in Ruhe, Rule. Meine Mitbewohnerin arbeitet auch hier, und sie sieht gerade so aus, als würde sie gleich die Jungs von der Security holen. Falls du also nicht von drei sehr kräftigen Türstehern an die frische Luft gesetzt werden willst, solltest du deine Hände bei dir behalten und still sein. Ich mag Nash. Er war immer nett zu mir. Aber ich habe kein Problem damit, dich und deine Kumpel rauswerfen zu lassen, wenn du mich weiter belästigst.«

Aufgebracht starrten wir einander an, bis jemand an einem anderen Tisch sie heranwinkte.

»Nur ein Wochenende.«

Ich blickte sie stirnrunzelnd an, weil sie die Worte so leise vor sich hin murmelte, dass ich sie beinahe überhört hätte. »Was?«

Mit ihren grünen Augen funkelte sie mich an. Aus ihrem Blick sprachen so viele Emotionen, dass ich keine davon wirklich greifen konnte. »Ich wollte nur ein einziges Wochenende meine Ruhe vor dir.« Damit ging sie. Zum ersten Mal, seit ich sie kennengelernt hatte, wurde mir bewusst, dass es für sie vielleicht genauso schmerzhaft war, Zeit mit mir zu verbringen, wie für mich, in ihrer Nähe zu sein. Als ich mich wieder meinen Freunden zuwandte, sahen sie mich mit einer Mischung aus Mitleid und Verwunderung an. Mein Blick verfinsterte sich, und ich leerte mein Bierglas in einem Zug.

»Was ist?« Ich konnte den Missmut in meiner Stimme hören.

»Mann, was war das denn?« Rowdy war derjenige, der die

Frage gestellt hatte, doch Nash und Jet sahen aus, als wollten sie dasselbe fragen.

»Was meint ihr?«

Nash hob sein Glas, um dahinter ein Grinsen zu verstecken. »Ihr habt ausgesehen, als wolltet ihr euch entweder schlagen oder die Kleider vom Leib reißen. Mitten in der Bar. Was ist los? Ich dachte, sie würde dich nerven?«

»Das tut sie auch. Sie ist reich und verwöhnt. Und wir sind nie einer Meinung – nie!«

Rowdy warf mir einen Blick zu, aus dem ich ablesen konnte, dass er mir kein Wort glaubte. »Ich weiß, was ich gesehen habe. Du würdest sie sofort nehmen, wenn sie es dir anbieten würde.«

Ich wollte brüllen, dass er sich irrte, denn sie ging mir nicht nur auf die Nerven, sondern war vor allem Remys Freundin, und das würde ich niemals vergessen können. Ich riss mich zusammen und schenkte mir noch ein Bier ein. Schweigend nahm ich einen Schluck. Ich fühlte mich nicht zu Shaw hingezogen. Ich sah sie nur in einer neuen Umgebung, nicht mehr in ihren schicken Klamotten, die mehr kosteten, als ich in einem Monat verdiente.

Wir hatten den zweiten Pitcher fast geleert. Shaw hatte inzwischen eine Kollegin gebeten, sie abzulösen, sodass plötzlich ein hübsches Mädchen mit kurzen schwarzen Haaren an unseren Tisch trat. Sie war groß und hatte Augen in der Farbe von Whiskey. Gegen ihre vollen Lippen verblasste Angelina Jolies Mund, und ihr Körper war unglaublich. Sie trug die gleiche Uniform wie Shaw, hatte jedoch statt der Boots ein Paar mit Nieten besetzte High Heels an und war damit größer als Nash und Jet. Ihre Miene wirkte alles andere als freundlich.

Jet setzte sich gerade hin, und Rowdy, der von uns allen am

betrunkensten war, weil er vor zwanzig Minuten angefangen hatte, zum Bier auch Tequilashots zu trinken, fiel fast von seinem Stuhl, als sie sich zwischen die beiden an den Tisch stellte. Ihr Blick war direkt auf mich gerichtet. Wir musterten uns, bis sie schließlich das Wort ergriff. Sie hatte einen Südstaatenakzent, und ich hätte schwören können, dass Jet sich augenblicklich in sie verliebte.

»Du musst Rule sein.« Es war keine Frage, also nickte ich nur. »Ich bin Ayden Cross. Ich bin die Mitbewohnerin von Shaw.«

Ich wusste nicht, was sie mir damit sagen wollte, also schwieg ich, während mein bester Freund den Kopf drehte und mich anfunkelte. Das war ziemlich unhöflich von mir, aber ich war betrunken und noch immer sauer auf Shaw, also machte es mir nichts aus.

»Ich weiß nicht, was du vorhast, aber lass sie in Ruhe. Sie kann es nicht gebrauchen, dass du sie provozierst, nervst und durcheinanderbringst, also lass es.«

Ich blinzelte, denn ich hatte überhaupt keine Ahnung, wovon diese Frau sprach. »Ich provoziere sie nicht.«

Sie verengte die Augen zu schmalen Schlitzen und zeigte mit dem Finger auf mich. »Ich weiß genau, was du tust und was nicht, Tattoo-Boy. Ich liebe Shaw. Sie ist süß, nett und die beste Mitbewohnerin, die man sich wünschen kann. Belästige einfach jemand anders mit deinen Schwierigkeiten und deinem Bad-Boy-Gehabe – sie braucht das nicht ...« Es sah aus, als hätte sie gerade erst losgelegt und würde mir noch viel mehr sagen wollen. Doch plötzlich schien irgendetwas in meinem Rücken ihre Aufmerksamkeit zu erregen. Ihre Augen funkelten mit einem Mal wie goldenes Feuer. »Oh, mein Gott! Ich kann nicht glauben, dass dieses Arschloch die Nerven hat, hier aufzutauchen. Ich muss Lou holen.« Damit machte sie auf dem Absatz kehrt und drängte sich durch die Menschenmenge. Ich blieb verwirrt zurück. Ich wusste nicht, wovon sie gesprochen hatte, aber offensichtlich hatte irgendetwas sie sehr beunruhigt. Ich warf einen Blick über die Schulter und spürte, wie von einer Sekunde auf die andere mein Beschützerinstinkt zum Leben erwachte.

Shaw stand an der Bar. Der Laden war gut besucht, doch ihr weißblondes Haar war unverwechselbar. Sie wirkte angespannt und wütend, während ein Typ in einem weißen Poloshirt sie in die Ecke drängte. Er hatte die Hand auf ihre Schulter gelegt und sich zu ihr vorgebeugt. Er sagte irgendetwas zu ihr, und sie sah aus, als wollte sie ihm entweder zwischen die Beine treten oder ihm auf die Schuhe kotzen. Noch nie hatte ich einen so panischen Ausdruck auf Shaws Gesicht gesehen, die normalerweise cool war und durch nichts aus der Fassung zu bringen. Wider besseres Wissen erhob ich mich. Eigentlich war ich nicht der Typ, den es interessierte, wenn eine Frau in Not war. Und bei dieser besonderen Frau war ich mir sicher, dass sie ganz gut allein zurechtkam. Aber sie wirkte, als müsste sie kämpfen. Also wollte ich ihr – egal, was ich für sie empfand – zu Hilfe kommen.

»Ich bin gleich wieder da.«

Da ich hochgewachsen und meine Haut zum größten Teil mit Tattoos bedeckt war, die zu schreien schienen: »Leg dich nicht mit mir an!«, gingen mir die Leute in der Bar ganz automatisch aus dem Weg. Als ich Shaw und dem Kerl näher kam, fiel Shaws Blick auf mich. Ich hätte schwören können, Erleichterung in den grünen Tiefen ihrer Augen gesehen zu haben. Mr. Polohemd beugte sich noch weiter zu ihr hinüber. Ich glaubte, ihn sagen zu hören, wie es denn aussehen würde, wenn er in den Winterferien allein nach Hause fahren würde. Mir entging nicht, dass sie erstarrte und dann versuchte, sich von ihm zu lösen. Doch Polohemd machte noch einen Schritt auf sie zu, sodass sie praktisch an den Tresen gedrückt wurde und nicht fliehen konnte.

»Es ist mir egal, was meine Mutter dir gesagt hat, Gabe. Das mit uns ist vorbei. Ich will nicht mit dir oder deiner Familie nach Aspen fahren. Hör auf, mich anzurufen, und hör auf, immer dort aufzutauchen, wo ich gerade bin.«

»Baby, wir sind füreinander bestimmt. Wenn du endlich aufhören würdest, so stur zu sein, würdest du sehen, wie toll wir zusammenpassen.« Ich hasste Typen, die Frauen »Baby« nannten. »Baby« sagte man, wenn man sich an den richtigen Namen der Frau nicht mehr erinnerte oder wenn man zu faul war, sich einen eigenen Kosenamen auszudenken.

Sie wand sich noch ein bisschen mehr, und ich sah, wie der Blick des Kerls in der tiefsten Stelle ihres Ausschnitts versank.

»Lass mich los, Gabe. Ich wollte das schon nicht, als wir noch zusammen waren, und ganz sicher will ich es auch jetzt nicht. Lass mich in Ruhe.«

Mr. Polohemd wurde rot im Gesicht, als er ihre offene Zurückweisung hörte. Er wollte sich gerade noch weiter nach vorn beugen und auch seine andere Hand auf ihre Schulter legen, als ich den Arm ausstreckte, nach Shaws Handgelenk griff und sie an mich zog. Polohemd war gute zehn Zentimeter kleiner als ich. Ich hielt Shaw im Arm und warf ihm über ihren Kopf hinweg einen bösen Blick zu.

»Tut mir leid, dass ich so spät bin, Casper.« Ohne zu zögern, schlang sie einen Arm um meine Taille und schmiegte sich an mich. Ich hatte den Spitznamen früher benutzt, um sie aufzuziehen, weil ihr Haar schon von jeher fast weiß gewirkt hatte. Ich wusste, dass sie den Namen nicht leiden konnte. In diesem Moment klang er jedoch vertraut und persönlich – so, als hätten wir ein Geheimnis miteinander, das Polohemd nicht kannte.

»Kein Problem. Ich habe in ungefähr einer Stunde Feierabend. Wartest du so lange?« Flehentlich blickte sie mich an. Sie hoffte, ich würde ihr Spielchen mitspielen. Ich war jedoch zu sehr davon abgelenkt, dass mein Körper sich an der Stelle, wo wir uns berührten, so anfühlte, als würde er in Flammen stehen.

»Klar. Wer ist dein Freund hier?«

Polohemd funkelte mich wütend an. Sein Gesicht hatte einen ungesunden Rotton angenommen. Er gab Shaw nicht die Gelegenheit, zu antworten.

»Ich bin ihr Freund. Gabe Davenport. Und wer bist du?«

Shaw verspannte sich spürbar, und ich bemerkte, wie sie die Finger an meinem Rücken in meinem Shirt vergrub.

»Gabe, das ist Rule Archer. Rule, das ist Gabe, mein *Ex*freund. Allerdings fällte es ihm schwer, das zu begreifen.«

»Shaw, komm her«, knurrte Gabe. »Was glaubst du eigentlich? Meinst du wirklich, dass irgendjemand glaubt, dass du mich für einen wie *ihn* verlassen hast? Sieh dir diesen Penner doch nur mal an.«

Mich traf der Ausdruck »einer wie er« nicht mehr. So etwas hörte ich ständig. Aber Shaw schien es zu treffen. Gereizt machte sie eine Bewegung, als wollte sie dem Kerl den Finger in die Brust rammen. Ich hielt sie fest und versuchte, sie zu beruhigen, indem ich mit der Hand über ihren nackten Arm strich.

»Ich kenne Rule fast mein ganzes Leben, Gabe. Mir ist es egal, wie er aussieht. Er lässt sich jedenfalls nicht benutzen und zum Hampelmann machen – was man von dir nicht gerade behaupten kann. Glaube ja nicht, du kannst einfach dastehen und über ihn oder mich urteilen. Schließlich bist du es, der mich stalkt und versucht, mich in eine Beziehung zu drängen, indem du meine Eltern, die dich mögen, manipulierst. Ayden ist auch hier, und du kannst deinen Hintern darauf verwetten, dass sie Lou Bescheid gegeben hat, wenn sie dich hier gesehen hat. Lou mag es nicht, wenn seine Mädchen Angst haben. Falls du also keine Szene wünschst, die du nie mehr vergessen wirst, solltest du jetzt gehen und nie mehr wiederkommen. Du kannst meine Mom anrufen und dich mit meinem Dad unterhalten, solange du willst. Aber ich will nicht mit dir zusammen sein – und daran wird sich niemals irgendetwas ändern.«

Er sah aus, als hätte er nicht vor, klein beizugeben. Plötzlich drängten einige Leute näher an den Tresen, sodass Shaw noch dichter an mich gedrückt wurde. Ich nutzte die Situation aus und zog sie an mich. Die Kleine schmiegte ihre wirklich heißen Kurven an mich, und ich fragte mich, was zum Teufel ich geraucht haben mochte, dass mir das nicht schon viel früher aufgefallen war.

»Haben wir ein Problem, Bruder?«, fragte ich ihn. Mit einem leichten Stirnrunzeln löste sich Shaw ein Stückchen von mir und legte die Hände auf meine Brust, um ein bisschen Abstand zu mir zu bekommen.

»Ja, Bruder, das haben wir in der Tat. Doch das hier ist weder die richtige Zeit noch der richtige Ort. Ich habe Besseres zu tun, als mich mit einem Versager wie dir herumzuärgern. Shaw, wir sehen uns noch. Das letzte Wort ist noch nicht gesprochen.«

Mit der Schulter stieß er mich unsanft zur Seite und warf mir tödliche Blicke zu, als er an uns vorbeiging. Ich drückte Shaw noch einmal, ehe sie einen Schritt zurück machte. Meine Hände lagen noch immer locker auf ihrer Taille, während ich beobachtete, wie Mr. Polohemd davonging, und versuchte, über Shaws Kopf hinweg Blickkontakt zu Nash aufzunehmen. Shaw seufzte. Ihr Atem kitzelte auf meiner Haut. Ein kleiner Schauer rieselte mir über den Rücken.

»Danke.«

»Gern geschehen. Dem Kerl muss mal jemand Bescheid geben.« Endlich blickte Nash auf, und ich wies mit einem Kopfnicken Richtung Tür, durch die Polohemd gerade verschwunden war. Nash nickte mir leicht zu und sagte etwas zu Rowdy und Jet. Die drei standen auf. Ich sah Shaws dunkelhaarige Mitbewohnerin, die mit einem Schrank von einem Mann an der Tür stand. Sie warf meinen Freunden einen seltsamen Blick zu, als die drei aus der Tür stürmten, sagte jedoch nichts. Ich zog die Kreditkarte aus meinem Portemonnaie und drückte sie Shaw in die Hand. Ihre leuchtenden Augen fixierten mich neugierig.

»Damit kannst du die Rechnung begleichen, ja? Ich bin gleich wieder da.«

Sie nahm mir die Kreditkarte aus der Hand und machte einen Schritt zurück. Ich versuchte, nicht darauf zu achten, was mit ihren Brüsten passierte, als sie die Arme vor dem Körper verschränkte.

»Wohin willst du?«

»Ich muss noch etwas erledigen.«

»Lass Gabe in Ruhe, Rule. Er ist nicht wie du und Rome. Er ist geboren worden, um Politiker zu werden. Drohungen und Einschüchterungen wirken bei jemandem wie ihm nicht. Die Vorstellung, dass ich ihn für einen Kerl mit Tätowierungen und lilafarbenem Haar verlassen habe, reicht völlig aus, um sein Selbstbewusstsein ein wenig zu erschüttern. Er wird mich also eine Weile in Ruhe lassen, glaub mir. Im Übrigen werde ich Lou, dem Türsteher, Bescheid sagen. Wenn ich ihm sage, dass Gabe mich belästigt, lässt er ihn hier nie wieder rein.«

»Hör mal, Rome würde mir richtig in den Arsch treten, wenn er herausfinden würde, dass irgendein Idiot dich belästigt hat und ich nichts gesagt habe. Außerdem kann ich Männer nicht ausstehen, die glauben, mit einem Mädchen alles anstellen zu dürfen, weil sie bei deren Eltern einen Stein im Brett haben. Ich bin sofort wieder da. Begleiche die Rechnung und behalte die Kreditkarte, nur für den Fall, dass du für einen von uns eine Kaution hinterlegen musst.«

Ich hielt das für irrsinnig lustig, doch sie lächelte nicht einmal. Sie sah mich einfach nur an, als wäre mir plötzlich ein zweiter Kopf gewachsen, und ich musste mich beeilen, ehe der Arsch verschwunden war.

»Mach dir keine Sorgen, Shaw. Ernsthaft, ich hab das im Griff.«

Ich ließ sie los und ging an ihr vorbei, um den Jungs nach draußen zu folgen. Ich sah Shaws hübsche Mitbewohnerin, die eine Augenbraue hochzog. »Vielleicht bist du ja doch zu irgendwas gut, Archer.«

Ich zeigte ihr den Mittelfinger, weil ich das immer so machte. Dann ging ich hinaus und zur Straßenecke, wo Nash und die Jungs an einem weißen Lexus lehnten. Ein nervös wirkender Mr. Polohemd lief vor ihnen auf und ab, drohte damit, die Cops zu rufen, fuchtelte mit seinem Handy herum und fragte wiederholt, ob sie wüssten, wer sein Dad wäre. Ich schob die Hände in die Hosentaschen und legte den Kopf schräg. Jetzt verstand ich, warum Shaws Eltern diesen Kerl liebten. Er sah gut aus – wenn man auf Typen stand, die aussahen, als wären sie in einen Container mit *Banana Republic*-Klamotten gefallen. Wie ich hatte er dunkles Haar, das selbstverständlich nicht lila gefärbt war und auch nicht in alle Richtungen abstand, und hellblaue Augen. Er verströmte eine Anspruchshaltung und einen Egoismus, den nur reiche

Menschen verströmen konnten. Er war wie geschaffen für die Rolle des Ehemannes, der neben seiner hübschen Ehefrau, die während des Wahlkampfes in die Kameras lächelte, noch eine kleine Freundin hatte. Auch wenn meine Beziehung zu Shaw bestenfalls die Bezeichnung »stürmisch« oder »turbulent« verdiente, wusste ich tief in meinem Inneren, dass sie etwas Besseres verdiente als das, was dieser Schleimer ihr zu bieten hatte.

»Hey, Polohemd! Mach mal halblang. Ich will kurz mit dir reden.« Er war gerade dabei, Nash zu erklären, dass er ihn für dies und das anzeigen würde und dass sein Vater Richter sei, sodass er für so einiges zur Rechenschaft gezogen werden würde, als er endlich bemerkte, dass ich ebenfalls dazugekommen war. Er ließ die Arme sinken und funkelte mich aufgebracht an.

»Ich weiß, wer du bist. Shaw denkt vielleicht, sie wäre clever, aber es steht ein Bild von euch drei Brüdern in ihrem Zimmer auf dem Nachttisch. Ihre Eltern haben mir schon oft von ihrer ungesunden Verbindung zu dir und deiner Familie erzählt. Ihr Vater hat sogar damit gedroht, nicht länger für ihr Studium zu zahlen, falls sie weiterhin so fragwürdige Entscheidungen treffen sollte, was ihren Umgang betrifft. Dieser kleine Zwischenfall wird das wahrscheinlich besiegeln.« Eines musste ich dem Kerl lassen: Ich allein konnte schon ziemlich einschüchternd wirken, doch ich war von Männern umgeben, die größer und im Umgang mit körperlicher Gewalt eindeutig geübter waren als ich, und dennoch behauptete der kleine Kotzbrocken sich. »Ich weiß nicht, was sie an einem Freak wie dir findet, aber es wird Zeit, dass sie das überwindet. Sie braucht jemanden wie mich, nicht jemanden, der erst mal die ganzen Piercings aus seinem Gesicht schrauben muss, ehe er am Flughafen durch den Metalldetektor gehen kann.«

Nash grinste, und Rowdy lachte laut. Ich schüttelte nur den Kopf und verzog den Mund zu einem schiefen Lächeln. »Ich glaube, sie braucht jemanden, dem an ihr und nicht am Portemonnaie ihres Vaters gelegen ist. Shaw ist ein tolles Mädchen, und sie ist klug. Die Tatsache, dass sie dich in sechs Monaten nicht rangelassen hat, sagt alles, Mann. So wie sich das anhört, wärst du vermutlich erfolgreicher, wenn du ihre Eltern ausführen würdest. Hör mal, sie gehört irgendwie zur Familie, und ich mag es nicht, wenn Leute meine Familie in den Schmutz ziehen. Das hier ist ein gut gemeinter Rat, weil wir uns hier auf offener Straße befinden und weil ich heute großzügig bin. Beim nächsten Mal wird es kein öffentlicher Platz mehr sein, und meine Großzügigkeit ist begrenzt. Lass sie in Ruhe. Ende der Durchsage.«

Er sah aus, als wollte er etwas erwidern, als wollte er widersprechen, doch der Schrank von einem Mann, der offensichtlich der Türsteher der Bar war, kam gerade um die Ecke. Lou sah die Jungs an, die am Auto lehnten, und dann den aufgebrachten Mr. Polohemd. Er schüttelte den Kopf.

»Genug. Ihr vier geht wieder rein. Ayden hat mir gesagt, was los ist – eure Rechnung übernehme also ich. Du«, er deutete mit einem fleischigen Finger auf Gabe, »du bist im *Goal Line* nicht länger erwünscht. Betrachte dich als rausgeworfen. Wenn Shaw dich hier nicht mehr sehen möchte, ist es mir egal, wie viel Geld du im Portemonnaie hast oder welchen Einfluss dein alter Herr hat. Das hier ist mein Haus, und du bist nicht mehr willkommen. Solltest du wieder mal eines von meinen Mädchen belästigen oder anfassen, wirst du dir wegen dieser Jungs hier keine Sorgen mehr machen müssen, denn dann werde ich dafür sorgen, dass man deine Leiche niemals findet, verstanden?«

Selbst ich hatte keinen Zweifel daran, dass dieser Kerl es

ernst meinte. Polohemd schluckte und nickte leicht. Meine Jungs entfernten sich vom Wagen, und Nash stieß »zufällig« mit Gabe zusammen, als sie zu mir herüberkamen. Gabe fluchte und sprang in seinen Wagen. Er fuhr an und zeigte uns noch mal den Mittelfinger, ehe er sich in den Verkehr einfädelte. Der Türsteher musterte mich von Kopf bis Fuß und ließ dann in aller Ruhe den Blick über unsere bunt gemischte Truppe gleiten.

»Ihr seid Freunde von Shaw?«

Gut, wir waren nicht direkt befreundet, aber es kam dem nahe, also zuckte ich die Schultern und antwortete: »Klar.«

Er nickte. »Ich bin Lou. Ich passe auf die Mädchen auf, die hier arbeiten. Shaw und Ayden sind zufällig meine Lieblinge. Sie sind toll, und sie arbeiten hart – sie sind nicht nur hier, um mit dem Hintern zu wackeln und in Schwierigkeiten zu geraten. Ich respektiere das. Ich lasse nicht zu, dass irgendjemand die beiden belästigt. Und wenn es jemand versucht, dann nehme ich das persönlich.«

Ich war mir nicht sicher, warum er mir das alles erzählte, doch er war offen gestanden sehr furchteinflößend, also hielt ich meinen Mund und sah ihm in die Augen.

»Shaw ist ein süßes Mädchen, aber sie will immer alles alleine hinkriegen. Wenn das Arschloch sie weiter belästigt, wird sie das schweigend über sich ergehen lassen.« Jetzt sah er mich direkt an, und ich zog eine Augenbraue hoch. »Ich will es sofort wissen, wenn ich wegen des Kerls etwas unternehmen muss.«

»Shaw und ich stehen uns nicht gerade nahe. So etwas würde sie mir nicht erzählen. Du solltest dich vielleicht mit ihrer Mitbewohnerin unterhalten.«

»Ich unterhalte mich aber gerade mit dir, mein Sohn.«

Ich war mir nicht sicher, was ich darauf erwidern sollte,

und gerade als ich mich für etwas Sarkastisches entschieden hatte, flog die Tür zur Bar auf, und die Männer mittleren Alters in den schlecht sitzenden Trikots kamen heraus. Lou warf mir einen letzten eindringlichen Blick zu, der mir sagen sollte, dass er es ernst meinte. Damit ging er wieder hinein. Ich sah zu meinen Freunden hinüber und streckte die Hände in die Luft.

»Habe ich das hier immer verpasst, wenn ich sonntags meine Eltern besucht habe?«

Die drei brachen in Lachen aus. Jet beschloss, dass es jetzt wohl an der Zeit wäre, die Bar zu wechseln, und ich wollte noch einmal hineingehen, um mir von Shaw meine Kreditkarte zurückzuholen. Die Jungs gaben mir noch jeweils zehn Dollar Trinkgeld für Shaw mit. Mit dem Geld in der Hand drängte ich mich kurz darauf durch die gut besuchte Bar bis zum Tresen, wo Shaw sich gerade mit einer anderen Kellnerin unterhielt. Die Kellnerin hatte honigblondes Haar und trug eine Cheerleader-Uniform. Shaw unterbrach sich mitten im Satz und sah mich mit leicht zusammengekniffenen Augen an. Ich lächelte ihr zu und reichte ihr das Trinkgeld. »Dein Türsteher-Freund hat unsere Rechnung übernommen, aber die Jungs wollten sichergehen, dass du versorgt bist.«

Sie reichte mir meine Kreditkarte. »Was hast du mit Gabe gemacht?«

»Nichts.« Sie seufzte, und ich bemühte mich, nicht darauf zu achten, dass die knappe Uniform über ihren Brüsten spannte.

»Tja, danke fürs Eingreifen. Ich weiß auch nicht so genau, was sein Problem ist.«

Die Cheerleaderin warf mir jede Menge anzüglicher Blicke zu. Normalerweise fand ich es cool, wenn Frauen das machten, doch ich achtete kaum darauf, weil Shaw sich gerade vorbeugte, um das Tablett mit den bestellten Drinks zu nehmen. Die Rüschen an ihrem Po waren plötzlich das Einzige, was ich noch wahrnahm. Sie war klein, und ich hätte niemals gedacht, dass sie so tolle Beine haben könnte. Ihre Beine waren gebräunt und wundervoll geformt. Wenn ich nicht in Eile gewesen wäre, hätte ich mir ein paar atemberaubende Dinge ausdenken können, in denen diese Beine und die Boots die Hauptrolle spielten – und sonst nichts.

»Sein Problem ist, dass du heiß und wohlhabend bist, dass du Eltern hast, die verdammt einflussreich sind, und dass du ihn nicht ranlassen willst. Du hast ihn nicht nur körperlich gequält, du hast auch seine Pläne durchkreuzt, und das, wo er doch mit deinem Dad im Country Club Golf spielen oder mit deiner Mom bei einer Versammlung der Republikaner sitzen wollte. Du hast alles demontiert, was er versucht hat, sich aufzubauen.«

Sie warf einen ihrer Zöpfe zurück und nahm dann das Tablett mit den Getränken. »Ich muss jetzt weitermachen. Meinst du, dass wir jemals einen Sonntag erleben werden, an dem es kein Drama und keine Streitigkeiten gibt?«

Ich fuhr mir über mein zerzaustes Haar und schüttelte bedauernd den Kopf. »Sonntage habe ich noch nie besonders gemocht. Wir sehen uns, Shaw.«

»Bis bald, Rule.«

Ich verließ die Bar und dachte, dass es wahrscheinlich das erste Mal seit unserer ersten Begegnung vor vielen Jahren war, dass ich Shaw als Shaw erlebt hatte. Es machte mich ein bisschen nervös, dass sie so ganz anders war, wenn sie mal nicht hinter ihren Schutzmauern in Abwehrhaltung ging. Dann wirkte sie nicht mehr so unfehlbar, so perfekt wie sonst, sondern echt, menschlich, aufgeschlossen und … zugänglich.

4. Kapitel

Shaw

Zum fünften Mal zählte ich das Geld, das vor mir lag. Ich konnte mich nicht konzentrieren. Und das hatte verschiedene Gründe: Erstens war in der Bar so viel los gewesen, dass ich zwei Stunden länger hatte arbeiten müssen und jetzt ziemlich fertig war. Zweitens hockten neben mir noch zehn andere Mädchen, die versuchten, Kassensturz zu machen. Das Geplapper über Taschen und Jungs war also ohrenbetäubend. Drittens musterte Ayden mich unentwegt. Sie suchte offenbar nach irgendetwas in meinem Gesicht, nur hatte ich keine Ahnung, was es sein könnte. Und viertens redete Loren Decker, die nach der High School die Rolle von Amy Rodgers übernommen hatte, ununterbrochen über Rule.

Loren war die fleischgewordene mittlere Doppelseite eines Männermagazins. Und sie war ein Paradebeispiel dafür, was passierte, wenn ganz gewöhnliche Mädchen die High School verließen und in die echte Welt hinausmussten. Sie war geistlos, langweilig und verdiente in ihrer Schicht mehr Geld als die meisten von uns anderen zusammen. Ihr Job war es, sexy und lässig zu sein – etwas, das ihr nicht schwerfiel. Aus irgendeinem Grund war sie versessen darauf, alles über Rule zu erfahren, was ich wusste. Sie wollte wissen, wie ich ihn kennengelernt hatte, wieso er nie zuvor in der Bar gewesen war, wie alt er war, wie er seinen Lebensunterhalt verdiente, ob wir zusammen waren, ob er eine Freundin hatte, ob er auf Blondinen stand und so weiter und so fort. Es war endlos und ermüdend. Und offensichtlich machte es mir etwas aus, dass sich schon wieder irgendein Flittchen überschlug, um bei ihm zu landen. Meine Gefühle für ihn, die mich mehr als belasteten, gingen nur mich etwas an, und ich hatte nicht vor, sie meiner nuttigen Kollegin auf einem Silbertablett zu servieren. Also brummte ich nur knappe Antworten und vermied es, allzu persönliche Dinge preiszugeben. Das hinderte sie allerdings nicht daran, sich unentwegt darüber auszulassen, wie gut Rule aussah.

»Ich meine, normalerweise stehe ich nicht auf Männer mit Tattoos und Piercings, aber, mein Gott, diese Augen ... Hast du so was schon mal gesehen? Sie sehen aus wie Zahnpasta oder so. Sie sind so hübsch! Und dieser Körper ... Ich gehe jede Wette ein, dass er trainiert. Eigentlich hab ich bei einem Mann ja lieber ein Sixpack, doch zu Rule passt die schlanke Figur einfach. Auf welche Mädchen steht er denn so? Bist du dir sicher, dass er keine Freundin hat? Ehrlich, Shaw, ich möchte so gern mal über den Ring in seiner Lippe lecken. Echt jetzt. Ich kann nicht glauben, dass du mit so einem heißen Typ nur befreundet bist und nichts zwischen euch gelaufen ist. Das ist doch nicht normal.«

Genau genommen hatte ich noch nie etwas mit irgendeinem Mann gehabt, aber das ging sie nichts an. Einige Männer hatten es versucht, und ich war drauf und dran gewesen, nachzugeben. Doch jedes Mal, wenn ich den Schritt hatte wagen wollen, hatte mein Kopf dazwischengefunkt, mich daran erinnert, dass derjenige nicht der Richtige für mich wäre, und ich hatte komplett zugemacht. Ich sah sie an und verengte die Augen zu schmalen Schlitzen.

»Loren, ich versuche hier, mein Geld zu zählen. Kann das nicht warten?«

»Gib mir einfach nur seine Nummer.« Ich stand kurz davor, die Nerven zu verlieren und ihr die Dollarnoten in den Rachen zu stopfen. Ayden nahm den heraufziehenden Sturm offenbar wahr, denn sie ließ sich auf den Stuhl neben mir sinken und warf der Blondine einen finsteren Blick zu. Ayden hatte etwas an sich, dem sich niemand entziehen konnte, und ich liebte sie dafür.

»Loren, lass das Mädchen in Ruhe. Die beiden sind nicht die besten Freunde. Wenn du ihn um ein Date bitten willst, hättest du das tun sollen, als er hier war.«

Sie zog einen Schmollmund, bei dem Männer dahinschmolzen und ihr jeden Wunsch erfüllten. Ich dagegen rollte nur mit den Augen. »Ich hätte ihn ja gefragt, aber er war zu beschäftigt damit, Shaw auf den Hintern zu starren. Deshalb wollte ich auch wissen, was zwischen ihnen läuft. Ich meine, er hat sie nicht einmal umarmt, als er gegangen ist. Trotzdem habt ihr euch Blicke zugeworfen, als wolltet ihr jeden Moment übereinander herfallen.«

Überrascht sah ich Ayden an. Seit wann checkte Rule, der mich normalerweise ignorierte oder so tat, als gäbe es mich überhaupt nicht, *irgendetwas* an mir ab? Sie zog eine Augenbraue hoch.

»Falls Shaw ihn demnächst zufällig wiedersehen sollte, wird sie ihm ausrichten, dass du seine Nummer haben willst. Oder sie gibt ihm deine Nummer, falls er Interesse hat.« Sie wandte sich mir zu. »Und jetzt lass uns über etwas wirklich Wichtiges reden: Was willst du an deinem Geburtstag unternehmen? Es sind immerhin nur noch zwei Wochen bis dahin.«

Ich stöhnte und gab das Unterfangen auf, das Geld korrekt zu zählen. Stattdessen reichte ich Ayden die Scheine und fing an, die Kreditkartenbelege zu sortieren und aufeinanderzustapeln. Dabei musste man zumindest nicht nachdenken. Ich hasste meinen Geburtstag. Normalerweise musste ich mich entscheiden, zu welchem Elternteil plus Stiefelternteil ich gehen wollte, um dort in unbehaglicher Atmosphäre ein Abendessen über mich ergehen zu lassen – natürlich nur, wenn sie den Geburtstag nicht komplett vergaßen. Im letzten Jahr hatte ich von meinem Dad nur eine Glückwunschkarte mit einem Scheck über tausend Dollar und von meiner Mutter einen Anruf und das Versprechen bekommen, dass sie etwas machen würde, sobald Zeit dazu wäre – was allerdings bis heute nicht passiert war. Ayden hatte mich schließlich zum Sushi-Essen ausgeführt, anschließend hatten wir uns irgendeine dämliche romantische Komödie angesehen, und der Tag war glanzlos und unspektakulär zu Ende gegangen. Selbst die Archers neigten dazu, an meinem Geburtstag Zurückhaltung zu üben. Wahrscheinlich erinnerte ein solcher Tag sie daran, dass wieder ein Jahr vergangen und Remy noch immer tot war. Rome schickte mir von jedem Ort der Welt, an dem er gerade war, irgendeine Kleinigkeit, und seine Geschenke waren mir immer die liebsten. Angesichts der Tatsache, dass ich dieses Jahr zwanzig wurde, hätte ich vermutlich etwas Besonderes unternehmen sollen – ich hatte nur überhaupt keine Lust dazu.

»Warum gehen wir nicht tanzen?« Ich sah Loren an, als wäre ihr gerade ein zweiter Kopf gewachsen. Eigentlich verbrachte ich meine Freizeit nicht mit den Mädchen von der Arbeit. Nicht, dass ich sie nicht gemocht hätte. Einige von ihnen waren echt nett, und die meisten waren wie Ayden und ich – sie arbeiteten hart und strengten sich an, um ihre Rechnungen bezahlen zu können, ohne ihr Studium zu vernachlässigen. Doch anders als ich feierten sie gern, tranken viel, trafen sich mit Männern, gingen aus und machten all die Dinge, die ich nicht tat. Ich brauchte nicht noch mehr Menschen um mich herum, die mich für kaputt hielten, also vermied ich solchen Umgang.

»Äh ... Ich tanze nicht.«

Ayden blickte die Blondine finster an. »Und wer hat dich überhaupt eingeladen?«

Loren klimperte mit ihren Wimpern und zog die Nase kraus. »Ich dachte, dass Mr. ›Groß, dunkelhaarig und tätowiert‹ vielleicht auch da sein könnte. Ich sage euch, Ladys, ich leide unter schlimmer Sehnsucht, und nur Rule kann diesen Hunger stillen.«

Ayden und ich wechselten einen vielsagenden Blick, und ich machte mich wieder daran, die Belege zu sortieren. »Nein, mein Geburtstag wird nicht groß gefeiert, und Rule wird auf keinen Fall da sein. Es wird eine kleine Feier.«

»Du meinst, eine *langweilige* Feier.«

Ich war nicht mit Loren befreundet. Ich mochte sie noch nicht einmal besonders. Ich wollte ihr also gerade sagen, wo sie mich mal lecken konnte – was mir eigentlich gar nicht ähnlich sah –, aber Ayden redete schon weiter, als wäre Loren nicht da.

»Komm schon, Shaw. Lass uns an deinem Geburtstag was Lustiges unternehmen. Du weißt, dass deine Eltern dich sowieso nur nerven werden. Und du wirst nur einmal zwanzig. Der Tag sollte Spaß machen und aufregend sein.« Ihre braunen Augen funkelten, und ich ahnte, dass sie etwas ausheckte, von dem ich sie sowieso nicht würde abhalten können. Ich steckte die Belege in die Tüte, nahm das Geld, das Ayden mir reichte, und zählte nach. Wir verdienten immer gutes Geld, doch aus irgendeinem Grund war der heutige Tag besonders gewinnbringend gewesen. Ich löste meine Zöpfe und fuhr mir mit gespreizten Fingern durchs Haar.

»Lass uns später darüber reden, ja? Ich suche Lou, damit er uns nach draußen begleitet, falls Gabe sich entschlossen hat, noch mal vorbeizuschauen. Und dann fahren wir nach Hause.«

Sie hakte sich bei mir unter, und wir gingen zum Hauptausgang. »Glaubst du, Gabe würde sich das trauen? Ich meine, Rule und seine Freunde haben ihm unmissverständlich klargemacht, dass er dich in Ruhe lassen soll, und Lou hat ihm sogar gesagt, er würde ihn umbringen, falls er nicht verschwindet.«

»Ich weiß es nicht, Ayden. Er verhält sich nicht normal. Ich hätte niemals geglaubt, dass er hier auftauchen, mich begrapschen und anmachen würde. Ich weiß nicht, was los ist. Es ist ja nicht so, als wäre es die große Liebe gewesen und ich hätte ihm das Herz gebrochen. An guten Tagen war es ganz nett, aber immer eher halbherzig. Rule glaubt, er wäre schlicht und einfach gekränkt, weil ich ihn verlassen habe.«

»Da hat er wahrscheinlich recht.«

Ich verzog das Gesicht, während Lou uns zum Wagen brachte. Wir verabschiedeten uns von ihm und fuhren nach Hause. Ich bemühte mich immer, Entscheidungen zu treffen, die für alle die besten waren. Ich wollte, dass Rule von seiner Familie Liebe und Unterstützung erfuhr. Ich wollte, dass Margot Hilfe bekam und aufhörte, ihren Sohn zu verachten. Ich wollte, dass Gabe darüber hinwegkam, dass der Deal mit mir geplatzt war, und sein Leben weiterlebte. Und vor allem wollte ich mich nicht mehr für all das verantwortlich fühlen.

Die Woche verging wie im Flug. Ich schrieb zwei Klausuren, übernahm eine Extraschicht bei der Arbeit und versuchte neben alldem, meinem Exfreund aus dem Weg zu gehen. Gabe ging ebenfalls auf die *University of Denver.* Und obwohl er sich auf das Jurastudium vorbereitete und sich meistens am anderen Ende des Campus aufhielt, schien er irgendwie an jeder Ecke aufzutauchen. Er rief mich mindestens zweimal pro Tag an. Ich spielte bereits mit dem Gedanken, mir eine neue Nummer zuzulegen. Doch der Aufwand war mir zu groß, und so leitete ich seine Anrufe einfach auf die Mailbox um und wurde richtig gut darin, so zu tun, als hätte ich ihn nicht gesehen.

Rome rief an und sagte, Margot würde es nicht besser gehen. Sie weigerte sich, zu einem Therapeuten für Trauerarbeit zu gehen, und machte inzwischen Rule dafür verantwortlich, dass ich an den Wochenenden nicht mehr nach Brookside kam. Rome meinte, sie würde darauf beharren, dass Rule mir irgendwie eine Gehirnwäsche verpasst und mich gegen sie aufgehetzt hätte. Er hatte kein gutes Gefühl dabei, sie jetzt allein zu lassen, obwohl Rule ihn bedrängte, endlich vorbeizukommen, um mit ihm und den Jungs abzuhängen. Mir entging nicht, dass auch er sich in der Bredouille befand, die ich nur allzu gut kannte – hin- und hergerissen zwischen seinem Bruder und seiner Mom. Ich war traurig, dass er an meinem Geburtstag nicht da sein würde, aber er hatte so viel um die Ohren, dass ich nichts sagte.

Als das Wochenende näher kam, war ich versucht, meine Sonntagsschicht abzugeben, um mir ein weiteres Drama mit Rule zu ersparen. Doch die Bar war gut besucht, und falls Rule und seine Freunde da waren, sah ich sie nicht. Es war immer noch seltsam, ihn nicht jeden Sonntag gegen seinen Willen mit zum Familien-Brunch schleifen zu müssen, aber als meine Schicht vorbei war und es keine Kopfschmerzen, Anschuldigungen oder verletzte Gefühle gegeben hatte, atmete ich erleichtert durch – zum ersten Mal seit Jahren, wie es mir schien. Ich fühlte mich so beschwingt, dass ich mich von Ayden überreden ließ, eine Studiengruppe zu schwänzen und stattdessen Essen vom Mexikaner zu holen. Seit einer Ewigkeit fühlte ich mich wieder wie ich selbst und hätte beinahe nicht gewusst, was ich damit anfangen sollte.

Da ein neues Semester begonnen hatte, konnte ich vor lauter Hausaufgaben nicht aus den Augen gucken. Ich tauschte also meine Freitags- und Sonntagsschichten. Am Samstag hatte ich sowieso frei, weil ich Geburtstag hatte und jeder in der Bar wusste, dass Lou mich liebte und jeden umbringen würde, der mich dazu zwingen wollte, an meinem zwanzigsten Geburtstag zu arbeiten.

Am Freitagnachmittag hatte ich weder von Mom noch von Dad gehört und ging davon aus, dass mir erzwungene Familientreffen an meinem Geburtstag dieses Jahr erspart blieben. Doch Margot hatte mir eine Nachricht geschickt und fragte, ob ich es mir angesichts meines Geburtstages nicht noch mal überlegen und am Sonntag vorbeikommen wolle. Ich hatte ihr geantwortet, dass ich sehr gern käme, wenn Rule auch eingeladen würde. Seitdem hatte ich nichts mehr von ihr gehört. Ayden tat noch immer sehr geheimnisvoll und verriet nicht, was sie für mich geplant hatte – was mich sehr nervös machte. Ich wäre schon glücklich darüber, Sushi zu essen und ins Kino zu gehen, doch sie beharrte darauf, dass wir etwas Größeres veranstalten, ein Abenteuer erleben und etwas Neues machen müssten. Ihre unerschütterliche Entschlossenheit verhieß nichts Gutes. Aber ich bemühte mich, zuversichtlich zu bleiben. Schließlich wollte sie nur nett sein.

Ich kam aus dem Raum, in dem mein Anatomie-Kurs stattgefunden hatte, und schrieb eine SMS an meine Kollegin, um sie daran zu erinnern, dass sie meine Schicht übernehmen sollte, als ich plötzlich mit jemandem zusammenstieß. Vor

Angst und Verärgerung schreckte ich zurück. Gabe stand vor mir und sah so knitterfrei und makellos aus wie immer. Sein dunkles Haar sah aus, als hätte er unentwegt mit den Händen darübergestrichen. Als er den Arm ausstreckte, um mich zu stützen, wich ich so schnell zurück, dass ich fast rückwärts auf den Hintern gefallen wäre.

»Was willst du?« Ich wollte empört und unfreundlich klingen, doch meine Stimme brach, und ich musste mich räuspern. Mühsam versuchte ich, meine Haltung wiederzufinden. Mit seinen blauen Augen musterte er mich eindringlich, und ich fragte mich, wie ich ihn jemals hatte anziehend finden können. Mittlerweile fühlte ich mich in seiner Nähe nur noch unbehaglich.

»Äh … Du rufst nicht zurück, und in letzter Zeit bist du auch schwer zu finden.«

»Das liegt daran, dass ich nicht mit dir sprechen und dich auch nicht sehen will. Und jetzt geh mir aus dem Weg.«

»Shaw, warte.« Er hob eine Hand, zog etwas aus der Tasche und streckte es mir entgegen. »Ich weiß, dass du morgen Geburtstag hast. Ich wollte dir etwas geben und mich für mein Verhalten in der letzten Zeit entschuldigen. Ich war nur wütend, weil ich dachte, du hättest mich für diesen Freak sitzen lassen. Aber deine Mom hat mir erklärt, dass zwischen euch nichts läuft. Hier, das ist für dich.« Er hielt mir die Samtschatulle unter die Nase, und ich wich zurück, als hätte er eine lebendige Schlange in der Hand.

»Ich nehme das nicht an. Ich nehme von dir überhaupt nichts an. Lass mich in Ruhe, Gabe. Ich meine es ernst.«

»Hör mal, Shaw. Du glaubst doch nicht ernsthaft, dass zwischen dir und diesem Kerl jemals eine ernsthafte Beziehung entstehen kann, oder? Deine Mom hat mir gesagt, dass du seit Jahren für ihn schwärmst und dass er dich nie eines

Blickes gewürdigt hat. Du bist nicht sein Typ – du bist zu gut für ihn, und das weiß er auch. Gib mir noch eine Chance. Das mit uns ist vernünftig und hat Hand und Fuß.«

Ich wollte ihm eine Ohrfeige versetzen, doch ich ließ zu, dass das eisige Gefühl, das mich bei seinen Worten durchströmte, meine Wut übertönte.

»Nein.« Mehr sagte ich nicht. Nur »Nein«. Ich musste mich oder meine Empfindungen nicht erklären, und auch nicht die Tatsache, dass mir bewusst war, dass das meiste, was er über Rule gesagt hatte, der Wahrheit entsprach. Ich war nicht zu gut für Rule, ich war einfach zu sehr ich selbst, sodass er nichts anderes in mir sehen konnte als das, was er immer schon in mir gesehen hatte. Das hatte ich schon vor Jahren akzeptiert. Ich machte ein paar unsichere Schritte zurück. Dann machte ich auf dem Absatz kehrt und lief davon. Er rief meinen Namen, aber das war mir egal. Ich rannte nur. Er machte mir allmählich Angst. Und angesichts der Tatsache, dass meine eigene Mutter ihm die intimsten Details aus meinem Leben verriet, wurde mir schlecht. Ich konnte nicht glauben, dass die Frau, die sich nicht einmal gemerkt hatte, wann ich von zu Hause ausgezogen war, um aufs College zu gehen, gespürt hatte, was ich für Rule empfand. Wenn Gabe mich nicht in Ruhe lassen würde, dann würde ich doch in Betracht ziehen, meine Telefonnummer zu ändern und möglicherweise sogar eine einstweilige Verfügung gegen ihn zu erwirken.

Als ich nach Hause kam, war niemand da. Ich überprüfte, ob alle Türen abgeschlossen waren und das zusätzliche Sicherheitsschloss an der Eingangstür ebenfalls verriegelt war. Dann verkroch ich mich in meinem Zimmer, widmete mich meinen Hausaufgaben und versank in Selbstmitleid. Ich betrachtete mich selbst nicht als besonders extrovertiert oder optimistisch, was daher rührte, dass ich zu Hause jahrelang übersehen und in der Schule von den anderen schlecht behandelt worden war. Eine Zeit lang hatte Remy es geschafft, mich aus meiner Auster, in die ich mich verkroch, zu befreien und mich hinauszulocken. Ich war mir sicher gewesen, dass ich endlich zu mir selbst finden würde, wenn ich Brookside hinter mir gelassen und im College Fuß gefasst hätte. Doch dann war Remy gestorben, und ich versuchte weiterhin, es allen Menschen recht zu machen, selbst wenn diese meine Bemühungen nicht zu schätzen wussten.

Ich zog mich hübsch an und benahm mich anständig, weil meine Eltern mich nicht ganz vergessen sollten. Ich passte auf Rule auf und erduldete sein grässliches Verhalten, weil ich Margot und Dale zeigen wollte, dass er ihre Liebe genauso brauchte und verdiente wie Remy. Ich zog bei der Arbeit ein lächerliches Outfit an und ertrug dumme Mädchen und betrunkene Gäste, weil Ayden eine gute, solide Mitbewohnerin verdiente, auf die sie sich verlassen konnte. Und vor allem tat ich so, als würde es mir nichts ausmachen und mich nicht innerlich zerstören, dabei zusehen zu müssen, wie Rule den Großteil der weiblichen Bevölkerung Denvers flachlegte. Und während ich so Tag für Tag durchs Leben ging, verblasste all das, was *mich* ausmachte, immer mehr.

Der Grund, warum ich überhaupt zugestimmt hatte, mit Gabe auszugehen, war, dass er mich ganz entfernt an Rule erinnert hatte. Er hatte auch dunkles Haar und helle Augen. Und so adrett und makellos er auch war, hatte er doch irgendwie einen Schalk im Nacken. Nur deshalb hatte ich meine üblichen Bedenken beiseitegeschoben. Allerdings hatte ich nach einigen Dates festgestellt, dass ich mich geirrt hatte und dass es dieses Besondere, diesen Funken, nie gegeben hatte. Ich suchte ständig nach etwas oder vielmehr nach jemandem, den es nicht gab. Gabe war höflich und nett geblieben, bis er festgestellt hatte, dass ich nicht mit ihm ins Bett gehen würde. Mir war klar, dass sechs Monate eine lange Zeit waren, jemanden hinzuhalten, aber das rechtfertigte nicht dieses seltsam besessene Verhalten, das er jetzt an den Tag legte und das mich noch zusätzlich belastete.

Ich wollte gar nichts mehr machen. Ich zog mir eine Jogginghose an und rollte mich auf meinem Bett zusammen, um mir im Netz einen Film anzuschauen. Ayden würde noch bis zwei Uhr arbeiten, also war ich allein und konnte mich meinem Selbstmitleid hingeben. Eigentlich sollte ich ausgehen. Und eigentlich sollte ich viele Freunde haben, die ich spontan anrufen könnte, um mit ihnen einen Freitagabend zu verbringen. Doch das hatte ich nicht. Und das war einfach traurig. Es fehlten nur noch zwei Katzen und eine Packung Eiscreme, und das Bild des Jammers wäre perfekt. Irgendwann nach der zweiten romantischen Komödie und dem chinesischen Essen vom Lieferservice schwor ich mir, alles mitzumachen, was Ayden für meinen morgigen Geburtstag geplant hatte, denn was ich hier gerade tat, war unglaublich deprimierend. Meine Mitbewohnerin hatte recht: Ich brauchte ein bisschen Spaß und sollte mich ein bisschen aufheitern lassen. Was auch immer sie vorhatte, um das zu erreichen – ich war dabei. Ich schlief ein, während ein weiteres unscheinbares Mädchen umgestylt wurde, weil der Typ, auf den sie stand, aus irgendeinem Grund nicht sah, was für eine Schönheit sich hinter der Brille und dem ungepflegten Haar verbarg.

Am nächsten Morgen weckten mich Kurznachrichten von Rome und meinem Vater, die mir zum Geburtstag gratulieren wollten. Wie gewöhnlich kam von meiner Mutter nicht einmal das, und ich gab es nicht gern zu, aber ich war traurig, dass Margot sich nicht meldete. Ich beschloss, Frühstück zu machen, und ging in die Küche, wo ich einen Blumenstrauß auf dem Küchentisch bemerkte. Als ich dann allerdings sah, von wem die Karte war, wich ich unwillkürlich zurück. Ich musste wirklich etwas wegen Gabe unternehmen.

Ayden war eine Frühaufsteherin. Jeden Morgen ging sie eine Runde joggen – egal, wie lange sie am Abend zuvor gearbeitet hatte. Mit dem Kaffeebecher in der Hand wies sie auf die Blumen und blickte mich finster an. »Die lagen auf der Veranda, als ich vom Laufen zurückkam.«

»Ich glaube, ich muss doch eine einstweilige Verfügung erwirken.«

»Ist sein Vater nicht Richter oder so etwas?«

Ich seufzte. »Ja.« Gabe dazu zu bringen, mich in Frieden zu lassen, würde schwieriger werden, als ich glaubte. »Soll ich das Frühstück machen?«

Sie schüttelte den Kopf. Ihre Augen funkelten vor Aufregung. »Nein, ich habe den besten Geburtstag aller Zeiten für dich geplant. Zuerst gehen wir zu *Lucille's.*«

Ich liebte *Lucille's.* Es war ein bekanntes Restaurant mit Cajun-Spezialitäten in Washington Park und wahrscheinlich einer der wenigen Läden außerhalb von New Orleans, in denen man echte Beignets bekam.

»Ja! Das klingt toll. Was haben wir heute sonst noch auf dem Zettel?«

»Shoppen.«

Ich verzog das Gesicht, denn ich ging wirklich nicht gerne shoppen. Bei der Arbeit trug ich eine lächerliche Uniform und in der restlichen Zeit teure Markenklamotten, auf die meine Eltern bestanden, weil ich mich passend zu dem Job anziehen sollte, den ich eines Tages einmal ausüben wollte – und anscheinend liefen Ärzte nicht einmal nach Feierabend in Jeans und T-Shirt herum.

Ayden sah meine Miene und lächelte frech. »Nein, wir machen kein Shopping für reiche Mädchen, sondern für ganz normale Studentinnen. Wir gehen ins Einkaufszentrum, wir gehen in meinen Lieblingssecondhandladen, wir gehen in den coolen Vintageladen in der Pearl Street. Und du, meine Liebe, darfst für kein Teil mehr als fünfzig Dollar ausgeben. Es wird keine High Heels für zweihundert Dollar geben, keine Twinsets aus Kaschmir für fünfhundert Dollar und keine perfekt geschneiderten Hosen, die von blinden Mönchen in den Anden mit der Hand genäht wurden oder so etwas. Wir sind einfach zwei ganz normale Freundinnen, die ihr Trinkgeld für unnützen Kram auf den Kopf hauen.«

Das klang lustig und war etwas, das ich noch nie gemacht hatte.

»Und dann«, fuhr sie fort und riss ihre braunen Augen dramatisch auf, »werden wir in einen Beautysalon gehen und uns die Haare und die Nägel machen lassen. Eine Kommilitonin im Kurs ›Anorganische Chemie‹ hat ihr Haar in diesem Salon machen lassen – und sie sieht aus wie Regina Regenbogen. Wir lassen uns also hübsch machen, ziehen unsere neuen normalen Klamotten an und gehen dann in dem brasilianischen Restaurant essen, das wir beide schon immer ausprobieren wollten.«

Es klang toll. Alles. Ich wollte ihr gerade voller Dankbarkeit um den Hals fallen, als sie eine Hand hob.

»Ich bin noch nicht fertig.« Sie verschwand in ihrem Zimmer und kam nach einer Minute mit einer Karte in einem pinkfarbenen Umschlag zurück. »Danach nimmst du dieses coole und unverzichtbare Geburtstagsgeschenk, das ich dir besorgt habe, und gehst mit mir aus. Und ich meine damit nicht, dass wir zu *Dave and Busters* oder ins *Old Chicago's* gehen. Wir werden richtig ausgehen. Ich werde dafür sorgen, dass du dich amüsierst – und wenn es das Letzte ist, was ich tue.«

Ein wenig verängstigt klappte ich die Karte auf. Ich wusste nicht, was genau sie mit »richtig ausgehen« meinte. In der Karte steckte jedenfalls ein glänzend verpacktes Geschenk, das auf den ersten Blick aussah wie eine Kreditkarte. Nachdem ich die Karte mit den lieben Wünschen gelesen hatte, riss ich das Geschenkpapier auf und keuchte, als ich erkannte, was ich da in der Hand hielt. »Ayden, das kann ich nicht tun.«

Es war ein Ausweis mit meinem Bild und meinem Geburtsdatum darauf – allerdings um ein Jahr zurückdatiert Mit diesem Dokument konnte ich mich als volljährig ausweisen. Die Fälschung war von dem Führerschein, den ich im Portemonnaie trug, nicht zu unterscheiden.

»O doch, das kannst du. Zwanzig Jahre lang hast du es allen Menschen ständig recht gemacht. Ich kann nicht mehr mit ansehen, dass du dich dafür so überschlägst. Die meisten Mädchen in deinem Alter gehen aus, schleichen sich in Clubs, küssen Jungs, haben schmutzige One-Night-Stands und erleben Dramen mit den Freundinnen der Männer. Und du, Shaw, du machst nichts davon. Heute Abend wirst du diesen Führerschein nehmen, mit mir ausgehen und dich benehmen wie jede andere idiotische Zwanzigjährige, die ich kenne. Wir werden zu viel trinken, Dummheiten machen und Spaß haben – du hast es verdient. Ich kann mich nicht daran erinnern, wann ich dich zum letzten Mal lächeln oder lachen gesehen habe. Du lässt deine Seele verkümmern, indem du versuchst, jemand zu sein, der du nicht bist, und ich kann nicht länger danebenstehen und tatenlos dabei zusehen.«

»Aber ich werde doch schon nächstes Jahr einundzwanzig.« Warum das ein schlagendes Argument sein sollte, war mir selbst schleierhaft. Doch irgendwie kam mir genau das über die Lippen.

Sie schüttelte den Kopf. »Wen kümmert's? Du bist zwanzig Jahre alt und benimmst dich wie eine Fünfzigjährige.« Ihre Worte versetzten mir einen Stich, denn während der letzten Fahrt nach Brookside hatte Rule mir ungefähr das Gleiche gesagt. Mit einem Seufzen erinnerte ich mich an meine Entschlossenheit vom Abend zuvor, als ich mir geschworen hatte, alles mitzumachen, was Ayden für meinen Geburtstag geplant hatte, und mich einfach mal gehen zu lassen. Ich schob mir eine Haarsträhne hinters Ohr und straffte die Schultern.

»Okay.«

Ayden blickte mit hochgezogenen Augenbrauen auf. »Okay?«

»Ja. Lass es uns tun. Sollen der Geburtstagsspaß und die Ausschweifungen beginnen.« Sie schrie vor Begeisterung so laut auf, dass mir die Ohren klingelten. Dann kam sie zu mir und drückte mich so fest, dass mir die Luft wegblieb.

»Vertraue mir, Shaw. Den heutigen Tag wirst du nicht vergessen.« Sie hatte recht, am Ende des Tages würde ich wissen, dass dieser Geburtstag mein Leben verändert hatte ...

Das Frühstück war unglaublich. Wir stopften uns mit so vielen köstlichen Beignets voll, dass ich im Einkaufszentrum einige Extrarunden drehen musste, um noch ein paar zusätzliche Kalorien zu verbrennen. Ich probierte unzählige Jeanshosen an und kaufte einige davon. Dann schnappte ich mir ein Paar *Chucks,* die ich schon immer haben wollte, was ich aber nie durfte. Außerdem deckte ich mich mit T-Shirts und Tanktops ein. Im Secondhandladen erstand ich eine tolle alte Lederjacke und ein paar Blusen im Countrystyle mit Perlenknöpfen – ich wusste, dass sie super zu meiner neuen engen

Jeans aussehen würden. Im Vintageladen schließlich wurde ich ein bisschen mutiger und verrückter, weil ich mich Hals über Kopf in Kleider im Stil der Fünfziger- und Sechzigerjahre verliebte. In einigen von ihnen sah ich aus wie eine Figur aus *Mad Men* und in anderen wie Bettie Page – nur mit kleineren Brüsten. Ich kaufte High Heels in Pfauenblau mit paillettenbesetzten Federn an den Seiten und einen süßen Pillbox-Hut, den ich wahrscheinlich niemals tragen würde, den ich aber wunderschön fand. Am wichtigsten war allerdings, dass ich unglaublich viel mit Ayden lachte, während wir alles ausprobierten. Ich fühlte mich, als wäre ein tonnenschweres Gewicht von meiner Brust genommen. Es machte schlicht und ergreifend Spaß, und die Tatsache, dass ich fast vergessen hatte, wie sich das anfühlte, war einfach nur traurig.

Im Beautysalon bekam ich eine pinkfarbene Maniküre und Pediküre. Ich gönnte mir noch eine Verzierung mit kleinen schwarzen Sternen. Es sah cool aus und entsprach so gar nicht den blassen Pastelltönen, die ich für gewöhnlich verwendete. Die Frau, die mich bediente, hatte leuchtend grüne Dreadlocks und ein Tattoo auf der Stirn. Ich freute mich unglaublich, als sie mich angrinste und sagte, sie fände es gut. Alle, die in diesem Salon arbeiteten, hatten einen coolen *Rock 'n' Roll*-Style. Normalerweise hätte ich mich fehl am Platze gefühlt und distanziert reagiert, doch die Leute hier waren so nett und freundlich, dass ich gar nicht anders konnte, als mich zu entspannen und Spaß zu haben. Der Typ, der sich um meine Haare kümmerte, war ein großer, offensichtlich schwuler Afroamerikaner mit einer Glatze, auf die ein Auge tätowiert war. Er trug von Kopf bis Fuß Klamotten mit Leoprint und hatte Schuhe an, die offensichtlich mehr gekostet hatten als meine. Er war nett und sagte mir, mein

Haar sei atemberaubend. Dann schlug er vor, es durchzustufen, damit es mehr Volumen und Lebendigkeit bekäme. Ich war begeistert von seinem Vorschlag und fragte ihn sogar, ob er noch etwas Neues mit der Farbe machen könne. Mein Haar war so hell, dass ich es normalerweise nicht färbte, weil die Farbe dann zu extrem wurde. Seine dunklen Augen leuchteten, als ich nach etwas Aufregendem fragte, das zugleich seriös bliebe. Unter das blonde Deckhaar bekam ich daraufhin eine wundervolle kastanienbraune Coloration verpasst. Es sah einfach großartig aus – anders, aber dezent genug, sodass ich mich noch damit wohlfühlte. Zum Schluss teilte er meinen gerade geschnittenen Pony in zwei Teile und färbte die eine Seite ebenfalls in dem Braunton. Es war trendy und ganz anders, als ich mein Haar normalerweise trug. Entzückt umarmte ich ihn auf meinem Weg nach draußen noch einmal. Er erwiderte die Umarmung genauso herzlich, was wahrscheinlich eher an meinem großzügigen Trinkgeld lag, von dem er locker einen Wochenendausflug machen konnte, doch wen kümmerte das schon. Ich sah umwerfend aus.

Wir rannten zurück nach Hause, um uns fürs Dinner zu stylen. Ich zog eines meiner neuen Outfits an – einen superengen Bleistiftrock und ein durchscheinendes blaues Shirt mit einem schwarzen Top darunter. Ich drehte mir meine Haare auf, legte mehr Make-up auf, als ich normalerweise trug, und beschloss, dass ich meine tollen schwarzen Boots dazu tragen würde, die von einem *Harley Davidson*-Model zu stammen schienen. Sie standen in einem gewissen Gegensatz zu meinem Look, und das passte zu meiner Stimmung, nachdem ich die echte Shaw einen Tag lang von der Leine gelassen hatte.

Im Restaurant sorgte Aydens aufreizendes hautenges rotes Kleid dafür, dass der Kellner praktisch jedes Mal in unser

Wasser sabberte, wenn er an unseren Tisch kam, um nachzuschenken. Sie forderte mich auf, meinen neuen Führerschein auszuprobieren und einen Drink zu bestellen. Es funktionierte tadellos. Bevor ich wusste, wie mir geschah, waren wir beide angeheitert, fühlten keinen Schmerz mehr und hatten unglaublich viel Spaß dabei, durch die Clubs in LoDo zu ziehen und die angesagten Kellerbars in Capitol Hill aufzusuchen. Ich war überrascht, dass ich in den meisten Bars meinen falschen Führerschein gar nicht vorzeigen musste – ein aufreizendes Dekolleté reichte völlig.

Ich lachte hysterisch über Ayden, die einen Typ nachmachte, der sich wild fuchtelnd über die Tanzfläche bewegte. Wir bekamen überall jede Menge Aufmerksamkeit und mussten unsere Drinks nur selten selbst bezahlen. Gerade versuchte ein Typ von der *University of Colorado Boulder*, mir von seiner glanzvollen Footballkarriere zu erzählen – oder vielmehr erzählte er es meinen Brüsten, denn er hatte noch nicht ein einziges Mal von meinem Dekolleté aufgeblickt. Ayden rollte mit den Augen und bemühte sich, einen Kerl im Bankeranzug loszuwerden, der ihr anbot, gratis ihre Steuererklärung zu machen, wenn sie ihm dafür ihre Telefonnummer gab. Ganz schön albern, aber sehr lustig. Ich musste mich überhaupt nicht anstrengen, zu flirten oder charmant zu sein. Da ich schon ziemlich viel getrunken hatte, waren Gespräche sowieso nicht mehr das Mittel der Wahl. Ich lächelte einfach und saß in einer ansprechenden Pose auf meinem Barhocker – zwei Dinge, die ich anscheinend sehr gut beherrschte. Mit einem Mal stand ein weiterer Cosmopolitan, den ich ganz sicher nicht brauchte, vor mir, und Mr. Football beugte sich noch weiter zu mir herüber. In ebendiesem Moment meldete sich plötzlich mein sechster Sinn. Irgendwas in mir schrie »Flucht oder Angriff«.

Unvermittelt hob ich den Kopf und drehte mich auf dem Barhocker um. Beinahe hätte ich dabei dem anzüglich grinsenden Footballspieler mein Knie direkt in die Weichteile gerammt. Ich sah mich um und versuchte, herauszufinden, warum sich plötzlich meine Nackenhärchen aufgestellt hatten. Aber ich sah nur die Gäste, die überall herumliefen oder -standen. Der Footballspieler wollte meine Aufmerksamkeit erregen, indem er mit dem Finger über meinen Arm strich. Vermutlich sollte das sexy sein, doch ich war betrunken und genervt, und ich wollte, dass er verschwand. Plötzlich wollte ich nur noch weg. Ich sah mich nach Ayden um, damit wir uns ein Taxi suchen und verschwinden konnten. Ehe ich sie entdecken konnte, schob sich eine warme Hand unter meinem Haar in meinen Nacken. Eine tiefe Stimme knurrte in mein Ohr: »Wie zum Teufel bist du hier hereingekommen, Casper? Und was hast du mit deinen Haaren angestellt?«

Der Footballspieler riss die Augen auf, denn – tja – Rule war eben Rule. Die pinkfarbenen Haare, die in alle Richtungen abstanden, waren einer neuen Frisur gewichen. Jetzt hatte er sich die Seiten abrasiert. Der Mittelteil war fast weiß gebleicht und zu einer beeindruckenden Irokesenfrisur aufgestellt. Er trug ein enges schwarzes Shirt mit einem brennenden Totenkopf mit Wikingerhelm, sodass seine Tattoos an den Armen gut sichtbar waren. Außerdem trug er eine schwarze Jeans mit Löchern an den Knien und dazu seine schweren Motorradboots. Neben dem Footballer, der einen Pullover mit V-Ausschnitt anhatte, hätte er eigentlich ungepflegt aussehen müssen – aber so war es nicht. Er sah heiß aus. Und er wirkte wie jemand, mit dem man sich besser nicht anlegte. Der Footballspieler stieß sich eilig vom Tisch ab und verschwand in der Menge.

Ich war betrunken und vermutlich nicht in der besten Verfassung, um mit Rule auf Konfrontationskurs zu gehen. Doch ich mochte meine neue Frisur und wollte mir von ihm nicht die Geburtstagslaune verderben lassen. Er wusste ja anscheinend nicht einmal, welcher Tag heute war. Ich schüttelte seine Hand ab und trank meinen Drink in einem Zug aus.

»Was machst du hier?«, fragte ich.

Mit einer hochgezogenen Augenbraue sah er mich an und nahm den Platz ein, den der Footballspieler gerade freigemacht hatte. Er betrachtete mein tief ausgeschnittenes Shirt. »Diese Bar ist ganz in der Nähe des Studios. Nash und ich sind nach der Arbeit sehr oft hier. Ich habe gerade einen Kunden bedient. Ich weiß, dass sie an der Tür die Führerscheine prüfen. Wie also bist du hier reingekommen?«

Ich warf mein Haar über die Schultern, wie ich es schon bei so vielen arroganten Mädchen gesehen hatte. Nur fiel *ich* dabei beinahe vom Barhocker. Ganz offensichtlich war es eine schlechte Idee gewesen, den letzten Drink auch noch zu leeren. Ich klammerte mich an der Tischkante fest, und Rule streckte den Arm aus, um mich zu stützen. Die Stelle am Oberarm, an der er mich festhielt, schien in Flammen zu stehen. Ich hätte vorhin definitiv auf meinen Fluchtreflex hören sollen. Ich legte eine Hand auf meine Stirn, die sich mit einem Mal klamm anfühlte. »Ich muss gehen.« Es war zu heiß, zu laut, und wenn ich nicht sofort an die frische Luft kam, würde ich hier und jetzt auf den Boden kotzen.

Ich versuchte, auf die Beine zu kommen, aber die Welt schien sich plötzlich wie verrückt zu drehen, und ich musste mich an Rules Arm krallen, um nicht umzukippen. Ich war froh, dass ich mich für meine Boots und nicht für die High Heels entschieden hatte, ganz sicher hätte ich sonst flach gelegen.

»Wer ist gefahren?« Rules Stimme schien aus weiter Ferne zu kommen. Mann, er roch echt gut. Mit einem Seufzen lehnte ich mich an ihn und vergrub meine Nase in seiner Halsbeuge. Er war so groß, dass ich mich auf seine Arme stützte, um ihn zu erreichen. »Ehrlich, Shaw. Wie seid ihr hierhergekommen?«

»Ayden und ich haben uns ein Taxi genommen.«

»Wo ist sie?«

»Mit einem Banker zusammen. Ich muss jetzt nach Hause.« Ich fühlte, wie meine betrunkenen Beine anfingen, zu zittern und zu wackeln. Rule schlang einen Arm um meine Taille und hielt mich fest. Was für ein schönes Gefühl. Ohne darüber nachzudenken, legte ich beide Arme um seinen Hals. Er fühlte sich genauso gut an, wie ich es mir immer gedacht hatte.

»Ihre Mitbewohnerin läuft hier irgendwo rum. Kannst du mal schauen, ob du sie findest? Ich bringe sie derweil zu uns nach Hause.« Ich war mir nicht sicher, mit wem er sprach, doch eine vertraute Stimme brummte zustimmend. Dann ging es Richtung Ausgang – halb lief ich, halb wurde ich getragen. Draußen traf mich die kalte Januarluft wie ein Schlag ins Gesicht, und ich zuckte unwillkürlich zusammen. Rule schob mich an seine Seite und legte den Arm um meine Schultern. Ich schlang den Arm um seine schlanke Taille und kuschelte mich an ihn. Vom Kopf her wusste ich, dass mich der Wodka fest im Griff hatte und ich mich deshalb so verrückt benahm, aber ich konnte nicht anders.

»Wir sind nur drei Blocks von meiner Wohnung entfernt«, sagte er. »Ich werde dir eine Kanne Kaffee einflößen, dir ein paar Chips oder einen Burrito reinschieben und dann ein Taxi holen. Du bist noch blasser, als ich dich sonst kenne, und wenn du jetzt versuchst, in ein Taxi zu steigen, wirst du nur alles vollkotzen. Warum bist du überhaupt so betrunken und so sexy angezogen?«

Ich zitterte ein bisschen, als der kalte Wind über meine nackten Beine strich. Ich drehte ihm mein Gesicht zu und atmete tief ein. Er roch nach dem Desinfektionsmittel aus dem Tattoo-Studio, nach den Zigaretten, die Nash immer rauchte, nach dem Haarspray in seiner Irokesenfrisur und unter alldem nach etwas Warmem, Erdigem, das ich nur von ihm kannte. Er roch nach Rule. In den vergangenen sechs Jahren war ich ihm noch nie so nahe gekommen, und es reichte, um meinen vom Alkohol umnebelten Verstand vor Verlangen außer Kraft zu setzen.

»Du findest, dass ich sexy aussehe?« Das kam mir in diesem Moment wie der wichtigste Teil seiner Äußerung vor. Wir blieben an einem Stoppschild stehen, und er sah mich leicht verärgert an.

»Shaw, jeder Kerl in der Bar hat dich umschwirrt wie eine Motte das Licht. Du weißt, dass du gut aussiehst. Was ich denke, sollte also keine Rolle spielen. Was eine Rolle spielen sollte, ist, warum du dich plötzlich wie ein anderer Mensch anziehst und benimmst. Was ist denn bloß los mit dir?«

Ich wollte ihn finster anfunkeln, doch das war unmöglich – vor allem, nachdem sein T-Shirt hinten ein Stückchen hochgerutscht war und mein Arm auf seiner warmen Haut lag. Ich stolperte vom Bordstein, als wir weiterliefen und das Haus im viktorianischen Stil, in dem er wohnte, in Sicht kam. Er zog mich noch näher an sich. Ich bemühte mich erst gar nicht, das leise Seufzen zu unterdrücken, das mir über die Lippen kam. »Alle Leute haben eine ganz bestimmte Meinung darüber, wie ich mich zu verhalten habe – du, meine Eltern, deine Eltern, die Mädchen bei der Arbeit, Gabe. Alle wollen immer, dass ich dieses oder jenes tue, dass ich mich benehme, dass ich spure. Und ich habe es satt. Vielleicht will ich ein einziges Mal einfach das tun, was ich will, und mich fühlen, wie ich mich fühlen will, ohne dass jemand mich verurteilt und irgendetwas im Gegenzug von mir verlangt.«

Er schwieg, als wir die Treppe zu seiner Wohnung hinaufstiegen. Möglicherweise versuchte er, meine betrunkene Rede zu übersetzen, denn selbst ich konnte hören, dass ich zwischen meinen klappernden Zähnen nur Gelalle hervorbrachte. Er machte die Tür auf. In der Wohnung war es warm, also zog ich die Jacke aus und strich mir mit zitternden Händen durchs Haar. Mit verschwommenem Blick sah ich ihn an und hätte beinahe meine Zunge verschluckt. Er lehnte an der Tür und sah mich mit verschleiertem Blick an. Er schoss keine verbalen Spitzen ab, und er ignorierte mich auch nicht – er sah mich einfach nur an. Ich stieß den Atem aus und schmeckte die Säure des Cranberrysafts auf meiner Zunge, als ich ein paar unsichere Schritte auf ihn zu machte. Er war so groß, dass ich mich auf die Zehenspitzen stellen musste, um sein Ohr zu erreichen. Vorsichtig legte ich eine Hand auf seine Schulter und die andere an seinen Kopf und flüsterte: »Ich habe heute Geburtstag, Rule.«

Ich hätte erwartet, dass er zurückweichen, mich sanft zur Seite schieben würde, aber er streckte die Arme aus und legte die Hände auf meine Taille. Für den Bruchteil einer Sekunde weiteten sich seine Pupillen. Er zog die Mundwinkel nach unten, und der Ring in seiner Lippe funkelte. »Es tut mir leid, Shaw. Ich hatte keine Ahnung.«

Ich zuckte die Achseln und rückte noch näher an ihn heran. »Ist schon in Ordnung. Meine eigene Familie erinnert sich nicht einmal daran.« Ich stand so dicht vor ihm, dass meine Brüste ihn berührten, und ich konnte spüren, dass diese Nähe Wirkung auf ihn hatte. Wenn ich mich nicht so sehr darauf hätte konzentrieren müssen, das Gleichgewicht zu halten, weil ich auf Zehenspitzen stand, hätte ich bestimmt gelächelt. Mein ganzes Leben lang hatte ich ihn berühren, bewegen, dazu bringen wollen, irgendetwas für mich zu empfinden und mich nicht nur zu akzeptieren, weil ich nun mal da war.

»Ich weiß, was du für mich tun kannst, damit es der beste Geburtstag aller Zeiten wird.« Ich wollte selbstsicher klingen, sexy und verführerisch, doch ich war mir sicher, dass ich nur geil und betrunken klang. Es war mir egal. Hier war ich – mein wahres Ich, das ihn schon immer unglaublich begehrt hatte. Es war ausgeschlossen, dieses Ich jetzt wieder wegzusperren.

Ich dachte nicht nach, sondern hielt mich einfach an ihm fest, um seinen Mund erreichen zu können. Und dann küsste ich ihn. Der Ring in seiner Lippe war kalt, und ich erschrak ein wenig. Ansonsten war er heiß und hart. Das hatte ich mir immer gewünscht. Und obwohl er den Kuss nicht erwiderte, war das für mich das beste Geburtstagsgeschenk, das ich je bekommen hatte. Ich wollte mich gerade von ihm lösen, als sich etwas änderte. Rule gab seine passive Haltung auf und wurde plötzlich ein ganz anderer …

5. Kapitel

Rule

Shaw war betrunken – und zwar richtig. In ihren Klamotten wirkte sie wie eine Retro-Erscheinung. Und sie trug die Boots, die ich so cool fand.

Schon die ganze Woche über war ich missmutig und launisch gewesen. Das war weder meinen Freunden, meinen Kunden noch der Kleinen entgangen, die ich Samstagabend sitzen gelassen hatte. Ich konnte nicht mal benennen, was los war. Zuerst hatte ich gedacht, es läge an Rome und ich wäre sauer, weil er meiner Mom einfach nicht sagen wollte, dass sie erwachsen werden und endlich über die Sache hinwegkommen solle. Ich wollte, dass er Zeit mit mir verbrachte und wir etwas Spaß hatten, ehe er wieder in die Wüste zurückmusste. Aber er wollte die Hoffnung nicht aufgeben, dass er unsere kaputte Familie wieder zusammenbringen könnte, und ich wollte mich nicht mit meinem Bruder, dem Kriegshelden, streiten. Dann hatte ich gemutmaßt, dass mir nur ein bisschen Sex fehlen würde, doch die heiße Blondine, mit der ich am Samstagabend hatte nach Hause gehen wollen, hatte schon im Wagen auf dem Weg zu ihr angefangen, mir auf die Nerven zu gehen. Als wir dann endlich in ihrem Zimmer angekommen waren, hatte ich sie nicht mehr nackt sehen wollen, also war ich getürmt. Am Sonntag war meine Laune dann nur noch mieser geworden. Die Jungs hatten vorgeschlagen, ins *Goal Line* zu gehen, weil sie meinten, ein verbaler Schlagabtausch mit einer kühlen Blondine wäre genau das, was ich brauchte, um meine Stimmung aufzuhellen.

Doch ich hatte mich geweigert und stattdessen den ganzen Tag vor mich hin gebrütet und *Call of Duty* gespielt.

Mir war immer noch nicht ganz klar, was mit mir los war, aber als Shaw nun so betrunken vor mir stand, erwachte in mir eine Ahnung.

Seit Tagen bekam ich den Gedanken an Shaw in ihrer Uniform und ihren mit Rüschen besetzten Po nicht aus dem Kopf. Vielleicht war ich oberflächlich, vielleicht war ich ein chauvinistisches Schwein, doch sie so sexy in knappen Klamotten zu sehen, ließ sie in einem ganz anderen Licht erscheinen. Es war, als hätte ich sie noch einmal ganz neu kennengelernt. An die Stelle der geschniegelten und gestriegelten Frau, die Remy so vergöttert hatte, war eine sexy Studentin getreten, die mich nachts nicht schlafen und stattdessen nicht jugendfreie Dinge denken ließ. Als sie mich nun mit großen Augen ansah und unsicher schwankte, wusste ich, dass ich eigentlich mein Versprechen halten, sie etwas in Ordnung bringen und dann nach Hause schicken sollte. Aber plötzlich küsste sie mich, und ich konnte mich nicht einmal mehr an meinen eigenen Namen erinnern. Zuerst war ich zu geschockt, um zu reagieren. Ich hatte schon unzählige Frauen geküsst, und es war immer nett gewesen, doch Shaw verlieh dem Ausdruck »nett« eine ganz neue Dimension.

Nachdem das Blut, das mir in die untere Körperregion geschossen war, sich allmählich wieder im ganzen Körper verteilt hatte, wurde mir klar, dass sie zurückwich – oder vielmehr zurückfiel. Und, ja, ich war ein echtes Arschloch, weil ich wusste, dass sie betrunken war, und weil ich wusste, dass sie im Grunde noch immer die Freundin meines Zwillingsbruders war. All das hielt mich jedoch nicht davon ab, sie an mich zu ziehen und zu küssen. Denn sie schmeckte süß und würzig, fühlte sich besser an als alles, was ich je berührt hatte, und sie hatte dieses aufreizende Shirt an, das sinnlich über meinen Oberkörper rieb. Außerdem hatte sie die Arme um meinen Hals geschlungen und spielte an meinen Haaren herum. All das hatte direkten Einfluss auf meinen Schwanz, der mich anzuschreien schien, endlich etwas zu unternehmen. Also machte ich das.

Ich hob sie hoch, weil sie klein und ich es leid war, mich ständig hinunterzubeugen. Ihr Rock war eng, doch er ließ sich leicht ihre Schenkel hinaufstreifen, sodass sie ihre wohlgeformten Beine um mich schlingen konnte. Sie keuchte, und ich hätte vielleicht aufgehört, sie zu küssen, wenn sie nicht ihre neue Position dazu genutzt hätte, sich gegen meinen harten Schwanz zu pressen. Gleichzeitig schob sie die Hände unter mein T-Shirt. Ich hätte niemals gedacht, dass Shaw, wenn man sie nur an der richtigen Stelle berührte, so abgehen würde. Sie wirkte immer so cool, gefasst, beherrscht. Aber jetzt zog sie mir das Shirt über den Kopf und machte mit ihrer Zunge irgendetwas mit meinem Lippen-Piercing, das mich fast um den Verstand brachte. Ich wusste, dass Nash jeden Moment mit ihrer Mitbewohnerin hereinkommen könnte und dass wir aufhören mussten. Auf keinen Fall hätte ich es mir selbst verziehen, wenn ich zugelassen hätte, dass die Situation in Shaws Zustand ausuferte. Ich löste mich von ihr und stellte sie wieder auf ihre unsicheren Beine. Ich hoffte, dass sie auch noch in betrunkenem Zustand die Stimme der Vernunft sein würde.

Doch sie sah mich nur mit verschleiertem Blick an und fuhr sich mit der Zungenspitze über die roten Lippen. Noch nie in meinem ganzen Leben hatte ich etwas Heißeres gesehen.

Dann fing sie an, an den Bändchen ihres Seidenshirts zu zupfen und ging an mir vorbei ins Schlafzimmer. Ich hatte ganz vergessen, dass sie wusste, wo sich mein Schlafzimmer befand, dass sie sich in der Wohnung auskannte – schließlich hatte sie einen verdammten Schlüssel. Es lag mir auf der Zunge, ihr zu sagen, dass sie aufhören solle, dass ich sie ins Bett bringen würde und dass sie ihren Rausch ausschlafen könne. Doch als ich ihr folgte, fiel zuerst das blaue Shirt auf den Boden, gefolgt von dem schwarzen Top und dem Rock, der ihren Po so schön betont hatte. Ich sammelte die achtlos weggeworfenen Kleider auf und versuchte, mich zu beruhigen. Ich konnte das hier nicht tun. Und ich würde es auch nicht tun. Es war schon schlimm genug, dass ich sie wie ein sexhungriger Irrer geküsst hatte. Ich musste meine Selbstbeherrschung zurückerlangen. Wie gestern. Das hier war Shaw und nicht irgendeine Barschlampe. Sie war keine Frau, die ich am nächsten Morgen gnadenlos aus der Wohnung werfen könnte, um dann nie wieder mit ihr zu sprechen.

»Shaw.« Über ihre Schulter hinweg warf sie mir einen Blick zu, und ich hatte das Gefühl, für eine Sekunde einen Blackout zu haben. Mir fielen ihre Kleider aus der Hand, und ich versuchte, die Kontrolle über meine Zunge zurückzubekommen, die an meinem Gaumen festgeklebt zu sein schien. Ich hatte schon viele Frauen nackt gesehen, aber keine von ihnen war wie Shaw gewesen. Nicht einmal annähernd. Irgendwie gelang es ihr, die Motorradboots auszuziehen, ohne umzufallen. Mit ihren großen grünen Augen blickte sie mich an. Sie trug nur noch ein bisschen schwarze Spitze, die eher hübsch aussah, als dass sie eine Funktion erfüllt hätte. Und mit einem Mal war jeder gute Vorsatz, jeder Plan, die Kontrolle zu behalten und das Richtige zu tun, verpufft.

Bleiche Haare, blasse Haut, schmale Taille, feste Brüste, die sich nach meiner Berührung zu sehnen schienen – das war alles, was ich sah. Sie hatte einen Körper, bei dem der männliche Verstand abschaltete, und auch ich war dagegen nicht immun. Ich machte einen Schritt auf sie zu, nachdem ich die Tür geschlossen hatte. Eine kleine Stimme in meinem Inneren flüsterte, ich solle sie ins Bett stecken, mir eine große Flasche Whiskey schnappen und kalt duschen, um meine Triebe wieder in den Griff zu bekommen. Doch dazu würde es nicht kommen, denn sie fing mich ab und machte sich an meinem Gürtel zu schaffen.

»Shaw«, versuchte ich es erneut. Ich legte meine Hände auf ihre Schultern. Eigentlich wollte ich sie sanft wegschieben, aber mein Körper machte mir einen Strich durch die Rechnung, und statt mich von ihr zu lösen, schob ich die Träger ihres Spitzen-BHs herunter. Sie schmiegte sich an mich und machte den Gürtel und den Reißverschluss auf. Ihre Lippen glitten über die Stelle an meinem Hals, wo mein heftig schlagender Puls sichtbar war. Ganz leicht strich sie über meine Brust und meinen Bauch, die vor Verlangen angespannt waren. Sie schob einen Schenkel zwischen meine Beine und rieb ihn an dem Beweis, dass ich sie *nicht* zurückhalten würde – auch wenn mir klar war, dass es falsch war, dieser Lust jetzt nachzugeben.

»Hör auf, zu grübeln.« Ihre Stimme klang vor Begierde ganz rau. Sie sollte die letzte Person auf der Welt sein, mit der ich das hier tun wollte. Doch noch während die Einwände in mein vor Lust umnebeltes Gehirn vorzudringen versuchten, öffnete ich mit einer Hand schon ihren BH, vergrub die andere in ihren Haaren und küsste sie leidenschaftlich.

Shaw zu küssen war so ganz anders als bei irgendeinem anderen Mädchen. Zum einen konnte sie wirklich gut küssen. Die meisten Frauen waren durch die Piercings in meiner Lippe und in meiner Zunge irritiert, aber Shaw schien das nicht zu stören. Sie küsste mich, als wäre sie dazu geboren worden. Sie war viel kleiner als die meisten anderen Frauen, die ich normalerweise ansprach, also mussten wir uns erst mal aneinander gewöhnen, und ich musste herausfinden, wie wir es anstellten, dass wir möglichst eng aneinandergeschmiegt bleiben konnten. Es schien ihr nichts auszumachen, dass ich ein bisschen grob war, dass ich mit einem Mal ungeduldig wurde. Ich hatte das Gefühl, dass ich, wenn ich mir zu viel Zeit ließ und zu viel nachdachte, unsicher werden und aufhören würde. Und, Mann, ich wollte auf gar keinen Fall aufhören, denn sie hatte die Hände in meine Hose gesteckt, und mein Schwanz würde mich umbringen, wenn ich die Sache jetzt abbrechen würde.

Sie zog mir die Jeans herunter, und ich hob sie hoch, sodass wir von den Schenkeln bis zu den Schultern hinauf aneinandergeschmiegt waren. Ich streifte die Jeans weiter ab und legte Shaw auf mein zerwühltes Bett. Ein paar Sekunden und einige Flüche später hatte ich mich aus meinen Boots und der Hose befreit. Ich krabbelte auf das Bett. Als ich sie erblickte, setzte mein Verstand endgültig aus – sie trug nichts außer einem Spitzenhöschen und einem verträumten Ausdruck auf dem Gesicht. Viele Frauen hatten schon in diesem Bett gelegen. Genau genommen war das vergangene Wochenende das erste seit langer Zeit gewesen, an dem ich die Nacht allein verbracht hatte. Obwohl ich vor lauter Lust kaum einen klaren Gedanken fassen konnte, wusste ich, dass zweifellos keine von den anderen Frauen zwischen den Laken so ausgesehen hatte. Shaw ließ ihren Blick anerkennend über meinen nackten Körper gleiten. Nicht, dass sie mich nicht schon öfter nackt gesehen hätte. Doch in diesem Moment, als ich mich über ihr abstützte, sagte ihr Blick, »Schlaf mit mir!«, und nicht: »Rule, du bist widerlich!«.

Mit der Hand strich sie über das Tattoo auf meiner Brust, das ein Herz mit Dornenkrone darstellte, und dann über die beiden riesigen Tattoos an meinen Seiten, die beinahe meinen gesamten Oberkörper bedeckten. Viel Farbe und viel Kunst zierten meine Haut. Wenn ich nackt war, gab es viel zu sehen und zu verarbeiten, und einige meiner nicht so abenteuerlustigen Bettpartnerinnen waren davon leicht überfordert gewesen. Ich war nicht eitel oder arrogant, aber ich wusste, dass ich gut aussah. Ich war groß, schlank, durchtrainiert. Ein paarmal pro Woche ging ich ins Fitnessstudio. Doch all das war im Augenblick vollkommen egal, denn sie sah mich an, als wäre ich alles, was sie sich je gewünscht hätte, und das brachte mich völlig durcheinander. Neben allen anderen Piercings trug ich auch einen Barbell an meiner Eichel, was zeigte, dass ich nicht nur mutig, sondern auch idiotisch war. Die Hälfte der Frauen wusste mit diesem Piercing nichts anzufangen. Shaw hatte mich oft genug nackt im Bett erwischt, um zu wissen, dass ich das Piercing hatte, aber auch das schien sie nicht zu stören. Sie fuhr mit dem Daumen über die obere Kugel, und ich sog scharf den Atem ein.

Mir fiel auf, dass sie den Ton angab, dass ich gleich mit ihr schlafen würde, ohne dass wir viele Worte gewechselt hätten, dass sie mich berührte, um den Verstand brachte und dass ich all das einfach zuließ. Es war an der Zeit, auch selbst aktiv zu werden. Also hakte ich die Daumen in ihr Spitzenhöschen und zog es ihr herunter. Sie erschauerte. Als sie schließlich nackt unter mir lag und nicht mehr wegkonnte, bemerkte ich Angst in ihrem Blick.

»Du bist wunderschön.« Ich hatte das schon zu vielen Frauen gesagt, doch es war das erste Mal, dass ich es auch tatsächlich meinte.

Sie nahm mein Gesicht in beide Hände, und mir fiel auf, dass mein neuer Haarschnitt beim Sex keine Hilfe war – sie konnte ihre Finger nicht in meinem Haar vergraben, sich nicht festhalten. Die Haare standen als Irokesenfrisur vom Kopf ab. Aber auch das schien ihr nichts auszumachen. Mit den Fingernägeln fuhr sie über meine Kopfhaut und lächelte mich unsicher an. Ich konnte nicht sagen, ob der Rausch des Alkohols allmählich nachließ oder ob ihr gerade klar wurde, dass wir nackt im Bett lagen und kurz davorstanden, eine Grenze zu übertreten. Doch eine Spur der Shaw, die ich kannte, kam in diesem Moment wieder zum Vorschein.

»Das bist du auch. Du solltest es nicht sein, aber du warst es schon immer. Ich erinnere mich daran, als ich dich zum ersten Mal sah: Ich konnte nicht glauben, dass du Remys Zwillingsbruder sein solltest. Er war so hübsch, so beherrscht. Und du ... Gott, Rule, du warst einfach perfekt.«

Die Tatsache, dass sie Remys Namen ins Spiel brachte, kurz nachdem sie ihre Finger um meinen Schwanz geschlungen hatte, hätte wie ein Eimer mit Eiswasser wirken sollen. Doch dem war nicht so. Ich hauchte einen Kuss unter ihr Ohrläppchen und knabberte zärtlich an ihrem Hals. Sie stieß einen Laut aus, der mich direkt ins Innerste traf. Dann schlang sie ein Bein um meine Hüften, sodass ihre feuchte Hitze sich an meinen harten Schaft drängte. Eine Sekunde lang blinzelte ich. Ich hatte das Gefühl, etwas vergessen zu haben. Sie umarmte mich und keuchte, als ich an ihren aufgerichteten Nippeln saugte. Sie wollte mich gerade in sich aufnehmen, als mir einfiel, was ich vergessen hatte. Ich erhob mich. »Kondom.« Seit meinem vierzehnten Lebensjahr hatte ich Sex mit Frauen, und es spielte keine Rolle, wer das Mädchen war oder wie betrunken ich sein mochte: Ich vergaß niemals das Kondom. Die Tatsache, dass sie mir den Kopf verdrehte und ich so versunken in das war, was wir taten, dass ich uns beinahe beide in Gefahr gebracht hätte, machte mir unglaubliche Angst.

»Ich habe ein Kondom in meiner Handtasche.«

Ich sah sie an und blinzelte. »Ich habe eine Packung in der Nachttischschublade, Shaw. Sag mal, willst du das hier wirklich? Denk gut darüber nach. Du bist betrunken. Morgen früh wirst du es vielleicht bereuen.«

Sie setzte sich auf, und ihr getöntes Haar fiel ihr über die Schultern und bedeckte ihre Brüste. Sie sah aus wie in all den unanständigen Träumen, die ich von ihr gehabt hatte. Ich konnte selbst nicht glauben, dass ich gerade versuchte, ihr den Sex mit mir auszureden. Plötzlich wurde ihr Blick leicht glasig, und ich wusste, dass sie gleich anfangen würde, zu weinen. Sie wollte an mir vorbei aus dem Bett kriechen, aber ich hielt sie fest und zog sie auf die Matratze, sodass wir wieder aneinandergeschmiegt waren.

»Weine nicht.«

»Du hast mich nie gewollt.«

Ich war so erschrocken, dass mir der Mund offen stehen blieb. »Äh … Ich bin mir ziemlich sicher, dass du den Beweis, dass es nicht so ist, deutlich spüren kannst. Genau genommen hast du den Beweis sogar gerade in deinen Händen gehalten.«

Sie schüttelte den Kopf, und ihr seidiges Haar strich über meine Brust. »Das meine ich nicht.«

»Was meinst du dann?« Sie wand sich ein bisschen und streckte dann den Arm nach der Nachttischschublade aus. Bei jeder anderen Frau hätte ich die Nerven verloren. Doch es war Shaw. Das, was in dieser Schublade lag, würde sie weder überraschen noch erschrecken, selbst die geladene Waffe nicht, die ich dort aufbewahrte. Ich hörte, wie sie eine Cellophan-Verpackung aufriss. Dann widmete sie sich meinem Schwanz. Ich konnte mich nicht daran erinnern, dass es sich je so gut angefühlt hatte, wenn eine Frau mir ein Kondom übergestreift hatte.

»Rule, heute ist mein Geburtstag, und mein Leben ist die meiste Zeit über ein furchtbares Chaos – also, kannst du nicht einmal etwas Nettes für mich tun? Bitte?«

Welcher normale Mann würde eine unglaublich anziehende, sinnliche, nackte Blondine, die ihn bat, mit ihr zu schlafen, schon abweisen? Ich jedenfalls nicht. Also küsste ich sie wieder, erkundete mit meiner Zunge ihre und hob ihr Bein über meine Hüfte. Ich dachte, ich hätte Erfahrung, denn ich hatte schon mit sehr vielen – vermutlich zu vielen – Frauen geschlafen, aber aus irgendeinem Grund fühlte es sich mit Shaw an, als wäre alles ganz neu und unbekannt. Sie erwiderte meinen Kuss und keuchte leise auf, als ich vorsichtig in sie glitt. Sie war eng, sie war heiß und feucht, und ich hatte das Gefühl, sterben zu müssen, wenn ich nicht sofort ganz in sie drang.

Sie flüsterte meinen Namen und bog den Rücken durch. Ihre Fingernägel gruben sich in meine Schultern, als ich sie ein bisschen anhob und versuchte, ganz in sie zu tauchen. Ich fluchte, und sie erstarrte, als wir beide den Widerstand spürten. Doch ich konnte mich nicht mehr bremsen. Mit aufgerissenen Augen blickte sie mich an und formte mit den Lippen ein stummes »Oh!«, als sie den überraschenden Schmerz spürte. Ich sah sie an.

»Was zum Teufel war das, Shaw?«

Sie schüttelte ganz leicht den Kopf, legte auch ihr anderes Bein um meine Hüfte und bewegte sich unter mir. Ich fluchte unterdrückt. »Hör nicht auf. Rule, bitte hör nicht auf.« Sie klang atemlos. Außerdem war es jetzt sowieso zu spät, um aufzuhören. Sie fühlte sich besser an als alles andere, was ich je gespürt hatte, und ich konnte nicht einfach stoppen – jedenfalls nicht, wenn ich keine körperlichen Beeinträchtigungen davontragen wollte. Ich vergrub die Finger einer

Hand in ihren Haaren und stützte mich mit der anderen über ihr ab, damit ich sie mit meinem Gewicht nicht erdrückte. Und dann hatte ich den besten Sex meines Lebens mit einer verfluchten, verlogenen Jungfrau.

Sie bewegte sich genau so, wie ich es wollte, sie berührte mich so, dass ich mir sicher war, zukünftig nachts davon aufzuwachen und mich daran zu erinnern, sie küsste mich, als wäre sie dazu erschaffen worden, es so zu tun, wie es mir gefiel, und sie passte sich meinem Rhythmus an, wie es sonst nur bei Partnern war, die schon sehr oft miteinander geschlafen hatten und sich gut kannten. Jedes Mal, wenn sie meinen Namen hauchte oder einen befriedigten Laut ausstieß, fühlte ich mich unglaublich gut. Seit langer Zeit hatte ich keinen Sex mehr in nüchternem Zustand gehabt. Und ich hatte schon ewig mit keiner Frau mehr geschlafen, die ich länger als ein paar Stunden gekannt hatte. Es war kaum zu glauben, was die beiden Dinge für einen Unterschied machten.

Ich wollte, dass die Erfahrung gut für sie war, ich wollte ihr den Boden unter den Füßen wegziehen, wie sie es mit mir machte. Und da es ihr erstes Mal war, wollte ich sichergehen, dass sie in Zukunft alle Männer, mit denen sie schlief, mit mir vergleichen würde. Wir bewegten uns im Einklang, sie bog den Rücken durch und nahm wieder mein Gesicht in beide Hände.

»Oh, mein Gott, Rule.« Sie stand kurz davor, zu kommen. Ich konnte an meinem Schwanz spüren, wie ihre inneren Muskeln sich zusammenzogen. Ich wollte dieses Erlebnis unvergesslich für sie machen, also streichelte ich sie zwischen den Schenkeln, damit sie auf jeden Fall vor Lust explodieren würde. Der Blick aus ihren aufgerissenen Augen, während sie kam, war meine Belohnung. Ich war erleichtert, denn ich hätte mich nicht viel länger zurückhalten können. Ich vergrub meine Nase in ihrer Halsbeuge und ließ mich ebenfalls von meinem Höhepunkt mitreißen. Als wir fertig waren, zitterten meine Arme, und ich atmete so heftig, als wäre ich einen Marathon gelaufen. Ich zog mich aus ihr zurück und rollte auf die Seite. Innerlich bereitete ich mich darauf vor, dass Bedauern und Verzweiflung sich über mich ergießen würden. Shaw hatte ihre Augen jedoch geschlossen. Ich stand auf, ging ins Bad und machte mich frisch. Dann zog ich eine Jogginghose an und nahm einen feuchten Waschlappen für Shaw mit. Als ich ins Schlafzimmer zurückkam, hatte sie sich auf die Seite gedreht, zusammengerollt und den Kopf auf ihre gefalteten Hände gelegt. Sie sah aus, als wäre sie nicht älter als sechzehn. Ihre Brust hob und senkte sich gleichmäßig, und mir war klar, dass sie eingeschlafen war. Vorsichtig wusch ich sie, ohne sie aufzuwecken, und legte mich anschließend zu ihr aufs Bett. Ich verschränkte die Arme hinter dem Kopf und starrte an die Decke.

Was zur Hölle hatte ich getan? Und was zur Hölle hatte Remy in all den Jahren mit ihr gemacht, wenn er nicht mit ihr geschlafen hatte? Sie hatten immer behauptet, nur Freunde zu sein, aber niemand hatte ihnen geglaubt. Auf die Liebe, die sie füreinander empfunden hatten, die Fürsorge, die Kameradschaft, die sie geteilt hatten, war ich oft eifersüchtig gewesen, und jetzt wusste ich nicht, was ich denken sollte. Den Großteil meines Lebens über war Shaw in die Kategorie »Mädchen, mit denen ich keinen Sex haben kann oder will« gefallen, doch das galt nun nicht mehr, und ich hatte keine Ahnung, was werden sollte. Sie war nicht irgendeine Frau, die ich nie mehr anrufen würde oder die ich am nächsten Morgen aus der Tür schieben konnte. Ich hatte keinen Schimmer, was ich tun sollte. Dazu kam die Tatsache, dass es vermutlich der intensivste, beste Sex gewesen war, den ich je erlebt hatte. Ich hatte das Gefühl, dass mir die Kontrolle entglitt. Ich sollte so etwas nicht für Shaw empfinden. Sie sollte nicht die Frau sein, die meine Welt in ihren Grundfesten erschütterte. Offen gesagt, war ich überrascht, dass die Tattoos und Piercings sie mehr anturnten als all die anderen Frauen, die ich mit nach Hause genommen hatte. Das Chaos war perfekt, das falsche Mädchen lag in meinem Bett, und ich hatte keine Ahnung, was ich tun sollte.

Erst nach Sonnenaufgang schlief ich endlich ein. Als ich vom Klingeln meines Telefons aufwachte, warf ich als Erstes einen Blick auf die andere Seite meines Bettes. Die Erinnerungen an die vergangene Nacht schossen mir wieder ins Gedächtnis. Shaw war weg. Der Haufen Kleider, den ich gestern achtlos auf dem Boden hatte liegen lassen, war fein säuberlich zusammengefaltet ans Fußende des Bettes gelegt worden. Ihre hübschen kleinen Kleidungsstücke waren nicht mehr zu entdecken. Ich stöhnte auf, legte den Arm über meine Augen und nahm das Telefongespräch an.

»Was?«, knurrte ich. Irgendetwas raschelte unter meiner Hüfte, als ich mich umdrehte. Im Hörer lachte mein Bruder mir leise ins Ohr.

»Habe ich dich bei irgendetwas gestört?«, fragte er.

Auf einem Stück Papier, das ich immer griffbereit hatte, um darauf Entwürfe für Kunden zu skizzieren, hatte sie in ihrer ordentlichen Handschrift eine Nachricht hinterlassen.

Das war das beste Geburtstagsgeschenk aller Zeiten! Danke!

Sie hatte nicht unterschrieben, hatte nicht erwähnt, ob sie anrufen würde, oder gefragt, ob ich sie anrufen würde. Die Nachricht war kurz und bündig, und ich war mir nicht sicher, ob ich mich darüber freuen oder aufregen sollte. Mein Bruder wartete noch immer auf meine Antwort, also schüttelte ich die Spinnweben aus meinem Kopf und setzte mich im Bett auf. Es roch nach Sex und nach Shaw.

»Nein, ich habe in der letzten Nacht einfach nicht gut geschlafen.«

»Das passiert, wenn man Fremde mit nach Hause nimmt. Man muss mit einem offenen Auge schlafen, damit sie einen im Schlaf nicht ausrauben oder erstechen.«

Ich stöhnte. »Mann, du musst den Dienst bei der *Army* quittieren. Nicht jeder Fremde ist ein Gewalttäter.«

Er murmelte etwas Unverständliches. »Hey, ich komme für eine Woche nach Denver. Meine Schulter rebelliert, und ich muss mich mit meinem orthopädischen Chirurgen in Verbindung setzen. Außerdem geht Mom mir auf die Nerven. Shaw hat sich geweigert, heute zum Lunch vorbeizukommen, weil Mom dich nicht auch einladen wollte. Jetzt ist unsere Mutter davon überzeugt, dass du ihr Mädchen irgendwie negativ beeinflusst, dass du Shaw verdorben hast. Ich sage ihr die ganze Zeit, dass sie sich Hilfe suchen muss, und selbst Dad stimmt mir da zu. Doch sie ist zu stur. Ich schätze, daher haben wir beide auch unseren Dickkopf.«

Ich zuckte kurz zusammen und war froh, dass die Unterhaltung am Telefon stattfand. Ich war mir sicher, dass man mir das schlechte Gewissen deutlich ansehen konnte. Meine Mom würde durchdrehen, wenn sie erfahren würde, wie sehr ich Shaw verdorben hatte.

»Wann musst du überhaupt zurück?«, fragte ich ihn.

»Ich muss zuerst das Okay vom Arzt bekommen. Dann

muss ich mich bei einem Berater des *Department of Veterans Affairs* vorstellen, um sicherzugehen, dass ich wegen des Unfalls keine posttraumatische Belastungsstörung habe. Ich muss einen einwandfreien Gesundheitsbericht vorweisen, ehe ich zurück ins Einsatzgebiet kann.«

»Tja, es wäre nett, endlich mal die Möglichkeit zu bekommen, ohne all die Familiendramen Zeit mit dir verbringen zu können.«

»Ja. Ich habe übrigens den ganzen Morgen über versucht, Shaw anzurufen, um sie zu fragen, ob ich sie noch zu einem Geburtstagsessen oder so einladen darf. Ich bin mir sicher, dass ihre schwachsinnigen Eltern wieder einmal nichts gemacht haben, und mir gefällt die Vorstellung, dass sie den Tag allein verbringen musste, ganz und gar nicht. Du solltest deinen Arsch in Bewegung setzen und mit uns kommen, wenn ich sie endlich mal an den Apparat bekomme.«

Ich verschluckte mich beinahe und hustete. Es lag mir auf der Zunge, ihm zu sagen, dass sie an ihrem Geburtstag alles andere als allein gewesen war. Aber es ging um Shaw, und auch wenn ich meinem Bruder Rome sehr nahestand, musste er nicht wissen, was wir gestern Nacht getan hatten.

»Nein, ich glaube, sie hat erst mal genug von mir. Ich bin ihr vor zwei Wochen oder so in die Arme gelaufen, und ab und zu treffen wir uns zufällig. Ich denke, es ist ganz gut für sie, nicht jedes Wochenende mit mir zu tun zu haben.«

Er lachte leise. »Du hast wahrscheinlich recht. Ich werde bei meinem Kumpel Drew schlafen. Meine Schulter würde die Nächte auf deiner beschissenen Couch nicht überstehen, und er hat ein Gästezimmer. Ich rufe dich an, sobald ich in der Stadt bin. Falls ich Shaw nicht erreichen sollte, können wir beide uns etwas zum Abendessen holen, und du kannst mich mit den Geschichten über deine neuesten Eroberungen quälen.«

Müde fuhr ich mir mit der Hand über das Gesicht und steckte die Nachricht von Shaw in die Nachttischschublade. Ich konnte ihre Hände noch auf mir spüren.

»Du solltest deinen Arsch hochkriegen und selbst ein paar Eroberungen machen. Du bist ein Held, Mann. Frauen stehen auf so was.«

»Ich bin nicht wie du, Rule. Ich bin keine zweiundzwanzig mehr und lebe nicht auf gut Glück in den Tag hinein. Im Augenblick will ich nur wieder gesund werden und dann meinen Auftrag erledigen – ohne weitere Leichen. Ich habe das Schlimmste gesehen, zu dem die Menschheit fähig ist. In den letzten vier Jahren habe ich mehr Freunde zu Grabe getragen als kennengelernt. In weniger als zwei Jahren scheide ich aus der *Army* aus, und ich weiß nicht, was die Zukunft mir bringen wird. Jede Frau flachzulegen, die mir über den Weg läuft, steht auf meiner Prioritätenliste also ganz weit unten. Eines Tages wirst du das verstehen.«

Er hatte nicht unrecht. Meine Prioritäten unterschieden sich deutlich von seinen. Ich verdiente gutes Geld, hatte einiges gespart und fuhr ein schönes Auto. Tief in meinem Inneren wusste ich, dass ich den Großteil meiner Zeit damit zubrachte, vor dem Schatten meines verstorbenen Zwillingsbruders davonzulaufen. Ich stürzte mich in oberflächliche Affären, damit mir niemand zu nahe kam, damit mich niemand verurteilte und mich für unzulänglich hielt. Ich suchte mir Mädchen aus, die leicht zu haben waren und die keine Erwartungen hatten, die über das hinausgingen, was ich ihnen geben wollte – ein bisschen Spaß und Befriedigung. Ich hatte noch nie eine feste Freundin gehabt und auch noch nie eine Frau ganz an mich herangelassen, weil ich Angst hatte, dass ich ihr nicht reichen könnte, wenn sie mich erst einmal richtig kennengelernt hatte. Ich wusste, dass die ganze Situation verkorkst und ich ein emotionales Wrack war. Und die Sache mit Shaw würde das alles nur noch schlimmer machen.

»Wie auch immer. Ein bisschen Spaß hat noch niemandem geschadet. Ruf mich dann später an.«

Ich warf das Telefon aufs Bett und ging ins Bad, um mich fertig zu machen. Als ich kurz darauf ins Wohnzimmer kam, lag Nash ausgestreckt auf dem Sofa und sah sich auf unserem Flatscreen ein Spiel an. Er hatte einen Becher Kaffee in der einen und einen Donut in der anderen Hand.

»Guten Morgen.«

Er sah mich an. »Was gibt's?«

»Nichts Besonderes. Hast du Shaw heute Morgen gesehen?«

Er nickte und hielt den Donut in die Luft. »Sie hat die hier dagelassen. Also, was war da los? Sie stand heute Morgen in der Küche – von daher nehme ich an, dass sie die Nacht bei dir verbracht hat. Ich dachte, du wolltest sie in ein Taxi setzen und nach Hause schicken?«

»Wo ist ihre Mitbewohnerin geblieben?« Ich versuchte, das Thema zu wechseln, während ich mir eine Tasse Kaffee einschenkte.

»Ich habe ihr angeboten, sie hierherzubringen, damit sie auf Shaw warten kann, doch sie wollte noch nicht gehen, weil sie so viel Spaß hatte. Wir haben dann noch etwas getrunken, und später habe ich ihr ein Taxi gerufen. Sie schien es für eine tolle Idee zu halten, dass ihre sehr betrunkene Freundin mit dir nach Hause gefahren ist. Wieso?«

Ich grunzte und ließ mich neben ihm auf die Couch fallen.

»Ich weiß es nicht«, sagte ich. »Shaw und ich haben eine ziemlich verworrene gemeinsame Geschichte.«

»Aber sie hat die Nacht bei dir verbracht, oder?«

»Ja.«

»Und ich vermute – weil ich dich nun mal seit einer Ewigkeit kenne –, dass ihr die Nacht nicht damit verbracht habt, über Politik zu diskutieren und fernzusehen, stimmt's?«

Ich funkelte ihn finster an. »Nein.«

Er schüttelte den Kopf und schnalzte missbilligend mit der Zunge. »Was hast du dir nur dabei gedacht?«

»Genau genommen habe ich überhaupt nicht nachgedacht.«

»Mann, sie ist keine von denen. Du kannst sie nicht am nächsten Morgen von mir vor die Tür bringen lassen und dann nie wieder mit ihr reden.«

»Hey, ich bin heute Morgen allein aufgewacht. Ich habe überhaupt nichts in der Richtung getan.«

»Du hättest es aber getan, und Shaw hat viel zu viel Stil und ist viel zu klug, um den *Walk of Shame* zu machen. Mann, ich kann nicht glauben, dass du dich an die Freundin deines Bruders rangemacht hast. Du hast echt ein Problem. Das ist ein Chaos, in das ich mich für keine Frau der Welt stürzen würde – egal, wie heiß sie ist.«

Ich stieß einen erstickten Laut aus, beugte mich vor und stützte die Ellbogen auf den Knien ab. »Sagen wir einfach, dass es keinen Grund gibt, sich Sorgen zu machen, dass die Erinnerung an Remy irgendwie beschmutzt worden sein könnte. Ich weiß nicht, was zwischen den beiden gelaufen ist, doch nach vergangener Nacht gibt es einen nicht zu leugnenden Beweis dafür, dass sie *nicht* miteinander geschlafen haben.«

Nash fluchte und riss die Augen auf. »Sie war noch Jungfrau?«

Ich nickte. Ich hätte das alles Nash wahrscheinlich nicht

erzählen sollen, aber ich war verwirrt, und er war mein bester Freund. Ich war der Situation schlicht nicht gewachsen.

»Sie war Jungfrau, und sie hat dir ihre Jungfräulichkeit geschenkt? Heilige Scheiße, Bruder, das ist echt groß!«

Ich seufzte. »Das hätte ich auch gedacht, doch dann war sie verschwunden, als ich aufgewacht bin. Sie war gestern ziemlich betrunken, also lag es vielleicht nur an den vielen Martinis und ihrem Schwips, dass sie sich entschieden hat, diesen Schritt zu machen.«

»Heute Morgen schien es ihr gut zu gehen. Ich meine, sie sah verkatert und ziemlich fertig aus, aber sie war nicht nervös oder durcheinander oder so. Sie hat Ayden angerufen, damit sie sie abholt, und während sie auf ihre Mitbewohnerin gewartet hat, ist sie schon mal zum Coffeeshop gegangen, um das Frühstück zu organisieren. Ich weiß nicht, Mann. Sie kam mir weder vor Liebe verzückt noch wütend vor. Sie war einfach Shaw – wie immer. Zugegebenermaßen hatte ich schon immer den Eindruck, sie hätte was für dich übrig.«

Mit bestürztem Blick drehte ich mich zu ihm um. »Was?«

»Sie erträgt deinen Scheiß und deine Launen – egal, wie schlimm es ist. Erinnerst du dich noch an den Neujahrstag, als sie hier aufgetaucht ist, um dich zu holen, und du diese Rothaarige und ihre Freundin mit nach Hause gebracht hattest? Das war echt verrückt, und Shaw hat nicht mit der Wimper gezuckt. Sie hat dir nur deine Hose zugeworfen und dir gesagt, dass du dich zusammenreißen sollst. Du kannst launisch, mürrisch und missmutig sein, und sie regt sich nicht auf – und glaube es mir: Der Scheiß geht einem richtig schnell auf die Nerven. Sie ist sogar bereit, sich mit den einzigen Eltern anzulegen, die ihr jemals Liebe geschenkt haben, weil sie sich wünscht, dass sie dich fair behandeln und endlich aufhören, dich für Remys Tod verantwortlich zu machen. Sie tut das nicht für Margot oder Dale, und sie tut es ganz sicher nicht für Remy. Der einzige Mensch, dem sie damit helfen will, bist du. Auch jemandem, der so stur und ichbezogen ist wie du, müsste das eigentlich auffallen.«

»Aber wir sprechen hier von Shaw. Von der perfekten Shaw. Sogar als Kind war sie unerreichbar und distanziert. Sie war immer mit Remy bei uns zu Hause, und jedes Mal, wenn ich irgendetwas gesagt oder getan habe, hat sie mich nur angesehen, als wäre ich ein totaler Idiot.«

Er schnaubte verächtlich. »Du warst ja auch ein Idiot. Weißt du nicht mehr, wie es war, als wir sechzehn waren? Wir waren der reinste Albtraum und nie nett zu ihr. Du hast dich über ihre Haare lustig gemacht und Remy gnadenlos damit aufgezogen, dass er seine Zeit mit ihr verbracht hat. Du warst ein Arsch.«

»War ich das?«

»Mann, du bist es immer noch. Und Shaw ist Shaw. Sie ist so verdammt hübsch, dass es manchmal wehtut, sie anzusehen, doch sie ist sich dessen überhaupt nicht bewusst. Sie ist noch immer unerreichbar, weil sie immer reicher und klüger sein wird als wir, aber es spielt für sie keine Rolle. Sie ist cool. Es ist ihr egal, dass du nur du bist. Und, ganz ehrlich, Rule, jeder Frau, die mit einer Nervensäge wie dir zurechtkommt, würde ich sofort einen Ring an den Finger stecken.«

Ich boxte ihm gegen die Schulter. »So schlimm bin ich nun auch nicht.«

Er sah mich an. »Doch, das bist du. Denk darüber nach. Erst als du sie in dieser sexy Schiedsrichter-Uniform gesehen hast, hast du bemerkt, dass sie tatsächlich eine Frau ist. Und das nach all der Zeit, die ihr euch schon kennt. Du bist echt scheiße.«

»Okay.« Er nickte. »Aber, hey, sie sah in dem Outfit auch wirklich heiß aus.«

»Siehst du? Total scheiße. Also, was hast du jetzt vor? Rufst du sie an?«

»Ich weiß es nicht. Rome kommt heute in die Stadt, und da ich an meinen Weichteilen hänge, würde ich die ganze Sache lieber geheim halten. Ich glaube nicht, dass sie ihm etwas sagen wird.«

»Wahrscheinlich nicht. Sie weiß, dass es deine verrückte Mutter endgültig in den Wahnsinn treiben würde.«

»Ja.«

»Also«, er machte eine Pause und sah mich eindringlich an, »war der Sex mit ihr dieses Chaos wert?«

Ich ließ meinen Kopf auf die Rückenlehne der Couch sinken und starrte an die Decke. »Absolut.«

Ich hatte den besten Sex meines Lebens mit einer Frau erlebt, von der ich geglaubt hatte, sie würde in einer anderen Liga spielen und wäre in meinen toten Zwillingsbruder verliebt. Ja, Nash hatte wahrscheinlich recht: Wenn irgendjemand mit dem Wahnsinn zurechtkam, den ich um mich herum verbreitete, sollte ich diesen Menschen nicht mehr gehen lassen, denn sogar ich musste einsehen, wie total verkorkst ich war.

6. Kapitel

Shaw

»Hör auf, mich so anzustarren.« Ich fummelte an meinen Haaren herum und richtete den Schal, den ich um den Hals trug. Rome sah mich an, als würde er versuchen, hinter meine Stirn zu blicken, und mir gefiel das überhaupt nicht.

Den ganzen Sonntag über hatte ich seine Anrufe ignoriert, weil ich noch immer verarbeiten musste, dass ich mich zuerst betrunken und Rule dann aufgefordert hatte, meine Jungfräulichkeit zu nehmen. Ich war fertig gewesen – vom Alkohol und vom Sex. Am Montag hatte ich eine Klausur schreiben und bei der Arbeit die Spätschicht übernehmen müssen, am Dienstag hatte ich im Kinderkrankenhaus freiwillig einen Dienst übernommen und mich dann durch ein fürchterliches Abendessen mit meinem Vater und seiner neuen Frau gequält. Rome war gezwungen gewesen, bis heute zu warten, um mich zu einem verspäteten Geburtstagsessen ausführen zu können.

Seit ich Platz genommen hatte, sah er mich unentwegt mit diesem eindringlichen Blick an, und ich musste immer wieder verstohlen an meinem Schal herumzupfen, um sicherzugehen, dass er den Knutschfleck bedeckte, den Rule mir am Samstagabend verpasst hatte. Ich hatte von Aydens Seite aus schon genug Kritik dafür einstecken müssen, und ich konnte es nicht gebrauchen, dass Rome nun auch auf den Zug aufsprang und mir unter die Nase rieb, wie idiotisch ich mich verhalten hatte.

»Es ist dein Haar. Es sieht gut aus, aber ich bin gewohnt,

dass es ganz blond ist. Du siehst verändert aus. Irgendwie erwachsener.«

»Danke. Mir gefällt es.«

»Ich glaube auch nicht, dass ich dich jemals in einer Jeans gesehen habe.«

»Ich bin an meinem Geburtstag einkaufen gewesen. Ich habe beschlossen, dass ich nicht immer Perlen und High Heels tragen muss, wenn ich das Haus verlasse. Das kann ich bei den entsprechenden Anlässen noch zur Genüge machen.«

»Da wir gerade von Geburtstagen sprechen: Ich soll dir das von Mom und Dad geben.« Er reichte mir eine kleine Tüte, und ich stellte sie auf den Tisch zwischen uns.

»Deine Mom redet nicht mehr mit mir. Ich habe neulich versucht, sie anzurufen«, sagte ich.

»Sie hat Schwierigkeiten damit, dass du ein Machtwort gesprochen hast. Sie hat dich immer als Verbündete in dem Kampf um Rule gesehen, dem Kampf, ihn dazu zu bewegen, sich zusammenzureißen. Sie begreift einfach nicht, was sie *ihm* antut, was sie *uns* antut.«

Ich seufzte. »Ich weiß. Und deshalb musste ich einen Cut machen.«

»Das hier ist von mir.« Er gab mir einen Gutschein für meinen Lieblings-Bath-and-Body-Shop. Ich lächelte und umarmte ihn. Ich liebte diesen Kerl. Er sah zwar wie ein Krieger aus, doch er hatte ein großes Herz.

»Danke, Rome. Das ist so lieb von dir. Ich freue mich, dass du zu Hause bist.«

»Ich freue mich auch, Kleine. Ich habe versucht, Rule dazu zu überreden, auch zu kommen, aber er hat noch einen Kunden. Er hat gebrummt, dass er schon wieder ein *Harry Potter*-Tattoo machen müsse oder so etwas. Ich vergesse manchmal einfach, dass er tatsächlich arbeitet.«

Ich warf einen Blick in die Tüte – darin war ein Bild. Margot hatte eines der ersten Fotos von Remy und mir wiedergefunden und in einen reizenden silbernen Rahmen gesteckt. Ich war so klein und so unsicher, und Remy war so groß und gut aussehend. Zusammen sahen wir einfach lächerlich aus. Es war eine süße Geste von Margot, und sie trieb mir die Tränen in die Augen. Ich zeigte Rome das Bild und steckte es dann zurück in die Tüte.

»Ich vermisse ihn jeden Tag.«

»Ich auch. Ich vermisse, dass er alle immer dazu angehalten hat, sich korrekt zu verhalten.«

Ich lachte leise und nahm einen kleinen Schluck von meinem Eistee. »Ja, er war gut darin, ständig zu kontrollieren, wie man miteinander umging. Wenn wir dazu neigten, auch mal ein Auge zuzudrücken und Dummheiten zu machen, blieb er hart. Dummes, albernes, kindisches Verhalten war ihm ein Dorn im Auge.«

»Rule meinte, dass er dich ab und zu zufällig getroffen habe. Wie war das?«

Ich räusperte mich geräuschvoll und drängte die zarte Röte zurück, die mir schon die ganze Woche in die Wangen stieg, sobald ich Rules Namen hörte. »Es war seltsam. Er ist mit einigen Freunden in die Bar gekommen, in der ich arbeite. Es war Sonntag, und in der Bar lief das Spiel. Ganz normal mit ihm umzugehen fühlt sich irgendwie immer komisch an.«

Er nickte, und ich bemerkte, dass die Kellnerin ihn ganz ungeniert abcheckte, als sie uns das Essen brachte. »Er hat mir gesagt, dass du ein paar Schwierigkeiten mit deinem Exfreund gehabt hättest.«

Ich stöhnte und schüttelte den Kopf. »Er hat echt eine große Klappe.« Unter anderem – doch darüber wollte ich gar nicht so genau nachdenken.

»Also, was genau ist los, Kleine?«

Ich verzog das Gesicht und schob mir eine Gabel voll Nudeln in den Mund. »Rule hat schon mit ihm geredet. Genau wie der riesige Türsteher der Bar, der früher einmal bei den *Marines* war. Gabe ist ein verwöhnter Junge, der mit Zurückweisungen nicht umgehen kann. Er kann ein Nein aus meinem Mund nicht akzeptieren.«

»Ruft er dich immer noch an?«

Ich wollte nicht lügen, also versuchte ich, das Thema zu wechseln. »Was hat der Arzt eigentlich zu deiner Schulter gesagt?«

Er verengte die Augen zu schmalen Schlitzen, sah mich an und stocherte in seinem Essen herum. »Er meint, ich solle mehr Krankengymnastik machen. Falls das nichts helfen sollte, wäre eventuell eine zweite Operation notwendig. Wie auch immer – ich werde länger zu Hause sein, als ich gedacht hätte.«

»Das ist doch gut, oder?«

Er zuckte die Achseln, und ich hatte den Eindruck, dass er angesichts der Aussicht nicht so begeistert war wie ich.

»Ich schätze, schon«, brummte er.

»Willst du zurück?«

»Ich will meinen Auftrag zu Ende bringen. Ich will nicht, dass es so aufhört, und ich will meinen Zug nicht hängen lassen. Ich bin seit sechs Jahren in der *Army,* Shaw. Ich kann nichts anderes.«

»Es gibt sehr viele Menschen, die dich lieben, Rome. Aus der *Army* auszuscheiden und in Sicherheit zu sein sollte dir eigentlich keine Angst machen.«

»Ich weiß das. Aber trotzdem ist es so.«

Wir schwiegen einen Moment lang, ehe Rome die Sprache

wieder auf Gabe brachte. »Was hat Rule denn zu deinem Exfreund gesagt?«

Ich hob eine Schulter an und ließ sie dann wieder sinken. »Ich weiß es nicht genau. Er hat ihm gesagt, dass er mich in Ruhe lassen solle. Gabe ist sofort zu dem Schluss gekommen, dass Rule der Grund für die Trennung sein müsste. Alle scheinen immer zu denken, dass ich alles, was ich tue, nur wegen Rule tue. Das wird langsam langweilig.«

Rome sah mich an. Seine Augen glichen denen seines Bruders sehr. An seiner Miene konnte ich erkennen, dass mir das, was er zu sagen hatte, nicht gefallen würde.

»Ist es denn nicht so?«, fragte er leise.

Ich funkelte ihn wütend an und stocherte ebenfalls in meinem Essen herum. »Nein.«

»Rule hat Remy überredet, nach dem Schulabschluss sofort nach Denver zu ziehen, und du hast beschlossen, es genauso zu machen. Rule benimmt sich wie die Axt im Walde und tut alles, um eine Versöhnung mit Mom und Dad unmöglich zu machen, also hast du entschieden, den Friedensrichter zu spielen und ihn jedes Wochenende nach Hause zu schleifen. Rule handelt, und alle Menschen um ihn herum haben keine Wahl, als zu reagieren. Das läuft seit Jahren so, und auch du machst dabei mit.«

»Ich habe Gabe nicht wegen Rule verlassen.« Das entsprach zwar nicht ganz der Wahrheit, aber ich hatte jetzt keine Lust darauf, dass Rome die Sache auseinandernahm.

»Wirklich?« Er klang so ungläubig, dass ich wütend wurde. »Ich kenne die Details deiner Beziehung mit Remy nicht …«

Ganz automatisch widersprach ich. »Wir waren nur Freunde. Beste Freunde.«

Rome fuhr fort, als hätte ich nichts gesagt. »… doch ich weiß, dass du in scheinbar unbeobachteten Momenten *Rule* angesehen hast. So oft kam er betrunken nach Hause getorkelt und roch nach Sex und dem billigen Parfüm der Schlampe, die er dazu überredet hatte, ihn ranzulassen – und jedes Mal sahst du aus, als hättest du einen Schlag in den Magen bekommen. Jeden Sonntag, wenn du ihn nach Hause gebracht hast, hast du genauso traurig ausgesehen. Also, Shaw, willst du mir tatsächlich weismachen, dass die Entscheidungen, die du getroffen hast und die du immer noch triffst, ganz unabhängig von Rule gefällt worden sind?«

Ich seufzte und schob den Teller zur Seite. Mit einem Mal hatte ich keinen Appetit mehr. »Was willst du von mir hören, Rome? Solange ich denken kann, spielen die Archer-Jungs in meinem Leben eine wichtige Rolle. Wie viel Wahrheit kannst du ertragen? Ich meine, einiges davon geht einfach niemanden etwas an. Willst du hören, dass ich Remy von dem Moment an, als er mich mit nach Hause genommen hat, lieb gehabt habe, aber dass ich in Rule *verliebt* war? Willst du hören, dass Remy das wusste und dass er das Geheimnis mit ins Grab genommen hat? Willst du hören, dass ich Jahre damit zugebracht habe, traurig und einsam zu sein, und dass Remy und ihr beide meine einzigen Freunde wart? Und dass es okay war, weil ihr mir vollkommen gereicht habt? Willst du hören, dass mein Herz jeden Tag ein Stück gebrochen ist, weil Rule mich nicht bemerkt hat? Willst du hören, dass ich ohne deine Mom und deinen Dad in einem Internat und anschließend in irgendeinem renommierten College gelandet wäre, damit meine Eltern sich nicht mehr um mich hätten kümmern müssen? Komm schon, Rome, was willst du wirklich wissen?«

Als ich geendet hatte, war mein Ton bitter, und ich hatte meine Serviette auf meinem Schoß zu einem kleinen Ball zusammengeknüllt.

»Warum war Remy dir weiterhin so nahe, war ständig an deiner Seite und hat dich mit zu uns genommen, wenn er wusste, dass du in Rule verliebt warst? Er hätte wissen müssen, dass du und Rule niemals ein Paar geworden wärt. Rule macht nichts, das irgendwie anstrengend ist und Arbeit bedeutet – und obwohl ich dich liebe, muss ich dir sagen, dass du auch nicht gerade unkompliziert bist.«

Ich hätte mir gewünscht, Remy wäre da gewesen, um diese Fragen zu beantworten. Ich seufzte. »Er hatte seine Gründe. Einer davon war, dass er mich vor meiner eigenen Familie schützen wollte. Er wollte nicht, dass ich mich durch ihren Einfluss in eine ›Stepford-Tochter‹ verwandele, die sich allem und jedem anpasst. Das ist ihm allerdings nur zum Teil gelungen. Manchmal habe ich noch immer das Gefühl, dass ich mich nicht von all ihren Erwartungen freimachen kann.«

Er trommelte mit den Fingerspitzen auf den Tisch. »Also bist du, seit du vierzehn bist, in meinen Bruder verliebt?«

Ich schnaubte. »So ziemlich. Und alle scheinen es zu wissen – nur er merkt es nicht.« Ich bemühte mich, die Erinnerungen an Samstagnacht unter Kontrolle zu halten.

»Warum sagst du es ihm nicht?«

»Äh … Du kennst doch deinen Bruder, oder? Mr. ›Ich vögele alles mit großen Brüsten und einem kleinen IQ‹? Mr. ›Ich tue, was ich will und wann ich es will‹? Rule muss das nicht wissen, denn es würde nichts ändern.«

Rome zuckte mit der gesunden Schulter und zwinkerte der Kellnerin zu, die uns die Rechnung brachte. »Ich weiß nicht, vielleicht wäre es gut für ihn, es zu wissen. Er hat so lange ein Leben als Ersatz für Remy geführt, dass es vielleicht ein Weckruf für ihn wäre, wenn er wüsste, dass jemand, der so gut, so nett und so liebevoll ist wie du, schon sehr lange Gefühle für ihn hat. Ich weiß, dass er tief in seinem Inneren ein guter Kerl ist – er versteckt es nur unter so viel Mist, dass es schwer zu erkennen ist.«

Ich hatte eigentlich vorgehabt, Rule erst wiederzusehen, wenn die Hölle gefror. Ich bereute es nicht, mit ihm geschlafen zu haben. Es war genau so gewesen, wie ich mir Sex immer ausgemalt hatte. Und, um ehrlich zu sein, genau so, wie ich mir den Sex mit Rule immer ausgemalt hatte. Ich hätte mir nicht vorstellen können, einem anderen Mann meine Jungfräulichkeit zu schenken. Auch wenn ich mir wünschte, nüchtern gewesen zu sein, und wenn es schön gewesen wäre, dass der Sex auf Gefühlen und nicht nur auf körperlicher Anziehung basiert hätte, war der Akt an sich atemberaubend gewesen. Mit Rule zu schlafen war das schlechte Gewissen wert gewesen. Ich wusste, dass mein Verhältnis zu Rule jetzt anders sein würde, und damit musste ich mich abfinden. Ich wollte nicht das Mädchen sein, das ihm hinterherschmachtete, das ihn stalkte und hundertmal am Tag anrief. Am Morgen danach hatte ich beschlossen, dass alles gesagt war, dass ich froh sein konnte, dass es so schön gewesen war, und dass ich, wenn das alles war, was ich je von Rule bekommen würde, damit zufrieden wäre.

»Nein, es würde nichts ändern, wenn er es wüsste. Ich würde mich nur schlechter fühlen. Wir wissen beide, dass ich nicht sein Typ bin, und ich habe genug Zurückweisung von Menschen erlebt, die mich eigentlich lieben sollten. Rule und ich können uns in Gegenwart des anderen weiterhin unwohl fühlen, wenn wir gezwungen sind, Zeit miteinander zu verbringen, und so wird es bleiben.« Rome musste nicht wissen, dass die Situation zwischen uns nun noch angespannter und unbehaglicher sein würde als ohnehin schon.

»War das Abendessen mit deinem Dad dieses Jahr sehr schlimm?«

»Er hat wieder geheiratet. Sie ist fünfundzwanzig.« Ich rollte mit den Augen. »Sie hat mir das gesamte Essen über erklärt, warum ich unbedingt der Studentinnenvereinigung beitreten solle, in der sie im letzten Jahr vor ihrem Abschluss war. Dad hat mir während des gesamten Essens erklärt, warum ich Gabe noch eine Chance geben sollte. Er hat mir einen Scheck über tausend Dollar ausgestellt und ganz nebenbei bemerkt, dass er die Summe verdoppeln würde, wenn ich Gabe zurücknehmen würde. Es war also eher Erpressung und eine Quälerei als ein schönes Abendessen.«

Er lachte leise. »Deine Mom hat sich nicht gemeldet?«

»Nein.«

»Es ist mir ein Rätsel, wie jemand mit einem so guten Herzen wie du von zwei Menschen wie ihnen abstammen kann.«

»Das weiß ich auch nicht. Ich bin einfach froh, dass ich sie nur noch in geringen Dosen ertragen muss. Eine ständige Enttäuschung zu sein schlaucht ganz schön.«

Er zog eine seiner dunklen Augenbrauen hoch. »Mein kleiner Bruder könnte zu dem Thema bestimmt auch etwas sagen.«

»Sehr kluger Schachzug.«

»Ich gebe mein Bestes.«

»Was während meines Geburtstagsessen passiert, bleibt unter uns. Verstanden, Rome?«

»Ich werde nichts verraten. Wenn er es nach all der Zeit nicht selbst erkannt hat, ist es nicht meine Aufgabe, ihn mit der Nase darauf zu stoßen. Aber ich denke, dass es durchaus möglich wäre, dass ihr beide gut füreinander seid. Gegensätze ziehen sich an und so weiter.«

Das Problem war, dass ich nicht glaubte, dass Rule und ich wirklich so unterschiedlich waren. Gut, er war vom Kopf mit der Irokesenfrisur bis hin zu seinen Füßen in den derben Boots tätowiert und hatte überall Piercings, während ich eher Perlen und antike Broschen trug. Doch wir beide versuchten, jenseits der Grenzen zu leben, die unsere Mitmenschen für uns zogen. Wir hatten beide ernsthafte Schwierigkeiten mit unseren Eltern, wir liebten die anderen Archer-Jungs von ganzem Herzen, wir wollten beide für das geliebt werden, was wir waren, und nicht das sein, was andere von uns erwarteten, und seit Samstag wusste ich, dass Sex für uns beide gern ein bisschen rauer und schmutziger sein durfte. Ja, so gegensätzlich, wie man auf den ersten Blick meinen konnte, waren wir also nicht.

»Ich habe seit Remys Tod versucht, Rule davon abzuhalten, im Dunkeln zu leben. Es ist allerdings nur schlimmer geworden und nicht besser. Er kann diesen Weg nicht weitergehen, wenn das jemals ein Ende finden soll.«

Rome seufzte, als wir aufstanden und in die kühle Nachtluft hinaustraten. »Letzten Endes, Kleine, sind wir alles, was wir haben. Also, egal, wie hart es für den Einzelnen wird: Wir müssen es durchziehen und zusammenhalten.«

Ich umarmte ihn und rieb dann meine kalten Hände aneinander. Zitternd hielt ich das Foto an mich gepresst, als die kalte Luft mich umfing. »Du hast leicht reden, weil du nicht hier bist, sondern unzählige Kilometer weit entfernt. Meistens rufen Rule und ich einen brüchigen Waffenstillstand aus, während deine Eltern uns im Nacken sitzen und meine mich nicht weiter beachten.«

»Du hast es schon gesagt, Shaw: Du bist kein Kind mehr, du kannst dir inzwischen über all das Klarheit verschaffen und die richtigen Entscheidungen treffen. Ich glaube an dich.«

So war Rome. Er war der Beschützer, derjenige, der nur

das Beste für alle wollte. Bevor er nach Brookside zurückfuhr, bat ich ihn, mich anzurufen, und lief dann zurück zu meiner Wohnung. Es war einer der seltenen Tage, an denen Ayden und ich gemeinsam freihatten. Sie lag auf dem Sofa und hatte Bücher um sich herum verteilt. Sie war so versunken in ihre Lektüre und hatte das Radio so laut aufgedreht, dass sie mich anscheinend nicht reinkommen hörte. Die ganze Woche über hatte sie mir wegen Rule in den Ohren gelegen. Obwohl sie dafür war, dass ich mich austobte und Entscheidungen traf, die mich glücklich machten – und Rule hatte mich *sehr* glücklich gemacht –, wusste sie, dass meine Gefühle für Rule komplizierter waren, als ich zugeben wollte. Sie war überzeugt davon, dass mein Herz gebrochen war.

Auf Zehenspitzen schlich ich mich an sie heran und tippte ihr auf die Schulter. Ayden kreischte laut auf und drehte sich um. Die Reaktion war so übertrieben, dass ich lachen musste. Als ich mich wieder beruhigt hatte, ließ ich mich zu ihr auf die Couch fallen und zog meinen Mantel und meinen Schal aus. Sie funkelte mich wütend an, als sie den Arm ausstreckte, um das Radio leise zu drehen. »Das war nicht cool. Wie war das Essen?«

»Gut.«

»Nur gut?«

»Er hat mich wegen Rule ausgefragt. Er ist der Meinung, dass wir gut füreinander wären und uns gegenseitig helfen und stärken könnten oder so etwas.«

»Da wir gerade von dem Unruhestifter reden … Hast du was von ihm gehört?«

Ich schüttelte den Kopf. »Nein. Ich weiß, wie er tickt, Ayden. Weißt du, wie viele traurige, fassungslose Mädchen ich gesehen habe, die er am Morgen danach eiskalt abserviert hat? Ich will keine von diesen Frauen sein.«

»Ja, aber ihr kennt euch doch. Ihr wart irgendwie befreundet.«

Ich zuckte die Achseln. »Das spielt für ihn keine Rolle. Frauen sind für ihn austauschbar. So war es schon immer.«

Mit gespreizten Fingern fuhr ich mir durchs zerzauste Haar und unterdrückte ein Gähnen. Ich hatte besonders viel gebüffelt, weil die Zwischenprüfungen vor der Tür standen, und die zusätzliche Wochenendschicht bei der Arbeit machte mir zu schaffen. Dazu kam, dass ich jede Nacht von lebhaften Träumen von Rule und mir gequält wurde. Ich war also unglaublich müde.

»Ich glaube, ich lege mich mit einem Buch ins Bett. Könnte sein, dass ich direkt einschlafe.«

»Ich stelle das Radio leise.«

»Keine Sorge. Und gute Nacht.«

»Ich wünsche dir auch eine gute Nacht. Hey, zumindest verblasst der Knutschfleck allmählich.«

Ich streckte ihr die Zunge raus und ging in mein Zimmer. Dort ließ ich mich mit dem Gesicht voran aufs Bett fallen und fluchte unterdrückt, als ich das Handy in meiner Tasche klingeln hörte. Normalerweise hätte ich es ignoriert, aber ich erkannte den Klingelton meiner Mom – Twisted Sister mit *We're Not Gonna Take It.* Wenn ich das Gespräch jetzt nicht annahm, würde sie so lange anrufen, bis sie mich erreichte. Ihre Zeit war kostbar. Ich rollte mich auf die Seite und zog mein Handy aus der Tasche.

»Hallo, Mutter.«

»Shaw, es tut mir leid, dass ich mich jetzt erst melde. Wir waren in Kalifornien. Jack hatte etwas Geschäftliches zu erledigen, und da es hier so kalt ist, dachte ich, dass es den Kindern gefallen würde, ein bisschen am Strand sein zu können.«

Anscheinend funktionierten Handys in Kalifornien nicht. »Kein Problem.«

»Ich habe mit deinem Vater geredet. Er meinte, du hättest abwesend und mürrisch gewirkt. Wir haben das besprochen, und ich bin der Meinung, dass du endlich aufhören solltest, Spielchen mit Gabe zu spielen. Du bist eine erwachsene Frau, Shaw. Du musst von jetzt an klügere Entscheidungen für dein Leben treffen. Ständig die Männer zu wechseln ist keine Option.«

Sie hatte mir noch nicht mal zum Geburtstag gratuliert. »Gabe interessiert mich nicht, Mom. Überhaupt nicht.«

»Um Interesse geht es doch nicht. Er kommt aus einer guten Familie und sieht einer aussichtsreichen Zukunft entgegen – das sind die Dinge, die für eine Frau deiner Herkunft bei der Partnerwahl wichtig sein sollten.«

Ich stieß zwischen zusammengebissenen Zähnen Luft aus und schloss die Augen. »Haben diese Überlegungen Dad auch zu Marissa gezogen? Dass sie aus einer guten Familie kommt? Dass sie einer sicheren Zukunft entgegenblickt? Vielleicht mag er aber auch nur ihre dicken Titten und die Tatsache, dass sie tut, was er will. Komm schon, Mom, das ist lächerlich. Ich werde ganz sicher nicht mit einem Mann zusammen sein, bei dem es mir eiskalt den Rücken hinunterläuft – und das nur, weil *du* ihn magst.«

»Achte auf deine Ausdrucksweise, junge Dame! Ich weiß nicht, woher du dein Wissen nimmst, aber ich bin weder dumm noch blind: Mir ist klar, dass es etwas mit dem Archer-Jungen zu tun hat. Das hat es nämlich immer.«

Ich rieb mir über die Stirn und spürte die Vorboten einer Migräne. Meine Mutter hatte die Gabe, mir schneller Kopfschmerzen zu bereiten als jeder andere Mensch auf der Welt. »Und wenn es so wäre?«

»Ach, Shaw. Wann überwindest du endlich diese lächerliche Schwärmerei?«

»Mom, mein Kopf tut weh. Können wir nicht ein andermal darüber reden?«

Sie schwieg eine Minute lang, und ich konnte ihr Missfallen praktisch durch den Telefonhörer hindurch wahrnehmen.

»Ich werde die Davenports zum Abendessen einladen. Du kommst auch.«

»Nein. Nicht, wenn Gabe auch da sein wird.«

»Doch, du wirst kommen. Vergiss nicht, dass dein Vater und ich dir das Studium finanzieren.«

Toll, noch mehr elterliche Erpressung. Mann, ich hatte vielleicht ein Glück. »Ja, gut, wie auch immer.« Ich verabschiedete mich nicht, stopfte nur das Handy unter das Kopfkissen und löschte das Licht. Ich hatte keine Ahnung, wie Rome darauf kam, ich könnte für irgendjemanden gut oder heilsam sein. Ich hatte ja nicht einmal mein eigenes Leben im Griff. Und das machte mich krank.

Den Rest der Woche und das Wochenende brachte ich damit zu, eine gute Studentin zu sein. Bei jeder Gelegenheit steckte ich die Nase in ein Buch. Ich beendete mein Laborprojekt und bereitete eine Hausarbeit vor, die ich zur Zwischenprüfung abgeben musste. Es gelang mir sogar, Zeit freizuschaufeln, um Ayden beim Lernen zu helfen, da ihr der Kurs in Anorganischer Chemie Schwierigkeiten machte, den ich spielend geschafft hatte.

Ich arbeitete gerade an einer Aufgabe für einen Pflichtkurs, einem Essay zu dem Thema, warum Sterbehilfe legalisiert werden sollte – eine superspaßige Angelegenheit. Aber in der Wohnung war es einfach zu still, und ich war zu sehr damit beschäftigt, mein Handy zu ignorieren, wenn es klingelte, weil ich fürchtete, es könnten meine Eltern oder Gabe sein. Also packte ich schließlich meinen Laptop ein und ging ins *Pikes Perk,* um den Aufsatz fertig zu schreiben. Ayden hatte mir eine Nachricht geschickt, dass ich einfach in die Bar kommen solle, dort sei nicht viel los, doch ich brauchte eine weniger anregende Umgebung, und ein Coffeeshop voller Hipster war genau das Richtige. Vor mir lag ein Stapel mit Forschungsarbeiten, und neben mir stand ein Latte Caramel zum Abkühlen. Ich war so versunken in meine Arbeit, dass ich nicht bemerkte, wie der andere Stuhl an meinem Tisch mit einem metallisch kratzenden Geräusch vorgezogen wurde.

Und so merkte ich erst, dass ich Gesellschaft bekommen hatte, als eine vertraute Hand mit einem Schlangen-Tattoo und einem Namen auf den Fingerknöcheln meinen Laptop zuklappte. Überrascht blinzelte ich, blickte hoch und sah in die eisblauen Augen vor mir. Er musterte mich eindringlich. Er trug noch immer den Irokesenschnitt, der diesmal allerdings in Rot leuchtete. Sein enges langärmeliges Shirt und die Jeans, die tief auf seinen Hüften saß, standen ihm unglaublich gut. Ich versuchte erst gar nicht, zu verbergen, dass ich ihn offen anstarrte.

»Was wäre, wenn ich das nicht gespeichert hätte?«

»Wir sind uns schon mal begegnet, weißt du noch? Ich kenne dich gut genug, um zu wissen, dass du deine Arbeit wahrscheinlich nach jedem Satz sicherst.«

Nach jedem Absatz, aber egal. »Das ist nicht gerade deine Gegend – was machst du also hier?« Seit genau zehn Tagen hatte ich ihn nicht mehr gesehen oder mit ihm gesprochen. Die Vorstellung, dass er mich ganz bewusst gesucht hatte, kam mir so weit hergeholt vor, dass ich mich stumm ermahnte, nicht zu viel in sein unerwartetes Auftauchen hineinzuinterpretieren.

»Ich war gerade in der Bar. Dort habe ich deine Mitbewohnerin getroffen, und sie meinte, dass du wahrscheinlich hier wärst, um an deiner Hausarbeit zu schreiben. Shaw, wir müssen reden.« Ich hatte ihn noch nie so ernst erlebt. Es machte mich nervös. Ich musste meine Hände beschäftigen, also nahm ich meinen Kaffee und versuchte, mich hinter dem Becher zu verstecken.

»Ich glaube nicht.« Ich war mir nämlich fast sicher, er würde etwas sagen, das mich veranlasste, ihm meinen lauwarmen Kaffee an den Kopf zu werfen.

Er zog die Augenbraue mit den zwei Piercings hoch und beugte sich vor, sodass er die Ellbogen auf den Knien abstützen und mir direkt in die Augen blicken konnte. In den silbernen Tiefen seiner Augen tanzten interessante Schatten, die ich nicht deuten konnte. Doch er hatte nie verlockender ausgesehen als in diesem Moment.

»Komm schon. Denkst du wirklich, dass wir nach allem, was passiert ist, so tun können, als wäre nichts gewesen?«

»Warum nicht? Das haben wir doch schon, und es hat gut funktioniert.«

»Shaw«, er klang verärgert. »Wir werden nicht miteinander schlafen, den großartigsten Sex aller Zeiten erleben – der zudem noch dein erster Sex überhaupt war – und dann nicht darüber reden. Zuerst einmal möchte ich wissen, was du all die Jahre mit Remy getrieben hast, wenn ihr nicht miteinander geschlafen habt. Das ergibt keinen Sinn. Und ich möchte wissen, warum du am Morgen danach sang- und klanglos verschwunden bist und mir nicht die Gelegenheit gegeben hast, mit dir zu sprechen.«

Ich stellte die Tasse ab und schob mir die Haare aus der Stirn. Dann beugte ich mich vor und nahm die gleiche Position ein wie er. Wir waren einander so nahe, dass ich jede einzelne seiner Wimpern erkennen konnte, die über seine Wange strichen, wenn er blinzelte.

»Ich habe euch hunderttausend Mal gesagt, dass Remy und ich nur Freunde waren. Wir hatten nie eine romantische Beziehung. Unsere Freundschaft war tief, stark und innig. Das verstehen Höhlenmenschen wie ihr nicht. Aber es war nie etwas Körperliches. Und ich kann nicht glauben, dass du gedacht hast, ich würde am Morgen danach so lange bleiben, dass du mich rausschmeißen kannst. Ich habe dich mehr als einmal in Aktion erlebt, Rule – ich hatte keine Lust, ein weiterer von unzähligen One-Night-Stands zu werden. Dazu bin ich zu stolz.«

»Und deine Jungfräulichkeit hast du zwanzig Jahre lang geschützt und sie mir dann einfach so geschenkt?« Er klang etwas verstimmt, und ich musste lächeln.

»Ich hatte meine Gründe, Rule.«

»Und die wären?«

»Die gehen nur mich etwas an. Hör mal, ich habe dich um nichts gebeten, und ich erwarte auch nichts von dir. Können wir es nicht einfach vergessen?«

»Nein, das können wir nicht.«

Ich wich etwas zurück und sah ihn finster an. »Was? Warum nicht? Wir kennen uns schon seit einer Ewigkeit. Es ist nun einmal passiert.« Ich versuchte, lässig abzuwinken, und erstarrte, als er meine Hand ergriff. Fasziniert beobachtete ich, wie seine Finger sich mit den meinen verschlangen.

»Das, was da passiert ist …« Seine Stimme wurde noch ein bisschen tiefer, und mir wurde mit einem Mal klar, dass der Coffeeshop voller Menschen war und dass wir aus irgendwelchen Gründen die Aufmerksamkeit der Leute am Nachbartisch erweckt hatten, die unsere Unterhaltung gespannt verfolgten. »Das war nicht nur ein unbedeutendes Erlebnis, das wir vergessen könnten. Und glaube mir, ich habe es versucht. Ich bin Freitag ausgegangen und habe eine heiße Rothaarige kennengelernt.«

Ich spürte, wie ich die Stirn in Falten legte, als ich mich von ihm zu lösen versuchte.

Er lächelte und zog mich an der Hand, die er noch immer festhielt, an sich. »Leider dauerte es keine fünf Minuten, bis ich begriffen hatte, dass ich die Kleine nur benutzen wollte, um die Erinnerung an ein anderes Mädchen zu verdrängen. Also dachte ich, dass ich es einfach am Samstag noch mal mit einer Blondine oder einer Brünetten probieren sollte – oder vielleicht mit beiden –, denn in meinem Kopf spukte nur ein Mädchen herum, an das ich eigentlich überhaupt nicht denken sollte.«

Ich zerrte an meiner Hand, doch er zog mich nur noch näher an sich heran. Jetzt konnte er mir ins Ohr flüstern, weil ich beinahe auf seinem Schoß saß. Ich benutzte meine freie Hand, um mich auf seinem Oberschenkel abzustützen. Es war viel zu nah, zu vertraut, einander so zu berühren. Denn genau genommen wollte ich mich von ihm fernhalten. »Also sind Nash und ich ausgegangen. Es gab Rothaarige, Brünette und sogar eine superheiße Frau, die wie Pink aussah, aber meinst du, dass mich eine davon angeturnt hätte? Nein, Shaw. Nicht eine. Weil sie eben nicht du waren. Seit du am Sonntag gegangen bist, habe ich ununterbrochen an dich gedacht. Wie kommt das?«

Seine Worte ließen mich von innen heraus erschauern. »Weil es neu war, weil wir eine gemeinsame Geschichte, eine Vergangenheit haben. Das macht es dir schwerer, Rule. Ich bin eben keine gesichtslose, namenlose Frau. Oder? Ich weiß es nicht, Rule.«

Er hob die Hand und strich mit dem Daumen sacht über meine Wange. Mir stockte der Atem, und mein Herz fing an, zu stolpern.

»Was auch immer der Grund war, Shaw – es ist wichtig. Es bedeutet eine ganze Menge.«

»Was willst du mir damit sagen, Rule?«

»Ich weiß es nicht. Ich weiß nur, dass die anderen nicht wie du sind und dass sie mir deshalb nichts bringen. Ich denke, wir sollten herausfinden, was da zwischen uns ist.«

Ich schüttelte ganz leicht den Kopf. Ein silbernes Leuchten blitzte in seinen blassen Augen auf. »Ich werde nicht eine von vielen sein. Wie schon gesagt: Ich hatte meine Gründe, zuzulassen, dass das alles passiert ist. Doch wenn du denkst, dass ich den Lückenbüßer spiele, weil dich im Augenblick keine Frau anturnt, dann irrst du dich gewaltig. Ich kenne dich, Rule. Ich kenne dich, seit du herausgefunden hast, dass Mädchen viel komplizierter sind als Jungs. Du wolltest nie Zeit und Mühe in etwas so Kompliziertes investieren.«

Ich fühlte, wie er noch immer sanft mit dem Daumen über meine Wange streichelte, und wäre beinahe dahingeschmolzen. »Dieses Mal wird alles anders. Ich werde mich darauf einlassen. Wir werden zusammen Zeit verbringen. Ich meine, wir kennen uns schon lange, aber eigentlich weiß ich so gut wie nichts über dich. Komm schon, Shaw. Was hast du denn zu verlieren?«

Nicht mein Herz, denn das besaß er schon, ohne sich dessen bewusst zu sein. »Also willst du dich mit mir verabreden?«

Er lachte. »Normalerweise bin ich nicht der Typ für Verabredungen. Doch während wir versuchen, herauszufinden, was da zwischen uns ist, werde ich mich zusammenreißen. Kein Rumgevögele mehr, keine anderen Mädchen. Ich schulde es dir und mir, zu erforschen, was da ist oder ob alles nur ein Zufall war.« Er klang so aufrichtig und sah so ernst und entschlossen aus, dass ich geneigt war, ihm zu glauben, was er sagte.

Ich räusperte mich und biss mir auf die Unterlippe. Davon hatte ich immer geträumt: Rule bemerkte plötzlich, dass ich eine Frau war, und wollte mit mir zusammen sein. Gut, in meiner Fantasie gestand er mir auch noch seine unsterbliche Liebe und Hingabe. In Wahrheit waren seine Neugierde und das Versprechen, unseren Gefühlen auf den Grund zu gehen, vermutlich alles, was ich erwarten konnte. Ich wusste nicht, wie weit ich ihm vertraute, doch ich hatte ihn schon immer gewollt, und ich konnte nicht ablehnen, wenn er sich mir auf dem Silbertablett präsentierte.

»Wenn wir das tun – zusammen Zeit verbringen –, werden die anderen nicht begeistert davon sein. Weder deine Eltern noch meine oder Rome.«

»Na und?«

Mir wäre es nicht gleichgültig, aber ich war die Einzige, die sich über so etwas Sorgen machte.

»Gut«, sagte ich.

»Gut?«

Ich stieß langsam die Luft aus. Rule schloss die Augen, als er meinen Atem auf seinem Mund spürte. Also tat ich das Einzige, was mir übrig blieb – ich beugte mich vor und presste meine Lippen auf seine. Es war nicht mit demselben Übermut wie beim ersten Mal. Ich verspürte keine Panik, dass er es sich noch einmal anders überlegen könnte, kein jahrelang angestautes Verlangen oder Frust, und es gab kein Bedauern darüber, dass es nur eine einmalige Sache sein könnte. Jetzt zählte nur die Berührung unserer Lippen. Rule zu küssen würde immer etwas ganz Besonderes sein, denn irgendwie hatte es etwas, das mit nichts anderem vergleichbar war. Ich fühlte, wie er zu lächeln begann, als von den Tischen um uns herum Seufzen und Murmeln hörbar wurde. Er zog sich zurück und tippte mit dem Finger auf meine Nasenspitze.

Ich lehnte mich auf meinem Stuhl zurück und räusperte mich geräuschvoll. »Tja ...«

Er lachte laut auf. »Ja, zumindest der Teil scheint ein Selbstläufer zu sein und keiner großen Überlegungen zu bedürfen.«

Ich rutschte auf meinem Stuhl hin und her und wies abwesend auf die Arbeit, die immer noch auf dem Tisch ausgebreitet lag. »So nett dieser kleine Besuch auch war, ich muss diese Präsentation fertigstellen.«

Enttäuschung blitzte in seinen Augen auf, doch er verbarg sie hinter seinem lässigen Lächeln. »Wann musst du an diesem Wochenende arbeiten?«

»Ich arbeite das ganze Wochenende über, aber ich habe am Samstagabend früh Feierabend und am Sonntagmorgen erst um zehn Uhr die nächste Schicht.«

»Ein viel beschäftigtes Mädchen.«

»Du hast ja keine Ahnung. Das war noch längst nicht alles.«

»Also wird es gar nicht so leicht, Zeit miteinander zu verbringen, oder?«

Er klang gelassen, doch ich kannte Rule: Er war ein Mensch, der immer alles sofort wollte. Wenn mein voller Terminkalender es schwierig machte, Zeit zusammen zu verbringen, musste ich mir keine Illusionen darüber machen, dass Rule geduldig warten würde, bis ich mich mal freimachen konnte – er würde sich einfach jemanden suchen, mit dem es unkomplizierter und überschaubarer war.

»Am Samstag habe ich um zehn Uhr frei, und sonntags bin ich normalerweise um sieben Uhr zu Hause. Die Sonntagsschicht kann ich absagen – ich habe sie nur übernommen, weil wir nicht länger nach Brookside fahren und ich mir überlegt habe, dass ich dann genauso gut noch etwas Geld dazuverdienen kann.«

»Mein Kumpel Jet spielt am Wochenende im *Cerberus.* Warum kommst du am Samstagabend nicht mit deiner Mitbewohnerin vorbei?«

»Was spielt er für Musik?« Der *Cerberus* hatte einen ziemlich wilden Ruf. Der Club befand sich im Warehouse District und war schon des Öfteren wegen diverser Vorfälle vorübergehend geschlossen worden. Es war kein Club, in dem ich normalerweise meine Zeit verbrachte. Es war eher ein Club, den ich unter allen Umständen mied, um nicht Gefahr zu laufen, zufällig jemandem zu begegnen, der mich an meine Eltern verriet. Aber wenn ich mich auf Rule und mich einließ und versuchte, Zeit mit dem Mann zu verbringen, den ich schon mein ganzes Leben lang gewollt hatte, dann würde ich meinen Horizont erweitern müssen.

»Metal.«

Ich schnaubte leise. »Ayden kommt aus Kentucky. Sie mag Taylor Swift und Carrie Underwood. Ich weiß nicht, ob ich sie dazu überreden kann.«

»Die Band ist ziemlich gut. Letztes Jahr waren sie mit einer bekannten Band auf Tour. Im Übrigen kommt Ayden mir wie eine echt coole Braut vor. Ich wette, sie würde zu deiner Unterstützung bestimmt mitkommen. Falls sie doch nicht möchte, dann komm einfach ohne sie – ich werde dich nicht allein lassen.«

»Was ist mit Rome?«

»Er muss am Wochenende nach Fort Carson. Dort muss er zum Berater des *Department of Veterans Affairs*. Es ist alles ein wenig kompliziert, weil der Heilungsprozess länger dauert als erwartet.«

»Das ist schade.«

»Ich möchte unsere Beziehung vor niemandem verstecken müssen, Shaw. Wenn du diese Art von Spielchen spielen willst, dann solltest du dir ernsthaft überlegen, ob du das hier wirklich willst oder nicht.«

Ich legte meine Hand auf seinen Arm, vergrub die Finger in das Schlangen-Tattoo und sah ihn eindringlich an. »Nein, ich werde mich nicht verstecken. Lass mich nur nicht wie eine Idiotin dastehen, Rule. Die Sache ist mir wichtig.«

»Mir ist sie auch wichtig, Casper.« Er erhob sich und stand vor mir. Dann beugte er sich vor und hauchte einen Kuss auf meinen Scheitel. »Übrigens siehst du in Jeans echt toll aus. Komm am Samstag zur Show.«

»Also gut.« Ich beobachtete, wie er den Coffeeshop verließ. Mir entging nicht, dass auch alle anderen weiblichen Gäste ihm hinterhersahen. Ich unterdrückte ein Seufzen und schüttelte kläglich den Kopf. Gerade wollte ich meinen Laptop wieder aufklappen, als ich bemerkte, dass das Mädchen, das mir direkt gegenübersaß, mich anstarrte. Sie war etwas älter als ich, hatte blau gefärbte Dreadlocks und blickte mich mit unverhohlener Eifersucht an. Ich blinzelte verwirrt, denn früher war immer ich diejenige gewesen, die den Mädchen, die aus Rules Bett gekrochen waren, solche Blicke zugeworfen hatte. Sie grinste verlegen.

»Mit dem wirst du alle Hände voll zu tun haben.«

Da ich mir nicht einmal hundertprozentig sicher war, was wir taten und wohin das zwischen mir und Rule genau führen sollte, hatte die Frau zweifellos recht. Immerhin hatte er mich nicht gefragt, ob ich seine Freundin sein wolle oder ob wir ein Date hätten. Er hatte nur gesagt, dass wir Zeit miteinander verbringen sollten. Das war alles andere als klar, und ich hatte keine Ahnung, was ihm dieser Plan bedeutete. Ich wusste zu schätzen, dass er mir zumindest zugesichert hatte, sich in nächster Zeit zurückzuhalten und keine anderen Frauen zu haben, und dass ihm klar war, dass das, was zwischen uns war, zu wichtig war, um es durch weitere oberflächliche Affären zu zerstören. Dennoch war mir bewusst, dass man alte Gewohnheiten nicht so leicht ablegen konnte und dass Rule nicht gerade bekannt dafür war, sich in Zurückhaltung zu üben. Ich stieß den Atem aus. »Erzähl mir was Neues.«

Das Mädchen lachte leise. »Er hat meiner Freundin eine riesige Lotusblüte aufs Bein tätowiert. Sie hat drei Sitzungen lang versucht, ihn dazu zu bringen, mit ihr auszugehen. Ich schätze, ich kann ihr dann jetzt sagen, dass er eine Freundin hat – dann fühlt sie sich bestimmt besser.«

Ich nahm meine Kaffeetasse und bemühte mich, einen klaren Gedanken zu fassen, Rule aus meinem Kopf zu verbannen und wieder in den Studentinnen-Modus zurückzukehren.

»Ich bin nicht seine Freundin.«

»Echt? Das sah aber so aus.«

»Wir kennen uns schon seit einer Ewigkeit. Es ist kompliziert.«

Sie zwinkerte mir zu und schenkte mir ein freches Lächeln. »Ach, Süße, wenn sie so aussehen und so viel Sex ausstrahlen, wird es immer kompliziert sein.«

Tja, da hatte ich es. Wenn eine vollkommen Fremde nach fünf Minuten, in denen sie Rule und mich zusammen beobachtet hatte, schon sehen konnte, dass eine Beziehung mit ihm ein ewiger Kampf sein würde, wie standen dann die Chancen, dass es überhaupt funktionieren würde? Mit diesem niederschmetternden Gedanken widmete ich mich wieder der Sterbehilfe und versuchte, mich aufzumuntern.

7. Kapitel

Rule

Der Club war brechend voll. Enmity zog die Metalheads und Punkrocker aus der Gegend scharenweise an. Darüber hinaus war Jet schon seit einer Ewigkeit in der Szene und brachte von daher eine Menge Wegbegleiter mit. Als Vorgruppe von Enmity trat irgend so eine Möchtegerncoverband von Slayer auf, und die Typen machten gerade ihren Soundcheck. Nach ihnen würde eine Punkrock-Band spielen, die nur aus Mädchen bestand. Die Show würde also glücklicherweise lange dauern, denn es war bereits nach elf, und ich konnte nicht aufhören, auf das Display meines Handys zu starren, um die Zeit zu checken. Jedes Mal, wenn ich nachsah, rollte Nash mit den Augen, und Jet lachte mich aus. Allerdings leisteten die beiden gerade erstklassige Arbeit dabei, gemeinsam eine Flasche Tequila zu vernichten, also nahm ich ihre Reaktion nicht persönlich. Ich hatte Shaw vor über einer Stunde eine Nachricht geschickt, um noch einmal nachzufragen, ob sie kommen würde, doch bisher hatte ich nichts gehört.

Ich war nervös und nicht besonders gut gelaunt. Das lag teils daran, dass ich mich auf unbekanntem Terrain bewegte, und unbestreitbar auch daran, dass die Sache mit der Monogamie vollkommen neu für mich war. Ich war es gewohnt, mir zu holen, was ich brauchte, wenn ich es brauchte. Ich war es gewohnt, mich auf meine niederen Instinkte zu fixieren und von meiner Fleischeslust leiten zu lassen. Mich zu benehmen, weil ich selbst es wollte, und nicht, weil jemand anders mich darum bat, war eine neue Erfahrung für mich, und die Nebenwirkungen waren hart. Ich war scharf und reizbar, und ich war es leid, mit Shaw diese Telefonspielchen zu spielen und um jede Sekunde mit ihr zu kämpfen. Ich hatte keine Ahnung gehabt, wie viel Shaw tagtäglich zu tun hatte. Das Mädchen sprang den ganzen Tag lang zwischen Kursen an der Uni, der Arbeit und irgendwelchen zusätzlichen freiwilligen Jobs hin und her. Als sie früher an den Wochenenden immer gekommen war, hatte ich ganz automatisch angenommen, sie hätte Freizeit gehabt und würde den Sonntag aus freien Stücken mit meiner Familie verbringen – doch offensichtlich hatte ich mich da gewaltig geirrt. Jede Minute ihres Tages war sorgfältig durchgeplant, und ich begriff allmählich, wie viel sie opferte, um sich um unsere abgefuckte Familie zu kümmern.

»Entspann dich. Wenn sie gesagt hat, dass sie kommt, dann kommt sie auch.«

Nash stieß mir mit dem Ellbogen in die Rippen. Ich zuckte zusammen und hätte beinahe das Handy fallen lassen, in das ich schon seit geraumer Zeit Löcher starrte. Ich schob es in meine Tasche und nahm das Bier, mit dem ich seit über einer Stunde beschäftigt war. Mir fiel eine heiße Blondine auf, die mich abcheckte, seit wir in die Bar gekommen waren. Kurz fragte ich mich, warum ich glaubte, es sei eine gute Idee, Zeit mit Shaw zu verbringen, um zu verstehen, wie sie mir so den Kopf hatte verdrehen können, während mir diese leicht zu habende Frau direkt gegenübersaß. Die blonde Frau warf mir ein Lächeln zu, das praktisch schrie: »Ich will, dass du mir das Höschen mit den Zähnen ausziehst!«, und ich hätte mich beinahe an meinem Bier verschluckt.

Jet lachte und fuhr sich mit gespreizten Fingern durch sein zerzaustes schwarzes Haar. Der Typ sah aus wie ein Rockstar. Er war schlaksig und wirkte ständig so, als wäre er gerade aus dem Bett gefallen. Ohne sich große Mühe geben zu müssen, wickelte er damit die Frauen um den Finger. Dazu kam seine tolle Stimme. Er konnte wirklich gut singen. Dass er in einer Metal-Band sang, in der es hauptsächlich darum ging, laut zu sein, war die Ironie an der Sache. Der Mann war ein extrem talentierter Musiker und konnte Songs schreiben und so ziemlich jedes Instrument spielen, das ihm in die Finger kam. Eines Abends, nachdem wir uns mit einem besonders ausufernden Trinkspiel die Zeit vertrieben hatten, hatte er zugegeben, dass er Metal liebte, weil er niemals mit dem Ruhm und der Bewunderung zurechtkommen würde, die die Menschen ihm schenken würden, wenn er Pop spielen würde. Der Typ wollte in einer Band spielen, aber aus Gründen, die nur er allein verstand, hatte er kein Interesse daran, ein Rockstar zu sein – auch wenn er das Aussehen und die Stimme dazu hatte.

»Ich schwöre, dass du mehr Frauen anziehst als ich, und ich bin in einer verdammten Band«, knurrte er. »Du musst nur mal kurz zwinkern, und schon überschlagen die Tussis sich, um dich zu bekommen.«

Ich räusperte mich und stellte das Bier auf den Tisch. »Tja, ich habe euch ja schon erklärt, dass ich mit dem Scheiß vorerst aufhören muss.«

Jet warf einen vielsagenden Blick über die Schulter zu der Blondine und wandte sich dann mit einem Grinsen wieder zu mir um. »Viel Glück dabei.«

Nash stürzte einen Tequila hinunter und atmete durch die zusammengebissenen Zähne. »Sei nicht so hart zu ihm, Mann. Er strengt sich schließlich für einen guten Zweck an.«

»Ich sag's ja nur – genau genommen muss er sich dafür nicht einmal anstrengen.«

Ich zog mein Handy raus und warf zum x-ten Mal einen Blick auf die Uhr im Display. »Irgendetwas sagt mir, dass das so auch nicht ganz stimmt.«

Jet und Nash tranken beide noch einen Tequila, und Jet heulte laut auf. »Die erste Band fängt gleich an. Ich muss jetzt hinter die Bühne und dafür sorgen, dass meine Jungs heute Abend alles geben. Wir sind mit der Arbeit an unserem neuen Album so gut wie fertig, also müssen wir die Bude heute Abend rocken.« Wir klatschten Faust an Faust ab, und ich seufzte, als die blonde Frau mir wieder einen eindeutig zweideutigen Blick zuwarf. Ich wollte nicht in ihre Richtung sehen, doch vermutlich ließen sich alte Gewohnheiten nicht so schnell ablegen.

»Das ist echt scheiße«, brummte ich.

»Echt, Mann. Jetzt entspann dich mal. Shaw ist atemberaubend. Sie ist ein heißes Babe, sie kommt mit deinen Launen klar, sie bietet dir Paroli, und sie kennt dich. Und trotzdem will sie dir eine Chance geben. Sie wird schon noch kommen. Also beruhige dich und sag auch deinem Schwanz, dass er verdammt noch mal endlich Ruhe geben und relaxen soll.«

Ich hatte noch immer die verrückte Irokesenfrisur, also konnte ich nicht mit der Hand durch mein Haar fahren. Stattdessen rieb ich mir den Nacken und trommelte mit den Fingerspitzen auf die Tischplatte.

»Warum, glaubst du, will sie uns eine Chance geben? Ich meine, sie weiß eigentlich, dass ich unzuverlässig und unstet bin, sie kennt meine Geschichte, und ihr ist klar, dass wir nicht viel gemeinsam haben. Ich weiß, dass ich nicht aufhören kann, an sie zu denken, aber was könnten ihre Gründe dafür sein, herausfinden zu wollen, was zwischen uns läuft?«

»Ich denke, sie ist extrem klug und überlegt. Und was auch immer ihre Gründe sein mögen – sie hat bestimmt lange darüber nachgedacht. Ich glaube nicht, dass sie ›einfach so‹ mit dir geschlafen hat, und ich bezweifle, dass sie nur eingewilligt hat, Zeit mit dir zu verbringen, weil du gefragt hast. Wenn du vernünftig bleibst und deinen Schwanz in der Hose lässt, wirst du's schon irgendwann erfahren. Und ich bin mir sicher, dass ihre Gründe dich umhauen werden.«

»Ich kann nicht ganz bei Trost sein, wenn ich denke, dass ich das durchziehen kann.« Ich liebte die Frauen, liebte Sex ohne weitere Verpflichtungen, liebte es, gehen zu können, wohin ich wollte und wann ich es wollte, und ich liebte es, niemandem Rechenschaft abgeben zu müssen außer mir selbst – und wenn ich mich auf Shaw einließ, hieß das, all das aufzugeben. Wieder seufzte ich tief und ließ meinen Blick zu der blonden Frau schweifen. Sie sah mich noch immer an, doch ihre hübsche Stirn hatte sich in Falten gelegt, und ihr Mund hatte sich verzogen, als hätte sie in eine Zitrone gebissen. Ich konnte mir nicht erklären, was passiert war, seit ich sie zuletzt angesehen hatte. Plötzlich murmelte Nash: »Verdammt.« Erst jetzt fiel mir auf, dass jeder Mann im Club den Kopf gedreht hatte, um zuzusehen, wie Shaw und Ayden durch die Bar zu unserem Tisch schlenderten.

Die beiden sahen atemberaubend aus. Sie waren mit Abstand die stilvollsten Frauen im Club. Es war klar, dass keine von ihnen je zuvor im *Cerberus* gewesen war. Shaw trug ein schwarzes Neckholdertop, und die langen blonden Haare fielen ihr offen über die nackten Schultern. Sie trug eine unglaublich enge Jeans, die sich an ihre schlanken Beine schmiegte, und ein Paar leuchtend blaue High Heels, die eigentlich nicht hierher passten, bei deren Anblick jedoch selbst die hartgesottensten Headbanger in ihr Bier sabberten. Ayden hatte ihre kurzen schwarzen Haare hochgestylt. Sie trug einen winzigen Rock und ein weites rotes Oberteil, das ihr halb über die Schulter gerutscht war. Außerdem hatte sie schwarze Cowboystiefel an, die schon bessere Tage gesehen hatten. Trotzdem erregten die beiden Frauen die Aufmerksamkeit aller Gäste – ob nun weiblich oder männlich –, als sie sich zu uns an den Tisch setzten.

Ich wusste nicht genau, was ich tun sollte, also starrte ich Shaw nur wortlos an. Sie starrte zurück. Ich konnte spüren, wie sämtliches Blut aus meinem Kopf in eine Region weiter unten schoss, und so blinzelte ich sie nur dämlich an, während Nash lachte und die beiden Frauen begrüßte.

»Hallo. Tut uns leid, dass wir zu spät sind. Wir hatten in der Bar noch einen Junggesellenabschied, und es hat länger gedauert, als wir gedacht hätten.«

»Ich habe dir ein paar Nachrichten geschickt, weil ich wissen wollte, was los ist und ob du noch kommst.« Ich hätte sie fragen sollen, ob sie etwas trinken wollte. Ich hätte irgendetwas tun sollen, um ihr zu zeigen, dass ich mich wahnsinnig freute, sie endlich wiederzusehen, stattdessen war ich unwirsch und benahm mich äußerst seltsam.

Sie runzelte die Stirn. »Ich hatte mein Handy ausgeschaltet.«

Ayden stützte die Ellbogen auf dem Tisch ab und nahm den Tequila entgegen, den Nash ihr reichte. Sie funkelte Shaw an und zeigte mit dem Finger auf sie. »Sag ihm, warum du das Handy ausgeschaltet hast.« Ihre Stimme klang vorwurfsvoll, und ich sah sogar in dem schummrigen Licht in der Bar, dass Shaw errötete.

Ich legte meine Hand auf ihren Rücken und beugte mich vor, sodass ich mit den Lippen ihr Ohr berührte. Ich konnte fühlen, wie sie sich verspannte, doch im nächsten Moment schmiegte sie sich an mich. »Warum hast du dein Telefon ausgeschaltet, Casper?«, flüsterte ich ihr ins Ohr.

Sie verlagerte das Gewicht von einem Fuß auf den anderen. »Weil Gabe ständig anruft. Meine Mom hat seine Eltern für nächstes Wochenende zum Abendessen in den Country Club von Brookside eingeladen, und sie erwarten, dass Gabe und ich auch mit dabei sind. Er hat es sich in den Kopf gesetzt, dass wir beide zusammen mit dem Auto nach Brookside fahren. Deswegen terrorisiert er mich. Also habe ich das Handy abgeschaltet. Er macht mich wahnsinnig, und außerdem habe ich keine Lust, an dem Dinner teilzunehmen.«

In diesem Moment kam eine Kellnerin an unseren Platz. Die beiden Mädchen bestellten Drinks, und ich orderte noch ein Bier. Ich zog Shaw noch näher an mich und drehte mich, sodass wir einander anblickten.

»Und was willst du jetzt machen?«

Sie legte die Hand auf meine Brust, direkt über mein Herz, und sah mich mit ihren wundervollen grünen Augen traurig an. »Ich weiß es nicht. Ich muss wohl oder übel hingehen, sonst macht Mom mir das Leben zur Hölle. Aber ich will nichts mit Gabe zu tun haben, will nicht einmal in seiner Nähe sein. Im Augenblick versuche ich gerade, die ganze Angelegenheit einfach zu verdrängen.«

»Das wird nicht lange funktionieren.« Mir gefiel es, wie sie sich an mich schmiegte – es fühlte sich an, als wäre sie dazu geschaffen.

»Ich weiß.« Die Kellnerin brachte die Getränke, und Ayden verzog das Gesicht, als die erste Band zu spielen begann. Ich lachte und schenkte ihr noch einen Tequila ein.

»Die ersten beiden Bands müsst ihr irgendwie überstehen«, sagte ich. »Ich verspreche euch, dass Jets Band echt gut ist.«

Sie machte eine Grimasse. »Ich bevorzuge Musik, in der ein Sänger mit Südstaatenakzent und mindestens ein Banjo vorkommen.«

Wir lachten. »Hilf Nash erst mal dabei, die Flasche Tequila zu leeren, dann wirst du es schon überstehen. Und falls es zu schlimm werden sollte, wette ich, dass Jet Ohrstöpsel hat, die wir für dich stibitzen können.« Sie erwiderte etwas, das ich nicht verstehen konnte. Nash jedoch lachte laut auf. Ich wandte mich wieder Shaw zu. Innerlich erschauerte ich, als ich bemerkte, dass sie sich mit der blonden Frau von vorhin ein stummes Gefecht mit Blicken lieferte. Ich schob meine Hand weiter um ihre Taille und zog, bis sie so nahe bei mir stand, wie es nur möglich war.

»Hey, hör auf damit.«

»Sie muss ja nicht so offensichtlich starren«, erwiderte sie missmutig.

»Shaw, sieh dich um. Im Umkreis von eineinhalb Metern gibt es mindestens zehn Typen, die dich mit Blicken ausziehen. Und ich habe kein Problem damit. Ich bin mit *dir* hier – nicht mit ihr. Du bist mit mir hier – nicht mit den anderen Kerlen. Das ist doch wohl alles, was zählt, oder?« Sie machte einen Schmollmund, und ich verspürte unwillkürlich den Drang, an ihrer wundervollen Unterlippe zu saugen. Behutsam schob ich ihr eine Strähne hinters Ohr. Ihr Haar fühlte sich weich wie Satin an und fiel ihr sofort wieder ins Gesicht. »Ich habe noch nie eine Woche lang auf eine Frau gewartet, die ich interessant fand, um Zeit mit ihr verbringen zu können. Ehrlich gesagt, ist es zum Kotzen. Und ich will Zeit mit dir verbringen.«

»Tut mir leid, dass wir so spät kommen«, entgegnete sie zerknirscht. »Ich musste einige Überzeugungsarbeit leisten, um Ayden dazu zu bewegen, mitzukommen. Das hier ist eigentlich nicht ihr Ding – und meins übrigens auch nicht. Doch ich freue mich trotzdem, dass wir hier sind.« Sie strich mit dem Zeigefinger über den Phönix, der auf meinen Bizeps tätowiert war und unter dem Ärmel meines Shirts hervorblitzte. »Ich will auch Zeit mit dir verbringen, Rule«, sagte sie. »Es tut mir leid, dass mein Leben im Moment so hektisch ist.«

»Mach dir darüber keine Gedanken.« Ich schob meine Hand unter ihr Haar und beugte mich vor, um in ihr Ohr zu flüstern: »Kommst du heute Nacht mit mir nach Hause?« Wenn sie jetzt Nein sagte, würde ich auf jeden Fall zuerst eine kalte Dusche nehmen müssen, bevor ich aus meiner Hose schlüpfen konnte. Ihre grünen Augen leuchteten, als sie mich ansah. Noch nie hatte ich mich bei einem Mädchen ständig fragen müssen, was es dachte – vor allem bei einem Mädchen, das ich schon so lange kannte. Shaw war schwer zu durchschauen. Ihre Augen schienen nur widerzuspiegeln, was ich empfand.

»Wir haben ein Taxi genommen. Solange ich also dafür sorge, dass Ayden heil und sicher nach Hause kommt, könnte das glatt passieren.« Ihre Stimme klang nun noch rauer. Ich bezweifelte, dass ich je zuvor etwas so Anziehendes, Sinnliches gehört hatte. Zustimmend brummte ich und ließ meine Hand von ihrem Rücken zu ihrem Po wandern.

Nash, Ayden, Shaw und ich unterhielten uns und tranken noch ein paar Gläser, während wir uns tapfer durch die erste und die zweite Band quälten. Die zweite Band hätte eigentlich ganz okay sein können, wenn die Sängerin sich aufs Singen und nicht auf ihr Aussehen konzentriert hätte. Die meiste Zeit jedoch schrien die Sängerin und ihre Band unmelodisch herum und hüpften wie die Irren über die Bühne, sodass Ayden nach einer Stunde die Nase voll hatte und kurz davorstand, auf die Bühne zu springen und dem armen Mädchen das Mikro aus der Hand zu reißen. Ich war überrascht, wie viel Spaß es machte, Zeit mit den beiden Frauen zu verbringen. Ayden war lustig und sarkastisch. Sie und Nash lieferten sich einen unterhaltsamen verbalen Schlagabtausch. Es wirkte fast, als wären sie seit Jahren miteinander befreundet. Als Enmity schließlich aufbaute, war die Flasche Tequila leer, und die beiden waren voll.

Shaw war im Gegensatz zu ihrer Mitbewohnerin still geworden. Sie beobachtete alles und jeden um sich herum, sie stellte Fragen und antwortete, wenn sie in die Unterhaltung mit einbezogen wurde, aber die meiste Zeit über hatte sie eher ein wachsames Auge auf alles, anstatt wirklich teilzunehmen.

Beinahe hätte ich einen Streit vom Zaun gebrochen, nachdem ich kurz auf die Toilette verschwunden war und Nash draußen eine Zigarette geraucht hatte. Wir waren nur ein paar Minuten weg gewesen, doch als ich zurückging, sah ich schon aus der Ferne einen verschwitzten Metalhead an unserem Tisch stehen. Der Kerl schien Shaw zu bedrängen.

Eigentlich war ich nicht der Typ Mann, der schnell eifersüchtig wurde. Ich hatte mein ganzes Leben damit zugebracht, im Schatten meines Zwillingsbruders zu stehen und ihm nicht das Wasser reichen zu können. Also konnte ich die irrsinnige Wut nicht verstehen, die mich in diesem Moment erfasste, den Wunsch, etwas für mich zu beanspruchen, den Drang, der Welt zu verkünden, dass diese Frau *mir* gehörte. Glücklicherweise kam Nash zuerst an den Tisch und schickte den Kerl mit ein paar unmissverständlichen Worten weg. Ich hätte ihn vermutlich zu Staub zermahlen und dafür die Nacht im Gefängnis verbringen müssen. Als ich kurz darauf hinzukam, hob ich Shaw hoch, hielt sie fest und drückte einen so leidenschaftlichen Kuss auf ihren hübschen pinkfarbenen Mund, dass mein Lippen-Piercing brannte. Ich dachte, dass sie vielleicht zurückweichen und sich aufregen würde, weil ich mich wie ein Idiot verhielt, doch sie griff mit ihren schmalen Händen nur nach meinem Shirt und ließ mich tun, was ich tun musste. Als ich sie wieder zurück auf den Boden stellte, wirkten ihre Augen glasig, und ihre Haut war zart errötet. Mit der Zungenspitze fuhr sie sich über die Unterlippe und stellte sich dann wieder neben mich.

»Ich muss schon sagen, Rule, ich mag es, dich mit all dem Metall in deinem Gesicht zu küssen«, erklärte sie atemlos. »Ich hätte nie gedacht, dass ich darauf stehen würde, aber mit dir gefällt es mir.«

O Mann, das war das Heißeste, was ich je gehört hatte, und so legte ich meinen Arm um ihre Schultern.

»Aber vielleicht solltest du beim nächsten Mal einfach dein Revier markieren und im Kreis um mich herum pinkeln. Dann wissen alle, dass du schon da warst.«

Ich lachte über ihre trockene Bemerkung und bestritt nicht einmal, worum es mir bei dieser deutlichen Zurschaustellung gegangen war. Wir unterhielten uns weiter und amüsierten uns. Als einige Zeit später aber die Lichter ausgingen und Jet bereit war, die Bühne zu rocken, hatte ich genug von der gemeinsamen Zeit mit meinen Freunden und wollte mit Shaw allein sein. Leider wusste Jet, wie man eine gute Show ablieferte. Obwohl Ayden behauptete, dass der Lärm, den die Band machte, wohl kaum Musik genannt werden könne, dauerte es nur zwei Songs, ehe sie Shaw hinter sich her Richtung Bühne zerrte.

Die Band war laut, aggressiv und stürmte von Song zu Song. Doch Jet sah einfach gut aus und wusste, wie man mit der Menge umging. Es überraschte mich nicht, dass in

Aydens Augen ein beschwipster, aber sehr interessierter Ausdruck aufgeblitzt war, als sie mit Shaw zusammen nach vorn gegangen war. Unglücklicherweise hieß das auch, dass ich mich allein um meinen betrunkenen besten Freund kümmern musste.

»Geht es noch?«

Nashs violett-blaue Augen waren auf Halbmast, und ich war mir sicher, dass er schon flach auf dem Boden gelegen hätte, wenn der Tisch nicht gewesen wäre. So sah ich normalerweise aus, wenn ich eine Nacht lang durchgesoffen hatte. Es war seltsam, es mal von der anderen Seite aus zu betrachten.

»Hä?«, murmelte er. Vor meinem inneren Auge sah ich, wie sich der Traum von ein paar ungestörten Stunden mit Shaw in Rauch auflöste. Stattdessen wäre ich wohl damit beschäftigt, Nash zurück in die Wohnung und dort ins Badezimmer zu schleppen – und das sofort.

»Mann, du kotzt besser nicht in meinen Wagen. Ich suche die Mädchen und sage ihnen, dass wir gehen müssen.«

»Schmhh …« Gut, es war allerhöchste Zeit, ihn hier wegzuschaffen, ehe der Tequila den Weg zurück in die Freiheit fand. Ich seufzte und ging Richtung Bühne. Auf halbem Weg wurde ich von der Blondine abgefangen, die mich zuvor schon gemustert hatte. Doch da Shaw nun hier war und mein Kopf die Kontrolle übernommen hatte – anstelle meines Schwanzes –, sah ich deutlich, dass die blonde Frau kein Vergleich zu Shaw war. Shaw war makellos und hübsch, ohne fünf Pfund Make-up auflegen und Kleider anziehen zu müssen, die mehr zeigten als verbargen. Außerdem war es unglaublich charmant, dass ihr nicht bewusst war, welche Wirkung sie auf das andere Geschlecht hatte. Die blonde Frau hingegen war hier, um gesehen und bewundert zu werden.

Sie stieß mir mit dem Zeigefinger gegen die Brust und sah mich mit brünstigem Blick an.

»Hey.«

»Äh … Hallo.« Ich wäre an ihr vorbeigegangen, aber die Bar war voll, und die Band brachte die Stimmung zum Kochen. Die Leute hüpften wild herum und nickten mit den Köpfen im Rhythmus der Musik. Wenn ich also nicht direkt über die Frau steigen wollte, hatte ich keine Chance, an ihr vorbeizukommen. Weil ich so groß war, hatte ich einen guten Überblick und konnte vor der Bühne eine dunkelhaarige und eine blonde Person entdecken, die zur Musik herumhüpften. Während ich hingerissen beobachtete, wie Shaw eine Menge Spaß zu haben schien, war ich zugleich frustriert, weil sie vermutlich nicht so ohne Weiteres mitkommen würde.

»Ich habe dich vorhin schon gesehen. Du bist mit der Band befreundet, oder?«

»Ja.« Normalerweise gehörte die Blondine zu der Art von Frauen, die ich suchte: leicht zu haben, nicht auf der Suche nach etwas Festem, sondern nach einem One-Night-Stand, bei dem sie wusste, dass am nächsten Morgen alles vorbei sein würde.

»Willst du vielleicht hier weg? Irgendwohin, wo es etwas ruhiger ist und wir uns … unterhalten können?«

Ich zog die Augenbrauen hoch. Wenn ich betrunken war, klangen solche Angebote offensichtlich überzeugender, doch da ich nüchtern war, hörte es sich in meinen Ohren nur lahm und verzweifelt an. »Danke, aber ich bin nicht allein hier.«

Sie verzog ihre leuchtend roten Lippen zu einem Schmollmund und machte einen Schritt zurück. »Ja, ich hab's gesehen. Und ich habe auch gesehen, dass sie auf keinen Fall lange an deiner Seite bleiben wird.«

Ich war Vorurteile und Vorverurteilungen gewohnt, und ich hörte öfter, dass ich aus irgendwelchen Gründen für irgendetwas oder irgendjemanden nicht gut genug war oder bestimmte Anforderungen nicht erfüllte. Doch es war schockierend, das aus dem Mund einer betrunkenen Barschlampe zu hören, die versuchte, mich in ihr Bett zu locken.

»Okay«, sagte ich nur, während das Mädchen verächtlich schnaubte und ihr viel zu oft gebleichtes Haar über die Schultern warf. »Man sieht ihr schon von Weitem an, dass sie aus einem guten Stall kommt und Geld hat. Und du hast nicht mehr zu bieten als ein paar Tattoos und schnellen Spaß. Wie lange wird sie wohl annehmen, dass hinter deiner hübschen Fassade noch mehr zu finden ist?«

Ich blickte sie finster an. Mit den Höflichkeiten war es jetzt vorbei. Ich schob sie unsanft aus dem Weg und rief ihr über die Schulter hinweg zu: »Ich weiß es nicht, aber es wäre dumm von mir, die Zeit, bis ihr das klar wird, nicht zu nutzen.«

Verschwitzte Körper rempelten und stießen sich gegenseitig an. Ich drängte mich durch die Menge, bis ich endlich zu den Mädchen kam. Jet kniete gerade vor ihnen auf der Bühne. Er hatte den Kopf in den Nacken geworfen und sich das T-Shirt vom Leib gerissen. Der große Todesengel, den ich ihm auf den Oberkörper tätowiert hatte, war gut zu sehen. Er gestikulierte wie ein echter Rockgott, und während Shaw fasziniert zusah, wirkte Ayden, als würde sie dahinschmelzen. Es sah so aus, als hätte mein Kumpel aus dem Countrymusic-Mädchen zumindest für diesen Abend eine Rockerbraut gemacht. Ich legte die Hand auf Shaws Hüfte und beugte mich herunter, um ihr ins Ohr zu schreien: »Ich muss Nash hier rausbringen. Er ist total besoffen.«

Sie sah mich mit großen Augen an und nickte, ohne zu

widersprechen. Sie lehnte sich zu Ayden hinüber und brüllte ihr etwas zu, woraufhin Ayden etwas erwiderte. Die Brünette winkte mir noch einmal zu, und dann zog Shaw mich durch die Menge zurück. Nash lag mittlerweile mit dem Oberkörper auf dem Tisch. Mir entging nicht, wie der Türsteher ihn musterte.

»Was ist mit Ayden? Du meintest, wir sollten dafür sorgen, dass sie sicher nach Hause kommt.«

»Sie hat versprochen, anzurufen, wenn sie nach Hause geht. Sie wollte sich einfach ein Taxi rufen.«

»Kommt sie hier allein zurecht?«

»Ja, sie ist ein großes Mädchen und kann für sich selbst sorgen. Außerdem hat sie den Großteil des Alkohols beim Tanzen wieder ausgeschwitzt. Ich denke, sie bleibt noch, um deinem Kumpel zu sagen, wie sehr ihr die Show gefallen hat.«

»Jet hat eben diese Wirkung auf Frauen.«

»Das kann ich verstehen.«

Ich richtete Nash auf, schlang den Arm um seine Taille und brachte ihn aus dem Club. Er war nicht gerade ein Leichtgewicht, und es war schwierig, seinen massigen Körper durch die Menge zu bewegen.

»Überlegst du es dir noch anders und lässt mich für einen Rockstar sitzen?«, fragte ich Shaw.

Sie schnaubte und nahm die Schlüssel, die ich ihr zuwarf, damit sie die Wagentür öffnen und ich Nash auf die Rückbank verfrachten konnte.

»Hüte dich davor, mir den Wagen vollzukotzen, Mann«, warnte ich ihn.

Nash reagierte nicht. Ich half Shaw beim Einsteigen. Auf einmal wurde mir klar, dass sie keine Sekunde gezögert hatte, mit mir den Club zu verlassen. Bei dieser Erkenntnis breitete sich ein warmes, nicht greifbares Gefühl in meinem Inneren aus.

»Ich will nur sagen, dass er ziemlich charismatisch ist. Und obwohl ich nur die Hälfte von dem verstanden habe, was er gesungen hat, war es doch stark, gewaltig, imposant. Die Leute haben ihm aus der Hand gefressen. Das mitzuerleben ist sehr beeindruckend.«

»Ja, Jet ist der geborene Rockstar. Er hat nur ein Problem mit dem Rampenlicht und damit, ständig erkannt zu werden. Das war schon immer so.«

»Kennst du ihn schon lange?«

»Wir haben ihn schon als Jugendliche spielen sehen. Damals hat er noch Punkrock gemacht. Nash, Jet und Rowdy waren lange Zeit meine besten Freunde. Rowdy haben wir erst kennengelernt, als wir in dem Tattoo-Studio angefangen haben. Wir haben abgehangen, Spaß gehabt und zusammengehalten wie Brüder von unterschiedlichen Müttern.«

Sie machte es sich auf dem Beifahrersitz bequem, und ich schaltete die Heizung höher, als ich bemerkte, wie sie sich fröstelnd über die Arme strich, auf denen eine Gänsehaut zu sehen war. »Es muss schön sein, viele gute Freunde zu haben. Ich kenne das gar nicht.«

Aus den Augenwinkeln warf ich ihr einen Blick zu. »Was meinst du damit?«

»Ich bin schüchtern und unsicher. Ich habe nie viele Freunde gehabt – ich wusste einfach nicht, wie ich es anstellen sollte. In der High School bin ich oft gehänselt und geärgert worden. Remy war mein einziger richtiger Freund. Jetzt habe ich eigentlich nur noch Ayden. Es fällt mir schwer, Menschen an mich heranzulassen. Vermutlich, weil ich erlebt habe, wie schmerzhaft es ist, wenn die Menschen, die dir am nächsten stehen, dich ständig enttäuschen.«

»Was ist mit mir und Rome?«

»Was soll mit euch sein?«

Auf der Rückbank regte Nash sich und stöhnte laut. Ich warf einen besorgten Blick über die Schulter. Das klang nicht gut.

»Was mit uns sein soll? Wir waren doch auch da. Waren wir nicht deine Freunde?«

Sie stieß einen leisen, beinahe summenden Laut aus, und augenblicklich regte sich bei mir ein gewisses Körperteil.

»Rome war immer wie ein großer Bruder für mich. Er passt auf mich auf, er nörgelt an mir herum, er versucht, die Dinge, die mich verletzen könnten, von mir fernzuhalten. Du … Also du warst immer etwas anderes für mich – kein Freund, kein Bruder, sondern etwas anderes.«

»Etwas anderes … Ist das gut oder schlecht?«

Ich spürte eher, wie sie mit den Schultern zuckte, als dass ich es sah. »Manchmal ist es schlecht und manchmal gut«, entgegnete sie. Ich wusste nicht, was ich mit der Aussage anfangen sollte, also ließ ich das Thema fallen. Für den Rest der Fahrt hatte ich ein Auge auf die Straße und das andere auf Nash gerichtet, der auf der Rückbank immer lautere Geräusche von sich gab. Als wir zu Hause ankamen, sah ich zu Shaw hinüber, doch sie hatte sich über die Rückenlehne gebeugt, streichelte Nash über den kahl geschorenen Kopf und flüsterte ihm beruhigende Worte zu.

»Hey, ich weiß nicht, wie lange es dauern wird, mich um ihn zu kümmern. Du kannst einfach warten. Wenn ich dich dann nach Hause bringen soll oder so, sag es.«

Über die Schulter hinweg warf sie mir einen Blick zu und zog eine blonde Augenbraue hoch. »Es ist schon in Ordnung, Rule. Ich kann mir schließlich denken, was ihr macht, damit ihr sonntagmorgens so aussehet, wie ihr ausseht. Wie gesagt: Ich muss Sonntag um zehn in der Bar sein. Solange du mich bis dahin dort abgeliefert hast, ist alles gut.«

Ich wusste nicht, was ich dazu sagen sollte, und so starrte ich sie nur an. Erst Nashs gurgelnde Laute rissen mich aus meiner Erstarrung. »Warst du schon immer so toll?«

Sie schloss die Türen hinter uns und half mir, Nash die Treppe hinaufzuschleppen. Meine Frage hatte sie nicht beantwortet. Sie holte ein Glas Wasser für Nash und suchte dann in meinem Badezimmer nach Kopfschmerztabletten. Beides stellte sie anschließend auf Nashs Waschbecken ab und sah mich dann an. »Komm zu mir, wenn du fertig bist.«

Ich fluchte unterdrückt vor mich hin, während ich Nash half, seine Jacke und die Jeans auszuziehen. Ich spielte gerade mit dem Gedanken, ihn unter die kalte Dusche zu stellen, als der Tequila unerbittlich seinen Tribut forderte. Nashs tätowierter Kopf verschwand in der Toilettenschüssel, und ich verbrachte die folgende Stunde damit, dafür zu sorgen, dass er nicht ohnmächtig wurde, und ihm abwechselnd Flüssigkeit einzutrichtern und aus dem Weg zu springen, wenn ihm alles wieder hochkam. Als ich schließlich sicher war, dass er sich nicht mehr übergeben würde, schleppte ich ihn in sein Bett und achtete darauf, dass er auf dem Bauch lag, ehe ich schnell das Bad und mich selbst sauber machte. Dann suchte ich nach Shaw.

Die Tür zu meinem Zimmer stand einen Spaltbreit offen. Sie hatte den Fernseher eingeschaltet. Ich war mir nicht sicher, was ich vorfinden würde. Der schmutzige Teil meiner Vorstellung brachte alle möglichen interessanten Szenarien hervor. Aber mit dem, was ich schließlich erblickte, hätte ich nicht gerechnet. Shaw hatte mein Bett abgezogen, alles auf den Boden gelegt und war gerade dabei, Decke und Kissen neu zu beziehen. Ihre blauen High Heels standen mitten im

Zimmer und wirkten neben meinen achtlos weggeworfenen T-Shirts und Jeans völlig fehl am Platz. Ich lehnte mich an den Türrahmen und beobachtete sie einfach nur. Sie schien mit sich selbst zu diskutieren, doch sie sprach zu leise, als dass ich sie verstehen konnte. Ich wartete geschlagene fünf Minuten, ob sie endlich hochsehen und mich erblicken würde, aber sie war vollkommen versunken. Also fragte ich: »Was machst du da?«

Sie erschrak so, dass sie einen Satz zurück machte. Atemlos legte sie die Hand auf ihr Herz und sah zumindest ein bisschen schuldbewusst aus.

»Ich wechsele deine Laken«, sagte sie schließlich.

»Warum?«

»Äh ... Warum?«

»Ja, Shaw. Warum wechselst du um drei Uhr morgens meine Bettwäsche?«

Das Klingeln ihres Handys rettete sie davor, mir antworten zu müssen. Es war ein Lied von Garth Brooks. Sie zog das Handy aus der Tasche, und mir wurde klar, dass sie gern einen Song als Klingelton auswählte, der zum Anrufer passte. Sie unterhielt sich kurz mit jemandem – vermutlich mit Ayden – und legte das Handy dann auf das Nachttischchen. Dann breitete sie meine Decke auf dem Bett aus und strich sie glatt.

»Ayden hat eine Mitfahrgelegenheit nach Hause gefunden. Dein Freund aus der Band kennt sie anscheinend noch aus dem *Goal Line* und hat angeboten, sie nach Hause zu bringen.«

»Das ist cool. Jet ist allerdings nicht der Typ für feste Beziehungen, also hoffe ich, sie interpretiert nicht zu viel in diese Geste hinein.«

»Wie gesagt, sie kann für sich selbst sorgen. Und außerdem bist du ja auch nicht gerade für deine Monogamie bekannt.« Sie wies auf das Bett. »Unter keinen Umständen werde ich in diesem Bett schlafen oder etwas anderes darin tun, *ohne* vorher die Bettwäsche zu wechseln – immerhin hat es mehr Besucher gesehen als der *Denver International Airport.*« Beinahe trotzig schob sie die Unterlippe vor.

»Shaw.« Ich stieß mich vom Türrahmen ab, zog die Tür hinter mir zu und schloss sie ab. »Seit wir zusammen in diesem Bett gelegen haben, war keine andere Frau mehr hier. Ich habe dir schon am Samstag gesagt, dass zwischen uns irgendetwas ist, das sich anders anfühlt.«

Sie erschauerte, als ich ihr näher kam, und ich konnte die Verletzlichkeit in ihren Augen sehen. Es war beängstigend, zu wissen, wie leicht ich dieses Mädchen verletzen konnte. Und ich wollte das auf keinen Fall erleben.

»Ich weiß nicht, ob ich es kann, Rule. Beim letzten Mal habe ich mich dir betrunken an den Hals geworfen und hatte Glück, dass du mich aufgefangen hast. Nüchtern kann ich das Bett nicht anblicken, ohne gleich all die anderen Mädchen zu sehen, die schon vor mir in diesem Bett gelegen haben – und manchmal war es ja sogar nicht nur ein Mädchen.«

Sie versuchte, locker und beiläufig zu klingen, aber mir entging die Traurigkeit in ihrer Stimme nicht. Ich nahm ihr Gesicht in beide Hände und legte ihren Kopf leicht in den Nacken, sodass wir uns in die Augen blickten.

»Ich kann die Vergangenheit nicht ändern, Casper. Ich kann nicht ungeschehen machen, dass es diese Mädchen gab und dass du am Sonntagmorgen manchmal auf sie getroffen bist. Ich kann Remy nicht zurückbringen. Ich kann auch die Zeiger der Uhren nicht bis zu jener Nacht zurückdrehen, in der ich ihn bat, mich abzuholen. Es gibt unzählige Dinge, die ich bereue. Falls sie jedoch zwischen uns stehen, dann sollten wir die Sache hier beenden, denn ich werde nicht gegen meine Vergangenheit kämpfen, wo meine Zukunft gerade anfängt, mir lohnenswert und richtig zu erscheinen.«

Sie hob die Hände und umfasste meine Handgelenke. Zuerst dachte ich, sie würde meine Hände wegziehen, doch das tat sie nicht. Sie beugte sich vor und lehnte ihre Stirn an meine Brust. »Rule, wenn das zwischen uns schlecht läuft, dann wird es richtig böse.« Ihre Worte waren nicht mehr als ein Flüstern.

»Das stimmt. Aber wenn es gut wird, dann wird es richtig, richtig gut.« Ich vergrub meine Finger in ihrem Haar, und sie legte die Hände auf meine Schultern. Wir passten körperlich nicht perfekt zueinander – sie war viel kleiner als ich, und ich musste zugeben, dass wir zusammen vermutlich etwas seltsam wirkten. Dennoch hatte sie etwas. Die Art, wie sie sich an mich schmiegte, die Art, wie sie meinen Namen seufzte, die Art, wie sie duftete – sonnig und süß und so köstlich, wie man es sich nur vorstellen konnte. Das alles machte sie zu der einzigen Frau, die ich länger als nur einen flüchtigen Moment halten wollte.

Sie fing an, mir das Shirt über den Kopf zu ziehen, und ich lachte leise, als sie wütend wurde, weil der Stoff sich in meinen aufgestellten Haaren verfing. Sie verzog das Gesicht und warf das T-Shirt hinter sich auf den Boden. Mit dem Finger stupste sie einen Stachel der Irokesenfrisur an und zog eine Augenbraue hoch. »Der Iro steht dir gut, Rule, doch ich muss sagen, dass die Frisur mehr Schwierigkeiten macht, als sie wert ist.«

Sacht strich sie mit den Händen über meine Rippen und hielt inne, um sich die Tattoos anzusehen. Auf der einen Seite war der Tod mit einer Sense zu sehen, der von meiner Achselhöhle bis zum oberen Rand meines Oberschenkels reichte. Auf der anderen Seite prangte ein wunderschöner Engel. Dazwischen war auf meinem Rücken ein massives gotisches Kreuz verewigt, das von Schulterblatt zu Schulterblatt und bis hinunter zu meinem Steißbein reichte. Von Schulter zu Schulter zog sich darüber ein elegantes Band, in dem in fetten Lettern »Remy« stand. An meinem Körper gab es mehr tätowierte als untätowierte Stellen. Normalerweise dachte ich nicht darüber nach, aber als ich nun halb nackt neben Shaw mit ihrer blassen und makellosen Haut stand, wirkten die Tattoos überwältigend. Sie ließ die Hände weiter hinunterwandern, und ehe ich sie überhaupt geküsst hatte, widmete sie sich schon meiner Gürtelschnalle.

»Remy hätte das Tattoo gefallen. Er hat mir oft gesagt, er habe sich darüber gefreut, dass du angefangen hast, dich tätowieren zu lassen, denn es war immer schon seltsam für ihn, dass es einen zweiten Menschen mit seinem Gesicht gibt. Also war er froh, dass du dich verändert hast, so musste er es nicht tun. Er glaubte, dass er dafür einfach nicht lange genug hätte stillsitzen können.«

Das stimmte. Remy war immer in Bewegung gewesen. Er hätte niemals eine ganze Session über reglos auf einem Platz sitzen können. Jedes Mal, wenn ich mit einem neuen Tattoo nach Hause gekommen war, das ich stolz hatte vorzeigen wollen, war er der Erste gewesen, der es zu Gesicht bekommen hatte. Wenn er den erfolgreichen Abschluss meiner Ausbildung noch hätte miterleben können, dann hätte ich für ihn den Entwurf für ein Tattoo zeichnen dürfen. Das zum Beispiel war eines dieser unzähligen Dinge, die ich bereute. Sie zog mir gerade die Hose herunter, und ich verspürte das Bedürfnis, sie zu bremsen. Also hob ich sie wie eine Puppe hoch und warf sie auf mein Bett. Die Matratze federte nach, und Shaw lag ausgestreckt auf dem Rücken auf meinem Bett. Ich zog meine Boots aus und streifte mir die Hose ab. Da ich fast nie Unterwäsche trug, krabbelte ich nackt über sie, während sie noch vollständig angezogen war. Unwillkürlich riss sie die Augen auf, als ich die Hände unter ihr Top schob und mich nach unten beugte, um eine Spur von Küssen auf ihren Hals zu hauchen.

»Du bist wie ein guter Whiskey, Shaw. Du steigst einem Mann schnell in den Kopf. Aber es ist ein gutes Gefühl. Beim letzten Mal ging alles etwas schnell. Warum gehen wir es diesmal nicht langsamer an?« Mit den Fingerspitzen strich ich über den oberen Rand ihres BHs und spürte, wie sie sich anspannte. Sie zog die Knie etwas an, sodass ich zwischen ihren Schenkeln lag. Trotz des Größenunterschiedes passten wir im Bett gut zusammen. Sie ließ die Hände über meinen Rücken wandern, und ich fühlte, wie sie die Fingernägel in meiner Haut vergrub und mit den Füßen über meinen Po streifte. Das Gefühl war atemberaubend.

»Letztes Mal hatte ich Angst, du würdest aufhören, wenn wir es langsamer angehen würden – und ich wäre gestorben, wenn du aufgehört hättest.«

Inzwischen hatte ich die Hände unter ihren BH geschoben, und sie stieß leise keuchende Laute aus, bei denen meine Lust nur noch mehr wuchs. Ich zog ihr das Top aus und küsste sie leidenschaftlich auf den Mund. Ohne zu zögern, erwiderte sie meinen Kuss. Ich beschloss hier und jetzt, dass dieser Kuss mit Shaw mich dem Himmel so nahe brachte, wie es überhaupt nur möglich war. Bei diesem Kuss hielten sich Geben und Nehmen perfekt die Waage. Das Spiel von Zunge und Zähnen war genau richtig. Während sie atemlos meinen Mund erkundete, sah ich Sterne vor den Augen, wollte ihr die Kleider vom Leib reißen, vorwärtsdrängen und sie verzehren. Sie liebte die Piercings in meinem Mund tatsächlich, denn sie leckte mit der Zunge über meinen Barbell und rieb mit der Unterlippe über den Ring, sodass ich die Augen schloss und fast vergaß, dass ich ihr eigentlich all das zeigen wollte, was wir beim ersten Mal versäumt hatten, weil es zu schnell gegangen war.

»Ich glaube, wir haben hiermit nicht viel Zeit verbracht.« Mit dem Daumen strich ich über einen ihrer Nippel und beobachtete, wie er sich bei der Berührung direkt aufrichtete. »Sie sind so hübsch und rosa, Shaw, und ich glaube, dir ist das alles nicht mal annähernd bewusst.« Ich leckte mit der Zungenspitze über die Kuhle an ihrem Hals und dann hinunter, bis ich einen ihrer Nippel in den Mund nehmen konnte. Sie schmeckte so süß, wie sie duftete, und die Vorstellung, dass ich der einzige Mann war, der das mit ihr tun durfte, dass sie mir gehörte, nur mir, machte alles noch aufregender und besser. Sie murmelte meinen Namen und drückte den Rücken durch, während ich mich mit dem Mund ihren Brüsten widmete. Ungeduldig bewegte sie sich unter mir, zog mich gierig näher zu sich heran und drängte sich an den Teil meines Körpers, der wie sie ebenso der Meinung war, dass das alles viel zu langsam ging. Ich löste mich von ihrem Nippel und hauchte einen Kuss auf ihr Brustbein. »Verstehst du? Die guten Dinge.«

Sie seufzte. »Ja, absolut.« Ich stützte mich auf einem Ellbogen ab und fuhr mit der Fingerspitze von ihrem Hals zu ihrem Bauchnabel. Shaw erschauerte, als ich ein Muster um die Vertiefung in ihrem Bauch malte. Mir gefiel es, wie meine tätowierte Haut sich gegen die blasse Leinwand ihrer Haut abhob. Wenn ich meine Hand auf ihren Bauch legte, war mein Name zu lesen, und ich konnte nicht leugnen, dass mir der Gedanke gefiel, dass ich auf diese Weise Anspruch auf etwas erhob, das nur mir zustand. Ich schob den Daumen in den Bund ihrer Hose und streichelte über sie, bis Shaw sich verführerisch an mich schmiegte.

»Rule.« Ihre Stimme stockte. »Worauf wartest du noch?«

»Auf nichts.« Ich küsste sie wieder und ließ mir Zeit dabei. Sie sollte wissen, dass sie mich innerlich genauso berührte, wie ich sie zu berühren schien. Wenn ich sonst mit einer Frau zusammen gewesen war, dann war es immer nur um die schnelle Befriedigung gegangen. Es hatte keine gespannte Vorfreude, keine langsame Steigerung der Lust gegeben. Ich hatte zwar im Laufe der Jahre einige Tricks und Kniffe gelernt, doch ich war auch ein Fan davon gewesen, möglichst schnell ans Ziel zu gelangen. Ich hatte keine Erinnerungen für die Ewigkeit schaffen wollen. Ich hatte einen Orgasmus und einen Moment der Zufriedenheit erleben wollen. Aber Shaw war anders, und mit ihr war auch ich anders, und das, was hier gerade zwischen uns passierte, war ohne Frage ebenfalls etwas Neues, Besonderes.

Ich steckte die Hand in ihre enge Hose und stellte erstaunt fest, dass Shaw sich nicht die Mühe gemacht hatte, Unterwäsche anzuziehen. Abrupt hob ich den Kopf und grinste sie an. »Du gehst unten ohne?«

Sie zuckte die Achseln und bewegte sich leicht, als meine Finger über ihre weichen, warmen Fältchen glitten. »Und? Diese Hose ist so eng, dass sich selbst das winzigste Höschen darunter abgezeichnet hätte. Also stand Unterwäsche nicht zur Diskussion.«

»Ich hätte dich nie für jemanden gehalten, der das macht.« Sie stöhnte meinen Namen, als ich in ihr feuchtes Innerstes tauchte. Ihr gesamter Körper bog sich mir entgegen, und ich schob den freien Arm unter ihrem Rücken hindurch, damit sie sich ganz auf meine Liebkosungen einlassen konnte. Die

Reibung, die durch meine Berührungen in der engen Hose entstand, raubte ihr den Verstand – zitternd lag sie in meinen Armen, und ich wusste, dass sie kurz davorstand, unter meinen Händen zu kommen. »Du bist immer so korrekt und beherrscht. Wer konnte ahnen, dass sich hinter dieser Fassade so ein freches Mädchen versteckt?« Sie war feucht und gespannt – genau das, was ich von einer Frau erwartete. Und dann stieß sie einen überraschten Laut aus und riss die Augen auf. Ihre Hände hatte sie um meinen Hals geschlungen, sie griff fester zu und zog mich plötzlich zu einem weiteren leidenschaftlichen Kuss an sich, ehe ich spürte, wie sie dahinschmolz. Ich lächelte an ihren Lippen und verlagerte mein Gewicht, sodass ich ihr helfen konnte, aus der Hose zu schlüpfen. Nachdem sie endlich nackt war, nahm ich mir einen Moment, um den Anblick in mich aufzunehmen. Eine nackte Shaw an sich war schon wundervoll, doch eine nackte, befriedigte Shaw war ein Anblick, für den jeder Künstler morden würde, um ihn auf seine Leinwand bannen zu dürfen.

Sie beugte sich über mich, um ein Kondom aus der Schublade des Nachttischchens zu nehmen. Ich legte mich auf den Rücken, damit sie auf mich steigen konnte. Die Arme hinter dem Kopf verschränkt, beobachtete ich, wie sie die Verpackung mit den Zähnen aufriss und das Kondom nahm, das sie mir überstreifen wollte. Sie war vorsichtig, weil sie vermutlich Angst hatte, mir wehzutun. Aber es war auch gut, dass sie sich Zeit ließ, denn die Piercings machten es manchmal schwierig, ein Kondom unbeschadet überzuziehen. Nachdem alles vorbereitet und ich mehr als bereit war, sah sie mich ein bisschen ängstlich an und ließ sich auf meinen Schoß sinken.

»Ich weiß gar nicht genau, wie das hier geht.«

War das nicht erstaunlich? Ich durfte dieser wunderschönen, atemberaubenden Frau alles über Sex und was dazugehörte zeigen. Ich bewegte mich unter ihr, sodass sie in der richtigen Position war. Dann half ich ihr, für sich herauszufinden, wie sie sich hochdrücken konnte, um dann wieder hinabzugleiten. Ich biss die Zähne zusammen und fluchte unterdrückt, denn nichts hätte mich auf die intensiven Gefühle vorbereiten können, die mich durchströmten, als sie nun versuchte, ihren Rhythmus zu finden. Während sie sich auf und ab bewegte, sich vor und zurück wiegte und mich um den Verstand brachte, bemühte ich mich, ein Mindestmaß an Selbstbeherrschung aufrechtzuerhalten – doch es funktionierte nicht. Als ich spürte, dass ich kurz davorstand, zu kommen, drehte ich mich mit ihr um, sodass sie auf dem Rücken lag, und stieß in sie, als wollte ich für immer in ihr versinken. Ihr schien es nichts auszumachen, dass ich die Führung übernahm. Sie fuhr mit den Fingernägeln über meine an den Seiten kurz geschorenen Haare und knabberte an meiner Schulter. Nur einen Atemzug später wurde ich mit Shaw zusammen vom Höhepunkt mitgerissen. Als es vorbei war, sank ich auf sie. Ich fühlte, wie sie mit den Händen über meine Schultern strich. Mit rauer Stimme flüsterte sie: »Warst *du* schon immer so atemberaubend?«

8. Kapitel

Shaw

Es fiel mir schwer, mich auf die Lerngruppe zu konzentrieren. Das war nicht gut, da jeder Einzelne etwas zum Ganzen beitragen sollte. Ich war in Anatomie ziemlich gut, also hatte ich keine Angst, den Anschluss zu verlieren. Aber ich wollte auch die anderen Kommilitonen nicht behindern, weil ich mit den Gedanken ständig woanders war. In meinen übervollen Terminkalender Zeit mit Rule einzubauen, erwies sich als entmutigende, frustrierende Aufgabe. In den vergangenen zwei Wochen war es mir lediglich gelungen, zwei Verabredungen zum Mittagessen einzuplanen, als er auch gerade keinen Kunden gehabt hatte, und einen Freitagabend, als er sich mit Freunden in der Bar getroffen hatte und wir zusammen gewesen waren, bis ich am nächsten Morgen wieder hatte aufstehen müssen, sowie den darauffolgenden Samstagabend und die Nacht bis Sonntagmorgen. Ich hatte wieder arbeiten müssen, also hatte es am Sonntagmorgen nur einen flüchtigen Abschiedskuss gegeben, ehe ich mich auf den Weg in die Bar gemacht hatte. Zwar telefonierten wir und schrieben uns Nachrichten, doch das reichte mir nicht. Seit ich, so oft es ging, mit ihm schlief, wünschte sich mein Ich nichts mehr, als ständig mit ihm ins Bett zu hüpfen.

Ich errötete, als mir eine besonders heiße Erinnerung durch den Kopf schoss, und meine Kommilitonin musste mir auf die Schulter tippen, um meine Aufmerksamkeit zu bekommen. Mein Gesicht war mit Sicherheit knallrot, also räusperte ich mich und wedelte mir mit dem Block, auf dem ich mir Notizen machte, Luft zu. »Entschuldige, was wolltest du wissen?«

Sie wiederholte ihre Frage, und ich gab stammelnd eine Antwort, während ich mich innerlich ermahnte, mich für den Rest des Treffens zusammenzureißen. Ein paarmal klingelte das Handy in meiner Tasche, aber als gute Studentin ignorierte ich es standhaft und überstand mit zusammengebissenen Zähnen den Frage-und-Antwort-Teil des Treffens. Sobald die Arbeit getan war, schnappte ich mir meine Sachen und stürmte aus dem Raum. Es war nicht besonders höflich, doch ich verabschiedete mich nicht einmal von meinen Kommilitonen. Ich wollte nachschauen, wer mich angerufen hatte. Rule schickte mir gern anzügliche Nachrichten, wenn ich überhaupt nicht damit rechnete. Wenn ich seine Nachrichten las, verschlug es mir immer den Atem, und auch dieses Mal konnte ich es nicht erwarten, zu lesen, was er mir geschrieben hatte. Allerdings erkannte ich schnell, dass die Nachrichten nicht von ihm stammten, sondern von Gabe. Ich verspürte den dringenden Wunsch, das Telefon auf den Boden zu schleudern. Meine Mom bestand immer noch auf einem Familientreffen, aber glücklicherweise war ihr Terminkalender so voll, dass mir das in den letzten Wochen erspart geblieben war. Doch als ich nun seine Nachrichten las, ahnte ich, dass ich mich nicht länger drücken konnte.

Shaw, ich habe heute mit deiner Mutter gesprochen. Sie wünscht sich, dass ich dich Samstagabend mit zum Abendessen in den Club nach Brookside nehme. Sie möchte, dass du die Nacht bei ihnen zu Hause verbringst. Am Sonntag gibt es dann einen großen Brunch bei deinen Eltern. Meine Familie wird auch da sein und darüber hinaus noch einige andere einflussreiche Gäste.

Ich stöhnte laut auf und las die nächste SMS.

Ich weiß, dass du im Augenblick Bedenken hast, Zeit mit mir allein zu verbringen, weil ich in letzter Zeit so launisch war. Aber glaube mir: Meine Absichten sind gut. Ich biete dir lediglich eine Mitfahrgelegenheit an.

Ganz sicher wollte ich nicht eine Stunde lang mit Gabe in einem Auto eingesperrt sein, und ich wollte mich auch auf keinen Fall ein ganzes Wochenende lang mit meiner Mutter auseinandersetzen müssen. Außerdem war der Samstagabend eigentlich der einzige Abend, den ich mit Rule verbringen konnte, und ich wollte ganz sicher nicht darauf verzichten. Aber ich wusste auch nicht, wie ich das Treffen mit meinen Eltern umgehen sollte. Also biss ich mir auf die Unterlippe und schrieb zurück, dass ich kommen, aber selbst fahren würde. Wenn ich schon nach Brookside fahren würde, wollte ich mir ganz sicher eine Möglichkeit offenhalten, zu flüchten, falls es unerträglich werden würde. Gabe schrieb zurück, dass er einverstanden sei, und fragte, ob er dann bei mir mitfahren könne. Eigentlich wollte ich ablehnen, doch letztendlich brach ich mir vermutlich keinen Zacken aus der Krone, wenn ich ihn mitnahm und absetzte. Also verabredeten wir, uns am Samstagmorgen vor einer Bäckerei zu treffen, die auf halbem Weg zu seiner Wohnung lag. Ich wollte das Handy gerade wegstecken, als ein Song vom Black Rebel Motorcycle Club erklang. Auf dem Display erschien Rules lächelndes Gesicht, und ich konnte nicht anders, als ebenfalls zu schmunzeln.

Ayden warnte mich jeden Tag, vorsichtig zu sein. Ich liebte Rule, doch Rule liebte mich nicht. Wir schliefen miteinander, und es war großartiger, atemberaubender Sex, aber

Rule ließ nie ein Wort darüber fallen, ob wir nun eine Beziehung führten oder was er empfand. Meine Mitbewohnerin war sicher, dass er mir auf jeden Fall das Herz brechen würde. Ihrer Meinung nach stand ich schon mit einem Fuß am Abgrund und würde nicht unversehrt aus der Sache herauskommen. Im Augenblick reichte mir das, was er zu geben bereit war. Immerhin war es mehr, als er je einer anderen Frau gegeben hatte. Doch tief in meinem Inneren wusste ich, dass es mir auf Dauer nicht genügen würde. Irgendwann würde sich zwischen uns etwas ändern oder zumindest klar definiert werden müssen, damit ich damit umgehen konnte.

»Hallo. Ich dachte, du müsstest heute länger arbeiten?«, meldete ich mich.

»Das muss ich auch«, entgegnete er. »Aber ich habe auch tierischen Hunger und frage mich, ob du schon etwas gegessen hast.«

»Nein. Ich komme gerade von der Lerngruppe und muss noch an einem Projekt für meinen Anatomie-Kurs arbeiten.«

»Kannst du das nicht hier erledigen?«

Ich steckte mir eine Haarsträhne hinters Ohr und lief vorsichtig über den überfrorenen Parkplatz. »Bei euch im Studio?«

»Ja. Wir haben WLAN, und außerdem sind nur noch mein Kunde und ich da, also ist es ruhig. Du könntest von unterwegs etwas zu essen mitbringen und dann hier im Laden arbeiten, bis ich fertig bin. Danach können wir zu mir gehen, wenn du magst.«

Ich wollte auf jeden Fall. Ich biss mir auf die Unterlippe und stieg in meinen Wagen. »Bist du dir sicher, dass du arbeiten kannst, wenn ich da bin? Ich meine, ich will dich nicht ablenken oder so.«

Er lachte leise, und ich bekam eine Gänsehaut, als ich das hörte.

»Du bist zwar eine ziemliche Ablenkung, Casper, doch mein Kunde ist ein fünfundfünfzigjähriger Inspektor bei der Mordkommission, der mittlerweile im Ruhestand ist, und er würde mir nur zu gern den Hals umdrehen, wenn ich sein Tattoo vermassele. Es soll eine Erinnerung an seinen Sohn sein, der in Afghanistan ums Leben gekommen ist. Kümmere dich bitte um mich und bring mir etwas zu essen mit, damit ich gute Arbeit leiste und keinen Tritt in den Arsch bekomme.«

Ich lachte und klemmte mir das Handy zwischen Schulter und Ohr. Ich war noch nie bei Rule im Laden gewesen. In unserem bisherigen Verhältnis – bevor wir zusammengekommen waren – hatte der Shop eine Grenze dargestellt, die keiner von uns beiden hatte überschreiten wollen. Aber ich musste zugeben, dass ich neugierig war, wie es in einem Tattoo-Studio aussah. »Was soll ich dir denn mitbringen?«

»Mir egal. Ich bin da nicht wählerisch, solange es nur viel ist.«

»Also gut. Ich bin noch immer in der Uni, also brauche ich noch eine halbe Stunde oder so.«

»Cool.«

Er legte auf, ohne sich zu verabschieden, wie er es immer tat. Es machte mich wahnsinnig, und es war bei Weitem nicht seine einzige sonderbare Angewohnheit, wie ich jetzt nach und nach merkte. Es gab so einige Dinge, die mich an ihm überraschten und die mir über all die Jahre hinweg nicht aufgefallen waren – so auch die Tatsache, dass er ein guter Freund war. Ich hatte ihn mit Rome und Remy zusammen erlebt, von daher wusste ich, dass er großzügig war und fürsorglich mit den Menschen umging, die ihm am Herzen lagen. Und mit seinen Jungs ging er genauso um. Nash und Rule waren ohne Frage ein eingespieltes Team. Sie ergänzten sich, privat und bei der Arbeit. Es war offensichtlich, dass sie einander gesucht und gefunden hatten, was mich angesichts der Tatsache, wie pflegeintensiv und kompliziert Rule war, sehr beeindruckte. Sie brachten einander zum Lachen und raubten einander den letzten Nerv. Rule war der Chaot, Nash der Putzteufel. Die beiden sorgten auf ganz unterschiedliche Art füreinander. Nash war stiller und ließ die Dinge auf sich zukommen. Einmal hatte der Idiot von gegenüber ihm an einem sehr kalten Tag den Parkplatz weggenommen. Nash hatte das nicht weiter aus der Ruhe gebracht. Rule hingegen war der geborene Kämpfer, ein Hitzkopf, der nichts einfach so hinnahm. Als der Kerl, der auf Nashs Parkplatz gestanden hatte, zurückgekommen war, hatte auf der Kühlerhaube seines Wagens das Bild eines riesigen roten Dinosauriers in abwaschbarer Farbe geprangt, dem gerade von einer Art perversem Yoda einer geblasen wurde. Natürlich war er außer sich vor Wut gewesen und hatte die Polizei rufen wollen, doch Nash hatte ihn davon überzeugt, es nicht zu tun, weil man den Wagen in dem Fall vermutlich beschlagnahmt hätte, was teurer geworden wäre als eine Fahrt durch die Waschstraße. Dieser Vorfall zeigte, wie die Jungs einander ergänzten.

Ich beschloss, das Essen in einem chinesischen Take-away zu besorgen und viele kleine Gerichte zu wählen. Ich liebte das Sesam-Hühnchen. An der Theke herrschte gerade ein Riesenandrang, und es dauerte eine Ewigkeit, bis ich meine Bestellung bekam. Seit dem Telefonat mit Rule war schon fast eine Stunde vergangen, als ich endlich das Tattoo-Studio und einen Parkplatz in der Nähe gefunden hatte, von dem ich nicht allzu weit laufen musste. In Capitol Hill zu parken war ein Albtraum, und anschließend mit Tüten voller Essen und meiner Laptoptasche über den Gehsteig zu laufen, auf dem sich unglaublich viele Fußgänger tummelten, war die reinste Herausforderung. Aber ich schaffte es. Die Glastür, die mit einem interessanten Mix aus altmodischen Matrosen-Tattoos verziert war, schwang auf, noch ehe ich mir überlegt hatte, wie ich meine Tüten und Taschen halten sollte, um eine Hand frei zu bekommen. Rule nahm mir die Tüten mit dem Essen ab, gab mir einen kurzen Kuss auf den Mund und bedeutete mir, ins Studio zu kommen. Er drehte das Schild an der Tür um, sodass von außen nun »Geschlossen« zu lesen war, und führte mich an einem langen Tresen aus Marmor vorbei, auf dem neben einem großen Computer einige Mappen mit Tattoo-Mustern lagen.

Die einzelnen Arbeitsbereiche, in denen tätowiert und gepierct wurde, waren durch hüfthohe Mauern voneinander getrennt, und es gab einen Flatscreen. Alle Geräte und Apparate funkelten, und alles war supersauber. An den Wänden hingen unzählige Fotos von Tattoos und die unterschiedlichsten Entwürfe, aus denen die Leute ein Design wählen konnten. Es gab unglaublich viel zu sehen und zu entdecken. Im Hintergrund lief auf der Hausanlage Bad Religion. Dieser Ort passte zu Rule – es schien, als hätte er einen Arbeitsplatz gefunden, der ihn als Person vollkommen widerspiegelte. Das zu sehen war sehr beeindruckend. Er führte mich in ein Hinterzimmer, in dem ein Tisch und eine Couch sowie ein kleiner Kühlschrank und einige Arbeitsplätze mit Reißbrett und besonderer Beleuchtung standen. Am Tisch saß ein Mann mittleren Alters, der gut ein Golffreund meines Vaters hätte sein können – bis auf die Tatsache, dass er kein Hemd trug und dass sein Oberkörper nicht von grauen Haaren, sondern von der dicken schwarzen Kontur eines Weißkopfseeadlers und einer amerikanischen Flagge bedeckt war.

Rule stellte die Tüten auf den Tisch und fing an, darin herumzuwühlen. »Shaw, das ist Mark Bradley. Mark, das ist Shaw. Ich hoffe, es macht dir nichts aus, dass sie hierbleibt. Immerhin hat sie uns etwas zu essen gebracht.« Er fing an, die Speisen auf Tellern zu verteilen, die er aus dem Nichts hervorgezaubert zu haben schien.

»Klar. Ich wusste nicht, dass du dir ein Mädchen angelacht hast, Rule. Und dann auch noch so ein hübsches.«

Rule zwinkerte mir über den Kopf des Mannes hinweg zu und reichte mir einen Teller, auf dem so viel lag, dass ich es nie im Leben würde essen können. »Ja, ein verdammt hübsches.«

Beim Essen schwiegen wir eine Weile. Es war ein angenehmes Schweigen, und ich nahm mir Zeit, die Umrisse auf Marks Brust genauer zu betrachten. Es würde ein riesiges Tattoo werden, ein großer Schritt für einen Menschen seines Alters.

»Das Tattoo ist ziemlich beeindruckend.«

Er blickte an sich selbst hinab und dann zu Rule. »Der Junge hat Talent. Ich habe in der ganzen Stadt nach einem Tätowierer gesucht, der mir meinen Wunsch erfüllen würde. Rule hat mit seinem Entwurf sofort den richtigen Ton getroffen. Außerdem ist sein Bruder in der *Army*, und deshalb hat er verstanden, wie wichtig mir das Tattoo ist.«

»Er hat erwähnt, dass es eine Erinnerung an Ihren Sohn ist.«

»Leider. Er ist vor ein paar Jahren durch eine Mine ums Leben gekommen. Er war mein Ältester. Alles andere erschien mir nicht angemessen, nicht bedeutend genug, um zu zeigen, wie stolz ich darauf bin, sein Vater zu sein.«

Ich spürte, wie mir Tränen in die Augen stiegen. Ich war an Eltern gewöhnt, die gedankenlos waren oder sich in ihrem eigenen Schmerz so verloren hatten, dass sie ihn nicht auf eine gesunde Art und Weise ausdrücken konnten. Ich streckte den Arm aus und drückte die Hand des Mannes, während ich meine Tränen zurückdrängte.

»Das ist wunderschön.«

»Mein Junge hatte eine Schwäche für gute *Old-School*-Tattoos. Ich habe ihm jedes Mal, wenn er mit einem neuen Tattoo nach Hause kam, die Hölle heißgemacht. Es würde ihn wahnsinnig freuen, wenn er sehen könnte, dass ich die Erinnerung an ihn ausgerechnet auf diese Weise lebendig halte.«

»Wirst du heute mit dem Tattoo fertig?«, fragte ich Rule, der kauend am Tisch stand und die Unterhaltung zwischen seinem Kunden und mir aufmerksam verfolgte.

»Nein. Für ein so großes Bild braucht man mehrere Sitzungen. Heute werden wir die restlichen schwarzen Konturen, grauen Flächen und die Highlights und Schattierungen stechen. In der nächsten Sitzung, die eine Stunde dauern wird, werden die farbigen Flächen gestochen. Es wird ein zeitloses Tattoo werden.«

Wir aßen zu Ende, und ich bot an, aufzuräumen, während Rule an seinen Arbeitsplatz ging, um alles für Mark vorzubereiten. Ich holte gerade meinen Computer und die Bücher hervor, um im Hinterzimmer arbeiten zu können, als Rule den Kopf durch die Tür steckte und mich zu sich heranwinkte. »Komm her und richte dich an einem der anderen Arbeitsbereiche ein.«

»Ich will nicht im Weg sein und stören.«

»Komm schon, Casper. Wenn du in der Nähe bist, ist die Aussicht gleich viel schöner.«

Ich rollte mit den Augen und suchte mir dann neben ihm in einem der freien Arbeitsbereiche einen Platz. Ich setzte mich auf einen erstaunlich bequemen Stuhl und stellte den Computer auf meinen Schoß. Inzwischen lief im Hintergrund Musik von The Gaslight Anthem. Ich summte leise vor mich hin.

»Was studieren Sie?«

Ich blickte zu Mark, der mich neugierig ansah, während Rule sich über ihn beugte. Das Surren der Tätowiermaschine war überraschend beruhigend.

»Ich will Ärztin werden. Irgendwann möchte ich in der Notfallmedizin arbeiten.«

»Das ist ein großes Ziel. Warum ausgerechnet Notfallmedizin?«

Ich band mir die Haare zu einem lockeren Knoten auf dem Kopf zusammen. »Ich wollte schon immer Ärztin werden. Mein Vater ist Herzchirurg. Vor einigen Jahren habe ich bei einem schrecklichen Autounfall meinen besten Freund verloren, und ich denke, dass er noch leben könnte, wenn er in der Notaufnahme besser behandelt worden wäre. Ich möchte in Momenten, in denen es wirklich darauf ankommt, etwas bewirken.«

Rule blickte auf, und wir starrten uns einen Moment lang stumm an, ehe er den Kopf wieder neigte und sich seiner Arbeit widmete. Mark brummte: »Das ist ein ganz besonderes Mädchen, das du dir da ausgesucht hast, Junge. Du solltest dich ihr gegenüber anständig verhalten.«

Rule murmelte etwas, das ich nicht verstehen konnte. Ich wandte meine Aufmerksamkeit dem Projekt zu, an dem noch immer viel zu tun war. Konzentriert arbeitete ich am Laptop, und die Tätowiermaschine surrte gute zwei Stunden lang. Wir redeten nicht viel – ich nicht, weil ich arbeitete, während ich verstohlen Rule beobachtete, Mark nicht, weil es wehtat, tätowiert zu werden, und Rule nicht, weil er beim

Tätowieren ganz in seine Aufgabe versunken war. Es war beeindruckend, Rule bei der Arbeit zuzusehen. Er gab auch einen Teil von sich selbst für das, was er auf Mark hinterließ. Für ihn musste das, was er schuf, perfekt sein. Ihn dabei zu beobachten, wie er sorgfältig den Körper des Mannes für immer veränderte, vertiefte meine Gefühle für ihn noch.

Mark brauchte ab und zu eine Pause, und jedes Mal, wenn er aufstand, erhob auch Rule sich und kam zu mir. Beim ersten Mal hauchte er mir einen Kuss auf den Scheitel. Beim zweiten Mal zog er mich zu einem leidenschaftlichen Kuss zu sich heran. Als Mark vom Rauchen wieder zurückkam, musste ich verstohlen mein Shirt zurechtzupfen. Alles in allem war es schön, seinen Abend so zu verbringen, und ich schaffte einiges. Vier Stunden später wischte Rule Spuren von schwarzer Farbe von Marks geröteter Haut. Das Bild, das zum Vorschein kam, war ein sehr präzise gestochenes Tattoo, das eine wundervolle Erinnerung an Marks gefallenen Sohn war. Noch einmal sagte ich ihm, wie schön ich es fände und dass ich es gern sehen würde, wenn es fertig wäre. Mark umarmte mich, wie ein echter Vater es getan hätte, und sagte mir, ich solle auf mich aufpassen. Er bezahlte Rule, und mir stockte der Atem. Ich hatte keine Ahnung, wie teuer eine solche Tätowierung sein konnte, und Mark gab Rule außerdem noch ein sehr großzügiges Trinkgeld.

Ich sammelte meine Sachen zusammen. Rule machte derweil seinen Arbeitsplatz sauber und räumte nach dem langen Arbeitstag auf. Es dauerte noch einmal eine Stunde, bis wir schließlich gehen konnten und er das Tattoo-Studio abschloss. Ich gähnte und war unglaublich müde. Mein Auto stand in der Nähe, und so beschloss ich, es einfach stehen zu lassen und nicht nach einem Parkplatz zu suchen, der noch näher an Rule und Nashs Apartment lag. Rule versprach mir, am nächsten Morgen früh genug aufzustehen, um mich zu meinem Auto bringen zu können. Wir gingen schnell zu ihm nach Hause, denn es war kalt. Den ganzen Weg über hielt er mich im Arm, damit ich nicht fror. Wir begrüßten Nash. Ich dachte, Rule würde sich noch kurz mit seinem Freund zusammensetzen wollen, doch er stellte meine Sachen ab, nahm zwei Flaschen Bier aus dem Kühlschrank und verschwand mit mir in seinem Zimmer.

Wir redeten nicht – es war nicht nötig. Allmählich hatte ich den Bogen raus, wie Rule in Sachen Sex tickte. Er war ein sehr körperlicher Mensch, berührte die Frau gern, und ich zog meinen Nutzen daraus. Nachdem wir nicht nur einmal, sondern zweimal miteinander geschlafen hatten, lag ich zufrieden auf seiner nackten Brust. Bedächtig zeichnete ich mit der Fingerspitze die Kontur der Schlange auf seinem Arm nach, den er um mich geschlungen hatte. Er hatte sich ein Kissen in den Rücken gestopft und trank ein Bier. Versonnen tippte er irgendetwas auf seinem Handy, während er mit dem Finger ein Muster auf meinen Rücken malte. Ich war befriedigt und schon fast eingeschlafen, als seine Stimme mich in die Wirklichkeit zurückholte.

»Möchtest du am Samstag mit mir zu einem Konzert kommen? Ich habe einen der Jungs von Artifice tätowiert und dafür Backstage-Ausweise bekommen.«

Ich riss die Augen auf und erstarrte. Da ich ihn als menschliches Kopfkissen benutzte, konnte ihm meine plötzliche Anspannung nicht entgangen sein. Ich schob mir die Haare aus dem Gesicht und sah ihn an. Seine Augenlider waren halb geschlossen und sein Blick schläfrig, aber ich sah ihm an, wie sehr er auf eine positive Antwort hoffte. Ich schluckte und biss mir auf die Unterlippe, wie ich es immer tat, wenn ich nervös war.

»Ich muss am Wochenende nach Hause zu meiner Mutter. Ich fahre am Samstag und werde erst am Sonntagnachmittag zurück sein.«

Jetzt spürte ich, wie er unter mir erstarrte. »Fährst du allein?«

»Nein.« Meine Stimme war nicht mehr als ein Flüstern. »Ich habe Gabe versprochen, dass ich ihn bei seinen Eltern absetze.«

»Du hast dem Kerl, der dich seit Wochen stalkt und belästigt, versprochen, dass du ihn im Auto mitnimmst?« Sein ungläubiger Tonfall machte mich noch nervöser.

»Ja, das habe ich.«

»Warum?«

»Weil es leichter war, als mich mit den Vorwürfen und der riesengroßen Enttäuschung meiner Mom auseinanderzusetzen, mit denen sie mich überschüttet hätte, wenn ich es nicht getan hätte. Ach, das verstehst du nicht.«

»O doch. Ich verstehe das sogar sehr gut. Deine Mutter sagt: ›Spring!‹, und du tust es – direkt in die Arme dieses Spinners. Ich kann es nicht glauben, Shaw. Ich bekomme dich kaum zu Gesicht. Ich werde fast wahnsinnig, weil ich mitten in der Nacht aufwache, neben mich greife und du nicht da bist. Und jetzt planst du, das Wochenende über wegzufahren. Mit deinem durchgeknallten Exfreund. Unglaublich.«

Ich löste mich von ihm, rollte auf die Seite und zog die Decke über mich. Ich fühlte mich nackt und verletzlich, es war ein Gefühl, das nichts damit zu tun hatte, dass ich keine Kleidung trug. »Das stimmt so nicht, und das weißt du auch. Im Grunde genommen will ich nicht fahren, und ich will auch keine Zeit mit Gabe verbringen. Aber meiner Mutter ihren Willen zu lassen ist einfacher, als sich ihr zu widersetzen.«

»Woher willst du das wissen? Hast du jemals versucht, dich ihr zu widersetzen?«

Durch meine zusammengebissenen Zähne hindurch atmete ich scharf ein. »Sie ist meine Mutter, Rule.«

»Wie auch immer. Wir können morgen darüber reden.« Er drehte mir den Rücken zu. Ich kannte ihn gut genug, um zu wissen, dass er morgen kein Wort mehr darüber verlieren würde.

Als er mich am nächsten Morgen zu meinem Wagen brachte, redeten wir überhaupt nicht miteinander. Es gab auch keinen Kuss, keinen Blickkontakt, überhaupt kein Zeichen von ihm, dass eine Unterhaltung irgendwie wiedergutmachen könnte, was ich getan hatte.

Am nächsten Tag schickte ich ihm nach der Arbeit eine SMS. Ich entschuldigte mich und schrieb ihm, dass ich ihn gern sehen würde. Doch er antwortete einfach nicht. Am Dienstag rief ich ihn an, um zu hören, ob er vielleicht mit mir zu Mittag essen und reden würde. Aber seine Mailbox sprang sofort an. Am Mittwoch war ich schon der Verzweiflung nahe und stand kurz davor, unangemeldet im Tattoo-Studio oder vor seiner Wohnung aufzutauchen und ihn dazu zu zwingen, mit mir zu reden. Doch Rome war wieder in der Stadt und kommandierte mich zum Abendessen ab. Rome erzählte mir beiläufig, dass er ein paar Tage bei Rule übernachte, weil sein Freund gerade selbst Besuch von der Familie habe. Mein Herz schien ein paar Schläge lang auszusetzen, als mir klar wurde, dass Rule es nicht einmal für nötig befunden hatte, mir zu sagen, dass Rome in der Stadt war. Ich hätte auftauchen und mich vor seinem Bruder zum Idioten machen können, und ihm war es vollkommen egal. Den Donnerstag und Freitag verbrachte ich damit, mich an Aydens Schulter auszuweinen – auch wenn meine Mitbewohnerin nur wenig Verständnis für mich aufbrachte – und mich durch meine Schichten im *Goal Line* zu quälen. Ich war am Boden zerstört, und am Samstagmorgen, als ich vor der Bäckerei anhielt, um Gabe einzusammeln, verspürte ich den dringenden Wunsch, ihn einfach über den Haufen zu fahren.

Als Gabe eingestiegen war, versuchte er, sich zu mir herüberzubeugen und mich zu küssen. Ich zog mich so schnell zurück, dass ich mir den Kopf an der Scheibe stieß.

»Lass das.« Ich konnte die Eiszapfen, die an meinen Worten hingen, fast sehen, doch es war mir egal. Ich vermisste Rule, ich war wütend, dass ich mich zwischen ihm und der Familie entscheiden musste, und ich war sauer, weil er nicht begreifen konnte, warum ich so gehandelt hatte. Die ganze Woche über war ich von Visionen geplagt worden, dass er am laufenden Band neue sexuelle Eroberungen mit zu sich nach Hause nehmen würde – und die Vorstellung raubte mir den Verstand. Ich verstand, warum er wütend auf mich war, aber ich hatte kein Verständnis dafür, dass er mich einfach so komplett ausschloss.

»Komm schon, Shaw. Kannst du nicht wenigstens versuchen, dieses Wochenende für uns so angenehm wie möglich zu machen? Unsere Eltern würden sich so freuen, wenn wir die Differenzen zwischen uns beilegen könnten.«

Wortlos stellte ich das Radio an und füllte die Stille zwischen uns mit Rockmusik von den Drive by Truckers. Als Gabe nach dem Lautstärkeregler greifen wollte, schlug ich seine Hand weg. »Wage es ja nicht.«

»Komm schon, Shaw. Wir müssen reden.«

»Nein.«

»Sei nicht so stur.«

»Gabe, ich bin mit einem anderen Mann zusammen. Wir müssen also über gar nichts mehr reden. Ich fahre an diesem

Wochenende nur aus einem Grund zu meinen Eltern: um mir meine Mom vom Hals zu halten.«

»Ist es dieser tätowierte Punk? Du glaubst doch nicht wirklich, dass du eine ernsthafte Beziehung mit ihm führen kannst, oder, Shaw? Was denkst du dir dabei? Glaubst du, du kommst nach einer Zweiundsiebzig-Stunden-Schicht im Krankenhaus nach Hause, und er sitzt da und wartet geduldig auf deine Rückkehr? Denkst du tatsächlich, dass die Zukunft mit so einem Kerl so aussehen wird? Wahrscheinlicher ist doch, dass du deine Facharztausbildung beginnst und er erkennt, wie oft du weg bist und wie viel Zeit er allein verbringen muss. Und dann wird er wieder die Frauen mit nach Hause bringen, die auch schon vor dir da waren. Wach auf! Typen wie er sind nicht auf eine längere Beziehung aus. Sie bleiben nur so lange, bis der erste Glanz sich abgenutzt hat.«

Ich erstarrte, denn für meinen Geschmack kam er der Wahrheit gerade viel zu nahe. Also stellte ich die Musik lauter und tat mein Bestes, ihn den Rest der Fahrt über zu ignorieren. Ich kam sehr gut voran und fuhr schneller, als ich eigentlich hätte fahren sollen, aber ich wollte einfach nur noch, dass Gabe endlich ausstieg. Er hatte einige Male versucht, mich in ein Gespräch zu verwickeln, doch jedes Mal hatte ich das Radio noch ein wenig weiter aufgedreht, bis die Musik so laut war, dass man sich überhaupt nicht mehr unterhalten konnte. Schließlich kapierte auch Gabe, was ich ihm damit sagen wollte, und hielt den Mund. Ich warf ihn praktisch aus dem fahrenden Wagen, als wir bei seinem Elternhaus in Brookside ankamen. Er bedeutete mir noch, das Fenster herunterzukurbeln, weil er mir etwas sagen wollte, aber ich biss nur die Zähne zusammen und fuhr mit quietschenden Reifen davon.

Meine Eltern lebten in einer bewachten Wohnanlage in Brookside. Als ich durch die Stadt fuhr, beschloss ich, bei *Starbucks* zu halten, wo ich beim letzten Mal mit Rule gewesen war. Ich musste mich ein wenig sammeln. Um mich selbst noch ein bisschen zu quälen, zog ich mein Handy hervor und wurde noch trauriger, als auf dem Display keine neuen Nachrichten oder Anrufe angezeigt wurden. Ich wusste nicht, was ich tun sollte, und hatte das Gefühl, das mir alles, was ich mir je gewünscht hatte, gerade durch die Finger glitt.

»Shaw? Shaw Landon, bist du es wirklich?« Ich blickte von meinem Kaffee hoch und unterdrückte ein Stöhnen, als ich sah, wie Amy Rodgers auf mich zugestürmt kam. Ich hätte mich daran erinnern müssen, dass sie und diese *Starbucks*-Filiale praktisch untrennbar miteinander verbunden waren.

»Ja, ich bin es wirklich, Amy. Wie geht es dir?«

Sie hauchte mir einen Luftkuss auf die Wange und lächelte mich strahlend an. In der High School hatte sie nie so getan, als würde sie mich mögen, also war ich gewarnt.

»Ach, mir geht es gut. Ich habe gerade die Ausbildung an der Kosmetikschule abgeschlossen und arbeite jetzt in einem supertrendy, superexklusiven Salon in Denver. Du wohnst doch jetzt auch in der Stadt, oder?«

Ich nickte und bemerkte, dass sie den Blick über meine neue Frisur schweifen ließ.

»Tja, ich bin so aufgeregt, weil ich dich getroffen habe«, fuhr sie fort. »Ich habe schon mit dem Gedanken gespielt, deine Adresse und Telefonnummer herauszufinden.«

Ich zog eine Augenbraue hoch. »Warum?«

Sie warf ihre langen Haare über die Schulter. »Na ja, ich war vor einigen Wochen übers Wochenende bei meinen

Eltern zu Besuch, um meine Wäsche zu machen, und bin einem der Archer-Zwillinge begegnet. Dem mit den Tattoos. Wie auch immer. Mir ist wieder eingefallen, dass du den Archer-Brüdern ziemlich nahegestanden hast, und da habe ich mich gefragt, ob du mir seine Nummer geben könntest. Ich weiß nicht mehr genau, welcher von beiden es war, aber er war echt umwerfend. Ich habe gehört, dass er auch nach Denver gezogen ist, und ich hatte gehofft, ihm etwas näherzukommen.«

Ich spürte, wie mein Innerstes schlagartig gefror. Ich hätte ihr beinahe meinen Kaffee in das hübsche, makellose Gesicht geschüttet. Nur mühsam konnte ich mich zurückhalten.

»Remy ist tot, Amy. Es gibt nur noch Rule. Drei Jahre ist Remys Tod jetzt her. Ich bin mir sicher, dass Rule sich *wie wahnsinnig* darüber freuen würde, von einer Idiotin zu hören, die nicht einmal genau weiß, wer er ist. *Einer von den Archer-Zwillingen.* Ich könnte kotzen. Du hast verdammtes Glück, dass wir im Coffeeshop und nicht allein sind, denn sonst hätte ich dir schon längst eine gelangt.« Fassungslos starrte sie mich an und rang nach Luft. Ich ging an ihr vorbei und warf meinen vollen Becher in den Mülleimer. Die Lust auf Kaffee war mir gründlich vergangen. »Ich gebe dir seine Nummer nicht, weil er mit mir zusammen ist. Und solltest du ihm zu nahe kommen, werde ich Dinge mit dir anstellen, die noch in einigen Jahren bei *Investigation Discovery* gezeigt werden.«

Als ich zurück zum Wagen kam, zitterte ich. Dann brach ich in Tränen aus. Ich vermisste Remy, ich vermisste Rule, und ich vermisste Margot und Dale. Rule hatte recht: Ich wusste nicht, wie es sich anfühlte, mich meiner Mutter zu widersetzen, weil ich es nie ausprobiert hatte. Jetzt war sie nur noch jemand, der sich zwischen mich und den Menschen drängte, mit dem ich zusammen sein wollte. Ich hatte kein Problem damit, gegenüber einer Tussi wie Amy Anspruch auf Rule zu erheben. Doch meine Mutter spielte in einer ganz anderen Liga. Ich hatte immer gewusst, dass er jeden Kampf, jedes Opfer wert war. Und genau das sollten auch seine Eltern endlich erkennen. Aber in dem Moment, als ich es hätte beweisen müssen, hatte ich feige gekniffen. Statt zu ihm zu stehen, hatte ich mich von meiner Mutter zu etwas zwingen lassen, das mich von ihm entfernte. Ich legte die Stirn auf das Lenkrad und nahm mein Handy in die Hand. Fünf Minuten lang starrte ich auf das Display, während der Motor des Wagens lief. Ich versuchte, darüber nachzudenken, was ich ihm sagen könnte. Doch alles, was mir einfiel, war:

Es tut mir wirklich leid.
Ich wollte dir nicht wehtun.
Ich hätte bleiben sollen.
Ich vermisse dich so.

Ich legte das Handy weg, ehe ich mich damit verrückt machte, auf das Display zu gucken, um zu sehen, ob er mir zurückschrieb. Ich legte den Gang ein und fuhr zu meinen Eltern.

Das Haus war eher ein Chalet als ein gewöhnliches Zuhause. Hinter dem Tor zum Grundstück war alles elegant und teuer, und als ich parkte und zum Eingang lief, erinnerte ich mich daran, wie klein ich mich angesichts der Größe und Pracht des Hauses immer gefühlt hatte. Als Remy in mein Leben getreten war und mich unter seine Fittiche genommen hatte, hatte ich die Chance ergriffen, jede Sekunde, die ich erübrigen konnte, bei den Archers zu verbringen. Trotz all ihrer Fehler und Schwächen hatten sie doch ein Zuhause geschaffen, in dem sich die Menschen wohlfühlten und wo man sich um sie kümmerte. Weder im Haus meiner Mutter noch im Haus meines Vaters herrschte eine solche Atmosphäre. Dort gab es nur Angestellte und hochwertige Ausstellungsstücke statt einer gemütlichen Einrichtung. Als ich ins Wohnzimmer geführt wurde, war ich wieder einmal erstaunt, wie ungern ich hier war. Und ich war erstaunt, als mir klar wurde, dass ich wahrscheinlich den Verstand verlieren und zwangseingewiesen werden würde, wenn es mir nach diesem Wochenende nicht gelingen würde, mich mit Rule auszusprechen und zwischen uns alles zu klären.

Meine Mutter kam in all ihrer Pracht auf mich zu und sah mich argwöhnisch an. Es gab keine Umarmung, keine Nachfrage, wie die Fahrt gewesen war, keine Entschuldigung, weil sie meinen Geburtstag vergessen hatte. Nur diesen kalten Blick, den sie von meinem Kopf bis zu meinen Füßen in den derben Lederboots schweifen ließ. Sie presste ihre ohnehin schon schmalen Lippen noch fester aufeinander. »Was hast du mit deinen Haaren angestellt, Shaw? Das sieht scheußlich aus. Ich hoffe, du hast für den Besuch im Country Club etwas passendere Kleidung mitgebracht. Immerhin gehen wir zum Abendessen dorthin und nicht zum rustikalen Beisammensein am Lagerfeuer, wo jeder etwas zu essen mitbringt.«

Ich trug Leggings und ein langes Herrenhemd mit einem breiten Ledergürtel, der zu meinen Boots passte. Das Outfit war viel zu schick für eine Autofahrt nach Hause, aber ich hatte genau diesen Vorwürfen damit aus dem Weg gehen wollen. Wieder einmal hatte ich das Gefühl, ihren Ansprüchen niemals gerecht werden zu können. Ich umklammerte die Griffe meiner Tasche, die ich dem Hausmädchen, das die Tür geöffnet hatte, nicht gegeben hatte. Mein Herz schlug bis zum Hals. Genau genommen war es in Denver geblieben und strafte mich gerade mit Nichtbeachtung – doch das spielte keine Rolle.

»Ich nehme an, du und Gabe hattet Gelegenheit, auf der Fahrt hierher zu reden?«

»Eigentlich nicht. Ich habe dir schon erklärt, dass ich ihm nichts mehr zu sagen habe.«

Sie presste den Mund noch mehr zusammen, auch wenn das eigentlich kaum mehr möglich war. Sie wirkte, als habe sie in eine extrem saure Zitrone gebissen. Meine Mutter war eigentlich eine schöne Frau. Mein blondes Haar und die helle Haut hatte ich von ihr geerbt. Aber als ich sie nun – vielleicht zum ersten Mal in meinem Leben – objektiv musterte, wurde mir bewusst, dass ihre Schönheit unter so viel Eiseskälte und Bitterkeit verborgen lag, dass sie kaum noch zu erkennen war.

»Ich habe dich gebeten, dich nicht länger so kindisch zu benehmen, junge Dame. Du wirst an diesem Wochenende höflich und charmant sein. Ich werde keine Feindseligkeiten oder Ungezogenheiten gegenüber Gabe oder den Davenports dulden. Hast du mich verstanden?«

Tief in meinem Inneren regte sich die Shaw, die ich war, wenn ich mit Rule zusammen sein konnte. Die Shaw, die sich hätte weigern müssen, diese Farce überhaupt mitzumachen. Ich warf meine frisch gefärbten Haare über die Schulter und ging an meiner Mutter vorbei zu der Treppe, die zu meinem Zimmer führte. »Du hast mich angewiesen, hier zu sein, Mutter. Deshalb wirst du wohl oder übel mit den Konsequenzen leben müssen – ob es dir nun passt oder nicht.« Ihre Stimme überschlug sich fast, als sie mir etwas hinterherrief. Doch ich hörte ihr gar nicht zu, sondern entgegnete über die Schulter hinweg: »Sag Bescheid, wenn ihr fertig seid und zum Abendessen aufbrechen wollt.«

Ich schloss die Tür zu dem Zimmer, das sich nie wie meines angefühlt hatte, und ließ die Tasche auf den Boden fallen. Der Innenarchitekt meiner Mutter hatte den Raum in Grau- und zarten Rosatönen gestaltet. Das Zimmer war reizend, feminin und unglaublich mädchenhaft. Auf dem weißen Bett, das sogar mit einem Baldachin aus Spitze ausgestattet war, lagen unzählige Rüschenkissen. Es war ein Zimmer für einen Menschen, der sich gern mit Luxus umgab und gern in einem Bett mit den teuersten Laken schlief. Aber für mich hatte sich das alles immer leblos und fade angefühlt. In dem Zimmer gab es keine persönlichen Bilder, keine Farbtupfer, keinen Fernseher, kein Radio – einfach nichts, das etwas über die Person, die dort leben sollte, erzählt hätte. Im Schneidersitz setzte ich mich auf das große Bett und schickte Ayden eine Nachricht. Seit der Nacht, in der sie sich von Jet hatte nach Hause bringen lassen, benahm sie sich etwas komisch, doch sie wollte nicht darüber reden. Und da ich gerade mit meinem eigenen Männer-Drama beschäftigt war, wollte ich sie nicht drängen, es mir zu erzählen.

Ich hatte das Wohnzimmer noch nicht ganz betreten, da hat sie schon über meine Haare und mein Outfit hergezogen. Es ist toll, mal wieder zu Hause zu sein. :(

Das ist ja richtig blöd, Süße.

Ja, und Rule schreibt mir einfach nicht zurück.

Mhm …

Was ist?

Ich weiß nicht, ob ich es dir sagen soll.

Ob du mir was sagen sollst?

Du musst mir versprechen, nicht auszuflippen.

Tja, jetzt werde ich auf jeden Fall ausflippen!

Loren hat erzählt, dass sie gestern Abend aus war. Sie hat gesagt, sie habe Rule und die Jungs in irgendeinem Club gesehen.

Oh, mein Gott …

Ja, also, sie meinte, sie habe versuchen wollen, mit ihm zu reden oder so. Sie ist eben eine dämliche Schlampe. Es ist aber bei dem Versuch geblieben, weil er von einer Rothaarigen belagert wurde. Loren ist gar nicht an ihn herangekommen.

Scheiße.

Tja, sie hat außerdem erzählt, dass er dann mit der Rothaarigen gegangen ist. Ich meine, die ganze Gruppe ist anscheinend zusammen aufgebrochen. Allerdings ist sie eine schreckliche Tratschtante und sorgt immer gern für Schwierigkeiten. Ich dachte trotzdem, ich warne dich, weil du ihn ja im Moment nicht erreichen kannst.

Danke.

Ist alles in Ordnung bei dir?

Nein, überhaupt nicht.

Soll ich ihm in deinem Namen eine verpassen?

Vielleicht. Ich melde mich später noch mal, wenn ich das verdammte Abendessen hinter mich gebracht habe. Ich habe dich lieb.

Ich dich auch! xoxo

Ich wischte über das Display und hielt kurz den Atem an, ehe ich in einem wütenden Aufschrei ausatmete und das teure Handy an die Wand warf. Ein befriedigendes Knirschen erklang, ehe es zu Boden fiel. Ich stützte den Kopf in die Hände und versuchte, mich nicht zu übergeben. Ich konnte nicht glauben, dass das alles hier wirklich passierte. Ich hatte alles gehabt, was ich mir so sehr gewünscht hatte, und dann hatte eine kleine Unebenheit, eine winzige Meinungsverschiedenheit ausgereicht, um alles zu zerstören. Es hätte mir nichts ausmachen sollen, dass ich so leicht und schnell zu ersetzen gewesen war. Ich kannte Rule, wusste, wie er agierte. Doch ich fühlte mich immer noch, als würde jemand mit einem brennend heißen Schürhaken Löcher in meine Seele stoßen. Rule zu lieben war nie einfach gewesen. Und nachdem ich nun wusste, wie es war, ihn tatsächlich zu *lieben,* wusste ich nicht, wie ich es anstellen sollte, dass alles wieder so war wie früher.

Den Rest des Nachmittages schottete ich mich in meinem Zimmer ab. Meine Mutter schickte Angestellte zu mir, um zu fragen, ob ich zu Mittag essen wolle, aber ich machte die Tür nicht auf, als sie klopften. Dann schickte sie gegen fünf Uhr ihren Ehemann herauf, der mir mitteilte, dass sie in einer Stunde zum Club aufbrechen würden. Zwar wollte ich eigentlich enge Jeans und meine Motorrad-Boots tragen, doch ich beschloss, dass eine Auseinandersetzung mit meiner Mutter vor meinen Halbgeschwistern nur den Eindruck erwecken würde, ich wäre kindisch und lächerlich. Also zog ich ein langärmeliges ausgestelltes Kleid in weiß und lila an, das ein paar Zentimeter über dem Knie endete. Ich nahm mir ein paar Minuten, um mein Haar zu glätten, sodass es wie ein Vorhang über meine Schulter fiel. Zu dem Kleid kombinierte ich ein paar lilafarbene Stiefelchen mit kleinen Verzierungen an der Rückseite und mit Absätzen, die mit Nieten besetzt waren. Es war vielleicht nicht das perfekte Outfit für einen Abend im Country Club, aber damit sollte ich zumindest in den Augen meiner Mutter nicht allzu sehr anecken.

Meine Mutter musterte mich argwöhnisch, als ich die Treppe hinunterkam, und Jack half mir in meine graue Kapitänsjacke. Niemand sagte etwas, als wir uns in den Wagen drängten und uns auf den Weg zum Country Club machten. Unterwegs fingen die Kinder an zu plappern, und ich grübelte über Rule und eine unbekannte Rothaarige nach. Ich konnte nur hoffen, dass nicht das passiert war, was ich befürchtet hatte. Je näher wir dem Club kamen, desto dringender wurde mein Wunsch, der Wagen möge einen Platten haben, damit ich Gabe und seine Familie nicht treffen müsste. Leider passierte nichts dergleichen. Als wir in den Country Club kamen, zwang ich mich zu einem Lächeln, ließ mir von Gabe einen Kuss auf die Wange geben und mir den Stuhl heranschieben. Es bedurfte all meiner Willenskraft, nicht aufzuspringen und schreiend davonzulaufen. Ich nahm zwischen Gabe und meiner Mutter Platz und bereitete mich innerlich darauf vor, das unangenehmste, fürchterlichste Abendessen meines Lebens ertragen zu müssen.

9. Kapitel

Rule

»Also, möchtest du mir jetzt bitte mal reinen Wein einschenken und mir verraten, warum du diese Woche ein noch größeres Arschloch bist als sonst?« Rome hatte sich über mich gebeugt, während ich ein Gewicht hochstemmte. Er hatte mich gefragt, ob ich am Samstag mit ihm ins Fitnessstudio gehen würde, denn er sollte mit einem leichten Schultertraining beginnen. Mir war gar nicht klar gewesen, wie entschlossen mein Bruder trotz seiner Verletzung war. Das Training mit ihm ließ mich alt aussehen. Ich versuchte die ganze Zeit, nicht zusammenzuzucken, als ich sah, wie viel Gewicht er im Gegensatz zu mir auflegte. Sobald ich die Hantel wieder sicher abgelegt hatte, richtete ich mich auf und fuhr mir mit einem Handtuch über das verschwitzte Gesicht und meinen frisch rasierten Kopf. Zwar hatte ich nicht restlos alles abrasiert, so wie Nash, doch der Irokesenschnitt war Vergangenheit, und übrig waren nur noch schwarze Stoppeln. Mit den Augenbrauen-Piercings und den Tattoos, die sich meinen Hals hinaufzogen, sah ich wie ein entflohener Sträfling aus.

»Eigentlich nicht.« Ich folgte Rome, als er zur nächsten freien Maschine ging und mit seiner verwundeten Schulter begann, die Gewichte zu bewegen. Es bereitete ihm noch immer Schmerzen, denn er zuckte sichtlich zusammen, wenn er die Muskeln an- und dann wieder entspannte. Aber er beklagte sich nicht und trainierte einfach weiter. Ich hätte ihm sagen sollen, dass ich wegen Shaw außer mir war. Er hätte wahrscheinlich einen guten Rat für mich gehabt, denn ich war mir sicher, dass ich auf dem Weg war, etwas zu zerstören, das sehr vielversprechend begonnen hatte. Als er sich am Mittwoch mit ihr zum Essen getroffen hatte, war es mir extrem schwergefallen, ihn nach seiner Rückkehr nicht festzuhalten und auszufragen, ob sie nach mir gefragt habe und ob es ihr gut gehe. Mir war allerdings rechtzeitig wieder eingefallen, dass ich ihre Nachrichten absichtlich nicht beantwortete und ihre Anrufe ignorierte – also ließ ich es wohl besser sein.

Im Spiegel trafen sich unsere Blicke, als er das Gesicht gerade vor Schmerz verzog. »Es ist nicht rein zufällig derselbe Grund, aus dem auch Shaw an dem Mittwoch, als ich sie getroffen habe, weiß wie eine Wand ausgesehen hat, oder?«

»Wie kommst du darauf, dass die eine Sache etwas mit der anderen zu tun haben könnte?«

»Na ja, ganz doof bin ich nicht. Sie hat schon seit einer ganzen Weile einiges für dich übrig, und ich habe mir gedacht, dass es nur eine Frage der Zeit ist, bis du mal weit genug über deinen eigenen Tellerrand blicken würdest, um das zu kapieren. Außerdem habt ihr beide in der letzten Woche ständig auf eure Handys gestarrt, als würden sie euch die Antwort auf die Frage nach dem Sinn des Lebens verraten. Und ihr saht beide wie begossene Pudel aus, wenn auf dem Display nicht das erschien, was auch immer ihr dort zu sehen erwartet hattet.«

Ich fluchte und saugte unbewusst an meinem Lippen-Piercing. »Bleibst du denn locker, wenn ich dir sage, dass Shaw und ich miteinander geschlafen haben? Oder wirst du mir wehtun?«

»Solange dahinter mehr als nur eine einmalige Bettgeschichte steckt, bleibe ich cool. Shaw ist keine von den Frauen, die du für eine Nacht benutzen kannst. Falls du sie so behandeln solltest, werde ich dir natürlich beide Beine brechen.«

Finster blickte ich ihn an und zeigte ihm den Mittelfinger. »Was soll das eigentlich heißen, dass sie seit einer ganzen Weile etwas für mich übrig hat? Eines Abends war sie betrunken, zwischen uns wurde es heiß, und ich konnte nicht verhindern, dass es passiert. Also habe ich mir gedacht: Warum nicht? Ich mag sie. Ich meine, ich verbringe gern Zeit mit ihr. Sie ist lustig. Allerdings ist sie auch viel beschäftigt. Dieses Wochenende ist sie mit ihrem komischen Exfreund nach Brookside gefahren, weil ihre Mom es so wollte. Ich weiß einfach nicht, ob ich mit jemandem zusammen sein kann, der so ist. Sie ist zwanzig Jahre alt, sie sollte ihr eigenes Leben führen und sich nicht den Launen und Wünschen ihrer Eltern beugen.«

»Lass mich raten: Statt mit ihr eine sachliche, vernünftige Unterhaltung über ihre Entscheidung zu führen und deine Bedenken zu formulieren, hast du dichtgemacht, sie ausgeschlossen und gar nicht mit ihr geredet, stimmt's? Du hast es vorgezogen, vor dich hin zu kochen und dich in deiner Wut zu suhlen.«

Ich zuckte die Achseln.

»Rule, Shaw kennt dich seit langer Zeit. Kannst du dir vorstellen, was sie sich gerade ausmalt? Was sie glaubt, dass du tust, während du sie ignorierst? Komm schon, Brüderchen, benutze für eine verdammte Sekunde mal deinen Kopf. Ist es das wert, alles zu ruinieren, bevor es überhaupt richtig angefangen hat? Das Mädchen versteht dich. Ich meine, Shaw versteht dich wirklich, und ich denke, das hat sie von Anfang an getan, während alle anderen in dir nur nach Remy gesucht haben. Du musst aufhören, so stur zu sein, und dich bemühen, die Sache mit ihr wieder geradezubiegen.«

»Sie ist übers Wochenende mit ihrem *Exfreund* weggefahren, Rome.«

»Ja, und du bist letzte Nacht ausgegangen und hast dir von irgendeiner Schlampe die Zunge in den Hals stecken lassen. Nicht alle Menschen ticken gleich, Rule. Die meisten Leute wollen ihre Eltern glücklich machen, wollen, dass sie anerkennen, was sie aus ihrem Leben machen. Nicht jeder kann sämtliche Brücken hinter sich abbrechen wie du. Die meisten Menschen wollen sich die Möglichkeit offenhalten, auch mal wieder nach Hause zurückkehren zu können.«

Ich zuckte leicht zusammen, denn mit seinen Worten traf er den Nagel auf den Kopf. Wäre ich nur ein bisschen betrunkener gewesen, ein bisschen dümmer, hätte ich in der vergangenen Nacht wahrscheinlich einen Fehler gemacht, den ich nicht hätte wiedergutmachen können. Glücklicherweise hatte die Rothaarige nach klebrig-süßem Lipgloss geschmeckt und nach billigem Parfüm gerochen. Der Kuss war nicht mit der Weichheit und der Perfektion vergleichbar gewesen, die ich spürte, wenn ich Shaw küsste. Also hatte ich die Frau weggeschickt und mich den Rest des Abends über schlecht gefühlt. Ich wusste, dass ich mit Shaw reden musste. Ich konnte so nicht weitermachen, denn damit würde ich am Ende allem, was zwischen uns entstehen wollte, entgegenarbeiten.

»Es macht mir Angst, Rome.«

»Warum?«

»Du weißt, warum. Sobald man jemanden an sich heranlässt, bringt es einen um, wenn derjenige einmal geht und nicht mehr da ist.«

»Komm schon, Rule. Menschen, denen so viel an einem anderen Menschen liegt, dass sie sich auf ihn einlassen, haben normalerweise nicht vor, zu gehen. Sieh dich doch um: Ich bin noch da, Nash ist auch nicht gegangen, Jet und Rowdy würden für dich töten, und wenn du dir eine Minute nimmst, um darüber nachzudenken, wirst du feststellen, dass Shaw auch schon lange an deiner Seite ist. Du denkst vielleicht, sie war nur wegen Remy da, weil er immer auf sie geachtet und sie beschützt hat. Aber ich glaube, du bist klug genug, um jetzt zu begreifen, dass sie vielleicht auch aus einem anderen Grund da war und sich um dich gekümmert hat.«

Mit einem lauten Krachen setzte er die Gewichte ab und sah mich mit einem kühlen Ausdruck in den Augen an.

»Werde erwachsen, Rule. Hör auf, dich wie ein verwöhntes Kind zu verhalten, das nicht aus dem Schatten seines Bruders heraustreten kann. Du hast einen tollen Job, in dem du richtig gut bist, du hast Freunde, und du hast eine Familie, die vielleicht zerrüttet ist, die dich jedoch trotz allem liebt. Und darüber hinaus gibt es da ein ziemlich umwerfendes Mädchen, das nur darauf wartet, dass du begreifst, dass es dich will.«

»Mann, wenn du gibst, großer Bruder, dann gibst du auch alles.«

Er rollte mit den Augen. Wir gingen zur Umkleidekabine. Ich zog meine Straßenklamotten an und warf einen flüchtigen Blick auf mein Handy. Mein Herz zog sich schmerzhaft zusammen, als ich die Nachricht las, die sie mir geschickt hatte. Ich konnte den Worten ansehen, wie traurig Shaw war. Ich war wirklich ein Arschloch. Ich hätte mit ihr reden können, statt wortlos zuzulassen, dass sie mit diesem Idioten nach Brookside fuhr. Ich dachte darüber nach, was ich ihr antworten sollte, als Rome mir einen Klaps auf den Hinterkopf versetzte.

»Lass uns gehen.«

»Ich muss gegen Mittag bei der Arbeit sein. Hey, Rome«, sagte ich und wartete, bis er sich umdrehte und mich anblickte. »Was ist mit Mom und Dad?«

»Was soll mit ihnen sein?«

»Wegen mir und Shaw. Wenn ich mir endlich über einiges klar geworden bin, wenn ich eine Entscheidung getroffen habe und wenn ich es nicht völlig vermassele, wie soll ich mich dann ihnen gegenüber verhalten? Sie würden es niemals verstehen.«

»Wen kümmert's? Du verdienst es, glücklich zu sein. Und Shaw auch. Remy ist tot, und so ist es nun einmal.«

Ich räusperte mich und strich mir mit der Hand über den Nacken. »Tja, also, Shaw und Remy waren übrigens nie ... so ... zusammen.«

Mit großen Augen starrte er mich an. Der Mund stand ihm vor Überraschung offen. »Will ich wissen, woher du das weißt?«

»Wahrscheinlich nicht. Sagen wir einfach, dass ich mir hundertprozentig sicher bin, dass sie und Remy keine Beziehung dieser Art geführt haben.«

»Na ja, wie auch immer. Es geht Mom und Dad nichts an.«

Wieder seufzte ich. »Ja, du hast vermutlich recht.«

Wir trennten uns, und ich machte mich auf den Weg ins Tattoo-Studio. Es war ein anstrengender Tag. Ein Termin jagte den anderen. Trotzdem wollte ich am Abend mit meinen Jungs zu dem Konzert. Brent, der Leadsänger der Band, war ein guter Kunde. Seit Artifice in den letzten Jahren immer bekannter geworden war, bekam auch ich regelmäßig gute Presse wegen Brents Tattoos. Am Abend ging ich also nach Hause, um mich umzuziehen und für eine Nacht mit den Jungs bereit zu machen. Doch mit den Gedanken war ich noch immer bei Shaw und der Nachricht, die sie mir am Morgen geschickt hatte. Sie hatte mich verletzt. Ich war jedoch zu stur, um das zuzugeben. Und das war der Grund, warum ich mich zurückgezogen hatte. Ich wollte nicht, dass sie sich mit ihrem Exfreund traf, weil er viel besser zu ihr passte, und ich wollte nicht schlecht wegkommen. Indem ich sie weggestoßen und ihr nicht die Gelegenheit gegeben hatte, mit mir zu reden oder es auszudiskutieren, hatte ich mich auch vor jeglicher Zurückweisung oder davor geschützt, für unzureichend befunden zu werden. Ich hatte alles im Keim erstickt. Ich war ein Idiot. Von allen Menschen, die es in meinem Leben gegeben hatte und gab, hatte Shaw mir nie das Gefühl gegeben, dass ich nichts wert wäre. Sicher, sie konnte voreingenommen und kühl sein, wenn sie sich unter Druck gesetzt und in die Enge gedrängt fühlte, aber sie wertete mich niemals ab.

Das Konzert war atemberaubend. Wir wurden wie echte Rockstars behandelt, weil wir backstage waren und die Band kannten. Die Mädchen um uns herum waren verführerisch und verlockend, doch als es Zeit für die Aftershowparty war, ging ich allein nach Hause. Ich duschte und kroch ins Bett. Wieder warf ich einen Blick aufs Handy. Ich hielt es nicht länger aus und schickte ihr eine Nachricht.

Ich habe gestern Abend eine Frau geküsst.

Ich hielt den Atem an, weil ich nicht wusste, wie sie darauf reagieren würde. Ich war darauf vorbereitet, dass sie mir schreiben würde, es sei vorbei, ich sei zu weit gegangen. Aber es kam keine Nachricht von ihr. Gute zwanzig Minuten lang starrte ich auf das Display, mein Herz raste, und doch kam keine Antwort.

Es tut mir leid. Ich habe es nicht getan, um dir wehzutun. Ich bin ein Idiot. Das alles ist schwieriger, als ich gedacht hätte.

Noch immer kam keine Reaktion, und ich spürte, wie dieses Gefühl in mir, das ich nicht greifen konnte und das allein mit Shaw zu tun hatte, allmählich anfing, mich zu zerbrechen. Ich wusste nur, dass ich alles zwischen uns wiedergutmachen musste und dass ich nicht bereit war, Shaw jetzt schon gehen zu lassen. Rome hatte recht: Ich musste erwachsen werden. Ich hatte der Sache zwischen uns keine richtige Chance gegeben – wie immer wollte mein Hitzkopf etwas, für das ich ansonsten nicht bereit war. Die ganze Nacht lang lag ich wach und wälzte mich im Bett hin und her. Sie schrieb nicht zurück und rief auch nicht an, und ich geriet allmählich in Panik. Irgendwann nach vier Uhr hörte ich, wie Nash in die Wohnung gestolpert kam, und hoffte, dass Rome von dem Lärm nicht wach wurde. Am nächsten Morgen stand ich auf und lief rastlos in der Wohnung auf und ab. Ich putzte mir die Zähne und aß zum Frühstück einen Bagel. Dann durchwühlte ich meinen Kleiderschrank und fand das einzige Hemd mit Knöpfen, das ich besaß, sowie eine schwarze Hose, bei der es sich nicht um eine Jeans handelte. Über das Hemd zog ich einen schwarzen Kapuzenpulli und ein Nadelstreifenjackett. Während mein Bruder und mein Mitbewohner mich ansahen, als hätte ich den Verstand verloren, ging ich zur Tür.

»Ich bin bald wieder da.«

»Wohin gehst du? Zur Kirche?« Nash sah etwas mitgenommen aus, und Rome sah mich nur wissend an.

»Ich muss mit Shaw reden.«

»Dann ruf sie an.«

»Sie geht nicht ans Telefon.«

»Meinst du, ihre Mom lässt dich einfach so rein?«

»Das ist mir egal. Ich muss mit Shaw reden, also werde ich das auch tun.«

Rome zwinkerte mir zu und hob seinen Kaffeebecher. »Guter Junge. Ruf an, wenn sie dich festnehmen lassen. Ich komme dann und hole dich raus.«

»Bis später.«

Ich musste noch einmal an der Tankstelle halten und tanken. Aus welchen Gründen auch immer war heute auf den Straßen unglaublich viel los. Ich war ungeduldig und stand kurz davor, die Nerven zu verlieren, als ich endlich in Brookside ankam. Noch einmal versuchte ich, Shaw zu erreichen, doch wieder sprang nur ihre Mailbox an. Ich hätte das Handy beinahe mit bloßen Händen kaputt gemacht, als die Bandansage fröhlich verkündete, ich solle eine Nachricht hinterlassen.

Ich wusste, wo ihre Mom wohnte, denn als ich mir noch einen Wagen mit Remy geteilt hatte, war ich mehr als einmal dazu gezwungen gewesen, Shaw dort abzuholen und zu uns nach Hause zu bringen. Ich folgte dem Wagen, der vor mir fuhr, durch das Tor zur Wohnanlage und fand das Haus ohne Probleme. In der Einfahrt vor dem Chalet stand eine Ansammlung von allen möglichen teuren und schicken Autos, die eigentlich eher untypisch für Colorado waren.

Ich lief die Eingangstreppe hinauf und klingelte. Ich rechnete damit, dass ein Hausmädchen oder vielleicht ein Butler die Tür öffnen würde. Womit ich nicht gerechnet hätte, war eine ältere, herbere Version von Shaw – ohne Zweifel Shaws Mutter. Sie hatten das gleiche weißblonde Haar, die gleichen eindringlichen grünen Augen. Aber während Shaw zart und reizend war, wirkte diese Frau, als wäre sie aus einem Eisblock geschnitzt worden. Ich bemerkte, wie sie die Augen ganz leicht zusammenkniff, als sie mich erblickte. Doch ich war auf einer Mission, und mir war im Grunde genommen egal, wer diese Frau war. Sie würde sich mir nicht in den Weg stellen – selbst wenn ich sie überrennen müsste.

»Ich muss mit Shaw reden.«

Sie presste die Lippen aufeinander und blieb im Türrahmen stehen. »Sie sind der Junge von Margot und Dale Archer, nicht wahr?«

»Einer von ihnen.«

Wir waren keine Freunde, würden nie Freunde werden, und sie zeigte mir das unmissverständlich. »Was wollen Sie von meiner Tochter?«

»Das ist privat. Ich muss nur kurz mit ihr sprechen. Und dann gehe ich wieder.«

»Sie stören hier ein privates Treffen. Shaw ist mit ihrem Freund hier, und ich glaube nicht, dass sie Sie sehen will«, erklärte sie, als wäre es eine Tatsache.

Ich unterdrückte den Drang, mit den Augen zu rollen. Diese Frau war unglaublich manipulativ. Aber ich war nicht dumm, also blickte ich sie nur schweigend an.

»Davenport ist ein Stalker und nicht ihr Freund. Holen Sie sie einfach, ja?« Ich konnte sehen, dass mein mangelnder Respekt ihr allmählich auf die Nerven ging.

»Woher wollen Sie wissen, wie es sich mit dem Privatleben meiner Tochter verhält? Sie waren immer nur eine Schwärmerei. Wir wissen alle, dass Sie beide nicht gut füreinander sind. Es ist an der Zeit, damit aufzuhören, kindische Spielchen zu spielen.«

»Hören Sie, was zwischen mir und Shaw ist, hat nichts mit Ihnen zu tun. Ich versichere Ihnen, dass es kein Spielchen ist.

Mir macht es nichts aus, eine Szene zu machen, wenn es mich meinem Ziel näher bringt. Doch irgendetwas sagt mir, dass Sie nicht wollen, dass Ihre Gäste sich fragen, worum es bei dem Aufruhr ging.« Ich zog meine gepiercte Augenbraue hoch. »Habe ich recht?« Man konnte ihr ansehen, dass sie die Polizei holen oder nach ihrem Mann rufen wollte, doch sie bekam nicht die Gelegenheit dazu. Die schwere Tür wurde ihr aus der Hand gerissen, und plötzlich tauchte Shaws blasses Gesicht im Türrahmen auf.

»Rule? Was machst du denn hier?«

Ihr Haar war zu einer Frisur geflochten, die irgendwie aussah, als würde sie ihr Schmerzen bereiten. Sie trug eine Perlenhalskette, die aus dem neunzehnten Jahrhundert zu stammen schien, und einen pinkfarbenen Pullover, der flauschig und weich wirkte. Dazu hatte sie eine weit geschnittene cremefarbene Hose angezogen und ein Paar pinkfarbene High Heels kombiniert, die vermutlich so viel gekostet hatten wie mein Wagen. Sie hatte so gar nichts mehr mit der Shaw gemeinsam, mit der ich so gern schlief – beinahe hätte ich mich umgedreht und wäre ohne ein weiteres Wort gegangen. Doch in ihren großen grünen Augen stand unfassbar viel Traurigkeit, und mit einem Mal meldete sich ein Gefühl in meiner Brust, das ich nicht greifen konnte. Es war mir egal, dass Shaws Mutter mich aufmerksam beobachtete – ich nahm Shaw am Arm und zog sie zu mir heran. Behutsam nahm ich ihr Gesicht in beide Hände und sah ihr tief in die Augen.

»Es tut mir leid.«

Sie legte ihre Hände auf meine und blinzelte mich an. »Was?«

»Ich habe dir gestern Abend eine Nachricht geschickt, und ich habe die ganze Nacht lang versucht, dich zurückzurufen, aber du hast nicht reagiert. Es tut mir leid. Es tut mir leid, dass ich mich zurückgezogen und dich weggestoßen habe, dass ich mich wie ein Idiot benommen habe und dass ich nicht genau weiß, wie ich mich verhalten soll und wie das zwischen uns funktioniert. Es tut mir einfach leid.«

»Mein Handy ist kaputt.«

»Was?«, fragte ich und musste lachen. Ich wollte sie küssen, wollte sie hochheben und sie von hier wegbringen.

»Ich habe es an die Wand geworfen, weil Ayden mir erzählt hat, dass du am Freitag mit irgendeiner Frau nach Hause gegangen bist. Das Display ist kaputt.«

»Scheiße. Ich werde dir ein neues kaufen.«

Sie schloss die Augen und drückte meine Hände. »Hast du es wirklich getan? Bist du mit ihr nach Hause gegangen?«

»Nein. Ich habe sie geküsst, was ein Fehler war. Ich bin ein Arschloch. Ich habe allerdings rechtzeitig gemerkt, dass es falsch war, und habe der Sache ein Ende bereitet. Ich schwöre dir, dass so etwas nie wieder vorkommen wird, wenn wir es noch einmal miteinander versuchen. Ich bemühe mich gerade, herauszufinden, wie eine ernsthafte Beziehung funktioniert, Shaw. Und es tut mir leid, dass du diejenige bist, die während dieses Lernprozesses verletzt worden ist.«

»Du hast mich ausgeschlossen und im Dunkeln gelassen, Rule«, entgegnete sie. »Ich glaube, mir hat noch nie jemand so wehgetan.«

»Ich weiß, Casper. Ich weiß. Doch gib mich jetzt noch nicht auf, ja?«

»Du bist den ganzen Weg hierhergefahren, nur um dich zu entschuldigen?«

Ich nickte. »Wir müssen das wieder geradebiegen.«

Sie warf mir ein schiefes Lächeln zu. »Wir müssen zuerst

einmal lernen, es gar nicht erst so weit kommen zu lassen, dass das nötig wird.«

Ich schluckte, denn die Empfindungen, die mich mit einem Mal überfielen, nahmen mir den Atem. Ich umarmte sie fest. Es fühlte sich an, als wäre ich nach Hause gekommen. So etwas hatte ich noch nie zuvor empfunden. Ich hauchte einen Kuss hinter ihr Ohr und flüsterte: »Im Übrigen hasst deine Mutter mich. Sie *hasst* mich wirklich inbrünstig.«

Sie schob die Hände in meine hinteren Hosentaschen und stellte sich auf die Zehenspitzen, um mir einen Kuss auf die Wange zu geben. »Das macht nichts – mich hasst sie auch. Warum hast du dir die Haare abgeschnitten? Es sieht gut aus, du siehst gut aus, aber der Irokesenschnitt hat mir auch gefallen.«

Verlegen strich ich mir über den kahl geschorenen Schädel. »Ich weiß nicht. Ich brauchte wohl eine Veränderung.«

Sie sah mich ernst an und verschlang unsere Finger miteinander. »Mit dieser Frisur siehst du Remy ähnlicher als mit all den anderen Haarschnitten, die du je hattest.«

Unvermittelt meldete sich ihre Mutter wieder zu Wort. »Shaw, verabschiede dich von deinem Freund und komm wieder mit hinein. Wir haben Gäste. Das ist nicht besonders höflich von dir.«

Shaw warf ihrer Mutter über meine Schulter hinweg einen Blick zu, und ich spürte, wie sie unwillkürlich den Griff um meine Hände verstärkte.

»Ich komme nur wieder mit rein, wenn Rule mitkommen darf.«

O Scheiße, sie tat es schon wieder: Sie stellte sich zwischen mich und eine missbilligende Mutter.

»Hey. Es ist schon in Ordnung, solange zwischen uns alles

gut ist. Wir sehen uns, wenn du wieder in Denver bist. Ich kann auf dich warten.«

»Nein.«

»Shaw«, in der Stimme ihrer Mutter schwang eine unmissverständliche Drohung mit. »Hör auf. Schick ihn weg und komm mit hinein. Du hast schon genug Unruhe gestiftet.«

»Nein. Ich bin mit Rule zusammen. Wenn du willst, dass ich mit am Tisch sitze, während du standhaft ignorierst, dass Gabe versucht, mich zu befummeln, und ganz bewusst dafür sorgst, dass ich mich unwohl fühle, dann tue ich das nur mit Rule zusammen.«

»Shaw, er passt nicht zu den anderen Gästen am Tisch.«

Da war es wieder: die Verurteilung, die Zensur, die Vorstellung, dass ich nicht gut genug für Shaw war, weil ich nach meinen eigenen Regeln und auf meine Weise lebte. Ich zog Shaw an mich und erwiderte den finsteren Blick ihrer Mutter. Remy hatte Shaw beschützt, indem er ihr einen Zufluchtsort geboten hatte, doch ich war ein Kämpfer, und diese Frau hatte mich jetzt genug gereizt.

»Das stimmt vielleicht. Aber ich bin derjenige, mit dem sie ihren Geburtstag verbracht hat, ich bin derjenige, der sie glücklich macht, und ich bin derjenige, der sie vor dem Widerling schützt, mit dem Sie sie unbedingt zusammenbringen wollen. Ich würde sie liebend gern sofort mitnehmen und fortbringen – weit weg von Ihnen –, doch ich bezweifle, dass Sie die Aufgabe übernehmen wollen, den Davenports Shaws überstürzten Aufbruch zu erklären. Warum also nehmen Sie es nicht ein einziges Mal in Ihrem Leben einfach so, wie es ist, und gönnen Ihrer Tochter etwas, das sie glücklich macht?«

»Shaw?« Die Frau klang verwirrt.

»Ich gehe dorthin, wohin auch er geht. Wenn du also nicht willst, dass er mitkommt, bin ich weg. Ich hätte sowieso gar nicht erst kommen sollen. Ich habe es satt, manipuliert zu werden und als Bauer in deinem Schachspiel oder als schmückendes Beiwerk benutzt zu werden. Ich habe dir von Gabe erzählt, aber du wolltest nicht zuhören.«

»Ihr passt doch so gut zusammen.«

»Das kann sein, aber ich will mit *ihm* zusammen sein.« Shaw wies mit dem Daumen in meine Richtung.

»Er hat ganz offen zugegeben, dich gestern betrogen zu haben. Was für eine Art von Beziehung hast du denn mit ihm? Wohin soll das führen? Glaubst du, dass dein Vater weiterhin dein Studium bezahlt, wenn er das hört?«

Sie zuckte die Achseln, und ich legte die Hand auf ihre Hüfte, um Shaw noch enger an mich zu ziehen. »Ich bin es so leid, mir darüber Sorgen zu machen. Davon bekomme ich Migräne. Und meine Beziehung ist allein meine Sache. Er ist nicht perfekt. Doch das bin ich auch nicht. Wenn ich mich entschließe, ihm zu verzeihen, geht dich das überhaupt nichts an.«

Ich hatte ein schlechtes Gewissen und fühlte mich wie ein Schuft. Ich hätte nicht annehmen dürfen, dass die Rothaarige einfach vergessen sein würde. Dennoch ließ Shaw zu, dass ich sie im Arm hielt, also machte ich mir nicht allzu viele Gedanken darüber.

»Also gut. Kommt rein, esst mit uns, und versucht bitte, euch dabei nicht danebenzubenehmen. Shaw, ich möchte, dass ihr sofort verschwindet, sobald der Brunch vorbei ist. Glaube ja nicht, dass die Sache damit ausgestanden ist. Warte, bis ich mit deinem Vater über dieses Theater hier gesprochen habe.«

Damit machte sie auf dem Absatz kehrt und verschwand im Haus. Ich sah Shaw an und fuhr mit dem Finger über ihre Augenbrauen, die sie zusammengezogen hatte. »Ist zwischen uns erst mal alles in Ordnung?«

»So gut wie. Lass uns erst mal dieses Essen überstehen. Den Rest besprechen wir später.« Sie wollte sich von mir lösen und hineingehen, aber ich nahm sie an der Taille und zog sie wieder an mich.

»Shaw.«

»Ja?«

Ich küsste sie. Ich küsste sie so, dass sie meine Reue und meinen Wunsch, alles richtig zu machen, spürte. Sie konnte spüren, dass sie einen Teil von mir besaß und ich sie nicht mehr loslassen würde. Ich küsste sie, weil ich es tun musste und weil es mich glücklich machte. Als ich den Kopf hob, waren ihre Lippen rot und feucht, und in ihren Augen stand all ihre Leidenschaft.

»Ich habe dich auch vermisst.«

Sie lachte leise und hakte sich bei mir unter. »Im Haus sind einige Leute aus dem Country Club und ein paar von Moms politischen Partnern. Du hast dich schön zurechtgemacht, trotzdem solltest du nicht damit rechnen, dass diese Menschen dich mit offenen Armen empfangen. Ich glaube nicht, dass einer von ihnen schon mal ein Tattoo aus der Nähe gesehen hat. Du solltest dich darauf einstellen, wie ein Aussätziger oder wie ein Tier im Zoo behandelt zu werden.«

»Das ist schon in Ordnung. Ich kann allerdings nicht versprechen, dass ich mich zusammenreißen kann, falls der Idiot versuchen sollte, dich vor meinen Augen zu betatschen.«

Sie erschauerte. »Gestern Abend war er echt schlimm. Ich habe versucht, von ihm wegzukommen, aber er ist mir gefolgt. Meine Mutter muss den Verstand verloren haben, wenn sie glaubt, dass ich auch nur noch eine Minute mit ihm allein verbringen werde.«

»Musst du ihn heute nicht zurück zum College bringen?«

»Ich wollte Kopfschmerzen vortäuschen und ihn fahren lassen, während ich auf dem Rücksitz liege.«

Mir gefiel die Vorstellung überhaupt nicht. Sie musste nicht wehrlos sein und sich diesem Unsinn unterwerfen.

»Gib ihm die Wagenschlüssel und fahr zusammen mit mir zurück. Er soll dir eine Nachricht schicken, wenn er zu Hause ist. Dann können Nash und ich heute Abend dein Auto bei ihm abholen.«

»Das würdest du tun?«

»Ja. Hör mal, ich weiß, dass ich es vermasselt habe. Doch jetzt will ich es richtig machen. Wir probieren es, und ich verspreche dir, dass ich mich so gut, wie ich kann, um dich kümmern werde. Du wirst geduldig mit mir sein müssen, weil ich praktisch blind fliege. Aber genau so etwas wie das hier sollte ich für dich tun – und außerdem will ich nicht, dass du in seiner Nähe bist. Hinter dieser Fassade aus Poloshirts und Kakihosen geht irgendetwas vor sich, und ich traue ihm nicht.«

»Also gut. Ich schlage ihm das vor. Falls er ablehnen sollte, werde ich ihm sagen, dass er sich eine andere Mitfahrgelegenheit nach Hause suchen soll.«

Sie führte mich in ein Esszimmer, in dem scheinbar jede ehrenwerte Hausherrin Brooksides und jedes Mitglied der oberen Zehntausend des gesamten Staates versammelt waren. In diesem Esszimmer waren sehr viel Geld und noch mehr Macht zugegen, und Shaw hatte recht: Sie blickten mich alle an, als wäre ich ein wildes Tier, das man aus seinem Käfig gelassen hatte. Ihr Griff um meinen Arm verstärkte sich unwillkürlich. Sie brachte mich zu einem Tisch, auf dem alle nur erdenklichen Speisen angerichtet waren. Ungefähr drei Minuten lang machten alle Anwesenden einen großen Bogen um uns, doch als Shaw versuchte, uns zum Tisch zu führen, lauerten uns

Mr. Polohemd und seine Kumpanen auf. Er musterte mich von oben bis unten und warf dann einen Blick auf Shaw, bei dem in mir der Wunsch erwachte, ihn an seinen eigenen Gedärmen am nächsten Baum aufzuknüpfen.

»Das hier ist eine Privatveranstaltung. Ich kann mir nicht vorstellen, dass du eingeladen wurdest.«

Ich zog eine Augenbraue hoch und legte die Hand auf Shaws Rücken.

»Er ist mit mir hier.« Ihr Tonfall klang kühl und stellte unmissverständlich klar, dass sie keine Lust auf Widerspruch verspürte.

»Fürs Erste.«

»Lass es, Polohemd. Das hier ist weder der richtige Zeitpunkt noch der richtige Ort.«

»Du gehörst nicht hierher. Du bist ein Verbrecher und ein Verlierer. Shaw wird es irgendwann leid sein, kein normales Leben führen zu können, sondern ständig nur Chaos und Eskapaden zu erleben. Und dann wird sie wieder zur Vernunft kommen.«

»Hier«, sie drückte ihm die Wagenschlüssel in die Hand und zog mich hinter sich her ins Esszimmer, wo alle Gäste um einen riesigen Tisch platziert waren. Alle Augen waren auf uns gerichtet, als Shaw mit mir im Schlepptau zum Tisch stürmte und über die Schulter rief: »Ich werde nicht eine Sekunde länger in deiner Nähe verbringen. Du kannst entweder allein nach Hause fahren oder dir eine andere Mitfahrgelegenheit suchen.«

Ich hörte, wie er empört irgendetwas plapperte, aber ich war zu beschäftigt damit, einen Stuhl für Shaw hervorzuziehen und dann neben ihr Platz zu nehmen, um Mr. Polohemds Entrüstung zu genießen. Ich konnte die Blicke der anderen spüren – insbesondere den arroganten Blick von Shaws Mutter, die am Kopfende des Tisches saß. Gerade wollte ich Shaw sagen, dass die ganze Aktion dumm war und dass sich alle einfach nur unwohl fühlten, als ich eine überraschte Stimme hörte.

»Rule? Rule Archer, bist du das? Was machst du denn hier draußen?« Der Stuhl neben mir wurde hervorgezogen, und Alexander Carsten, ein langjähriger Kunde von mir, nahm Platz. Ich grinste ihn an und schüttelte die Hand, die er mir hinhielt.

»Wie geht's, Alex? Lange nicht gesehen. Wie sieht es mit dem Tattoo am Bein aus? Alles abgeheilt?«

Er lachte laut und herzlich. Alex war Anwalt oder so etwas. Er war Anfang vierzig und ziemlich erfolgreich in seinem Job. Ich wusste, dass er Jaguar fuhr und ein tolles Loft in LoDo besaß. Trotz allem war er für einen Anzugtypen echt cool. Ich hatte ihm am Bein und auf dem Rücken ein paar großflächige Tattoos gestochen. Und ich wusste, dass seine Arme, die unter dem langärmeligen Hemd mit der Seidenkrawatte verborgen waren, voll tätowiert waren. Einen Arm hatte Nash tätowiert, und um den anderen hatte Rowdy sich gekümmert. Alex hatte viel Geld in seine Körperkunst investiert und verteilte immer großzügige Trinkgelder. Wenn man bedachte, dass dieses Esszimmer der letzte Ort auf der Welt war, an dem ich gedacht hätte, zufällig einem Kunden zu begegnen, war es wohl klar, dass ich erst einmal sprachlos war. Ich fühlte, wie Shaw die Hand auf meinen Oberschenkel legte, und ergriff sie.

»Es ist perfekt abgeheilt. Ich habe mit dem Gedanken gespielt, in ein paar Wochen wieder vorbeizukommen und mir von dir einen Entwurf für ein Tattoo für meine Brust zeichnen zu lassen. Also, was verschlägt dich hierher?«

»Ich komme ursprünglich aus Brookside. Im Moment bin ich allerdings hier, weil meine Freundin verdammt stur ist und mir etwas beweisen will.« Ich wandte Shaw das Gesicht zu, und sie sah mich mit leicht zusammengekniffenen Augen an.

Alex sah an mir vorbei zu Shaw und lachte laut auf. »Du bist mit Eleanor Landons Tochter zusammen? Ich wette, das kam richtig gut an, oder? Eine böse Überraschung.« Offenbar hatte sie den Namen nicht geändert, nachdem sie Shaws Dad verlassen hatte. Oder es war einfach der bessere Name für ihre politische Meinungsmache.

»Na ja, sie ist nicht gerade vor Freude an die Decke gesprungen.«

»Tja, mach dir darüber keine Gedanken. Nach allem, was ich gehört habe, springt sie selten wegen irgendetwas vor Freude an die Decke. Es ist schön, auf einer dieser Partys mal ein bekanntes Gesicht zu sehen. Ich hoffe, du darfst jetzt öfter kommen – ab und an können diese Leute einen kleinen Kulturschock durchaus vertragen. Diese Anlässe sind normalerweise nämlich sterbenslangweilig.«

Wir klatschten Faust an Faust ab, und ich drehte mich wieder zu Shaw um, um sie zu fragen, wie lange wir noch bleiben würden. Doch inzwischen sahen mich alle Leute am Tisch an, als wäre mir ein zweiter Kopf gewachsen.

»Was ist?«

Sie lachte und legte den Kopf an meine Schulter. »Hast du eine Ahnung, wer das war?«

Ich steckte mir eine Orangenscheibe in den Mund und drückte Shaws Hand. »Das war Alex«, erwiderte ich. »Ich habe ihn tätowiert. Genau genommen hat er sich schon von jedem im Studio tätowieren lassen. Er kommt regelmäßig vorbei.«

Sie lachte nun so heftig, dass ihr Tränen über die Wangen liefen. »Das ist Alex Carsten.«

»Hab ich doch gesagt.«

»Rule, Alex ist der Generalstaatsanwalt. Er ist der einflussreichste Mann Colorados. Meine Mutter hat als Wahlhelferin für ihn gearbeitet.«

Ich aß noch ein Stück Orange und bemerkte, dass Shaws Mutter mich jetzt mit anderen Augen zu betrachten schien. »Seltsam. Er ist überall tätowiert – unter seinem schicken Anzug und der edlen Krawatte verbergen sich ein paar echte Kunstwerke.«

»Das ist lustig.«

»Wie lange müssen wir eigentlich noch hierbleiben?«, fragte ich.

»Lass uns erst einmal zu Ende essen«, entgegnete Shaw. »Dann muss ich noch kurz meine Sachen zusammenpacken. Du kannst mit rauf in mein Zimmer kommen und mir helfen.«

»Meinst du, dass die Schlossherrin mich in deinen Elfenbeinturm lässt?«

Sie beugte sich zu mir herüber und strich mir mit der Hand den Schenkel hinauf. Beinahe hätte ich mich an meiner Orangenscheibe verschluckt.

»Es könnte sein, dass sie es nicht gern sieht«, flüsterte sie, und ihre grünen Augen funkelten vergnügt. »Aber ich würde mich ganz sicher freuen.«

Dieser blöde Brunch konnte gar nicht schnell genug enden. Ich steckte mir noch eine Scheibe von der Orange in den Mund und versuchte, langsam von hundert rückwärts zu zählen, um mein Verlangen wieder in den Griff zu bekommen. Ich war der Meinung gewesen, dass ein Brunch mit meinen Eltern schon hart wäre. Allmählich fing ich an, zu verstehen, warum Shaw so daran gelegen war, meine kaputte Familie wieder zusammenzubringen. Denn so verkorkst wir Archers auch waren, diese reichen Leute schlugen uns in Sachen Verrücktheit und Gemeinheit um Längen.

10. Kapitel

Shaw

Ich hatte es eilig und wollte aus dem Haus meiner Mutter verschwinden, sobald wir zu Ende gegessen hatten, aber Alex war wieder an unserem Platz aufgetaucht und hatte Rule entführt. Er meinte, einer seiner Kollegen sei an einem individuellen Kunstwerk für seine »Männerhöhle« interessiert und Rule könnte der Richtige sein, um dieses Kunstwerk für ihn zu gestalten. Und so war ich wieder die Außenseiterin auf einem dieser schrecklichen Events meiner Mutter, während mein tätowierter, gepiercter Freund wie ein Star seine Runden drehte. Es war irgendwie lustig, und ich freute mich innerlich, dass es meine Mutter wie wahnsinnig ärgern musste. Dennoch wollte ich hier weg. Ich wollte mit Rule allein sein und die verlorene Zeit wieder aufholen. Es fühlte sich an, als hätte sich zwischen uns etwas Bedeutendes verändert, und ich brauchte Zeit, um es einzuordnen. Ich brauchte Zeit, um herauszufinden, was es für ihn bedeutete, denn er hatte der Beziehung eine ganz neue Qualität verliehen, indem er extra hier aufgetaucht war, um sich bei mir zu entschuldigen. Ich musste wissen, ob er es auch so empfand.

Meine Mutter ging herum und unterhielt die Gäste, und Jack war mit den Kids beschäftigt. Gabe saß mit einigen anderen zukünftigen Wirtschaftsbossen Amerikas zusammen und warf Rule tödliche Blicke zu. Und mein Freund stand mit ein paar elegant gekleideten Männern zusammen und beschrieb etwas mit seinen Händen, woraufhin sie eifrig nickten und auf ihn einredeten. Ich sah die Chance gekommen, mich für ein paar Minuten zurückzuziehen. Also schlich ich durch die Küche hinaus und lief zu meinem Zimmer. Ich stopfte meine Kleider in die Tasche, die ich mitgebracht hatte, und warf mein kaputtes Handy ebenfalls hinein. Ich würde Rule darauf festnageln, mir ein neues Gerät zu besorgen, denn immerhin war er der Grund, warum ich es gegen die Wand geschleudert hatte. Ich sah mich auf dem Bett um, ob ich auch nichts vergessen hatte, als sich plötzlich zwei Arme um meine Taille schlangen.

Ich wusste, wie sich Rules Berührung anfühlte. Und diese Arme gehörten nicht ihm. Ich zuckte zurück und stieß Gabe von mir.

»Was machst du da?« Er packte meinen Arm und versuchte, mich an sich zu ziehen. »Verschwinde aus meinem Zimmer, Gabe«, rief ich.

»Ich habe das alles durchschaut, Shaw.« Er hielt meinen Arm weiterhin so fest, dass ich wusste, ich würde blaue Flecke davontragen. Ich versuchte noch einmal, ihn von mir zu stoßen, doch er war viel stärker als ich. »Du hast mich verlassen, um mit Archer ins Bett zu gehen. Tja, inzwischen solltest du längst genug davon haben, mit ihm zu vögeln. Du hast mir nie die Gelegenheit gegeben, dir zu zeigen, was *ich* draufhabe. Ich finde, du solltest es wissen, ehe du eine Entscheidung triffst.«

Ich riss die Augen auf und versuchte verzweifelt, mich aus seinem Griff zu lösen. »Das muss ein schlechter Scherz sein! Ich habe nicht mit dir geschlafen, weil ich dich nicht anziehend finde. Ich wollte damals nicht mit dir schlafen, und ich will heute auch nicht mit dir schlafen. Du solltest verschwinden, sonst bringt Rule dich um.«

Er riss mein Handgelenk so heftig hinter meinen Rücken, dass ich aufschrie. Dann neigte er den Kopf, bis sein Gesicht ganz nah vor meinem war, und griff mit der freien Hand nach meinem Kinn. Ich bekam Panik. Mein Zimmer lag im oberen Stockwerk und am anderen Ende des Hauses. Sicherlich würde mich jemand hören, wenn ich laut genug schrie, aber ich war mir nicht sicher, wie eine solche Szene enden würde. Ich wand mich, doch er lachte nur.

»Ich habe keine Angst vor diesem kleinen Verbrecher. Und ich bin auch nicht von seinem künstlerischen Talent beeindruckt oder wie Carsten das ausgedrückt hat. Er ist der letzte Dreck und wird sich mir nicht in den Weg stellen. Ich werde bekommen, was ich will. Shaw, du gehörst zu mir – das sollte dir inzwischen klar sein.« Er stieß mich unsanft zurück, sodass ich aufs Bett fiel. So schnell ich konnte, krabbelte ich auf die andere Seite. Das Bett stand nun zwischen uns. »Du solltest es dir besser noch einmal überlegen, Shaw, bevor es hässlich wird.«

Ich atmete schnell und hatte eine Hand an meinen Hals gelegt. Meine Hände zitterten – genau wie ich. Er warf meinen Wagenschlüssel aufs Bett. »Ich suche mir eine andere Mitfahrgelegenheit nach Denver. Ich will schließlich nicht, dass du mehr Zeit als unbedingt nötig mit Tattoo-Boy verbringst.«

Damit schlenderte er aus meinem Zimmer, als wäre nichts geschehen. Ich schüttelte den Schock ab, nahm meine Tasche und rannte die Treppe hinunter. Ich fand Rule in der Küche. Offensichtlich war er auf der Suche nach mir und wirkte etwas verloren. Ich gab ihm meine Tasche und schob ihn aus dem Haus, ohne mich von irgendjemandem zu verabschieden. Nicht einmal von meiner Mom. Erst als wir in Rules Pick-up auf den Highway bogen, der nach Hause führte, brach ich zusammen. Urplötzlich wurde ich von tiefen Schluchzern geschüttelt und konnte nicht mehr aufhören, zu weinen. Ich zitterte so heftig und war so hysterisch, dass Rule Angst bekam und am Straßenrand anhielt. Er fragte mich, ob ich Kopfschmerzen habe, aber ich konnte ihm nicht antworten. Ich kletterte nur wortlos auf seinen Schoß und weinte und weinte.

Es dauerte gute zwanzig Minuten, ehe meine Tränen allmählich versiegten, und Rule war außer sich vor Sorge, sodass er kurz davorstand, mich in die nächste Notaufnahme zu schaffen.

»Nein. Es ist schon wieder in Ordnung. Gib mir noch einen Augenblick.« Er rieb mir über den Rücken. Seine blauen Augen wirkten hell wie Eis. Ich lehnte meine Stirn an seine und schob die Ärmel meines Mantels hoch. Rote Striemen und blaue Flecke waren an meinem Handgelenk zu sehen. »Gabe hat mich in meinem Zimmer überfallen, als ich gerade meine Sachen zusammenpacken wollte. Er hat mich geschubst und mich bedroht. Er meinte, ich solle es mir besser noch einmal überlegen – was auch immer das bedeuten soll –, ehe es hässlich werden würde. Er hat mir wehgetan, Rule, und er hat mir Angst gemacht. Ich weiß nicht, was nicht mit ihm stimmt. Ich weiß nur, dass es immer, immer schlimmer wird.«

Ich spürte, wie Rule unter mir erstarrte. Vorsichtig nahm er mein verletztes Handgelenk in seine Hände. Er neigte den Kopf und hauchte einen Kuss auf meinen Arm. »Ich werde ihn umbringen«, flüsterte er, und mir lief es eiskalt den Rücken hinunter.

»Ich weiß.« Ich genoss noch eine Weile, dass er mich im Arm hielt und tröstete, bevor ich mich wieder auf den Beifahrersitz setzte. »Ich muss morgen wieder zurück nach Brookside, um meinen Wagen zu holen.«

»Mach dir darüber keine Gedanken. Ich fahre mit Rome hin und hole das Auto.«

»Musst du nicht arbeiten?«

»Erst um ein Uhr. Ich würde gern Mark anrufen und ihn fragen, ob du eine einstweilige Verfügung gegen ihn beantragen kannst.«

»Ich kann nicht glauben, dass das alles passiert.«

»Ich kann nicht glauben, dass du gehst, ohne dass wir ihn darauf angesprochen haben. Vor seinen Eltern und all den Leuten, die er so gern beeindrucken will, hättest du ihn dir vornehmen sollen.«

»Ich hatte Angst. Ich wollte einfach nur weg. Ich wollte nur dich.« Meine Stimme erstarb, und er zog mich an seine Seite. Einen Pick-up mit einer durchgehenden Sitzbank zu haben, war etwas Feines.

»Ich gehöre dir, Shaw. So, wie du mich brauchst, so, wie du mich willst. Ich gehöre dir.«

Ich legte meinen Kopf in seine Halsbeuge und atmete durch. Das war das Schönste, was je ein Mensch zu mir gesagt hatte. »Wie war es, heute der Ballkönig zu sein? Das hat meine Mutter auf jeden Fall stinksauer gemacht. Sie sah aus, als würde sie jeden Moment einen Herzanfall bekommen.«

»Viele meiner Kunden sind Geschäftsleute. Immer öfter lassen sich auch die ganz normalen Leute tätowieren. Sie sollte nicht so voreingenommen sein.«

»Nein, das sollte sie nicht. Ich will nicht, dass du wegen Gabe Schwierigkeiten bekommst. Ich will nur, dass er mich in Ruhe lässt.«

Er drückte mich an sich. »Mach dir keine Sorgen um mich, Casper. Ich verspreche dir, keine Dummheiten zu machen. Ich will nur, dass er dich in Frieden lässt. Und ich werde dafür sorgen, dass er das auch tut. In der Zwischenzeit solltest du nach der Arbeit nicht allein zu deinem Wagen gehen.

Bitte Lou, dich zu begleiten. Und wenn es uns irgendwann einmal gelingen sollte, unsere verrückten Terminkalender aufeinander abzustimmen, möchte ich, dass du zu mir kommst oder dass ich bei dir bin.«

»Das ist nicht nötig. Du musst nicht dein ganzes Leben umstellen, weil irgendein Kerl sich mir gegenüber wie ein Arschloch verhält.«

»Doch, das werde ich tun – nicht, weil ich es tun muss, sondern weil ich es tun will. Er wird dich nicht noch einmal zu fassen bekommen, Shaw. Nie mehr.«

Es war ein schöner Gedanke, also widersprach ich ihm nicht, sondern schmiegte mich in seine Umarmung. Geistesabwesend strich ich mit der Hand über sein Bein, während er den Wagen Richtung Denver lenkte. Ich fragte ihn nicht, ob er mich nach Hause bringen oder mit zu sich nehmen würde, und es war mir auch egal. Aber dann fiel mir wieder ein, dass Rome für ein paar Tage auf Rules Couch nächtigte.

»Hey, fahren wir zu dir oder zu mir nach Hause?«

»Ich dachte, wir fahren zu mir, weil ich gleich morgen früh mit Rome zusammen deinen Wagen holen will. Ist das okay für dich?«

»Äh … Ist es nicht ein bisschen komisch, wenn wir zusammen dort auftauchen, während er da ist? Ich hatte heute schon genug Theater.«

Ich spürte, wie er den Kopf schüttelte. »Nein, wir haben heute noch darüber geredet. Er weiß, dass da etwas zwischen uns läuft, und es ist in Ordnung für ihn. Er hat allerdings gedroht, dass er mir beide Beine brechen wird, wenn ich mich weiterhin wie der letzte Arsch benehme. So viel also dazu.«

»Hmm …«, brummte ich versonnen. »Warum hast du das gemacht?«, fragte ich unvermittelt. Ich wusste, dass ihm klar sein würde, was ich wissen wollte, ohne dass ich es näher erklären musste.

»Weil ich nun einmal so bin.« Er fluchte unterdrückt. »Die Mädchen waren immer leicht zu haben. Sie riechen und schmecken gut, und für eine Sekunde ist alles ganz unkompliziert und schön. Das ganze Chaos in meinem Kopf schweigt dann.« Er machte eine kurze Pause. »Mir war eigentlich klar, dass ich niemand anderes wollte als dich. Aber ich war wütend und verwirrt. Also tat ich, was ich immer tue, und dachte, dass ich mich anschließend vielleicht besser fühlen würde. Doch ich fühlte mich nicht besser. Im Gegenteil. Ich fühlte mich total scheiße. Und ich weiß jetzt, dass es für dich keinen Ersatz gibt. Ich habe einen Fehler gemacht. Aber es hätte schlimmer sein können. Ich hoffe wirklich, dass du mir verzeihen kannst.«

Mein Herz schmerzte, doch ich verstand es, weil ich ihn verstand. »Es gefällt mir nicht, aber ich kann es nachvollziehen. Es kann nur keine Entschuldigung dafür sein, mich bei jedem Streit, den wir zukünftig haben werden, zu betrügen. Ich kann nicht jedes Mal wegschauen, wenn du versuchst, mithilfe irgendeiner Frau deine verletzten Gefühle zu verarbeiten.«

»Ich habe dir gesagt, dass es nicht mehr vorkommen wird. Ich habe es kapiert, Shaw.«

»Ich hoffe es, denn wir werden nicht immer einer Meinung sein, Rule. Wir haben uns schon gestritten, bevor wir miteinander geschlafen haben – und jetzt wird es wahrscheinlich noch öfter vorkommen.«

Mit der Hand strich er über meinen Arm. »Das ist cool, denn der Versöhnungssex mit dir wird bestimmt überirdisch.«

Ich stritt es nicht ab, sondern schwieg, während er weiterfuhr. Er dachte sogar daran, statt des Punkrock oder Heavy Metal, den er für gewöhnlich hörte, Straylight Run einzulegen. Als wir vor seinem Haus hielten, hatte ich mich wieder gesammelt. Er nahm mir die Tasche ab und brachte mich in seine Wohnung. Rome und Nash saßen auf der Couch und schrien den Fernseher an. Ich vermutete, dass die *Broncos* gerade verloren. Beide blickten mich mit einem erleichterten Ausdruck auf dem Gesicht an.

»Gott sei Dank. Vielleicht hört er jetzt endlich auf, sich wie ein mies gelauntes Kleinkind zu verhalten, das seinen Mittagsschlaf hat ausfallen lassen.« Rule gab Nash einen Klaps auf den Hinterkopf. Rome stand auf und umarmte mich herzlich.

»Ich bin froh, dass du ihm noch eine Chance gibst, Kleine.«

Als er mich losließ, grinste ich die beiden verlegen an und wandte mich dann wieder Rule zu. »Ich muss kurz Ayden anrufen, und mein Handy ist kaputt. Kann ich deines benutzen?« Eigentlich hätte ich damit gerechnet, dass er sich einen Moment nehmen würde, um Textnachrichten oder seinen Browserverlauf zu löschen, doch er reichte mir das Handy einfach. Ich versuchte, zu verbergen, wie glücklich mich das machte, also biss ich mir auf die Unterlippe und wies den Flur entlang. »Ich gehe mal in dein Zimmer, damit ich sie über den Fernseher hinweg hören kann.«

»Mach ruhig. Ich wollte sowieso noch kurz mit den Jungs reden.« Die grimmige Entschlossenheit in seiner Stimme ließ keinen Zweifel daran, dass er den beiden von Gabe erzählen wollte. »Ich komme gleich nach.«

Ich widerstand der Versuchung, seine Kontakte zu durchsuchen und seine Nachrichten zu lesen, und rief Ayden an. Ich wusste nicht, ob sie abnehmen würde, da sie Rules Telefonnummer nicht kannte, aber nach dem dritten Klingeln meldete sie sich.

»Hallo?«

»Hi, ich bin es.«

»Was ist das für eine Nummer?«

»Ich telefoniere gerade mit Rules Handy, weil ich Genie mein Handy gegen die Wand geschleudert habe.«

Sie lachte leise. »Weil ich dir von dem Mädchen im Club erzählt habe, stimmt's?«

»Ja.«

»Jetzt telefonierst du also mit *seinem* Handy, also habt ihr beide euch zwischenzeitlich wieder versöhnt?«

»Er ist nach Brookside rausgekommen, um sich zu entschuldigen. Dann hat er den Brunch meiner Mutter gecrasht und war am Ende der Star der Veranstaltung. Ich konnte gar nicht anders, als ihm zu vergeben.«

»Schön für euch. Irgendetwas sagt mir, dass der Mann jede Menge Drama mit sich bringt. Du solltest dich also daran gewöhnen.«

»Na ja, mein eigenes Leben ist ja auch nicht ganz unkompliziert.« Ich ging ins Badezimmer und lehnte mich an das Waschbecken. Was ich im Spiegel sah, war erschreckend. Ich sah aufgewühlt und noch blasser aus als sonst. »Gabe hat mich gepackt und herumgeschubst. Er hat mich in meinem Zimmer in die Enge getrieben und alle möglichen irren Drohungen ausgestoßen. Ich weiß nicht, was ich tun soll. Rule scheint gerade einen Lynchtrupp zusammenzutrommeln, und ich will nicht, dass er meinetwegen Schwierigkeiten bekommt. Es ist das absolute Chaos.«

»Das Arschloch hat dich angegriffen?«

Ich seufzte. »Ja, ich habe Blutergüsse am Arm.«

»Dann würde ich sagen, dass Rule ihn sich ruhig vorknöpfen sollte. Und du solltest dich um eine einstweilige Verfügung kümmern.«

»Ich bin schon dran. Rule hat einen Kunden, der früher Polizist war, und er will ihn anrufen. Er meinte außerdem, er wolle bei mir bleiben oder mich zu sich holen, bis die ganze Sache überstanden ist.«

»Klingt, als würde der Junge Ernst machen.«

»Er bemüht sich zumindest.«

»Für den Augenblick ist das besser als nichts. Wann besorgst du dir ein neues Handy?«

»Wahrscheinlich morgen schon. Rule sagte, er würde mir ein neues Handy kaufen.«

»Mann, ich mag Männer, die wissen, wie man sich entschuldigt. Sehen wir uns morgen?«, fragte sie.

»Ich glaube, schon. Ich sage aber noch Bescheid.«

»Ich habe dich lieb, Kleine. Pass auf dich auf und lass dich von Rule umsorgen. Du hast es dir verdient. Du hast dich immer um ihn gekümmert – jetzt ist er mal dran.«

»Geht es in einer Partnerschaft nicht darum, sich umeinander zu sorgen?«

Sie lachte, doch es klang bitter. »Das fragst du die falsche Person, Süße. Meine Erfolgsbilanz ist da ganz bestimmt nichts, womit ich angeben könnte.«

»Ayden, willst du über irgendetwas sprechen? Du scheinst … empfindlicher, dünnhäutiger zu sein als sonst.«

»Nein. Mir geht es gut. Jetzt kümmere dich um euch beide, Süße. Ich habe dich dieses Wochenende übrigens echt vermisst.«

»Ich habe dich auch vermisst.«

Ich beendete das Gespräch und legte das Handy auf den Rand des Waschbeckens. Dann schob ich die Ärmel meines Pullovers hoch und spritzte mir kaltes Wasser ins Gesicht.

Ich löste das Band aus meinem Haar und öffnete den festen Zopf, sodass mir die Haare wieder locker über die Schultern fielen. Schließlich nahm ich die Perlen ab, zog die High Heels aus und fühlte mich endlich wieder wie ich selbst. Plötzlich hörte ich, wie die Schlafzimmertür aufging und Rule leise meinen Namen rief.

»Ich bin hier.«

Ich hörte Schritte und ein unterdrücktes Fluchen, als Rule versuchte, sich einen Weg durch das Chaos in seinem Zimmer zu bahnen, und über ein paar Sachen stolperte, die auf dem Fußboden verteilt lagen. Die Badezimmertür ging auf. Im Spiegel traf sein Blick den meinen. In den eisblauen Tiefen seiner Augen stand Sorge, als er hinter mich trat. »Geht es dir gut?«, wollte er wissen.

»Ich habe Angst und bin durcheinander, aber ansonsten ist alles okay.«

»Machst du dir Sorgen, dass deine Mom dich bei deinem Dad verpfeifen könnte?« Er stützte sich mit den Händen links und rechts von mir auf dem Waschbecken ab, sodass ich in seinen Armen gefangen war.

»Ich kann sie nicht davon abhalten, also werde ich mich damit auseinandersetzen müssen, wenn es so weit ist.«

»Was ist mit dem Studium? Sie meinte, er würde nicht mehr fürs College bezahlen, wenn du nicht tust, was sie will.«

Ich lehnte mich zurück und spürte seine Brust in meinem Rücken. »Die beiden drohen immer gern damit. Das ist ihr Lieblingsdruckmittel, um mich zu erpressen. Ich denke aber, die beiden haben viel zu viel Angst davor, den Leuten erklären zu müssen, warum ihre Tochter bei *Subway* arbeitet, statt Medizin zu studieren, um die Drohung tatsächlich wahrzumachen. Und falls sie es doch tun«, ich zuckte die Schultern, »dann überlege ich mir einen Plan B.«

»Einfach so?«

»So ziemlich.«

»Ich wusste gar nicht, dass du so anpassungsfähig bist.« Ich verzog das Gesicht, und er musste lachen. Dann legte er die Hände auf meinen Bauch. »Die Jungs wollen Pizza bestellen und sich den Rest des Spiels ansehen. Ich habe ihnen gesagt, dass ich mal schaue, wonach dir heute Abend noch ist.«

Ich schob meine Haare nach hinten und legte den Kopf an seine Schulter. »Ich möchte eine heiße Dusche nehmen und dann schlafen. Die Woche war furchtbar, und ich bin vom Studium total gestresst und erschöpft. Ich kann mich nicht daran erinnern, wann ich zum letzten Mal einfach entspannen konnte.«

Er zog die dunklen Augenbrauen hoch. »Dann hast du nichts dagegen, wenn ich ein bisschen mit den Jungs abhänge?«

Ich schüttelte den Kopf. »Nein, setz dich ruhig zu deinen Freunden. Das ist völlig okay.«

Eine geschlagene Minute lang sah er mich an, um zu schauen, ob ich es tatsächlich ernst meinte. Um zu zeigen, dass es für mich in Ordnung war, wenn er Zeit mit seinen Kumpeln verbrachte, drückte ich ihm einen Kuss auf die Wange. Er hauchte einen Kuss auf meinen Scheitel und ging dann zur Tür. »Ich hole deine Tasche.«

Kurz darauf stellte er die Tasche auf den Toilettendeckel und betrachtete noch einmal eingehend mein Gesicht. Ich lachte und schob ihn zur Tür hinaus. »Jetzt geh schon und sei ein Mann. Ich bin hier, wenn ihr fertig seid.« Dann machte ich die Tür vor seiner Nase zu. Ich wartete, bis ich hörte, wie er die Schlafzimmertür hinter sich schloss, zog mich dann aus und trat unter die Dusche. Ich wollte nie wieder an einem

Event teilnehmen müssen, zu dem meine Mutter einlud. Ich schrubbte mich so lange unter dem warmen Wasser sauber, bis meine Haut gerötet war. Dazu musste ich Rules Seife benutzen und stellte am Ende lachend fest, dass ich wie ein siebzehnjähriger Jugendlicher roch, der gerade das Deospray für sich entdeckt hatte. Auch sein Shampoo mit der Pflegespülung war natürlich für Männer, und so roch ich am Ende statt nach Kokosnuss und Zitrone würzig nach Sandelholz. Mit gespreizten Fingern fuhr ich durch mein feuchtes Haar, zog eine Yoga-Hose und ein T-Shirt an und ließ mich auf Rules zerwühltes Bett fallen. Zum ersten Mal seit einer Woche hatte ich das Gefühl, wieder richtig durchatmen zu können. Ich kuschelte mich auf seine Seite des Bettes und schlief trotz des Johlens und der Jubelschreie aus dem Wohnzimmer innerhalb von wenigen Sekunden ein.

Warme Hände glitten unter meiner Kleidung über meine Haut. Ich erwachte und war erregt. Ich wand mich unter Rules verführerischen Berührungen. Um mich an die Dunkelheit zu gewöhnen, musste ich ein paarmal blinzeln. Doch als ich Rules Mund auf der Innenseite meines Oberschenkels spürte, schloss ich die Augen wieder. Es war wie der beste Traum, den ich je hatte – allerdings war ich wach und freudig erregt, während Rule sanft Luft über meine empfindlichsten Punkte blies. Ich streckte den Arm nach seinem Kopf aus und lachte leise, als ich über die raue Oberfläche strich. Die Stoppeln kitzelten unter meinen Fingerspitzen.

»Ich vermisse deinen Irokesenschnitt.«

»Das wächst ja wieder.« Ich fühlte das Lippen-Piercing auf meiner feuchten Haut und sog so scharf die Luft ein, dass mir die Lunge wehtat. Er lachte leise. Mit beiden Händen hielt er mich fest, sodass ich genau so lag, wie er mich haben wollte. »Ich habe das hier vermisst. Ich kenne keine, die so süß ist wie du, Shaw.«

Ich spürte den Druck seines Zungen-Piercings, als er in mich tauchte – mein Innerstes war schon lange wach und bereit, zu nehmen, was er zu geben hatte. »Die Tatsache, dass du mich mit den Massen von Mädchen vergleichst, die du vor mir hattest, sollte mich eigentlich wütend machen, aber ich denke, ich nehme es doch als Kompliment.« Der Rest meines Satzes ging in einem Stöhnen unter, als er meine Hüften anhob und seinen Mund auf das brennende Zentrum meiner Lust legte. Ich hatte von meinen Kolleginnen und sogar von Ayden Geschichten darüber gehört, wie es sich anfühlte, wenn ein Mann das hier tat und dass es das Beste am Sex war. Aber ich hatte meine Zweifel gehabt, weil es mir irgendwie zudringlich und sehr intim vorgekommen war. Aber ich hatte mich geirrt. Während er küsste, leckte und mich reizte, hatte ich das Gefühl, den Verstand zu verlieren. Ich konnte nicht verbergen, welche Wirkung er auf mich hatte, während er tat, was er tat. Und, Mann, er wusste, was er da machte. Irgendwann wollte ich seinen Namen herausschreien, doch im letzten Moment fiel mir ein, dass sein Bruder sich im Nebenzimmer befand. Ich biss mir auf die Faust, um nicht laut aufzuschreien, während die Welt um mich herum in Farben und Formen zerbarst. Ich wusste nicht, wie es mit anderen Männern war, aber wie alles, was ich mit Rule erlebte, war auch das umwerfend.

Ich lag wie dahingeschmolzen im Bett, als er sich erhob und anfing, sich eilig auszuziehen. Schon allein ihm dabei zuzusehen war beeindruckend. Als er wieder ins Bett kroch, hätte ich beinahe geschnurrt und wollte mich wie ein zufriedenes Betthäschen an ihn kuscheln.

»Das war echt eine schöne Art, geweckt zu werden.« Ich schlang die Arme um seine Schultern, während er sich auf mich legte und sein Knie zwischen meine Schenkel drückte.

»Du hast fast den ganzen Nachmittag verschlafen. Ich habe darauf gewartet, dass du den Kopf durch die Tür stecken und mit uns zusammen das Spiel schauen würdest – vergeblich.« Er neigte den Kopf, sodass er mit der Nase über meine Wange streichen konnte. »Als ich nach dir gesehen habe und du in meinem Bett so perfekt und hübsch aussahst, konnte ich nicht anders.« Er hauchte eine Spur von Küssen von meinem Ohr zu der empfindlichen Kuhle an meinem Hals. Mit den Fingern fuhr er über meinen Arm und umkreiste mein verletztes Handgelenk. Gabe hatte einen Ring aus blauen und roten Striemen hinterlassen, die sich gegen meine blasse Haut abhoben. Ich konnte die Emotionen nicht unterdrücken, die mir den Hals zuschnürten, als ich sah, wie Rule ganz behutsam über die verletzte Haut streichelte und meinen Arm hob, um leichte Küsse auf mein Handgelenk zu hauchen.

»Das hätte nie passieren dürfen. Es tut mir leid.«

Ich strich über seine Rippen und legte meine gespreizte Hand auf seine bunt bemalte Haut. »Ich hätte überhaupt nicht hinfahren sollen. Ich muss lernen, meinen Eltern Grenzen zu setzen und die auch einzuhalten. Es ist nicht gut, Dinge, die mir wichtig sind, zu opfern, um meinen Eltern zu gefallen.«

Er nahm die Hand, die er festhielt, und legte sie hinter meinem Kopf aufs Bett. Mit seinen blassen Augen sah er mich an. Verlangen und Leidenschaft standen in seinem Blick. »Shaw, ich neige dazu, das ganze Haus niederzubrennen, wenn der Wasserhahn leckt. Ich weiß, dass ich zu extremen Handlungen tendiere, und ich muss mich zurückhalten. Falls du allerdings denkst, dass ich einfach danebenstehen und zusehen werde, wie du dich absichtlich in Gefahr bringst und das Arschloch triffst, dann mach dich darauf gefasst, dass ich das nicht kampflos hinnehmen werde.«

Ich bekam nicht die Gelegenheit, etwas zu erwidern, denn er küsste mich. Er küsste mich so innig, dass kein Zweifel daran bestand, dass er es ernst meinte und dass ich darauf achten sollte, was zwischen uns passierte. Ich spürte seine Zähne und die Piercings und Rules wundervolle Güte, als unsere Zungen miteinander verschmolzen und die Hände sich erkundeten. Er griff nach meiner freien Hand und legte sie zu der anderen über meinen Kopf, sodass ich ausgestreckt unter ihm lag. Seine Augen funkelten frech und begierig, als er mich anzüglich angrinste.

»Es gefällt mir, wie du so unter mir liegst.« Mit der freien Hand streichelte er mich zwischen den Schenkeln. Ich stöhnte auf, weil es sich so gut anfühlte und weil ich mich bewegen wollte, er mich jedoch unter seinem Körper gefangen hielt. »Es gefällt mir, dass du mir ausgeliefert bist. Ich kann mit dir machen, was immer ich will.« Er unterstrich seine Bemerkung, indem er eine meiner Brustspitzen in den Mund nahm und daran saugte, bis es beinahe wehtat. Als wir es zum ersten Mal getan hatten, hatte er mir einen Knutschfleck gemacht. Doch jetzt war es anders – es kam mir fast wie eine Eroberung, wie eine Inbesitznahme vor, als er nun sein Mal auf mir hinterließ.

»Gut für dich, dass mir alles gefällt, was du mit mir anstellen willst«, sagte ich. Er hob mein Bein an und legte es um seine schmalen Hüften. Ich spürte ihn zwischen meinen Schenkeln und versuchte, mich ein bisschen zu bewegen, um ihn in mich aufzunehmen. Er zog sich jedoch zurück und lächelte mich an.

»Du bist immer so ungeduldig«, brummte er.

Ich versuchte, meine Hände aus seinem Griff zu lösen. »Du hast ja keine Ahnung.«

Wieder lachte er und küsste mich. »Dann erzähl es mir.«

Ich wollte ihn mit reiner Willenskraft in mich hineinziehen, aber er blieb unerreichbar.

Grinsend sah er mich an. »Im Ernst, Shaw. Erzähl es mir.«

Ich machte die Augen zu, weil ich schon so viel von mir preisgegeben hatte. Reichte das nicht für einen Tag? Er hob auch mein anderes Bein an und drang dann einen oder zwei Zentimeter in mich. Ich fing an, zu zittern.

»Erzähle mir, warum wir alle dachten, dass du und Remy eine richtige Beziehung führen würdet, und warum ich dann dein erster Mann war. Erzähle mir, warum Rome zu denken scheint, dass du schon länger in mich verliebt bist. Erzähle mir, warum der Sex mit dir sich ganz anders anfühlt als mit jeder anderen Frau zuvor.«

Ich wollte, dass er sich bewegte, ich wollte, dass er mir Raum ließ, um mich zu bewegen. Doch als ich die Augen aufmachte, betrachtete er mich aufmerksam. Offenbar hatte er sich so unter Kontrolle, dass er warten konnte. Eine Sekunde lang erwiderte ich seinen Blick, ehe ich flüsterte: »Weil es immer nur dich gab, auch wenn ich es nicht wollte, auch wenn es mir wieder und wieder das Herz brach. Es gab immer nur dich.«

Meine Worte schienen etwas in ihm auszulösen. In seinen Augen blitzte ein Funke auf, und plötzlich war er in mir und bewegte sich. Der Rest der Welt schien stillzustehen und verschwand. Alles, was jetzt noch zählte, war das, was in diesem Moment zwischen uns passierte. Und es war ihm anscheinend genauso wichtig wie mir. Mit jedem Stoß änderte er sein

Tempo. Er war immer ein bisschen wild, ein bisschen ungehemmt im Bett. Aber es kam mir vor, als hätten meine Worte etwas in ihm bewirkt, etwas gelöst. Das hier war der echte Rule, der Typ, der seine verrückte Frisur und die unzähligen Tattoos dazu benutzte, jeden fernzuhalten, der ihm zu nahekam. Ich keuchte und stöhnte und schrie schließlich mit zitternder Stimme seinen Namen, als wir uns gemeinsam vom Höhepunkt mitreißen ließen. Es fühlte sich anders an – kraftvoller, intensiver. Und als er schließlich seine Stirn an meine lehnte, fühlte ich mich zum ersten Mal vollständig.

Ich seufzte zufrieden und schlang die Arme um ihn. Er zog mich auf sich und drehte sich mit mir zusammen, damit es angenehm für mich war. Ich schloss die Augen und wollte gerade wieder einschlafen – glücklich, dass ich ihn unter mir spürte –, als er plötzlich merklich erstarrte. Ich schlug die Augen auf, als ich fühlte, wie sich sein Griff in meine Haare verstärkte. Ich hob den Kopf und sah ihn an.

»Was ist los?«

»Das Bett ist feucht.«

Ich sah ihn nur verständnislos an. »Und?«

»Das bedeutet, dass wir das Kondom vergessen haben. Ich hatte keinen ungeschützten Sex mehr, seit ich ein Teenager und dumm und unbekümmert war. Mann, kein Wunder, dass es sich so gut angefühlt hat.«

»Ich nehme die Pille.«

»Warum?«

Ich verzog das Gesicht und rollte von ihm herunter. »Weil meine Mutter es so wollte. Sie dachte schon lange, dass ich eine Beziehung mit einem von euch Archer-Zwillingen hätte. Ich habe die Pille einfach weiter genommen, weil meine Periode damit regelmäßiger ist. Von daher sollte alles okay sein.«

Er zog mich an seine Brust und schob mir eine Strähne aus dem Gesicht. »Willst du es bei meinem Hintergrund wirklich darauf ankommen lassen?

Ich atmete aus. »Du weißt wirklich, wie man einen schönen Moment ruiniert, Rule.«

»Hey, ich habe dir gesagt, dass es meine Aufgabe ist, dich zu beschützen. Selbst wenn das bedeutet, dich vor mir zu schützen. Man muss in regelmäßigen Abständen ein Gesundheitszeugnis vorweisen, wenn man in einem Tattoo-Studio arbeitet, weil man ständig mit Körperflüssigkeiten, Nadeln und Wunden in Berührung kommt. Mein letztes Gesundheitszeugnis war vollkommen in Ordnung, und ich hatte, wie gesagt, keinen Sex ohne Kondom – erst eine relativ komplizierte Blondine mit unglaublichen grünen Augen hat mich so um den Verstand gebracht, dass ich das Kondom vergessen habe.«

Ich kuschelte mich an ihn und ließ mich von ihm umarmen. Die Hand, auf die sein Name tätowiert war, lag auf meiner Brust. Mit den Fingerspitzen malte ich die Konturen der fetten Lettern auf seinen Fingerknöcheln nach. »Ich vertraue dir, und ich glaube, alles ist gut. Also mache ich mir keine weiteren Gedanken darüber.«

»Ja?«

»Ja. Wie gesagt, es gab immer nur dich, Rule, auch wenn ich es mir anders gewünscht hätte.«

»Ich wünsche mir allmählich, dass ich aufmerksamer gewesen wäre.«

Ich verschlang unsere Finger miteinander. Mir gefiel es, wie unsere Hände zusammen aussahen. Seine Hände waren groß und bunt tätowiert, meine waren klein und mit langweiligem rosafarbenem Nagellack verziert. Doch nebeneinander wirkten unsere Hände interessanter, lebendiger. Als ich seinen regelmäßigen Atem an meinem Ohr hörte, wurde auch ich wieder müde. Ehe ich einschlief, schoss mir noch ein Gedanke durch den Kopf: Auch wenn ich die Pille nicht genommen hätte, wäre der wilde, hemmungslose und ungeschützte Sex mit Rule jedes Risiko wert gewesen. Ich konnte mir Schlimmeres vorstellen, als den nächsten komplizierten Archer in die Welt zu setzen.

11. Kapitel

Rule

»Als ich damals nach Hause kam und dich zum ersten Mal neben Remy in der Küche sitzen sah, fragte ich mich, auf was zur Hölle Remy sich da eingelassen hatte. Du warst so blass und scheu. Deine Augen waren einfach riesig, und du sahst wie ein Vögelchen aus, das aus dem Nest gefallen war. Remy hatte schon immer ein großes Herz für die Schwachen gehabt, also war ich nicht sonderlich überrascht. Aber ich war verblüfft, wie schnell der Rest der Familie dich liebgewann. Ich hatte geglaubt, dass es immer heißen würde: Wir Archers gegen den Rest der Welt. Doch plötzlich warst du da, und alles schien sich aufzulösen, in sich zusammenzubrechen. Noch stärker als je zuvor hatte ich mit einem Mal das Gefühl, das schwarze Schaf zu sein. Rome vergötterte dich, Mom und Dad akzeptierten dich und Remy als eine Einheit, und ich stand wie immer allein in der Kälte. All die Gefühle von Trennung, Entfremdung und Einsamkeit übertrug ich auf dich. Remy und ich waren immer zwei Teile eines Ganzen gewesen, und als du kamst, ging diese Sicherheit verloren. Ich war eifersüchtig, weil er so viel Zeit und Mühe darauf verwendete, dein Held zu sein und nicht mehr mein Bruder.«

»Als ich dich zum ersten Mal sah, war ich vor Angst wie gelähmt. Ich hatte dich und Remy in der Schule gesehen. Alle hatten immer erzählt, dass die Archer-Zwillinge so etwas wie Fabelwesen wären. Remy war so sportlich, hatte die richtigen Freunde und die besten Noten. Du dagegen stecktest ständig in Schwierigkeiten, warst immer mit den älteren Kids zusam-

men und wurdest regelmäßig ins Rektorat gerufen, weil du die Schule geschwänzt hattest oder dergleichen. Remy rettete mich und nahm mich mit zu sich nach Hause. Er brachte mich zum Lachen, als in meinem Leben eigentlich gar nichts lustig war, und er war nett zu mir, was noch nie zuvor jemand gewesen war. Er setzte mich in die Küche und sagte mir, ich solle keine Angst haben, wenn seine Brüder nach Hause kämen – er versprach mir, dafür zu sorgen, dass ihr nicht aus der Reihe tanzen würdet. Dann kamst du mit Rome zusammen durch die Tür in die Küche gestürmt. Rome sah mich an und schüttelte den Kopf. Er fragte Remy, ob ich ein weiterer Streuner wäre. Du sahst durch mich hindurch, als wäre ich ein Geist, und fragtest ihn, ob er noch immer mit dir und Nash Pizza essen gehen wolle. Für mich warst du auf eine ganz andere Art als Remy schön. Ihr wart euch ähnlich, aber du warst allein äußerlich so interessant und anziehend, dass ich den Blick nicht abwenden konnte. Volle fünfzehn Minuten lang starrte ich dich an. Als du und Rome dann gehen wolltet, sahst du mich an und sagtest: ›Mann, Remy, gib ihr eine Tasse Tee oder so. Sie sieht aus wie Casper, der freundliche Geist.‹ Remy schüttelte nur den Kopf und setzte sich mir gegenüber auf den Stuhl. Er wusste es damals schon. Er wusste es die ganze Zeit. ›Rule ist ein guter Mensch, Shaw. Er ist der Beste. Ich liebe ihn mehr als alles andere auf der Welt, doch er ist auch ein sechzehnjähriger Junge und ein Archer. Handele dir keinen Liebeskummer ein, wenn es sich vermeiden lässt.‹ Jahrelang sagte er mir wieder und wieder, wie dumm ich sei und dass ich mich nicht in meine Verliebtheit hineinsteigern solle, weil deine Prioritäten woanders lägen. Ein Jahr bevor er starb, schlug er andere Töne an. Als ihr zusammen nach Denver zogt, ermutigte er mich plötzlich, nach der High School zur University of Denver *zu gehen und dir dann irgendwann meine Gefühle zu gestehen. Plötzlich war er Remy, der Kuppler. Es war seltsam. Dann geschah der Unfall, und ich bekam nie mehr die Gelegenheit, ihn zu fragen, was seinen Sinneswandel bewirkt hatte.«*

»Ich bin froh, dass ich es jetzt weiß. Und ich finde noch immer, dass du aussiehst wie Casper, der freundliche Geist.«

»Ich bin auch froh. Es macht mir auch nichts aus, dass du mich Casper nennst. Im Gegenteil – es ist irgendwie süß. Als du damit anfingst, fühlte ich mich wie etwas Besonderes. Keiner anderen Frau in deinem Leben hast du je einen Kosenamen gegeben, sondern sie nur Süße, Babe oder Schätzchen genannt.«

»Du bist etwas ganz Besonderes – das warst du damals schon. Ich war nur zu dumm, es zu kapieren.«

»Ich glaube nicht, dass ich zu der Zeit schon bereit für dich war.«

»Bist du denn jetzt bereit?«

»Auf jeden Fall.«

Die geflüsterte Unterhaltung brachte mir das Mädchen näher, das mir immer, immer mehr bedeutete. Allerdings warf diese Unterhaltung auch neue Fragen auf, die ich meinem toten Bruder nicht mehr stellen konnte. Ich wollte wissen, warum er mich und den Rest der Familie immer in dem Glauben gelassen hatte, er und Shaw wären ein Paar, wenn ihm doch klar gewesen war, dass sie mehr für mich empfunden hatte. Es erschien mir hinterhältig und zwielichtig und sah Remy überhaupt nicht ähnlich. Außerdem wollte ich wissen, warum er mir nie von ihren Gefühlen für mich erzählt hatte. Ich hatte immer geglaubt, wir hätten alles miteinander geteilt. Zwar hätte ich Shaw als Teenager nichts zu bieten gehabt, aber es war seltsam, dass er nichts erwähnt hatte, denn dann hätte ich mich ihr gegenüber etwas vorsichtiger verhalten können, statt wie ein Büffel in der Herde über ihre Gefühle zu trampeln.

Die leise Unterhaltung fand früh am Morgen statt, als Shaw durch mein Zimmer stolperte und versuchte, sich für die Uni fertig zu machen. Sie hatte nur die Kleider dabei, die sie extra für das Essen mit ihrer Mom angezogen hatte und die für die Uni viel zu schick waren, aber sie wollte nicht extra zurück in ihre Wohnung fahren müssen. Also bot ich ihr an, sich ein T-Shirt aus meinem Schrank zu nehmen. Es machte Spaß, mit anzusehen, wie diese heiße Frau halb nackt durch mein Zimmer rannte und meine Klamotten durchsuchte. Am Ende trug sie Leggings, Boots und mein Black-Angels-T-Shirt, das ihr fast bis zu den Knien reichte. Die Aussicht, aufzustehen und sie zur Uni zu bringen, wurde bei diesem Anblick deutlich reizvoller. Während sie ihr Haar zu einem Pferdeschwanz zusammenband, versuchte ich, sie zu packen. Lachend wich sie mir aus. Solche Spielchen waren mir mit den Frauen, mit denen ich nur bedeutungslose, flüchtige Sexabenteuer erlebt hatte, natürlich entgangen. Und ich bedauerte es. Mir gefiel es, mit Shaw zu spielen, ich mochte es, wenn sie mein Badezimmer benutzte und in alles, was mich betraf, Einblick hatte. Je länger ich darüber nachdachte, desto klarer wurde mir, dass ich sie in der letzten Woche nicht nur im Bett, sondern noch in vielen anderen Bereichen vermisst hatte.

Sie drückte mir einen kleinen Kuss auf den Mund und sagte mir, sie würde Kaffee und etwas zum Frühstück machen. Ich stand nun auch auf und suchte nach meinem Handy, um Mark anzurufen. Ich würde keine Zeit vergeuden und Davenport so viele Steine in den Weg legen, wie nur irgend möglich, damit er sich nicht mehr in Shaws Nähe wagte. Ich zog eine dunkle Jeans und ein T-Shirt an und ging ins Bad, um mir kaltes Wasser ins Gesicht zu spritzen. Das Telefon wählte, während ich mir die Zähne putzte, und Mark nahm ab, als ich gerade ausspuckte.

»Was ist los, mein Junge?«, fragte er.

Ich betrachtete im Spiegel mein unrasiertes Gesicht und beschloss, dass ich mich nicht rasieren würde, solange ich die Haare auf dem Kopf so kurz trug. Vielleicht würde ich mir einen Ziegenbart stehen lassen oder so etwas.

»Hallo, Mark. Tut mir leid, dass ich störe. Ich habe ein Problem und brauche einen Rat.«

»Du hast das hübsche Mädchen verärgert?«

Ich lachte und lehnte mich ans Waschbecken. »Ja. Allerdings habe ich das allein wieder geradebiegen können. Trotzdem ist sie der Grund, warum ich anrufe. Sie hat einen verrückten Exfreund, der ein Nein als Antwort nicht akzeptieren kann. Er taucht ständig in der Bar auf, in der sie arbeitet, er verfolgt sie und ruft sie x-mal am Tag an. Er ist ein Freund der Familie, also finden ihre Eltern ständig neue Ausreden, warum sie ihn treffen und Zeit mit ihm verbringen muss. Am Wochenende ist er in ihr Zimmer gekommen, als sie allein war, hat sie angegriffen und bedroht. Sie hat Blutergüsse an den Armen. Er hat sie gewarnt, dass so etwas mit ihr passieren würde, wenn sie ihn nicht zurücknehmen sollte.«

»Ich bin überrascht, dass du nicht im Gefängnis bist.«

»Na ja, sie hat mir erst auf der Rückfahrt davon erzählt. Ich habe ihm allerdings schon unmissverständlich deutlich gemacht, dass er sie in Ruhe lassen soll.«

»Wie lautet sein Name?«

»Gabe Davenport.«

Ich hörte einen leisen Pfiff und konnte praktisch vor mir sehen, wie Mark auf und ab ging. »Er ist nicht zufällig der Sohn von Richter George Davenport, oder?«

»Wahrscheinlich. Jedenfalls tönt er immer, dass ich ihm sowieso nichts anhaben könne, weil sein Dad irgendein hohes Tier sei.«

»Damit hat er vermutlich recht. Ich würde sagen, wir sollten so schnell wie möglich ein persönliches Kontaktverbot beantragen. Wenn Davenport jedoch sieht, dass es um seinen eigenen Sohn geht, könnte der Antrag auf Kontaktverbot abgelehnt werden.«

»Das ist doch scheiße.«

»Das ist es, aber wir müssen es trotzdem versuchen. Ansonsten wird nichts aktenkundig. Du musst in der Sache einen kühlen Kopf bewahren, Junge. Der Name Davenport ist in unserem Rechtssystem ziemlich bekannt. Der Mann ist unglaublich einflussreich. Du solltest zusehen, dass du ihn nicht gegen dich aufbringst.«

Aufgewühlt strich ich mir über den Kopf. »Ich werde diesen Kerl nicht mehr in ihre Nähe lassen, Mark. So einfach ist das.«

»Das ist okay. Doch du solltest die direkte Auseinandersetzung meiden. Sie ist leichte Beute, wenn du dich mit dem Typ anlegst und im Knast endest.«

»Ich bin sauer, Mark, nicht dumm. Ich will, dass sie in Sicherheit ist und dass der Kerl sich zusammenreißt und einen oder zwei Gänge zurückschaltet. Mir ist klar, dass ich das beides nicht erreiche, wenn ich ihm die Fresse poliere. Wenn er mir allerdings dumm kommen sollte, kann ich für nichts garantieren.«

»Falls er dich angreifen sollte, kannst du dich natürlich verteidigen. Doch vergiss nicht, dass solche Typen Gesetze und Vorschriften nutzen, um zu kämpfen, und nicht die nackten Fäuste. Sag Shaw, dass sie besonders auf sich aufpassen muss. Sag ihr, dass sie versuchen sollte, niemals allein zu sein, und besorge ihr einen Taser oder Pfefferspray. Und sag ihr, dass sie sofort die Polizei rufen muss, falls er ihr zu nahe kommt und sie attackiert. Sie kann ihn wegen Belästigung und Nötigung anzeigen, wenn er sie weiterhin verfolgt. Das wäre auch wichtig, denn sobald die Polizei den Fall kennt, kann selbst ein Richter den Vorfall nicht mehr einfach so unter den Tisch fallen und einen Bericht verschwinden lassen. Gib ihr meine Nummer – nur für den Fall. Und sag ihr, dass sie mich anrufen soll, wenn sie Fragen hat oder reden möchte. Wie ich schon sagte: Du hast dir da ein ganz besonderes Mädchen angelacht, Junge. Du solltest gut auf sie aufpassen.«

»Ich tue mein Bestes.«

»Das weiß ich. Und, Rule?« Ich wartete einen Moment, ehe er fortfuhr: »Es ist schön, zu sehen, dass du endlich ruhiger wirst. Du hast mich immer ein bisschen an meinen Sohn erinnert – wild und sorglos und auf der Suche nach etwas, das allem einen Sinn verleiht. Für meinen Sohn war es der Kampf für unsere Freiheit und für sein Vaterland. Für dich ist es die Erkenntnis, dass du die Liebe, wie ein Mädchen wie Shaw sie dir schenken kann, verdient hast. Passt auf euch auf. Ich melde mich.«

Ich legte auf, als die Tür aufging und Shaw den Kopf hereinsteckte. »Komm schon, lass uns frühstücken, damit wir loskönnen.«

Ich sah sie an. Ich sah sie wirklich an, und das Gefühl in meiner Brust, das ich nicht hatte greifen können, berührte mein Herz. Ihre grünen Augen weiteten sich, als ich sie ins Badezimmer holte, an meine Brust zog und mein Kinn auf ihren Kopf legte. Manchmal war der Größenunterschied sehr angenehm.

»Geht es dir gut?« Sie schlang die Arme um meine Taille und drückte mich.

Ich atmete aus, nachdem ich die Luft gefühlte hundert Jahre lang unbewusst angehalten hatte. Plötzlich wusste ich, dass ich das absolut Richtige tat – egal, was meine Eltern dachten oder was in der Zukunft passierte. »Ja, mir geht es gut. Besser als gut, um ehrlich zu sein.«

»Gut. Tja, ich möchte nicht zu spät kommen. Also, lass uns ein paar Pancakes essen, und anschließend bringst du mich zur Uni, ja?« Sie gab mir einen Klaps auf den Hintern und ging hinaus. Ich schüttelte den Kopf, lachte leise und folgte ihr. Rome war bereits wach, saß am Tisch und hörte Shaw zu, die von dem seltsamen Brunch am Tag zuvor erzählte. Nash war nirgends zu sehen. Ich hatte den beiden gesagt, was Mr. Polohemd sich geleistet hatte, und sie waren beide alarmiert, weil sie fürchteten, ich könnte durchdrehen. Mein Bruder warf mir einen fragenden Blick zu, als ich mich setzte, doch ich wollte nicht ins Detail gehen, während Shaw da war und uns das Frühstück servierte.

»Kannst du den Wagen mit mir abholen?«

»Ja, aber wenn wir schon mal da sind, will ich noch bei Mom und Dad vorbeischauen. Willst du mitkommen?«

Ich zeigte ihm den Mittelfinger, weil er genau wusste, dass ein Besuch bei meinen Eltern so ziemlich das Letzte war, wonach mir im Augenblick der Sinn stand. »Ich kann nicht. Ich habe um zwölf einen Kunden.«

Shaw stellte uns Teller hin und nahm rechts von mir Platz. Sie schenkte mir ein warmherziges Lächeln, und ich wusste, dass ich genau das so lange vermisst hatte. Es fühlte sich richtig an. Mir war, als wäre ich *angekommen.* Plötzlich ergab alles einen Sinn – dieses Mädchen, mein Bruder, meine Freunde, die Dinge, mit denen ich mich umgeben hatte. Ich sah so klar, wie ich es seit Remys Tod nicht mehr erlebt hatte. Zwar liebte ich meine Familie, doch ich war nie wirklich ein Teil von ihr gewesen. Ich hatte mir eine eigene Welt geschaffen, und das Leben, das ich lebte, war gut. Ich umgab mich mit Menschen, die mich als den schätzten, der ich war, und die mich so mochten, wie ich war. Mein Hals war mit einem Mal wie zugeschnürt, und ich musste die Gefühle, die mich zu überwältigen drohten, verstecken, indem ich das Glas Orangensaft hob und bedächtig trank. Sonst hätte ich vermutlich wie ein Baby geweint. Ich räusperte mich. »Ich bringe Shaw zur Uni und hole dich dann ab, Rome. Ist das okay?«

»Klar. Ich sehe mal nach Nash und frage ihn, ob er mit zum Sport geht, während du weg bist.«

Ich sah zu Shaw hinüber. »Du bittest Ayden nach der Schule, dich zur Arbeit zu bringen, ja?« Sie nickte und aß weiter. »Gut. Ich hole dich aus der Bar ab, wenn deine Schicht vorbei ist. Dein Wagen wird hier vor dem Haus stehen. Du kannst dann entscheiden, ob du bei mir bleiben oder lieber nach Hause fahren möchtest.«

Sie zuckte mit den Schultern. »Ich habe vermutlich erst so gegen zwei Uhr Feierabend. Heute Abend wird ein Footballspiel übertragen, also ist viel zu tun. Ich werde also wahrscheinlich hierbleiben. Außerdem wolltest du morgen mit mir losgehen und mir ein neues Handy besorgen.«

»Warum schuldet er dir ein Telefon?«

Ich funkelte meinen großen Bruder finster an, aber Shaw antwortete, ehe ich ihn bitten konnte, den Mund zu halten.

»Ich habe meines aus Versehen kaputt gemacht, und Rule hat mir angeboten, es zu ersetzen.«

»Hat er das? Das sieht meinem kleinen Bruder überhaupt nicht ähnlich.«

Ich wusste, dass er mich nur reizen wollte, doch der wundervolle Sex, Shaw neben mir und ein Teller voller Pancakes vor mir machten das unmöglich. Ich grinste ihn an, lehnte mich auf meinem Stuhl zurück und legte den Arm auf die Rückenlehne von Shaws Stuhl. »Ich schlage ein neues Kapitel auf«, erklärte ich.

Er schnaubte verächtlich. In den Augen, die meinen so ähnlich waren, stand ein belustigter Ausdruck. »Dass du einen anderen Menschen so fürsorglich behandelst, ist mehr als nur *ein* neues Kapitel, das du aufschlägst. Na ja, schön für dich. Fürsorglich zu sein ist eine positive Veränderung.«

»Leck mich.«

Shaw rollte mit den Augen und ließ die Gabel auf ihren Teller fallen. »Ihr seid kindisch. Ich komme zu spät, also lass uns losfahren.«

Ich beugte mich zu ihr hinüber und gab ihr einen Kuss auf die Wange. »Ich ziehe mir nur noch schnell die Schuhe an, dann geht's los. Hol schon mal deine Sachen. Und danke für das Frühstück.«

»Gern geschehen.« Sie rannte aus dem Zimmer.

Ich erhob mich und sah meinen Bruder finster an. »Ich weiß, wie man nett ist.«

»Allerdings nur, wenn du etwas willst.«

»Das stimmt. Ich will sie.«

»Sieht so aus, als hättest du sie schon.«

»Jetzt muss ich es nur noch irgendwie hinbekommen, es nicht gleich wieder zu vermasseln.«

Rome stand ebenfalls auf. »Das wirst du schon schaffen, Rule. Wenn es darauf ankommt, hast du es immer geschafft. Vergiss das nicht. Hey, was hat eigentlich dieser Typ gesagt, der bei der Polizei war?«

»Er sagte, dass sie die Augen offen halten soll. Ich soll ihr einen Taser oder Pfefferspray besorgen. Er meinte, dass der Typ durch seinen alten Herrn ziemlich geschützt sei. Doch er meinte auch, dass ich den Kerl niederstrecken solle, falls er bei mir etwas versuchen sollte. Es ist scheiße. Er sollte sie gar nicht anrühren dürfen, ohne dafür die Rechnung präsentiert zu bekommen.«

»Wir werden auf sie achten und die Situation unter Kontrolle behalten. Du kannst dir sicher sein, dass wir hinter euch stehen, kleiner Bruder.«

Ich verzog das Gesicht und senkte die Stimme, weil ich hörte, dass Shaw wieder zurückkam. »Falls ihr irgendetwas passieren sollte, Rome, drehe ich durch. Ich meine, ich war schon außer mir, als Remy gestorben ist, doch irgendetwas sagt mir, dass ich niemals darüber hinwegkommen würde, falls ihr etwas zustoßen sollte.«

Er wollte etwas erwidern, aber Shaw stand plötzlich neben mir und zupfte ungeduldig an meinem Ärmel – sie wollte los. Sie winkte Rome noch einmal zu und schob mich dann hinaus. Es war kalt draußen, also legte ich den Arm um ihre Schultern und zog sie an mich. Sie drückte ihre kalte Nase an meinen Hals und lachte, als ich erschrocken fluchte.

»Du brauchst eine Mütze.«

Mein kahl rasierter Schädel fror tatsächlich, doch ich war ein tougher Mann und zog mir einfach die Kapuze meines Pullis über. Mit einer hochgezogenen Augenbraue sah ich sie an. »Besser so?«

»Wie auch immer. Macho. Danke, dass ihr mein Auto abholt.«

»Kein Problem. Halte heute bitte die Augen offen und pass auf dich auf. Ich will nicht, dass Mr. Polohemd dir auf dem Weg in den Kursraum auflauert oder so.«

»Mr. Polohemd?«

»Davenport«, entgegnete ich. »Der trägt doch immer diese hässlichen Polos.«

Sie lachte laut auf. Ich schob sie schließlich in den Pick-up – und hatte nichts dagegen, denn so bekam ich einen exklusiven Ausblick auf ihren Hintern und durfte ihn sogar berühren.

»Das stimmt«, sagte sie noch immer lachend. »Ich passe auf, dass ich nicht allein bin, wenn ich zu den Kursen gehe. Devlin, eine Kommilitonin, hat einige Kurse mit mir zusammen belegt. Außerdem sind wir gemeinsam in ein paar Lerngruppen. Ich werde mich einfach an sie halten. Sie ist im Übrigen kein Fan von Gabe, also ist es kein Problem, sie um den Gefallen zu bitten.«

»Cool. Was für ein Handy hättest du gern? Ich möchte nicht, dass du bis morgen warten musst, bis du ein neues hast. Auf dem Weg von Brookside zurück werde ich in einem Geschäft vorbeischauen und dir eines kaufen.«

Sie zuckte die Achseln und fummelte an meinem iPod herum, bis der rauchige Sound von Lucero durch die Fahrerkabine schallte. »Mir egal. Das gleiche wie vorher, das war völlig in Ordnung. Meine Kontakte müssten allerdings überspielt werden.«

»Ich kümmere mich darum.«

Sie grinste mich an und rutschte rüber, sodass sie die Hand auf mein Knie legen konnte. Mit den Fingern trommelte sie im Takt des Rocksongs, der ein bisschen von Country inspiriert war. Es herrschte kaum Verkehr, als wir durch die Stadt zur Uni fuhren, und wir brauchten nur zwanzig Minuten. Allerdings sah es nach Schnee aus, und ich würde meinen ersten Termin wegen des Wetters verschieben müssen, wenn ich noch nach Brookside und zurück fahren musste. Shaw bat mich, einfach am Straßenrand zu halten und sie rausspringen zu lassen. Aber ich wollte sie so lange wie möglich im Auge behalten und parkte den Pick-up an einer Parkuhr, damit ich Shaw bis zu dem Raum bringen konnte, in dem ihr erster Kurs stattfinden würde. Sie verdrehte die Augen, widersprach jedoch nicht, als ich ihre Tür öffnete und ihr half, hinauszuhüpfen.

Ich hielt sie an mich gedrückt, als ich mit ihr über den Campus ging. Es war das erste Mal, dass ich auf einem Unigelände war und nicht zu einer Party wollte. Einige Leute grüßten Shaw oder winkten ihr zu. Freundlich erwiderte sie die Grüße. Mir entgingen die fragenden Blicke nicht, die ihre Kommilitonen ihr zuwarfen, weil wir bestimmt ein seltsames Paar waren, und die anderen Studenten kannten sie auch sicherlich nicht in einem so lässigen Outfit. Wir blieben vor einem imposanten Gebäude stehen, und sie legte den Kopf etwas in den Nacken, um mich anzublicken. Ihre grünen Augen strahlten, ihr Haar war leicht zerzaust – dank mir und dank des Windes, der in Colorado wehte – und ihre Nase ein wenig gerötet. In meinen Augen hatte sie nie süßer ausgesehen.

»Fahr vorsichtig. Ich denke übrigens wie dein Bruder: Du solltest deine Eltern besuchen, wenn du schon mal in Brookside bist.«

Ich wollte mich nicht mit ihr streiten, also küsste ich sie nur voller Leidenschaft und so innig, dass ihr klar sein musste, dass ich den ganzen Tag über an sie denken würde. Kurz hatte ich Bedenken, dass ihr diese öffentlichen Zuneigungsbekundungen zu viel sein könnten, doch es dauerte nur einen Herzschlag lang, bis sie die Arme um meinen Hals schlang und meinen Kuss stürmisch erwiderte. Als wir uns voneinander lösten, atmete sie heftig, und ihre blassen Wangen waren von einer zarten Röte überzogen.

»Pass auch auf dich auf. Wir sehen uns später. Ich bringe dir nach der Arbeit das Handy in der Bar vorbei. Vergiss nicht, möglichst immer jemanden an deiner Seite zu haben, damit du nicht allein bist. Und, Shaw?« Sie sah mich mit einem belustigten Ausdruck in den Augen an. »Mir gefällt es, dass du zur Uni meine Klamotten trägst. Das ist echt heiß.«

Sie stellte sich auf die Zehenspitzen und gab mir einen Kuss auf die kalte Nasenspitze. »Finde ich auch. Mir ist übrigens nicht entgangen, dass du das Thema gewechselt hast. Ich habe den Hinweis verstanden. Bis später dann.«

Ich sah ihr hinterher, als sie zur Treppe ging. Vor der Tür blieb sie bei einem Mädchen stehen, das offensichtlich auf sie gewartet hatte. Sie lächelte dem Mädchen zu und begrüßte es. Die junge Frau fragte überrascht und so laut, dass ich es auch hören konnte: »Wer war das denn?« Neugierig wartete ich, was Shaw antworten würde, denn wir hatten noch nie darüber gesprochen, wer oder was ich für sie war.

Shaws Lachen wehte scharf und klar durch die Winterluft. »Das ist Rule.«

»Ich wusste gar nicht, dass du einen neuen Freund hast«, entgegnete das Mädchen.

»Na ja, genau genommen ist er auch nicht neu … Aber, ja.«

Ich war ihr Freund. Sie war meine Freundin. Wie verrückt war das denn? Ich war in den ganzen zweiundzwanzig Jahren meines Lebens noch nie lange genug mit einer Frau zusammen gewesen, um sie meine Freundin nennen zu können. Ich hatte noch nicht einmal weibliche Kumpel – Shaw war dem noch am nächsten gekommen. Ich war ihr Freund. Und als mir das plötzlich klar wurde, wollte ich vor Freude tanzen und die Faust in die Luft recken. Stattdessen zwinkerte ich ihr zu, als sie sich noch einmal zu mir umdrehte, und lachte, als sie mir die Zunge rausstreckte. Warum verstand ich erst jetzt, dass es mich glücklich machte, einen Menschen in mein Leben zu lassen? Warum verstand ich erst jetzt, dass sie mich glücklich machte? Ich konnte mich nicht daran erinnern, wann ich zuletzt so viel gelacht hatte. Selbst im Bett machte alles noch mehr Spaß. Sie machte alles schöner, und mir war klar, dass ich dasselbe für sie tun wollte.

Ich schickte Rome eine SMS, dass ich unterwegs sei, und er erwiderte, dass er und Nash gerade mit dem Training fertig seien und dass er bereitstehen würde, wenn ich nach Hause käme. Ich legte die Bloody Hollies ein und fuhr nach Hause. Als ich ankam, rannte ich in die Wohnung, um das Handy aus ihrer Tasche zu holen und meinen Bruder einzusammeln, und in null Komma nichts waren wir unterwegs nach Brookside. Als wir gerade auf die Interstate bogen, fielen die ersten Schneeflocken auf die Windschutzscheibe. Ich fluchte, weil ich ahnte, was das für den Pendlerverkehr und meinen Terminplan für den restlichen Tag bedeutete. Noch bevor wir in Brookside waren, rief Nash an und sagte mir, dass meine Termine um zwölf und um zwei Uhr verlegt werden würden, weil die Kunden es wegen des Wetters nicht schafften, und ich hatte jetzt keine Ausrede mehr, um mir den Besuch bei meinen Eltern zu ersparen.

Rome, der nicht dumm war, hörte mir bei dem Telefonat mit Nash zu und sah mich erwartungsvoll an. »Es würde dich nicht umbringen, kurz bei ihnen vorbeizuschauen. Wir könnten das als Erstes erledigen, damit sie uns nicht fragen, warum wir Shaws Wagen dabeihaben.«

»Ich verstehe nicht, warum ich das tun sollte.«

»Weil sie unsere Eltern sind und du sie nicht einfach aufgeben darfst – egal, was du empfindest.«

»Warum sollte ich sie nicht aufgeben? Sie haben mich doch

auch aufgegeben, sobald der gute Zwilling für tot erklärt worden war.«

»Hör auf damit und zeig mal etwas Rückgrat. Du wirst einen Kurzbesuch bei Mom und Dad überstehen und kannst dann immerhin sagen, dass du es zumindest versucht hättest. Es wird Shaw glücklich machen, wenn sie hört, dass du wenigstens einen klitzekleinen Schritt auf sie zu gemacht hast. Immerhin sind Mom und Dad eher Vater und Mutter für sie als ihre eigenen Eltern. Wenn ihr beide also zusammenbleiben wollt, wirst du ihr zeigen müssen, dass du dich bemüht hast – auch wenn Mom sich keinen Zentimeter rühren und nicht nachgeben wird.«

Er hatte recht, und mir zog sich der Magen zusammen. Im Augenblick wollte Shaw eine Brücke bauen. Sie brachte Mom in Zugzwang, damit die sich irgendwann mit mir auseinandersetzen und mich akzeptieren musste. Doch nachdem ich miterlebt hatte, wie schrecklich ihre eigene Mutter sich ihr gegenüber verhielt, hatte ich keinen Zweifel daran, dass die Kluft zwischen ihr und meinen Eltern schon bald überwunden sein würde. Und das hieß, dass ich mir überlegen musste, wie ich in dieses Puzzle passen wollte. Es zu versuchen würde mich nicht umbringen, aber es würde ganz sicher für uns alle unangenehm werden – so viel stand fest.

»Gut, wir können sie ja besuchen. Du solltest dir allerdings keine allzu großen Hoffnungen machen. Seit ich den Brunch so überstürzt verlassen habe, habe ich weder von Mom noch von Dad irgendetwas gehört.«

»Der Stolz der Archers ist gefährlich. Wenn wir nicht aufpassen, wird er eines Tages die ganze Familie zerstören.«

Ich brummte nur etwas Unverständliches und versuchte, mir einzureden, dass es nicht nur Shaw glücklich machen würde, sondern auch Rome viel bedeutete. Und wenn es jemanden auf dieser Welt gab, für den ich alles tat, dann war das mein Bruder. Rome hatte mich nie um irgendetwas gebeten. Er war immer für mich da gewesen, hatte mich unterstützt und ermutigt, auch wenn er sich damit gegen den Rest der Familie gestellt hatte. Ich schuldete es ihm, zumindest zu versuchen, das zu kitten, was kaputtgegangen war. Schweigend legten wir den Rest des Weges zu unserem Elternhaus zurück. Ich konnte sehen, dass Rome mir aus den Augenwinkeln immer wieder verstohlene Blicke zuwarf. Offenbar wartete er darauf, dass ich an der Ausfahrt vorbeifahren oder meine Meinung in letzter Sekunde noch ändern würde. Ich sagte mir jedoch, dass ich zum Glücklichsein die Blicke meiner Eltern, die sie Rome zuwarfen, wenn er nach Hause kam, nicht brauchte. Früher hatte mich das zerrissen, und in meiner Not hatte ich als Teenager rebelliert. Aber nun wusste ich, dass ich nach diesem Besuch in mein Leben zurückkehren konnte. Und es war ein gutes Leben: Ich hatte einen tollen Job, einen super Bruder, ein umwerfendes Mädchen, das total auf mich stand – auch wenn es manchmal Schwierigkeiten gab –, und gute Freunde, die mich ertrugen und bedingungslos hinter mir standen. Und das war alles, was zählte. Auch wenn die Lücke, die Remys Tod hinterlassen hatte, niemals gefüllt werden konnte, so hatte ich doch ein schönes Leben, und meine Eltern sollten eigentlich stolz auf mich sein. Und wenn sie das nicht waren, dann konnten sie mir eben den Buckel runterrutschen.

Die Autos meiner Eltern standen in der Einfahrt, als wir am Straßenrand hielten. Ich atmete scharf aus und bemühte mich, nicht zusammenzuzucken, als Rome mir auf die Schulter klopfte und mich sanft aus dem Wagen schob. »Komm schon. Wir machen es auch kurz.«

Ich sprang aus dem Pick-up. Unter meinen Boots stob

ein bisschen Schnee zur Seite. Ich konnte meinen Atem in kleinen weißen Wölkchen in den Himmel steigen sehen und ahnte, dass das Wetter sich weiter verschlechtern würde, noch ehe wir die Rückfahrt angetreten hätten. Irgendwie spiegelte das Wetter meine Gefühle der ganzen Situation gegenüber. Ich wusste, dass Rome einen Schlüssel hatte, aber da ich bei ihm war, blieb er vor der Eingangstür stehen und klopfte, womit er sich wie ein Fremder verhielt, so wie ich es war. Ich hörte Schritte, und es dauerte ein paar Minuten, ehe mein Dad an die Tür kam. Überrascht blickte er uns an, und ich musste zugeben, dass es mich innerlich freute, dass er genauso überrascht über Romes Auftauchen war wie über meines.

»Jungs? Was macht ihr denn hier?«

Er schob die Fliegengittertür auf und winkte uns ins warme Haus. Ich rieb meine kalten Hände, um sie aufzuwärmen, sodass er gar nicht erst versuchte, mich ebenfalls zu umarmen, nachdem er Rome begrüßt hatte. Ich war erleichtert, denn ich war mir nicht sicher, ob unser Verhältnis noch Umarmungen zuließ.

»Rule musste vor der Arbeit noch etwas in Brookside erledigen, und da dachte ich, wir kommen kurz vorbei, um Hallo zu sagen. Ihr seid doch nicht zu beschäftigt, oder?«

»Nein. Eure Mutter ist oben.« Sein Blick fiel auf mich. »Ich bin erstaunt, dich zu sehen, mein Sohn.«

Ich wollte etwas Schnippisches entgegnen, aber da ich besten Willens war, Frieden zu schließen, schenkte ich ihm ein schiefes Lächeln und antwortete: »Ja, das glaube ich. Rome hielt es für eine gute Idee.«

»Rule, das hier ist dein Zuhause. Du bist immer herzlich willkommen.«

Ich wollte erwidern, dass ich mich seit über drei Jahren

nicht mehr willkommen fühlte, doch ich nickte nur und sagte: »Danke dafür, Dad.«

»Was musstest du denn hier erledigen – eine Stunde von Denver entfernt, bei Schnee?«

Ich rieb mir über den Kopf und sah Rome von der Seite an. »Äh ... Ich habe Shaw versprochen, ihren Wagen abzuholen. Sie hat ihn hier stehen lassen, als sie ihre Eltern besucht hat.«

»Shaw war dieses Wochenende in Brookside? Das solltest du deiner Mom nicht erzählen. Sie kommt mit der Grenze, die Shaw gezogen hat, überhaupt nicht zurecht. Das Mädchen ist genauso stur wie ihr Jungs, und ich glaube nicht, dass Margot damit gerechnet hat, dass die Kleine so unnachgiebig sein könnte. Es ist sehr nett von dir, dass du ihr hilfst, Rome.«

Ich rollte mit den Augen, weil wieder einmal automatisch angenommen wurde, dass sie Rome darum gebeten hatte, obwohl er bereits deutlich gesagt hatte, dass sie mich darum gebeten hatte. Ich ließ es so stehen, aber Rome lachte leise und schlug meinem Dad auf den Rücken.

»Ich habe damit nichts zu tun, mein Alter. Shaw und Rule haben einen Waffenstillstand vereinbart. Du solltest die beiden sehen: Sie verhalten sich anständig und verbringen wie normale Menschen Zeit miteinander. Er hat ihr vorgeschlagen, den Wagen für sie abzuholen. Ich bin nur als zweiter Fahrer eingespannt worden.«

Mein Dad warf mir über Romes Schulter hinweg einen verblüfften Blick zu. »Ist das wahr? Ihr beide wart immer zerstritten – schon als Kinder.«

Ich zuckte die Achseln. »Ich versuche, ein bisschen erwachsener zu werden. Ich kenne sie seit einer Ewigkeit und bemühe mich, unser Verhältnis aus einem anderen ... Blickwinkel heraus zu betrachten. Wir kommen gut miteinander klar.« Und an erster Stelle stand dabei, möglichst viel Zeit mit ihr im Bett zu verbringen. Aber Dinge zu tun, die sie glücklich machten und ihr Sicherheit gaben, machte mich ebenfalls glücklich. Dieses Gefühl war allerdings so neu für mich, dass ich noch nicht genau wusste, wie ich damit umgehen sollte.

»Vielleicht kannst du ihr sagen, wie schwer es für deine Mom ist, dass sie keinen Kontakt mehr mit ihr haben will. Vielleicht kannst du sie dazu bewegen, uns zu besuchen, das wäre wundervoll.«

»Sie hat ihre Gründe, nicht hierherzukommen, Dad.« Reflexartig wurde mein Ton schärfer, doch äußerlich ließ ich mir nichts von der Anspannung anmerken, die immer weiter wuchs, während wir ins Wohnzimmer gingen, wo meine Mom auf dem Sofa saß und fernsah. Ihr Blick ging von Rome zu mir und dann wieder zurück. Quer durch den Raum hindurch konnte ich ihr Missfallen spüren.

»Was willst du hier?« Sie sah Rome gar nicht an. Ihre Augen waren auf mich gerichtet. Ihre Wut wirkte wie ein Peitschenschlag in mein Gesicht. Ich schob die Hände in meine Hosentaschen und erwiderte ihren Blick ganz direkt. Dieses Mal wollte ich nicht zulassen, dass sie mich reizte und durcheinanderbrachte – das schuldete ich meinem Bruder und meinem Mädchen.

»Ich wollte nur vorbeikommen, um Hallo zu sagen und zu sehen, wie es dir, wie es euch so geht.«

»Ich will dich nicht sehen.« Rome, der neben mir stand, erstarrte, und ich hörte, wie mein Dad scharf einatmete. Ich war jedoch nicht überrascht.

»Ich weiß, aber ich dachte, der Versuch, über alles zu reden und es wieder geradezubiegen, würde mich nicht umbringen.«

»Warum machst du dir die Mühe? *Du* hast doch alles zerstört.« Ihre Stimme klang rau, und ich hätte schwören können, den Hass zu sehen, den sie in sich trug und der in jeder Silbe mitschwang. Mein Dad machte einen Schritt nach vorn, Rome zog ihn jedoch zurück. »Margot, das reicht. Der Junge ist unser Sohn, kein Fremder, den wir einfach so auf die Straße setzen, weil du im Moment Schwierigkeiten mit ihm hast.«

»Dad, es ist schon in Ordnung«, erklärte ich und winkte ab. »Ich weiß, wie sie empfindet. Sie hat nie einen Hehl daraus gemacht.«

»Was erwartest du, Rule?«, brach es aus meiner Mutter hervor. »Deinetwegen liegt dein Bruder in einem Sarg unter der Erde, und das Mädchen, das ich wie eine Tochter liebe, will nichts mehr mit mir zu tun haben. Du bist Gift für diese Familie.«

Tja, das war ein bisschen deutlicher und schärfer, als sie normalerweise war. Aber zumindest war es endlich raus. Ich rieb mir mit den Fäusten die Augen und seufzte einmal tief. Mein Dad und Rome redeten gleichzeitig und versuchten, sie dazu zu bringen, ihre Äußerungen zurückzunehmen, und ihr klarzumachen, dass nichts davon der Wahrheit entsprach. Doch es gab kein Durchdringen zu ihr. Es war vergebens.

»Hey, hey, jetzt hört mal alle auf. Es ist schon okay. Komm schon, Rome, tu nicht so, als wärst du schockiert. Sie hat mir immer die Schuld gegeben, weil ich ihn in jener Nacht angerufen und gebeten habe, mich abzuholen. Das ist schon in Ordnung. Ich habe es verstanden. Ich habe mir auch lange Zeit die Schuld gegeben, bis ich irgendwann begriff, dass es unzählige andere Gründe hätte geben können. Es war ein Unfall. Ein Unfall, bei dem jemand ums Leben gekommen ist, den wir alle sehr geliebt haben. Aber trotzdem bleibt es ein Unfall. Sie könnte den Lkw-Fahrer beschuldigen, sie könnte Remy selbst beschuldigen, weil er zu schnell unterwegs war, sie könnte Gott beschuldigen, weil er den Regen geschickt hat, oder sogar den Arzt in der Notaufnahme, weil er seinen Job nicht gut genug gemacht hat. Nein. Sie gibt mir die Schuld, und daran wird sich nie etwas ändern. Und es ist in Ordnung, wenn sie das braucht, um weiterzumachen. Ich kann diese Last tragen.« Die drei sahen mich mit großen Augen an. So viel hatte ich seit über fünf Jahren nicht mehr zu meinen Eltern gesagt – ohne zu schreien, ohne wütend zu werden. »Shaw ist ein kluges Mädchen, und sie hat eine eigene Meinung. Ich lasse nicht zu, dass ihr mir die Schuld für euer Handeln und die Konsequenzen, die sie daraus zieht, in die Schuhe schiebt. Sie hat dir gesagt, was du tun musst, um die Beziehung zu ihr aufrechtzuerhalten, und du hast es abgelehnt. Dafür trägt niemand die Schuld außer dir allein.«

»Du weißt überhaupt nichts über Shaw«, erwiderte meine Mutter. »Sie spielt in einer ganz anderen Liga als du. Sie und Remy waren auf einem so guten Weg – davon kannst du nur träumen.«

Ich schüttelte traurig den Kopf und wies mit einem Kopfnicken zur Tür. »Mom, du hast keine Ahnung. Shaw ist der liebevollste, netteste und mitfühlendste Mensch auf der Welt. Sie würde sich eher den eigenen Arm ausreißen, als sich selbst über jemanden zu stellen, der ihr am Herzen liegt. Ihr ist es egal, ob sie auf diesem oder einem anderen Weg unterwegs ist, solange die Menschen, die sie liebt, bei ihr sind und am Ende alle glücklich werden. Ich bin weg. Ich habe zu tun. Dad, es war schön, dich wiederzusehen. Rome, ich warte im Wagen.«

Damit machte ich auf dem Absatz kehrt, um hinauszugehen, doch ihre kalte Stimme hielt mich zurück. »Halte dich von Shaw fern, Rule. Am Ende wirst du ihr nur Unglück bringen und sie verletzen – genau wie deinen Bruder.«

Ich wollte ihr entgegenschleudern, dass diese Warnung viel zu spät kam, dass ich Shaw allmählich in- und auswendig kannte und dass sie langsam zu einem bedeutenden Teil von mir wurde. Aber ich erwiderte ihren kühlen Blick nur, und in meinen Augen lagen mit Sicherheit Traurigkeit und Resignation. »Viel Glück bei dem Versuch, sie mit dieser Einstellung zurück in die Archer-Familie zu holen, Mom. Mach nur weiter so, dann wird eher die Hölle zufrieren, als dass Shaw je wieder einen Fuß in dieses Haus setzt.«

»Warum sie dich dieser Familie vorziehen sollte, ist mir ein Rätsel.«

Ich gab ihr die einzige Antwort, die es darauf gab. »Weil sie findet, dass ich es wert bin.«

Ich warf Rome einen ausdruckslosen Blick zu und ging an ihm vorbei. Ich achtete darauf, meinem Dad aus dem Weg zu gehen. Ohne einen Blick zurück, um zu sehen, ob einer von ihnen mir folgte, verschwand ich. Als ich draußen war, stieß ich die Luft aus, die ich unwillkürlich angehalten hatte. Ich betrachtete die Straße, die mittlerweile schneebedeckt war. Ihre Worte taten weh – sie hatten mir immer wehgetan. Doch statt in Selbstmitleid und Einsamkeit zu versinken, wie ich es sonst immer getan hatte, sah ich jetzt, dass sie diejenige war, die ein ernsthaftes Problem hatte. Und ich würde nichts daran ändern können, solange sie sich nicht helfen lassen wollte und sich aktiv Hilfe suchte. Um in irgendeiner Form Klarheit für sie zu schaffen oder zumindest etwas in dieser Richtung zu bewirken, hatte ich einfach viel zu lange die Rolle des Sündenbocks übernommen.

»Junge.« Dads Stimme überraschte mich. Er hatte sich eine

Jacke geholt und war mir dann auf die Einfahrt hinaus gefolgt. Rome konnte ich nirgends entdecken. Ich drehte mich um und schob die Hände tief in die Taschen meines Kapuzenpullovers. »Wir müssen darüber reden, was gerade passiert ist.«

»So viel dazu, dass das hier immer mein Zuhause sein wird, was, Dad?« Ich bereute meine Worte schon, als ich sie ausgesprochen hatte. Tief in mir gab es noch immer einen kleinen Jungen, der von seinen Eltern geliebt und geschätzt werden wollte. Und auch wenn ich mich noch so anstrengte, konnte ich ihn nicht zum Schweigen bringen. »Tut mir leid, das war dumm.«

Mein Dad schüttelte den Kopf. Zum ersten Mal sah ich aufrichtige Reue in seinem Blick. »Ich hatte keine Ahnung, dass es mit deiner Mutter so schlimm geworden ist, Rule. Mir gefällt es nicht besonders, wie du dein Haar trägst oder dass du am gesamten Körper tätowiert bist, und es geht mir unglaublich auf die Nerven, dass du dich absichtlich wie ein Straßenräuber kleidest, um uns zu ärgern, doch ich habe dich nie für das verantwortlich gemacht, was mit Remy passiert ist. Ihr wart immer zwei ganz unterschiedliche Charaktere, aber ich habe euch beide gleich geliebt. Ich habe gehört, was deine Mutter auf der Beerdigung zu dir gesagt hat, doch ich habe mir eingeredet, dass es nur die Trauer war, der Schmerz, die Überreaktion einer Mutter, die ihr Kind viel zu früh verloren hat. Ich habe wirklich gedacht, dass sie den Weg aus der Trauer und der Depression herausfinden würde. Aber nach dem heutigen Tag verstehe ich, was Rome meint. Wir brauchen Hilfe. Sie braucht Hilfe. Ich würde niemals ein Kind aus meinem Haus verbannen – ob es nun pinkfarbene, blaue oder grüne Haare hat. Denn all das spielt keine Rolle, weil ich dich liebe und weil ich mir wünsche, dass du glücklich bist und ein gutes Leben führst. Ich sähe es auch lieber, wenn du aufhören würdest, einen alten Mann bei jeder Gelegenheit auf die Palme zu bringen. Doch ich möchte nicht, dass du denkst, ich hätte mir jemals gewünscht, dass in jener Nacht du anstelle von Remy gestorben wärst. Das alles hätte dieser Familie nie widerfahren dürfen. Aber es ist nun einmal passiert. Und du hast absolut recht damit, dass es ein Unfall war.«

Ich starrte meinen Dad an, als wäre er ein Fremder. Es war kalt, und ich konnte meine Zehen kaum noch spüren, doch das Blut schoss durch meine Adern. »Das hast du mir noch nie gesagt. Normalerweise wirst du nur wütend und verlässt das Zimmer oder lässt zu, dass Mom mich bei jeder Gelegenheit auseinandernimmt.«

»Es ist mir nie leichtgefallen, eine Beziehung zu dir aufzubauen, Rule. Rome war mein Kumpel, Remy war jedermanns bester Freund und du ... Na ja, du bist schon als Kind deinen eigenen Weg gegangen, und ich hatte nie das Gefühl, dass du Führung oder Rat von mir brauchen würdest, um deine Ziele zu erreichen. Deine Mutter ist zerbrechlich – zerbrechlicher noch, als ich dachte. Ich habe gewusst, dass das, was im Laufe der vergangenen Jahre gewesen ist, für uns als Familie nicht gut war. Aber ich habe gehofft, dass deine Mutter irgendwann aus diesem Albtraum erwachen und wieder ›normal‹ werden würde. Je härter wir zu dir waren, desto mehr hast du dich gewehrt. Du hast sie nie so an dich herangelassen, wie sie es sich gewünscht hätte, und ich hätte all dem schon vor Jahren ein Ende setzen müssen. Aber erst jetzt verstehe ich wirklich, was wir dir mit unserem Verhalten angetan haben.«

»Sie wünscht sich, dass ich Remy bin.« Es ihm gegenüber laut auszusprechen fühlte sich an, als hätte ich ein lange gehütetes Geheimnis verraten.

Er hustete und rieb die Hände aneinander. »Sie wünscht sich, die leichte, unkomplizierte Beziehung, die sie damals mit Remy hatte, auch mit dir zu haben. Remy war nicht streitlustig oder problematisch. Er ist immer mit dem Strom geschwommen. Rome wusste, dass wir nicht wollten, dass er zum Militär geht. Dennoch hat er es getan, weil er stur ist und entschlossen, die Welt zu verändern. Und du? Mit dir war es nie einfach und problemlos. Du konntest es nie ertragen, wenn wir dir vorgeschrieben haben, wann du zu Hause sein solltest. Du hast alle Formen von Regeln zutiefst abgelehnt, die wir dir aufzwingen wollten. Du warst immer kreativ und eigentümlich. Eine Beziehung zu dir aufzubauen war nicht leicht. Wir waren so gut wie nie einer Meinung, und du hast immer das Gegenteil von dem getan, was wir gesagt haben. Jetzt hat sie keinen Sohn mehr, dem sie Vorschriften machen kann. Sie vermisst es, jemanden bemuttern zu können. Remy hat es nie etwas ausgemacht, sich von ihr umsorgen zu lassen. Genauso wenig wie Shaw. Aber jetzt hat Shaw sich auf eine Seite geschlagen, und Margot verfällt immer mehr.«

»Dad, ich kann nicht mehr hierherkommen. Nicht unter diesen Umständen. Ich finde gut, was du mir heute gesagt hast. Eigentlich hättest du das schon vor Jahren sagen können, dann hätte ich mir und uns vielleicht einige dumme Entscheidungen und falsches Verhalten erspart. Doch ich werde für sie nicht länger den Sündenbock spielen.«

Er seufzte und sah zur Tür, als Rome herauskam. Mein Bruder sah unglaublich wütend aus. »Irgendetwas sagt mir, dass du nicht der einzige Archer bist, der diesen Entschluss gefasst hat«, brummte mein Dad.

»Das gilt übrigens auch für Shaw«, stellte ich klar. »Ich werde nicht zulassen, dass Mom sie in diesem Chaos als Schachfigur benutzt.«

»Ja«, entgegnete er. »Das lasse ich auch nicht zu. Sie ist wie eine Tochter für mich.«

Rome kam zu uns. Mann, er sah wirklich sehr aufgebracht aus. Meine Augen waren hell und funkelten silbrig oder grau, wenn ich starke Emotionen empfand. Die Augen meines Bruders leuchteten gerade in einem strahlenden Blau – wie der heißeste Teil einer Flamme.

»Sie hat den Verstand verloren. Ernsthaft, Dad, sie braucht eine Therapie und möglicherweise sogar unterstützende Medikamente. Ich kann nicht glauben, dass sie diesen ganzen Scheiß zu Rule gesagt hat.«

Mein Dad seufzte wieder tief und verlagerte das Gewicht von einem Fuß auf den anderen. Als er sich bewegte, fiel der Schnee, der sich inzwischen auf seinen Schultern gesammelt hatte, zu Boden.

»Ich weiß, mein Sohn. Ich habe gerade zu Rule gesagt, dass mir jetzt klar geworden ist, dass das Problem ernster ist, als ich gedacht hätte.«

»Mir bleiben nur noch ungefähr zwei Wochen. Du kannst ihr ausrichten, dass ich erst zurückkomme, wenn sie wieder zur Vernunft gekommen ist. Ich habe versucht, ihr das beizubringen, und sie hatte nichts Besseres zu tun, als zu behaupten, Rule würde alle Menschen, an denen ihr etwas liegt, einer Gehirnwäsche unterziehen. Sie hat ihn beleidigt, hat ihn verletzt – ihr eigenes Kind. Ich werde nicht weiter unterstützen, dass sie ihn so behandelt.«

»Ihr seid gute Jungs. Ihr solltet euch jetzt erst einmal umeinander kümmern, während ich mich eurer Mutter annehme. Ich liebe euch beide. Gebt uns nicht völlig auf.«

Wir umarmten uns und klopften uns auf den Rücken, ehe Rome und ich wieder in meinen Pick-up stiegen. Wir mussten erst den Motor warm laufen lassen, bevor die Heizung funktionieren würde. Wir standen also mit laufendem Motor in der Auffahrt, und ich blickte nachdenklich aus dem zugefrorenen Fenster, während Rome weiterhin über unsere Mom sprach. Ihre Reaktion auf meinen Überraschungsbesuch widerte ihn an. Mich erstaunte ihr Verhalten dagegen wenig. Vielmehr verblüffte mich das, was mein Dad zu mir gesagt hatte. Ich konnte mich nicht daran erinnern, dass mir – abgesehen von meinen Brüdern – jemals ein Mensch gesagt hätte, er würde mich lieben. Und ich hatte total vergessen, wie schön dieses Gefühl war.

»Willst du Shaws BMW nehmen oder lieber den Pick-up? Es schneit schließlich ziemlich.«

»Den BMW. Ich habe gesehen, wie du gefahren bist, kleiner Bruder. In einem Sportwagen wirst du es bestimmt nicht heil und unversehrt zurück nach Denver schaffen.«

Da hatte er nicht ganz unrecht. Und ich wollte unversehrt zurückkehren, weil ich Shaw ein neues Handy kaufen, weil ich sie von der Arbeit abholen und mit ihr die Nacht in meinem Bett verbringen wollte. Ich wollte sie dazu bringen, wieder und wieder mit rauer Stimme meinen Namen zu flüstern. Ich war mir nicht ganz sicher, aber dieses nicht greifbare Gefühl in meiner Brust schien sich allmählich als Liebe zu entpuppen.

12. Kapitel

Shaw

Ich versuchte noch immer, mein neues Handy zu durchschauen. Statt mir das gleiche Modell zu kaufen, hatte Rule mir eine ganz neue Version mit allem Drum und Dran besorgt. Das Ding war zehnmal smarter als ich. Ich wollte Ayden nur kurz eine Nachricht schicken, dass ich zu spät zu unserer Verabredung zum Kaffee kommen würde, weil einer meiner Kurse länger gedauert hatte. In den vergangenen zwei Wochen hatte ich sie nie länger als ein paar Minuten am Stück zu Gesicht bekommen, also hatten wir uns verabredet, um ein bisschen zu quatschen und uns gegenseitig auf den neuesten Stand zu bringen. Sie verhielt sich noch immer etwas seltsam. Da ich in letzter Zeit entweder bei Rule oder er bei mir gewesen war und ich in der Zwischenzeit versucht hatte, Gabe aus dem Weg zu gehen, waren ein Treffen und ein Gespräch mit Ayden einfach nicht möglich gewesen.

Mittlerweile hatte ich meinen Rhythmus gefunden. An den Tagen, an denen ich arbeitete, blieb ich bei Rule. Seine Wohnung war nicht weit von der Bar entfernt, und es machte ihm nichts aus, auf einen Drink in die Bar zu kommen und darauf zu warten, dass ich Feierabend hatte. Er und Lou waren inzwischen gute Freunde geworden. An den Tagen, an denen ich in die Uni musste oder freiwillig arbeitete, kam er zum Abendessen oder kurz danach zu mir und verbrachte die Nacht bei mir. Ich hatte beschlossen, die Schicht am Samstag nicht mehr zu übernehmen, um am Wochenende zumindest einen Abend freizuhaben, den ich mit ihm verbringen konnte. Er ging gern freitags und samstags mit seinen Freunden aus. Es war cool, dass er so einen Abend allein mit seinen Kumpeln hatte, während ich arbeitete. Und es war auch gut, einen Tag nicht in die Bar zu müssen und shoppen oder ins Kino gehen zu können, da ich sonst meistens Geld verdienen oder lernen musste. Mit Rule zusammen zu sein lehrte mich, dass meine Zeit kostbar war und dass ich sie damit verbringen musste, sowohl die Dinge zu tun, die ich wollte, als auch die Dinge, die von mir verlangt wurden. Diese Erkenntnis war auch ein Grund dafür, dass ich mich im Recht fühlte, meine Eltern zu ignorieren, die seit dem Ausflug nach Brookside ständig anriefen.

Endlich gelang es mir, eine Nachricht abzuschicken. Ich bekam direkt eine Antwort, in der Ayden schrieb, dass sie schon einen Tisch für uns organisiert und einen Kaffee bestellt habe.

Als ich ins Café kam, war der Laden brechend voll. Doch Ayden hatte uns einen Tisch am Fenster gesichert. Sie saß am Tisch und starrte auf ihr Handy. Einige dümmlich aussehende Typen am Nachbartisch versuchten, Aydens Aufmerksamkeit zu erregen, indem sie sich besonders laut unterhielten und lachten, aber meine Freundin schien es gar nicht zu bemerken. Mir fehlte die gemeinsame Zeit mit ihr, und ich wünschte, sie würde mit mir darüber reden, was sie im vergangenen Monat so beschäftigt hatte. Doch da ich selbst so viel um die Ohren gehabt hatte, wusste ich, dass ich nicht gerade das Musterbeispiel einer guten Freundin gewesen war.

Ich ließ mich ihr gegenüber auf einen freien Stuhl fallen und nahm dankbar das Getränk mit dem leckeren Milchschaum entgegen, das sie mir bestellt hatte. Ayden schnitt eine Grimasse und legte ihr Handy zur Seite. »Ich hätte deinen Freund heute Morgen fast nackt gesehen.«

Ich musste über den Ausdruck auf ihrem Gesicht lachen. »Ich weiß nicht, was ich dazu sagen soll ... Gern geschehen?«

Sie kräuselte die Nase. »Er hat nicht viel Schamgefühl, oder?«

»Du kennst doch Rule.«

Sie nahm ihr eigenes Getränk und sah mich über den Rand ihrer Tasse hinweg an. »Ich schätze, er muss sich ja auch keine Sorgen machen, oder? Erstaunlich, dass dich all die Tattoos nicht ständig ablenken. Ich glaube, ich würde die ganze Zeit nur gucken und staunen, statt endlich mal zur Sache zu kommen.«

»Es macht Spaß.«

»Das glaube ich.« In ihren hübschen Augen stand ein abwesender Ausdruck, den ich nicht mehr länger unkommentiert lassen konnte.

»Komm schon, Ayden. Sag mir, was in letzter Zeit mit dir los ist. Ich weiß, dass ich ziemlich viel zu tun hatte und unaufmerksam war, aber ich merke, dass du dich verändert hast. Du wirkst so traurig. Das sieht dir überhaupt nicht ähnlich.«

Ihre whiskeybraunen Augen huschten von links nach rechts, ehe sie auf den Tisch zwischen uns starrte. Sie stellte ihre Kaffeetasse ab und strich mit der Fingerspitze über den Rand.

»Ich weiß es nicht. Ich meine, ich weiß es schon ... Nur nicht richtig ...« Ich sah sie nur schweigend an, denn ich wusste nicht genau, worauf sie hinauswollte. »Ich dachte immer, ich hätte alles durchschaut – die Uni, Jungs, meine Zukunft, einfach alles. Ich wusste, dass es keine Rolle spielte, dass ich keinen guten Background hatte, weil ich auf dem richtigen Weg war und weil ich etwas Großes werden würde. Doch jetzt bin ich mir da nicht mehr so sicher.«

»Wieso zweifelst du daran?«

»In der Nacht in der Rockbar hat Jet mich nach Hause gebracht. Und ich habe mich ihm praktisch an den Hals geworfen.« Ich bemerkte, wie sie leicht zusammenzuckte. »Er war höflich, aber meinte, ich wäre nicht sein Typ und dass nette Mädchen wie ich etwas Besseres verdient hätten.«

»Na ja, das war doch sehr galant und nett von ihm und keine Reaktion, die einen Menschen so verändert.«

»Das ist es ja, Shaw. Inzwischen bin ich ein nettes Mädchen, doch du hast keine Ahnung von dem Leben, das ich geführt habe, bevor ich nach Colorado gezogen bin. Als ich noch in Kentucky gewohnt habe, war ich praktisch ständig *out of control.* Ich habe Partys gefeiert, habe viele schlimme Sachen ausprobiert und mit viel zu vielen Kerlen gespielt. In meinem Inneren herrschte das totale Chaos, und das hat sich auch in meinem Äußeren widergespiegelt. Ein Wunder war nötig, um mich an diese Uni zu bringen, weg von alledem. Aber ein Teil von mir ist noch immer wie das Mädchen von damals. Als Jet mich abgewiesen hat, bin ich aus dem Gleichgewicht geraten. Er ist süß und spielt in einer Band, und ich war wütend, als er mich zurückgestoßen hat, weil ich angeblich zu nett wäre. Ich glaube nicht, dass ich das sein will. Seit dem Abend kämpfe ich damit.«

Ich stellte meinen Kaffee ab und sah sie aus leicht zusammengekniffenen Augen an. »Du hast dich von einem Typ, den du nur einmal kurz getroffen hast, so beeinflussen lassen? Das passt überhaupt nicht zu dir.«

»Der Mann hatte etwas, Shaw. Ich kann nicht sagen, was es war.«

»Ayden, du bist erstaunlich. Es ist mir egal, wie dein Leben vorher ausgesehen hat, denn jetzt bist du loyal und lieb, du bringst mich zum Lachen, du bist klüger als die meisten anderen, du bist unfassbar hübsch, und wir beide wissen, dass du in den vergangenen Jahren mehr als einmal der Grund gewesen bist, warum ich nicht zerbrochen bin. Ich habe Jet ein paarmal getroffen. Er ist nett und ganz bestimmt heiß. Doch er ist auch ein Rock 'n' Roller, der jede Menge Groupies hat, die alles für ihn tun. Was auch immer du mit ihm erlebt hast, wenn es solche trüben Gedanken und Selbstzweifel nach sich zieht, ist es das nicht wert.«

»Und das von dem Mädchen, das ihren Schwarm ein halbes Jahrzehnt lang heimlich angeschmachtet hat?« Ihr Sarkasmus traf mich, doch sie hatte recht.

»Ja. Sieh nur, wie unglücklich und einsam es mich gemacht hat. Ich will nur sagen: Wenn ein Kerl dich nicht schätzt, weil du einfach wundervoll bist, dann ist er es auch nicht wert. Und wenn er sagt, dass er deinen guten Ruf nicht beschmutzen will – ob der nun der Realität entspricht oder nicht –, dann muss ich leider annehmen, dass er möglicherweise nicht interessiert war. Du bist ein Countrygirl, und er ist ein Rockstar. Ich meine, mir ist klar, dass ich selbst bei Rule immer behauptet habe, dass Gegensätze sich anziehen und so weiter, aber vielleicht tun sie das doch nicht, und du warst nicht sein Typ. Ich habe die Mädchen gesehen, die die Jungs umschwirren, wenn sie ausgehen. Mann, ich habe sie immer und immer wieder bei Rule im Bett liegen sehen. Und, glaube mir, Klugheit, Selbstbewusstsein und Ehrgeiz sind keine Eigenschaften, die diese Frauen ausmachen.«

Sie atmete hörbar durch. »Vielleicht. Es hat mich nur dazu gebracht, mich zu fragen, was ich eigentlich tue. Ich date, ich habe Spaß, ich liebe mein Leben mit dir, und ich bin gut im Studium. Trotzdem habe ich das Gefühl, dass etwas fehlt. Und wenn ich dann deinen superheißen, halb nackten und voll tätowierten Freund so müde und zufrieden durch die

Wohnung tapsen sehe, spüre ich ein Brennen in der Herzgegend, das wehtut. Ich glaube, ich bin einsam. Ich will nichts Lockeres, Unverbindliches. Glaube mir, davon hatte ich in jüngeren Jahren genug.«

Ich lachte leise, nahm mit dem Finger etwas Schaum von meinem Getränk und leckte ihn ab. Die Trottel vom Nachbartisch beobachteten uns vermutlich, doch sicher war ich nicht, denn sie tippten wieder angestrengt auf ihren Laptops, als ich zu ihnen hinübersah.

»Also hast du dir den Sänger einer Heavy-Metal-Band ausgesucht, um ihn anzuschmachten? Mann, wir haben wirklich einen exzellenten Männergeschmack.«

Sie lachte mit mir und lehnte sich zurück, um ihre langen Beine übereinanderzuschlagen. »Ich schätze, diese Schwärmerei wird sich irgendwann von selbst legen, doch bis es so weit ist, muss ich mir überlegen, wie ich weitermache, ohne total zu vergessen, wer ich bin. Ich meine, sieh dich doch an: Du bist nicht plötzlich von Kopf bis Fuß tätowiert und lässt dir sämtliche Körperteile piercen. Du hast Rules Philosophie, nach den eigenen Regeln zu leben, für dich genutzt, um zu entspannen und dein Schicksal selbst in die Hand zu nehmen. Trotzdem wirst du dabei nicht zu einem anderen Menschen.«

Doch damit hatte sie nur zum Teil recht, und wahrscheinlich wollte sie gar nicht so genau wissen, dass ich ernsthaft mit dem Gedanken spielte, mir die Brustwarzen piercen zu lassen. Rule erzählte mir immer, wie empfindlich meine Nippel seien und wie leicht ich zu erregen sei, wenn er mit ihnen spielte. Nachdem ich nun intimen Kontakt mit jemandem gehabt hatte, der einige strategische Teile seines Körpers gepierct hatte, wusste ich genau, wie die kleinen Schmuckstücke die Lust steigern und das Erlebnis noch unvergesslicher machen konnten. Da ich noch mit niemand anderem als mit Rule geschlafen hatte, wusste ich nicht, wie sich der Sex mit jemandem anfühlte, der keine Piercings im Schwanz und in der Zunge hatte. Aber wenn ich daran dachte, wie gut es sich mit Rule anfühlte, wollte ich das auch gar nicht herausfinden. Ich wollte die Brustwarzen-Piercings nicht für ihn, sondern für mich, doch ich war mir nicht sicher, ob ich schon bereit war, einen so großen Schritt zu tun.

»Rule beeinflusst mich«, sagte ich. »Das hat er immer schon getan. Aber ich will nicht mit jemandem zusammen sein, dem es nur darum geht, mich zu verändern.«

»Ich weiß. Und ich möchte das auch nicht. Als ich von zu Hause wegging, glaubte ich, dass ich mich radikal ändern müsste, wenn ich nicht für immer auf dem Weg, den ich damals ging, bleiben wollte. Irgendwie habe ich daraufhin alles abgelegt – auch die guten Seiten der Ayden, die ich war, bevor ich nach Denver ging.«

Ich streckte den Arm aus und drückte die Hand, die sie auf den Tisch gelegt hatte. »Vielleicht beginnt gerade ein neuer Lebensabschnitt. Vielleicht bist du weder die neue noch die alte Ayden, sondern ab jetzt eine gute Mischung aus beiden. Du bist toll – wer oder was du auch immer sein willst. Vergiss das nicht.«

»Das hoffe ich. Hast du eigentlich etwas von Gabe gehört oder ihn wiedergetroffen?«

Ich schüttelte den Kopf und lehnte mich auf dem Stuhl zurück. »Nein. Ich habe ihn ab und zu auf dem Campus gesehen, allerdings nur aus der Ferne. Er hält Abstand. Rules Freund Mark, der früher mal Cop war, scheint zu wissen, dass Richter Davenport nicht gerade erfreut darüber war, den Namen seines Sohnes in einer öffentlichen Sitzung zu hören. Wahrscheinlich hat er ihn also an die kurze Leine genommen. Die Jungs waren immer bei mir, und ich glaube nicht, dass er den Mut hat, sich mit Rule oder Rome anzulegen. Zu meinen Eltern habe ich im Moment bewusst keinen Kontakt mehr – es wird ihm also nichts bringen, sie für sich zu vereinnahmen.«

»Was hast du langfristig vor? Rome muss bald wieder los, um Soldat zu spielen. Und ich bin mir sicher, dass Rule dir weiterhin eng verbunden sein wird, aber irgendwann wird es ihm langweilig werden. Die Honeymoon-Phase wird nicht ewig halten.«

Darüber machte ich mir auch Sorgen. Im Augenblick war er gern in der Bar, und es schien ihm auch nichts auszumachen, unsere vollen Terminkalender aufeinander abzustimmen, um Zeit für mich zu haben und auf mich aufpassen zu können. Doch ich stimmte ihr zu, dass es so wahrscheinlich nicht weitergehen würde.

»Ich weiß einfach nicht, was ich tun soll, wenn unser Rechtssystem nicht helfen kann und meine eigenen Eltern gegen mich arbeiten. Ich wünsche mir, dass er ein anderes Mädchen findet, das gesellschaftlich akzeptabel ist, sodass er mich vergessen kann.«

»Ich weiß auch nicht, was du tun kannst. Doch ich freue mich, dass du nicht versuchst, das alles allein durchzustehen.«

»Rule tut mir gut. Ich habe das Gefühl, dass mein Leben, jetzt, wo er eine Rolle darin spielt, endlich mir gehört.«

»Hast du ihm gesagt, dass du ihn liebst – und das seit einer Ewigkeit?«

Ich nahm einen Schluck von meinem Getränk und verschluckte mich prompt. Ich hustete, bis mir Tränen in den Augen standen. »Nein! Bist du verrückt? Warum sollte ich das tun? Er weiß, dass ich jahrelang für ihn geschwärmt habe, und das allein macht ihm schon zu schaffen. Ich will ihn nicht unter Druck setzen, indem ich verlange, dass er das Gleiche für mich empfinden muss. Er will mit mir zusammen sein, und er gibt sich wirklich aufrichtig Mühe, mit mir eine Beziehung zu führen. Für den Augenblick reicht das.«

Sie schnalzte mit der Zunge und fuchtelte mit dem Zeigefinger vor meiner Nase herum. »Wenn du denkst, dass du deine Gefühle vor ihm verstecken kannst, dann irrst du dich gewaltig. Deine Empfindungen umgeben dich wie ein helles Licht, er muss es sehen, sobald er dich anblickt.«

Nervös spielte ich mit einer Haarsträhne. »Tja, er hat jedenfalls noch nie etwas dazu gesagt, und das ist völlig in Ordnung für mich.«

»Du bist so dumm. Du liebst diesen Kerl, seit du ein Teenager warst, und jetzt bist du mit ihm zusammen und hast noch immer Angst davor, offen und ehrlich mit ihm umzugehen? Ich finde nur, du solltest keine Zeit mehr vergeuden.«

»Wir sprechen hier von Rule. Er ist unberechenbar, und er geht mit Gefühlen nicht so um wie andere Menschen. Ich will ihn nicht verschrecken, indem ich zu schnell zu viel will. Ich habe gesehen, was er mit Leuten macht, die ihn drängen. Und das war alles andere als schön.«

»Wenn du mich fragst, finde ich, dass er genauso verknallt in dich ist wie du in ihn. Dieses Glühen, das dich umgibt, sehe ich bei ihm auch – nur dunkler und etwas verwirrter.«

»Schön, das zu hören. Ich weiß nicht, ob ich es glauben kann, aber es ist zumindest ein netter Gedanke.«

Wir blieben noch eine Stunde und eine weitere Tasse Kaffee lang sitzen und unterhielten uns. Wir sprachen über die Uni, und ich erzählte ihr von Margots Zusammenbruch, als Rule meinen Wagen geholt hatte. Wir redeten über die Arbeit und darüber, wie lächerlich Loren wirkte, sobald sie den

Mund aufmachte. Dann verabredeten wir uns am folgenden Wochenende zum Shoppen und zu einem weiteren Besuch im Beautysalon. Als wir fertig waren, musste Ayden sich beeilen, um sich für die Arbeit zurechtzumachen. Wir umarmten uns zum Abschied, woraufhin die Trottel am Nebentisch bestimmt eine spontane Erektion bekamen, dann machte ich mich auf den Weg nach Capitol Hill. Da ich freihatte und Rome zu einer weiteren Untersuchung nach Colorado Springs gefahren war, hatte ich Rule versprochen, ihn im Tattoo-Studio zu besuchen und zu warten, bis er den letzten Kunden verabschiedet hatte.

Zu den regulären Öffnungszeiten war ich noch nie im Tattoo-Laden gewesen. Als ich die Tür öffnete, war ich überrascht, wie gut besucht das Geschäft war. Hinter dem Tresen stand ein Mädchen, das ihr superkurzes Haar weißblond gefärbt hatte wie meines. Die Haare standen in Stacheln vom Kopf ab. Sie kümmerte sich um das Telefon, umsorgte die Kunden, die im Wartebereich herumliefen, und zeigte interessierten Gästen die passenden Künstlermappen. Abgesehen von Nash, Rowdy und Rule arbeiteten noch drei weitere Tätowierer in den freien Arbeitsbereichen. Mir fiel auf, dass auch eine sehr hübsche Frau darunter war, deren schwarz-grüne Haare an einen Comic erinnerten. Sechs Kunden in unterschiedlichen Haltungen bekamen gerade die unterschiedlichsten Tattoos gestochen, während sie die unterschiedlichsten Laute ausstießen und schmerzverzerrt das Gesicht verzogen. Ihre Freunde und die Tätowierer lachten darüber und machten witzige Kommentare. Against Me! dröhnte aus den Lautsprechern. Die Atmosphäre war energiegeladen und aufregend. Ich konnte nicht begreifen, wie jemand in einer solch verrückten Umgebung seinen Lebensunterhalt verdienen konnte, doch es schien zu Rules Persönlichkeit zu passen.

Unsicher stand ich eine ganze Weile im Eingangsbereich herum und nahm alles in mich auf, bis ein Mädchen in einer zu engen Hose und hässlichen *Ugg-Boots* hereinkam und mich zur Seite schubste, als es an mir vorbeirauschte. Es hatte die Haare hochtoupiert, und ich konnte unter ihrem superwinzigen T-Shirt einige Tattoos erkennen. Auf eine trashige Art sah sie gut aus. Die junge Frau hinter dem Tresen hatte allerdings keine Zeit für sie, mit ihrer lauten klaren Stimme, die einen leichten Ostküsten-Akzent hatte, teilte sie ihr unmissverständlich mit: »Hau ab, Liza. Ich habe dir schon am Telefon gesagt, dass er die nächsten zwei Wochen ausgebucht ist und keine Lust hat, Überstunden zu machen, um deinen Scheiß aufzufrischen.«

Das Mädchen murmelte etwas, das ich nicht verstehen konnte, und lehnte sich über den Tresen. Die Empfangsdame – oder wie auch immer man sie nannte – rollte mit den Augen. »Hör mal, ich erkläre es dir noch einmal. Zum Mitschreiben. Er hat kein Interesse an dir. Du bist eine Kundin. Du gibst ihm Geld, damit er dich tätowiert, nicht damit er sich mit dir verabredet und nicht damit er mit dir flirtet. Er ist beschäftigt. Wirklich beschäftigt. Wenn du also dein Tattoo nachstechen lassen willst, musst du dir wie jeder andere auch einen Termin geben lassen und dann zum vereinbarten Zeitpunkt hierherkommen. Im Übrigen hat er inzwischen eine Freundin und keinen Bedarf mehr an kleinen Tattoo-Häschen.«

Überrascht blinzelte ich, als mir klar wurde, dass sie anscheinend über Rule sprach und dass ich offenbar die Freundin war, die sie erwähnt hatte. Wie seltsam war das denn? Das Mädchen schien einen kleinen Wutanfall zu haben, bis auch sie einsehen musste, dass sie an dem blonden Energiebündel hinter dem Tresen nicht vorbeikommen würde. Auf dem Weg nach draußen stürmte sie an mir vorbei. Ein adretter Student nahm ihren Platz am Tresen ein. Er machte ohne viel Aufhebens einen Termin. Ich beobachtete weiterhin das bunte Treiben im Studio, bis das Mädchen am Tresen irgendwann auf mich aufmerksam wurde.

»Kann ich dir irgendwie helfen?« Sie war nicht freundlich, sondern eher sachlich.

Ich zuckte zusammen. »Ich warte nur auf jemanden.«

»Du kannst dich dahinten hinsetzen, wenn du auf einen Kunden wartest.«

Ich schob die Haare hinter meine Ohren, legte den Kopf schräg und betrachtete sie. »Eigentlich warte ich auf Rule.«

Als sie mich nun ansah, fiel mir auf, dass ihre Augen eine ungewöhnliche Farbe hatten: eines war dunkelbraun und das andere grünblau. Sie seufzte tief und blickte mich mit leicht zusammengekniffenen Augen an. »Wie ich dem anderen Tattoo-Häschen schon sagte: Rule ist beschäftigt und hat keine Zeit. Wenn du ihn treffen willst, musst du wie jeder andere Kunde auch einen Termin vereinbaren.«

Gegen meinen Willen musste ich lachen. »Tattoo-Häschen? Nennt ihr die Mädchen so?«

Meine Frage schien sie zu überraschen. »Ja. Du hast keine Ahnung, wie viele arme Mädchen in dieser Stadt mit dämlichen Arschgeweihen herumlaufen, nur weil sie vor einem Tätowierer die Hose herunterlassen wollten.«

»Oh, das glaube ich gern.«

Sie stützte sich auf den Ellbogen ab und musterte mich von Kopf bis Fuß. »Wie, sagtest du, war dein Name noch mal?«

»Ich habe nicht gesagt, wie ich heiße. Du hast mich allerdings auch nicht gefragt. Ich bin Shaw. Ich bin weder ein Häschen, noch habe ich ein Tattoo, also gilt die Bezeichnung wohl nicht für mich.«

Sobald ich meinen Namen ausgesprochen hatte, fiel der Frau die Kinnlade herunter. Sie erhob sich aus dem Ledersessel, in dem sie saß. Ihre Augen wurden groß, und sie klatschte die Hände auf die Marmoroberfläche der Theke, die zwischen uns stand.

»Heilige Scheiße! *Du* bist Shaw? Dich gibt es tatsächlich? Unfassbar! Jungs, Rules Mädchen ist hier, und es ist ein echtes Mädchen mit einem echten Hirn. Un-fucking-fassbar. Das schreckliche Trio spricht seit Wochen von dir, und ich konnte es nicht glauben. Aber dich gibt's wirklich.«

Wie im Film waren mit einem Mal alle Augen auf mich gerichtet. Ich hatte in den vergangenen Wochen viel Zeit mit Nash und Rowdy verbracht, und die beiden grüßten nur kurz, bevor sie sich wieder ihrer Arbeit widmeten. Als Rule mich anblickte, ging in mir alles drunter und drüber. Er zwinkerte mir zu, ehe er irgendetwas zu dem Jungen sagte, den er gerade tätowierte, und sich dann zurücklehnte, um die überschüssige Farbe abzuwischen. Die anderen drei Tätowierer starrten mich an. Eigentlich hätte ich mich unwohl fühlen müssen, doch die Blondine war hinter dem Tresen hervorgekommen und stand inzwischen direkt vor mir. Sie war fast genauso groß wie ich, wog allerdings gute dreißig Pfund weniger. Ihre wilde Frisur ließ sie größer wirken. Es war unglaublich, dass eine so zierliche Person eine so laute, schrille Stimme hervorbrachte. Sie war eine Punkrock-Elfe.

»Hast du eine Ahnung, wie lange ich schon darauf warte, dass einer der Jungs eine ernsthafte Beziehung eingeht? Seit einer Ewigkeit! Die Tattoo-Häschen wegzuschicken war noch nie so befriedigend wie jetzt. Ich hätte nicht gedacht, dass Rule der Erste sein könnte, der eine richtige Freundin hat.«

Über ihre Schulter hinweg wies sie auf die drei Tätowierer,

die ich bisher noch nicht kannte. »Bixie ist mit einem Feuerwehrmann verheiratet und hat deshalb nie Probleme mit stalkenden Kunden gehabt. Mase führt eine On-off-Beziehung mit einer Frau, kann sich also benehmen, wenn er gerade mit ihr zusammen ist. Aber wenn sie mal wieder getrennt sind, dann stellt er, was den Verschleiß an Frauen angeht, selbst Rule in den Schatten. Jasper, den wir Jaz nennen, schweigt über seine Affären, weil er Beziehungen zu *Kings of Sorrow,* dem örtlichen Bikerclub, pflegt. Anscheinend hängt man das alles in solchen Kreisen nicht so an die große Glocke, also umschwirren die Häschen ihn hier nicht so sehr. Das schreckliche Trio allerdings … Mann o Mann, ich vertreibe die Schlampen jeden Tag. Und obwohl Rule jetzt mit dir zusammen ist, scheint das noch immer meine Hauptaufgabe zu sein.«

Sie sprach so laut und so schnell, dass ich Mühe hatte, alles zu begreifen, was sie mir erzählte. Außerdem hatte Rule sich gerade die Handschuhe ausgezogen und kam auf mich zu – was zur Folge hatte, dass meine Knie weich wurden. Er bewegte sich mit einer lässigen Anmut, die sexy und selbstsicher wirkte. Seine Haare wuchsen langsam nach, und ich liebte die länger werdenden Stoppeln auf seinem Kopf.

»Erzählst du meiner Freundin gerade Geschichten, Cora? Ich habe dir schon gesagt, dass ich Shaw seit Langem kenne. Du wirst ihr damit keinen Schrecken einjagen können.« Er kam um die Ecke. Bevor ich mir Gedanken darüber machen konnte, ob es nun angebracht war, ihn bei der Arbeit zu umarmen, hatte er schon die Hände in meinen Haaren vergraben und küsste mich voller Leidenschaft. Er schmeckte nach Kaffee und Pfefferminz. Es schien ihm nichts auszumachen, dass alle Blicke auf uns gerichtet waren, während er mich praktisch verschlang, als wären wir wochenlang voneinander getrennt gewesen und nicht nur ein paar Stunden. Mit der Zunge tauchte er noch einmal tief in mich, und sein Zungen-Piercing stieß an meine Zähne. Als er sich von mir löste, wirkten meine Augen mit Sicherheit glasig, und ich atmete heftig. Ich räusperte mich und legte eine zitternde Hand auf seine Brust, bis ich mich wieder ein wenig gesammelt hatte. »Es dauert noch eine halbe Stunde. Kannst du so lange hier warten? Du kannst hinten entspannen und deinen Uni-Kram machen oder was auch immer.« Ich nickte und machte einen Schritt zurück. Er hatte eine unglaubliche Wirkung auf mich und stieg mir viel zu schnell zu Kopf.

»Nein, bleib doch hier bei mir«, sagte Cora zu mir. Sie sah Rule an. »Ich möchte alles über dieses rätselhafte Wesen erfahren, das dafür verantwortlich ist, dass du dich wie ein normaler Mensch benimmst.«

Rule warf der Elfe über die Schulter hinweg einen verärgerten Blick zu. »Shaw, das ist Cora Lewis. Sie managt den Laden und ist unsere Expertin auf dem Gebiet der Körpermodifikation.«

Sie wackelte mit den Augenbrauen, lächelte mich anzüglich an und zeigte mit dem Finger auf Rule. »Da du mit diesem Kerl zusammen bist, dürftest du mit meiner Arbeit vertraut sein.«

Ich unterdrückte ein Lachen und legte die Hand vor den Mund, als ich sah, wie Rule rot wurde und zwischen zusammengebissenen Zähnen hervorpresste: »Das reicht, Cora.«

Sie zuckte mit ihren zierlichen Schultern. »Was denn? Es stimmt doch.«

Seine hellen Augen wandten sich wieder mir zu. Als ich den missmutigen Ausdruck darin sah, musste ich laut lachen.

»Sie ist aus Brooklyn«, erzählte Rule. »Keiner von uns

weiß, wo Onkel Phil sie aufgetrieben hat, und er verrät es uns auch nicht. Aber dank ihrer Persönlichkeit läuft der Laden wie geschmiert. Ohne sie würden die meisten von uns gar nicht wissen, wann sie kommen oder gehen sollen.«

»Ich kann auch hierbleiben und auf dich warten. Allerdings habe ich großen Hunger, also musst du mir da was bieten, wenn du fertig bist.«

Er beugte sich zu mir herunter und flüsterte mir ins Ohr: »Wenn ich fertig bin, werde ich dir auf jeden Fall etwas bieten.«

Ein heißer Schauer durchlief mich. Ich sah ihn voller Verlangen an. »Gut.« Er küsste mich noch einmal und ging dann wieder zu seinem Kunden. Ich wandte mich Cora zu und errötete, als ich sah, dass sie wie eine demente Grinsekatze schmunzelte.

»Ach, so ist das?«

Ich blinzelte und verlagerte das Gewicht von einem Fuß auf den anderen. Sie nahm meine Hand und zog mich hinter den Tresen. Dann drückte sie mich in den zweiten Ledersessel, der dort stand.

»Wie ist was?«, fragte ich.

Sie drehte sich in ihrem Sessel um, sodass wir uns ansehen konnten, und warf mir einen ruhigen Blick zu. »Es ist heiß und leidenschaftlich, aber auch süß und weich und zart. Ich wusste gar nicht, dass der Idiot zu so etwas in der Lage ist. Du hast aus ihm einen Menschen gemacht.«

Schon zum zweiten Mal hatte sie eine Bemerkung in der Art fallen lassen, doch ich musste erst warten, bis sie ein paar Telefonate entgegengenommen hatte, ehe ich sie darüber ausfragen konnte. »Was genau meinst du damit?«

»Ich arbeite seit fünf Jahren mit Rule zusammen. Ich war da, als er und Nash von der High School kamen und hier ein

Praktikum machten. Phil und ich kennen uns schon lange, und von daher kenne ich auch die Jungs seit einer ganzen Weile. Ich liebe Rule. Ich glaube, dass es genetisch bedingt unmöglich ist, sich nicht in ihn zu verlieben, wenn man von Natur aus eine Vagina hat. Die düstere, launische Arroganz, die er verströmt, weckt in einer Frau das Bedürfnis, ihn in die Arme zu schließen und zu drücken, damit es ihm besser geht.«

Ich wusste genau, was sie damit meinte, und nickte zustimmend.

»Aber er ist auch eingebildet und geht schnell an die Decke«, fuhr sie fort. »Er behandelt Frauen wie Dreck – vor allem, weil so viele von ihnen das einfach mit sich haben machen lassen. Und nach dem Tod seines Bruders lebte er lange Zeit ziemlich stumpf vor sich hin: Er ging zur Arbeit, hing mit seinen Freunden ab, machte mir täglich das Leben zur Hölle und vögelte sich durch halb Colorado. Doch das alles tat er abgeschottet in einer Art Blase, in die keiner der Menschen dringen konnte, die ihn liebten. Er war kalt und unnahbar. Aber irgendwann in letzter Zeit hat diese Blase Risse bekommen, und ab und zu kann man wieder einen Blick auf den alten Rule erhaschen. Die Roboterversion von Rule verschwindet gerade Stück für Stück, und der gute alte menschliche Rule ist wieder zurück. Und ich glaube, das hat etwas mit dir zu tun.«

»Das ist nett von dir.«

»Das ist nicht nett, das ist die Wahrheit. Jetzt erzähl mir, wie ein anständiges Mädchen wie du, mit unberührter Haut und ohne Piercings, an einen Kerl wie Rule geraten konnte. Auf den ersten Blick hätte ich nicht gedacht, dass er dein Typ sein könnte. Du siehst eher nach *Brooks Brothers* aus als nach *Dickies*, wenn du verstehst, was ich meine.«

Ich wickelte eine Haarsträhne um meinen Finger und beobachtete, wie Cora etwas in den Computer tippte. Sie war erstaunlich organisiert, schnell und effizient. Ich war mir nicht sicher, ob ich mit jemandem, der die intimen Schmuckstücke meines Freundes in- und auswendig kannte, darüber reden wollte, warum ich ihn so anziehend fand.

»Als er sechzehn war, kam er eines Tages mit einem schrecklichen Tattoo in Form eines Hufeisens und eines Kleeblattes auf dem Unterarm nach Hause. Phil hatte Nash zum sechzehnten Geburtstag eine Tätowiermaschine und Farbe geschenkt. Statt an Schweinen oder Melonen zu üben, beschlossen die Jungs, das Tätowieren direkt aneinander auszuprobieren. Die beiden waren schon immer künstlerisch begabt. Nash interessierte sich eher für Straßenkunst und fürs Sprayen, während Rule einfach mit der Tätowiermaschine herumprobierte und herausfand, dass er wirklich Talent hatte. Wie auch immer. Ich war bei ihm zu Hause, als er mit dem Tattoo zurückkam. Hast du eigentlich mal seinen Bruder Remy kennengelernt? ›Identisch‹ ist nicht der passende Ausdruck für die beiden. Sie sahen sich unglaublich ähnlich – die gleichen Augen, das gleiche dunkle Haar und die gleiche angeborene Gewissheit, sehr gut auszusehen. Rule kam jedoch mit diesem grauenvollen Tattoo nach Hause und war mit einem Mal ein anderer. Er beanspruchte seine Haut für sich, hatte sich tätowieren lassen, um zu definieren, wer er war, und um zu zeigen, dass er anders war als Remy. Es war schön, zu sehen, wie sehr die äußerliche Veränderung sein Gefühl für sich selbst veränderte. Und es war schön, zu sehen, wie sehr er das genoss. Er war schon immer heiß, aber als er anfing, sein Äußeres individuell zu gestalten, wurde es immer besser. Ohne all die Tattoos und Piercings wäre er einfach nicht Rule.«

»Und was ist mit dir? Sind Tattoos und Piercings nichts für dich?«

»Ich weiß es nicht. Meine Eltern sind sehr speziell. Wenn ich als Jugendliche mit einem Tattoo oder einem Piercing nach Hause gekommen wäre, dann hätten sie mir bis zu meinem Schulabschluss Hausarrest verpasst. Also habe ich nie ernsthaft mit dem Gedanken gespielt.«

»Wie alt bist du jetzt?«

»Ich bin gerade zwanzig geworden.«

»Wohnst du noch bei deinen Eltern?«

»Nein.«

»Solltest du dann nicht mit deinem Körper anstellen dürfen, was du willst, ohne Angst vor der Reaktion deiner Eltern haben zu müssen?«

Ich seufzte und wippte in meinem Ledersessel vor und zurück. »Ja. Ich habe mir tatsächlich überlegt, vielleicht eine Kleinigkeit machen zu lassen.«

»Ein Tattoo? Rule würde dir etwas Wundervolles entwerfen – schon allein, weil er derjenige wäre, der es dauernd zu Gesicht bekommen würde.«

Wir lachten, und die Männer im Studio blickten neugierig zu uns herüber.

»Nein, ich habe darüber nachgedacht, mir die Nippel piercen zu lassen.« Eigentlich war ich nicht so freimütig und offen, doch da Cora mit diesen Dingen ihren Lebensunterhalt verdiente, war es für mich, als würde ich mit einem Arzt über ein gesundheitliches Problem sprechen.

Ihre außergewöhnlichen Augen weiteten sich, und sie grinste mich an. »Das ist superheiß.«

Ich zuckte die Achseln und spielte weiter mit meiner Haarsträhne. »Ich finde, dass es toll aussieht. Und wie du schon gesagt hast, kenne ich deine Arbeiten und weiß von daher, dass es sich unglaublich anfühlt. Ich weiß nur nicht, ob ich für eine solch extreme Veränderung schon bereit bin.«

»Die Brustwarzen-Piercings brauchen eine Weile, um abzuheilen, aber wenn das geschafft ist, fühlt es sich richtig heiß an. Falls du dich dazu entschließen solltest, sag Bescheid. Ich würde sie dir umsonst stechen, und du müsstest nur den Schmuck bezahlen.«

»Rule hat im nächsten Monat Geburtstag. Wenn ich es also mache, dann vorher.«

Sie klatschte in die Hände und kicherte wie ein kleines Mädchen. Sie war irgendwie crazy, doch ich mochte sie. Es war mir immer schwergefallen, Freundschaften zu schließen. Dass ich mich jetzt in Gegenwart Fremder so wohlfühlte und mit dieser verrückten Frau so ungehemmt reden konnte, war ein weiteres Zeichen dafür, was für eine positive Wirkung Rule auf mich hatte.

»Oh, eine sexy Überraschung. Das gefällt mir. Sag mir einfach Bescheid, dann können wir uns gemeinsam etwas überlegen. Ich liebe es, zu sehen, dass meine Jungs glücklich sind und sich einer netten Frau gegenüber anständig verhalten.«

»Danke.«

Wir unterhielten uns noch eine Stunde lang, denn Rule brauchte für seinen Kunden länger als geplant. Ich sah zu, wie sie die Kunden betreute, die die Sitzung beim Tätowierer hinter sich hatten, und beobachtete, wie sie den Leuten half, die in den Laden kamen, Fragen hatten und einen Beratungstermin vereinbaren wollten. Sie vertrieb ein weiteres Mädchen, das Rowdy sehen wollte, und als Rule schließlich mit seiner frisch verbundenen »Leinwand« zum Empfangstresen kam, hatte ich das Gefühl, eine neue Freundin gefunden zu haben. Sie war verdammt bissig und unglaublich geistreich, doch ihr Wissen darüber, wie mein Freund tickte, war erhellend, und sie sah ihn aus einer Perspektive, die neu für mich war.

Rules Kunde sah aus, als wäre er kaum alt genug, um ein Auto zu fahren, aber er trug ein beeindruckendes Tattoo zur Schau. Sein gesamter Oberarm war in Folie eingewickelt und glänzte dank der Salbe, die Rule aufgetragen hatte. Mir entging der anerkennende Blick, den er mir beim Hinausgehen zuwarf, nicht, und auch Rule blieb er nicht verborgen. Er gab dem Jungen einen Klaps auf den Hinterkopf und knurrte, dass er seine Augen besser bei sich behalten solle, falls das Tattoo jemals fertig werden solle. Zu mir sagte er, ich solle ihm noch zehn Minuten geben, damit er seinen Arbeitsplatz aufräumen könne, dann würden wir gehen. Versonnen sah ich ihm hinterher, als er ging. Mir fiel auf, dass die Kundin, die Nash gerade tätowierte, und das junge Mädchen, an dem die Tätowiererin Mase arbeitete, das Gleiche taten. Cora hatte recht: Rule übte eine Art unwiderstehliche Anziehungskraft auf das andere Geschlecht aus, und solange ich mit ihm zusammen wäre, würde ich lernen müssen, damit umzugehen.

Er beeilte sich und war in null Komma nichts wieder bei mir. Er reichte Cora seine Geldtasche, rief einen Abschiedsgruß in die Runde und zog mich dann hinter sich her in die kühle Abendluft hinaus. Unwillkürlich fing ich an zu zittern und kuschelte mich an ihn, während er die Kapuze seines Pullis über seinen noch immer recht nackten Kopf zog und in eine schwarze Arbeitsjacke mit dem Logo und dem Namen des Tattoo-Studios auf dem Rücken schlüpfte.

»Möchtest du etwas zu essen bestellen oder lieber irgendwo hingehen?« Er rieb die Hände aneinander und schob sie dann unter mein Haar, um mir über den Nacken zu streicheln. Seine Hände fühlten sich wie Eisblöcke an, sodass ich noch heftiger zitterte. Er zog mich an seine Brust und legte das Kinn auf meinen Kopf.

»Ich möchte lieber etwas bestellen, damit ich den Wagen nicht noch einmal bewegen muss.«

»Cool. Und worauf hast du Lust? Ich rufe auf dem Weg nach Hause schon mal an.«

»Das ist mir egal. Echt. Ich habe einfach nur Hunger.«

»Pizza?«

»Gern. Allerdings ohne grüne Paprika und Pilze auf meiner Hälfte.«

Ich hakte mich bei ihm unter und versuchte, mit ihm Schritt zu halten, als wir zu ihm nach Hause gingen. Mein Handy vibrierte in meiner Tasche, und ich runzelte die Stirn, als ich sah, dass es wieder mein Vater war. Mit Sicherheit war er über das, was meine Mutter ihm über meinen letzten Besuch erzählt hatte, verärgert, doch ich hatte gerade einfach nicht die Nerven, mir einen Vortrag über Moral und passende Partner anzuhören – und das von einem Mann, dessen neue Ehefrau nur ein paar Jahre älter war als ich. Ich leitete den Anruf auf die Mailbox weiter und ließ Rule los, um einer gefährlich vereisten Stelle auf dem Gehweg auszuweichen.

Er blickte mich finster an und nahm meine Hand. Dann zog er mich vor sich und hielt mich im Arm, sodass ich rückwärtsging, während er dicht an mich geschmiegt weiterlief und mich führte. »Ich würde dich niemals fallen lassen.«

Ich legte die Hände auf seine Schultern und blickte ihm in die Augen, die genauso eisblau waren wie der Schnee, der uns umgab. »Nein?«

»Nein. Vertraust du mir nicht?«

»Meistens schon.«

»Und warum nicht immer?«

Wir blieben vor seinem Haus stehen, und ich schob meine

Hände in seinen Nacken, sodass seine Kapuze herunterfiel. »Weil ich noch nie jemandem uneingeschränkt vertraut habe. Es scheinen immer die Menschen zu sein, die mir viel bedeuten, die den größten Schaden anrichten.«

»Ich werde nicht zu diesen Menschen gehören, Shaw.« Wenn er gewusst hätte, wie sehr es mich verletzt hatte, ihn immer wieder mit seinen Eroberungen zu erwischen, hätte er das nicht gesagt. Ich zwang mich zu einem kleinen Lächeln und strich mit den Fingerspitzen über die kurzen weichen Haare, die allmählich auf seinem Kopf nachwuchsen.

»Das hoffe ich.«

Er schüttelte nur den Kopf und zog mich in seine Wohnung, weil es viel zu kalt war, um weiter draußen zu stehen. Er streifte sich die Jacke ab, schlüpfte aus dem Pullover und bedeutete mir, ihm meine Sachen zu reichen. »Nash hat heute Abend ein Date, also kommt er erst spät nach Hause – falls er überhaupt kommt.« Er ging durch den Flur in sein Zimmer, um dort die Klamotten abzulegen, die er auf dem Arm hatte, und kam dann mit dem Telefon zurück, an dem er den Pizza-Service hatte. Ich stellte derweil zwei Teller auf den Tisch und reichte ihm ein Bier. Bei der Gelegenheit warf ich einen Blick in den Kühlschrank, um zu sehen, ob die Jungs irgendetwas hatten, aus dem sich ein Salat zaubern ließe. Natürlich fand ich nichts. Ich würde in Zukunft dafür sorgen müssen, dass es hier auch normale Lebensmittel gab, sonst würde ich innerhalb kürzester Zeit wie ein Babyhippo aussehen.

»Wahrscheinlich hat Nash auch die Nase voll davon, dass ich ständig hier bin – in eurer Männerzone. Ayden meinte, sie habe heute Morgen … *allerhand* zu sehen bekommen. Sie haben allmählich bestimmt genug von uns, oder?«

Er lachte und nahm einen Schluck aus seiner Bierflasche. »Ich wollte Ayden heute Morgen nicht auf dem falschen Fuß erwischen. Ich dachte, sie wäre weg. Ich wusste nicht, dass sie nur joggen war.«

»Ja, das macht sie jeden Morgen«, entgegnete ich. »Genau genommen hat sie sich ja nicht beschwert – eigentlich hat sie die Aussicht sogar gelobt.«

Er schnaubte. »Nash macht es jedenfalls nichts aus, dass du hier bist. Er findet es gut, dass du kochst und dass wir uns nicht jeden Abend etwas zu essen liefern lassen müssen. Außerdem riechst du gut und sammelst immer die Sachen ein, die wir herumliegen lassen. Wenn es ihn nerven würde, dass du hier bist, hätte er es mir längst gesagt – und dir vermutlich auch. Jedenfalls hatte er kein Problem damit, es Rome ins Gesicht zu sagen, wenn er seine Gastfreundschaft überstrapazierte.«

Ich lehnte mich an die Anrichte und schraubte eine Flasche Wasser auf. »Cora hat mir von deinen ›Tattoo-Häschen‹ erzählt, wie sie sie nennt. Ich hatte keine Ahnung, wie weit deine Anziehungskraft reicht. Mädchen lassen sich Tattoos stechen, die sie in zehn Jahren wahrscheinlich bereuen werden, nur um Zeit in deiner Nähe verbringen zu können. Das ist ziemlich verrückt.«

»Cora hat eine große Klappe und übertreibt gern. Aber: Sich tätowieren zu lassen ist ein intimer Akt – ganz egal, wer der Kunde ist. Wenn der Kunde geht, dann geht er mit einem Kunstwerk auf der Haut, das du geschaffen hast und das für immer bleibt. Der Kunde vertraut dir, dass du seine Vision einfängst und perfekt umsetzt. Manchmal bedeutet das, dass du dich ein ganzes Stück weit auf den Menschen einlassen musst. Einige Mädchen – vor allem die jüngeren – verlieren sich in diesem Prozess und interpretieren mehr hinein, als tatsächlich dahintersteckt. Ich habe einige Kunden, die in mich verknallt sind und die immer wiederkommen. Nicht, weil ich so toll bin, sondern weil sie Zeit in dieser besonderen Umgebung verbringen wollen. Es ist jedoch mein Job, gerade in solchen Fällen jederzeit professionell zu bleiben. Ich werde nicht lügen: Ich habe mit einer oder zwei Kundinnen etwas angefangen. Allerdings nie hier, nach der Arbeit, und nie, während ich tätowiert habe. Man sollte Sex und den Job strikt trennen.«

Ich nahm einen Schluck von meinem Wasser und dachte eine Minute darüber nach, was Rule gesagt hatte. »Macht es dir etwas aus, dass ich nicht so aussehe wie die Frauen, auf die du normalerweise stehst?«

»Was zur Hölle meinst du damit?«

Ich setzte mich auf die Anrichte und ließ die Beine baumeln. Mit den Fingerspitzen trommelte ich auf die Arbeitsfläche und legte den Kopf leicht schräg, während ich ihn aufmerksam betrachtete. »Ich habe keine Tattoos und keine Piercings. Ich habe auch keine außergewöhnliche Frisur oder trage Klamotten, in denen man nicht atmen kann. Ich bin einfach ein ganz normales Mädchen. Ich habe genug von deinen One-Night-Stands gehört und gesehen, um zu wissen, dass ich anders bin als die Frauen, zu denen du dich normalerweise hingezogen fühlst. Fragst du dich, wenn du mich ansiehst, insgeheim, ob es dir nicht besser gefallen würde, wenn ich so aussehen würde wie du und deine Freunde?«

Er stellte das Bier auf den Esstisch und sah mir tief in die Augen, während er auf mich zukam. Früher hätte mich das nervös und ängstlich gemacht, doch jetzt wurde mir warm ums Herz, und ich konnte kaum atmen. Er blieb erst stehen, als er ganz dicht vor mir war. Unsere Körper waren so perfekt aneinandergeschmiegt, dass ich beinahe meinen eigenen Namen vergaß.

»Wenn ich dich sehe, dann sehe ich nichts außer dir. Shaw,

du bist perfekt. Es ist mir egal, welche Farbe dein Haar hat, ob du blass oder sonnengebräunt bist, ob du dich geschminkt hast oder gerade erst aufgestanden bist – mir ist nur wichtig, dass ich das Gefühl habe, dass du meinen Blick immer erwiderst und dass du mich wirklich siehst. Du bist innerlich und äußerlich wunderschön. Falls du deine makellose weiße Haut irgendwann einmal von oben bis unten tätowieren lassen willst, würde ich mich geehrt fühlen, dir diesen Wunsch zu erfüllen. Falls du es aber nicht tun willst, dann würde ich dich auch so nehmen, wie du bist – zart und blass.«

Es war so romantisch. Es waren die wohlüberlegtesten Worte, die je ein Mann zu mir gesagt hatte. Ich stand kurz davor, in Tränen auszubrechen und ihm zu sagen, wie wundervoll all das, was er gesagt habe, gewesen sei und wie viel er mir bedeute. Oder ich würde ihm einfach die Kleider vom Leib reißen und gleich hier in der Küche mit ihm schlafen. Ich schwankte noch zwischen diesen beiden Möglichkeiten, als die Türklingel schrillte und den Zauber des Augenblicks zunichtemachte. Rule löste sich von mir und ging zur Tür, um das Essen in Empfang zu nehmen. Ich nahm mir einen Moment, um mich zu sammeln. Der Mann hatte wirklich eine unglaubliche Ausstrahlung und Wirkung – und ich würde jede Sekunde genießen, in der seine Aufmerksamkeit noch mir allein galt.

13. Kapitel

Rule

In der vergangenen Woche hatte es ein paar Momente gegeben, die so perfekt, so ergreifend gewesen waren, dass ich vor Angst erstarrt war und den dringenden Wunsch verspürt hatte, so schnell und weit in die andere Richtung zu rennen wie nur irgend möglich. Hier in meinem Wohnzimmer auf der Couch zu sitzen, Pizza zu essen und ein paar Biere zu trinken, während ich *Sports Center* sah und sie an ihrem Computer fürs Studium arbeitete, war einer dieser Momente. Einfach zu sehen, dass sie *da war,* erzeugte in mir ein Gefühl, als würde ich an der Richtigkeit der Situation ersticken. Ich musste unter die heiße Dusche flüchten, ehe ich etwas Dummes tat und sie entweder fragte, ob sie mich heiraten wolle, oder sie bat, zu verschwinden. Sie passte perfekt und füllte jede Lücke in meinem Leben aus. Die Vorstellung, dass sie nicht mehr da und es vorbei sein könnte, machte mir eine solche Angst, wie ich sie noch nie in meinem ganzen Leben verspürt hatte. Ich wollte nicht auf sie angewiesen sein, und ich wollte nichts überbewerten, was sich dann vielleicht nur als Schwärmerei herausstellte, und irgendwie hatte ich das Gefühl, dass ich nicht mehr derselbe sein würde, wenn es mit Shaw vorbei wäre.

Die letzten Wochen waren unglaublich gewesen. Es war schön, sie in meiner Nähe und in meinem Leben zu haben, und ich genoss es, mir auch einen Platz in ihrem Leben zu schaffen. Meine Freunde vergötterten sie, und ich konnte es ihnen nicht übel nehmen, dass sie sich alle ein bisschen in sie verliebt hatten. Sie war sich ihrer Anziehungskraft so liebenswert unbewusst, dass es schwer war, es nicht reizend zu finden. Als wir das Tattoo-Studio verlassen hatten, war mir direkt klar gewesen, dass Cora sie sehr mochte. Das bedeutete mir sehr viel, denn sie war wie eine große Schwester für mich, und ich vertraute ihrer Menschenkenntnis, mit der sie auch den Laden so gut managte. Shaw war bereits ein Teil meiner Familie. Nachdem ich ihr einen kurzen Abriss vom Besuch bei meinen Eltern gegeben hatte, setzte sie sich augenblicklich hin und schrieb eine vernichtende E-Mail an meine Mutter. Sie hatte sie unmissverständlich wissen lassen, dass sie dieses Verhalten nicht hinnehmen würde, und sie eindringlich darum gebeten, sich Hilfe zu suchen. Sie stand hinter mir, und ich fragte mich wieder, wie lange sie um mich gekämpft hatte, bevor ich meinen Arsch hochbekommen und es bemerkt hatte. Wenn ich daran dachte, fühlte ich mich richtig mies.

Die stillen Momente waren beruhigend und gaben mir das Gefühl, als würde ich das Fundament für etwas Großes schaffen. Die leidenschaftlichen Momente, die Momente, in denen sie mich anblickte, als wäre ich ein Geschenk, das sie schon immer hatte auspacken wollen, reichten aus, um in mir die Überzeugung zu wecken, dass ich den Menschen gefunden hatte, mit dem mir im Bett niemals langweilig werden würde. Da ich der einzige Mann war, mit dem Shaw je im Bett gewesen war, konnte ich ihr alles beibringen – und Shaw war schon immer eine wissbegierige und sehr gute Schülerin gewesen. Ob es nun schneller oder langsamer Sex war, zärtlich oder wild, ein Quickie, der mich umwarf, oder eine ganze Nacht, nach der sie am nächsten Morgen zu spät zur Vorlesung kam – es bestand kein Zweifel daran, dass wir sexuell gesehen sehr gut zusammenpassten. Sie begann, ihre eigenen Vorlieben zu entdecken. Sie mochte es zum Beispiel ein bisschen rauer und schmutziger, als ich gedacht hätte. Es gelang ihr auch immer, den Spaß nicht zu vergessen und zu lachen, wenn es mal peinlich wurde oder nicht so lief, wie wir es uns vorgestellt hatten. Ich konnte mich nicht daran erinnern, im Bett jemals so viel Spaß gehabt zu haben. Ich hätte es nicht für möglich gehalten, aber durch sie wurde der Sex noch besser. Und bei dem Gedanken, das alles zu verlieren, wollte ich mich in ein Loch verkriechen und nie wieder hervorkommen.

Ich versuchte, die Angst abzuschütteln. Immerhin war es nur ein netter Abend zu Hause, und Nash war nicht da, also hätte ich mich eigentlich darauf konzentrieren sollen, sie dazu zu bringen, aus vollem Hals meinen Namen zu schreien. Doch der Zweifel blieb, und ich stand so lange unter der Dusche, bis das Wasser kalt und ich gezwungen war, mich abzutrocknen. Ich wischte mit einem flauschigen Handtuch über meinen Kopf und mein Gesicht und schlang mir ein weiteres locker um die Hüften. Meine Kleider ließ ich achtlos auf einem Haufen auf dem Boden liegen und ging in mein Zimmer. Ich nahm an, dass Shaw noch immer im Wohnzimmer war und an ihrer Hausarbeit schrieb, sodass mir noch ein paar Minuten blieben, um mich zu sammeln. Aber der Fernseher war ausgeschaltet, und sie saß mitten auf meinem Bett und nippte an dem Bier, das ich stehen gelassen hatte, als ich aus dem Wohnzimmer geflüchtet war. Als wäre das nicht genug, trug sie nur mein T-Shirt mit dem Logo des Tattoo-Studios darauf. An ihr sah es tausendmal besser aus als an mir, und mit ihren großen Augen, die die Farbe von frischem Gras hatten, beobachtete sie mich aufmerksam.

»Was ist los?«, wollte sie wissen.

Ich räusperte mich und versuchte, es herunterzuspielen.

»Nichts. Wieso?« Doch es war Shaw, der ich das weismachen wollte, und sie kannte mich besser als jeder andere. Sie rutschte an die Bettkante vor und stellte die Bierflasche auf das Nachttischchen.

»Weil du eine Ewigkeit im Bad warst und heute Morgen schon geduscht hast«, entgegnete sie. »Irgendetwas hat dir Angst eingejagt, und du bist geflohen. Ich will wissen, was es war.«

Ich spielte mit dem Gedanken, sie anzulügen, spielte mit dem Gedanken, ihr zu erzählen, dass sie sich das nur einbilden würde. Aber mir war klar, dass ich Farbe bekennen und hoffen musste, dass sie nicht die Nerven verlieren würde, weil ich emotional so kaputt und so durcheinander war.

»Das hier«, ich wies mit der Hand auf uns, »ist so leicht. Es funktioniert so reibungslos und unkompliziert, dass es mir manchmal Angst macht. Ich bin es nicht gewohnt, dass etwas normal läuft. Das macht mich nervös. In meinem Leben ging es bisher immer darum, flüchtige Momente des Glücks zu packen, und mit dir erlebe ich dieses Glück jetzt ständig. Ich frage mich immer wieder, wie ich es wohl vermasseln werde oder wie ich mich zusammenreißen und es ertragen soll, wenn du dich irgendwann dazu entschließt, Schluss zu machen. Und darüber verliere ich den Verstand. Manchmal verliere ich mich in diesen Vorstellungen, denke daran, was alles passieren könnte, und es fällt mir schwer, im Hier und Jetzt zu bleiben. Mit dir fernzusehen und einfach mit dir zusammen zu sein schenkt irgendetwas in mir Ruhe, von dem ich nicht einmal wusste, dass es Ruhe brauchte. Und gleichzeitig geht etwas anderes in mir vor Angst in die Knie. Es tut mir leid.«

Sie sah mich nur an, und ich bereitete mich innerlich darauf vor, dass sie vom Bett aufstehen und hinausgehen würde. Und in diesem Fall würde ich mit Sicherheit hinter ihr her in die Kälte hinauslaufen und sie anflehen, zurückzukommen – Handtuch hin oder her. Stattdessen erhob sie sich jedoch vom Bett und kam barfuß auf mich zu. Mein Shirt bedeckte gerade so alles Notwendige. Sie blieb vor mir stehen, ohne mich zu berühren, doch so dicht, dass ich ihren Atem auf meiner Haut spüren konnte.

»Mir macht es auch Angst, Rule. Ich kenne das Normale, das Gewöhnliche auch nicht, und ich hätte nie gedacht, dass ich diese Normalität ausgerechnet mit dir erleben würde. Ich hätte ja nicht einmal gedacht, überhaupt eine Beziehung mit dir zu führen. Es ist also vollkommen in Ordnung, ab und zu ein bisschen durcheinander und verstört zu sein, solange du immer zurückkommst und wir darüber reden können. Ich werde dich nicht um etwas bitten, das du nicht geben willst oder kannst. Mein ganzes Leben lang haben andere das mit mir gemacht, und ich habe es satt.«

Ich atmete aus und entspannte meine Hände, die ich, ohne es zu merken, zu Fäusten geballt hatte.

»Was ist, wenn ich dich bitte, mir alles zu geben, Shaw? Was ist, wenn ich alles von dir will? Bin ich dann nicht genauso wie alle anderen?«

Sie stieß einen unterdrückten Laut aus und fing dann plötzlich an zu lächeln. Ihr Lächeln ließ mich dahinschmelzen. Sie war so reizend, so pur. »Nein, denn du musst mich überhaupt nicht darum bitten. Es gehört sowieso alles dir. Du bist der Einzige, dem ich je alles schenken wollte.« Dieses Mädchen würde mein Ende werden. Sie legte die Hände auf meine Taille – eine auf den Engel, eine auf den Tod –, und ich glaubte, dass mir das Herz in der Brust zerspringen würde.

»Du musst mir versprechen, mich nicht im Stich zu lassen, wenn ich mich mal verliere, Shaw. Du musst mir versprechen, abzuwarten, bis ich meinen Weg zurück gefunden habe. Ich muss mir sicher sein, dass du am Ende des Tunnels auf mich warten wirst, wenn Dunkelheit mich umhüllt.«

»Ich weiß, wie es ist, auf dich zu warten, Rule. Ich werde es tun, solange du mir versprichst, mich nicht auszuschließen. Ich schaffe es nicht, kann dir nicht zugetan sein und mich auf das, was zwischen uns ist, einlassen, wenn du mir die Tür vor der Nase zuschlägst, sobald es dir zu viel wird. Mein Herz würde das nicht überleben.«

»Ich weiß.« Doch ich war mir nicht sicher, ob ich dieses Versprechen halten könnte. Wahrscheinlich würde ich in alte Muster zurückfallen – und das bedeutete, Distanz und Raum zu schaffen, um mich selbst zu schützen. »Ich kann mein Bestes versuchen, Shaw, aber ich habe dir von Anfang an gesagt, dass ich mich mit echten Beziehungen nicht auskenne und irrsinnige Angst davor habe, etwas zu tun, das alles zerstört.«

Sie beugte sich vor und strich mit den Händen über meinen Rücken hinauf zu meinen Schultern. Sie hauchte mir einen innigen Kuss auf die Brust. Alles in mir konzentrierte sich auf diese winzige Berührung.

»Na ja, du kannst entweder allein Angst haben, oder wir stellen uns der Angst gemeinsam. Ich ziehe Letzteres vor. Doch wenn du Zeit und Raum brauchst, um alles zu durchdenken und dir darüber klar zu werden, was du willst, dann gebe ich dir diese Zeit und diesen Raum. Ich will mit dir zusammen sein, Rule. Aber wenn es dir wehtut und dir Angst macht, werde ich gehen. Wir haben beide etwas Besseres verdient.«

Ich war mir nicht sicher, ob es in diesem Moment wirklich darum ging, was ich verdiente oder nicht. Doch ich würde nicht zulassen, dass das, was zwischen uns war, von der Last des Zweifels, den ich nicht kontrollieren konnte, zerstört wurde. Schließlich zog ich sie an mich und umarmte sie fest. Unsere Körper waren aneinandergeschmiegt. Ich hatte am Morgen viel Zeit mit ihr im Bett verbracht, hatte sie dazu gebracht, nach mehr zu flehen, hatte mich ihr vollkommen hingegeben. Aber das schien keine Rolle zu spielen, denn unter meinem Handtuch reagierte mein Schwanz auf die Berührung und zeigte ihr, dass all das, was in meinem Kopf gerade vor sich gehen mochte, keinen Einfluss auf die körperliche Anziehung zwischen uns beiden hatte.

»Ich bin einfach durcheinander, Shaw. Es tut mir leid, dass ich so bin. Doch ich will auf keinen Fall ständig alleine grübeln, machen und tun, um doch zu keinem Ergebnis zu kommen. Ich will dich mit einbeziehen und teilhaben lassen.« Ich küsste sie und ließ sie die Dinge spüren, die ich nicht aussprechen konnte. Ich wollte sie – immer schon –, und bei dem Gedanken bekam ich weiche Knie.

Sie ließ zu, dass ich sie voller Leidenschaft küsste, dass ich meine Hände in ihren Haaren vergrub, dass ich sie an die nächste Wand presste und dass ich meine Erektion gegen sie drängte. Sie beschwerte sich nicht und widersprach auch nicht. Es war nicht zärtlich, und ich gab mir keine Mühe, besonders gewandt vorzugehen oder es schön für sie zu machen. Es ging nur darum, in ihr zu sein und sie das spüren zu lassen, was mich gerade in den Wahnsinn trieb. Ich musste das Verlangen stillen, und der einzige Weg, das zu erreichen, war, in sie zu dringen. Ihr Kopf stieß mit einem dumpfen Knall gegen die Wand, und ich hörte Shaw scharf einatmen – doch auch das hielt mich nicht davon ab, weiterzumachen. Das Handtuch fiel auf die Erde, und mein T-Shirt bot keinen Widerstand, als ich versuchte, Shaw und mich möglichst schnell zu entkleiden. Tief in meinem Inneren wusste ich, dass ich einen Gang zurückschalten sollte, dass ich meine Selbstbeherrschung wiederfinden musste, dass ich sie zu hart anfasste und dass mein Mund Spuren auf ihrer Haut hinterlassen würde, aber ich konnte mich nicht zurückhalten.

Sie flüsterte meinen Namen, wollte mich zügeln, doch es war mir egal. Ich wollte in sie stoßen, wollte all die Angst und die Unsicherheit in ihrem warmen Körper vergraben. Aber sie kannte all meine Tricks. Sie wusste, dass ich mich gerade benahm wie bei all den anderen Frauen und dass ich mich am nächsten Morgen wahrscheinlich nicht mehr daran erinnern würde, was ich getan hatte. Doch Shaw war anders – sie würde sich nicht von mir zu einer weiteren gesichtslosen Eroberung erniedrigen lassen, die ich brauchte, um meinen Frieden zu finden. Da ich keine Haare mehr hatte und viel größer und stärker war als sie, blieb ihr nichts anderes übrig, als ihre Fingernägel in meiner Kopfhaut zu vergraben und mir in die Zunge zu beißen, um mich dazu zu bewegen, zurückzugehen und ihr Raum zum Atmen zu geben. Sie rang nach Luft, legte die Hände auf meine Brust und stieß mich von sich, sodass sie nicht länger gegen die Wand gedrückt wurde.

Wankend machte ich einen Schritt zurück und schüttelte den Kopf. »Casper …« Ich wollte mich entschuldigen, wollte ihr sagen, dass ich das, was sie mir bedeutete, niemals bewusst hatte abwerten wollen.

Doch sie ließ mir nicht die Möglichkeit. Sie stellte sich auf die Zehenspitzen und legte ihre kleine Hand auf meinen Mund. Ihre grünen Augen waren groß, und in ihnen stand eine Mischung aus Verlangen und Angst, bei der sich mir das Herz zusammenzog. Dieses Mädchen verstand mich und würde mir die Verrücktheit, die ich in mir trug und die sich angestaut hatte, nicht zum Vorwurf machen. »Lass es einfach, Rule.« Sie nahm die Hand von meinem Mund und gab mir einen unendlich zärtlichen Kuss. »Ich muss mich jetzt um dich kümmern, und das werde ich auch tun. Aber ich werde nicht zulassen, dass du vergisst, dass *ich* es bin.«

»Ich weiß, dass du es bist, Shaw.«

»Gut, denn für einen Moment war ich mir da nicht so sicher. Und ich kann dir gar nicht sagen, wie wütend mich das gemacht hat. Jetzt halt den Mund und lass mich dir helfen, die Dunkelheit hinter dir zu lassen.«

Ich wollte sie packen, wollte sie umarmen und festhalten, doch sie wich aus und ging vor mir auf die Knie. Mir stockte der Atem, als ich ihre Lippen unter meinem Bauchnabel spürte. Unwillkürlich spannte ich die Muskeln so fest an, dass es beinahe schmerzte. Wir hatten schon vieles ausprobiert, aber bisher hatte sie diese Spielart noch nicht erkunden wollen. Mein Schwanz zuckte in gespannter Erwartung, als sie mit der Zunge die Kontur der Meerjungfrau nachzeichnete, die ich mir dort unten hatte stechen lassen und deren Flosse um die Wurzel meines Schaftes geschlungen war. Ich wusste nicht, wie weit sie gehen wollte, also legte ich meine Hände vorsichtig auf ihren Kopf. Ihr Haar fühlte sich unter meinen Fingern wie Seide an. Ich hörte auf, mich zu bewegen, denn ich wollte nicht, dass irgendetwas, das ich tat, sie abhalten würde, weiterzumachen.

»Shaw.« Ich war mir selbst nicht sicher, ob ich sie bitten würde, mich weiter mit dem Mund zu reizen oder aufzuhören, weil ich nicht wusste, wie viel ich ertragen könnte. Im Augenblick fühlte ich mich zu angespannt und zu kurz davor, zu explodieren. »Du musst das nicht tun.« Ich meinte es so, wie ich es sagte, doch mir war auch klar, dass ich vermutlich sterben würde, wenn sie sich dazu entschloss, aufzuhören. Ihr Mund war feucht und warm. Das Apadravya-

Piercing, das durch die Eichel meines Penis gestochen war, und das Frenulum-Piercing, das durch das Vorhautbändchen an der Unterseite meines Schwanzes ging, spannten die Haut, als Shaw den Schaft mit ihren Lippen umschloss. Ich schloss die Augen, als ich tief in ihren Mund gesogen wurde. Jede Empfindung, die ich bisher in meinem Leben erfahren hatte, war in diesem Moment wie ausgelöscht.

Mich hatten schon viele Frauen mit dem Mund befriedigt, und es hatte auch immer viel Spaß gemacht. Aber dass Shaw nun vor mir kniete und saugte und mich in ihren Mund aufnahm, war besser als alles andere, was ich bisher erlebt hatte. Ich atmete schwer, und meine Knie fühlten sich auf einmal an, als würden sie mich nicht länger tragen können. Mein Schwanz zuckte im Takt meines Herzschlags, und mein empfindliches Fleisch schien plötzlich so angespannt zu sein, dass es kurz vorm Zerbersten war. Ich brachte kein Wort über die Lippen, konnte sie nicht ermutigen oder ihr sagen, was mir gefiel und was nicht. Doch eigentlich spielte das auch keine Rolle, denn wie bei allem anderen, was wir im Dunkeln taten, schien sie ein naturgegebenes Talent dafür zu besitzen. Sie spielte mit meinen Piercings. Mit ihrer Zunge strich sie um das Metall, das sich erwärmte und wieder abkühlte, während sie es mit dem Mund erkundete. Ich hielt die Luft an und versuchte, den Orgasmus hinauszuzögern, aber ich konnte es nicht kontrollieren. Warnend keuchte ich ihren Namen und versuchte, an ihren Haaren zu ziehen, um ihr zu bedeuten, dass sie vielleicht besser aus der Schusslinie gehen sollte. Doch sie wollte nichts davon wissen. Sie brachte es triumphal zu Ende, hauchte einen Kuss auf meinen zuckenden Bauch, während ich versuchte, mich wieder zu sammeln, und kam dann in all ihrer nackten Pracht auf die Beine. Sie zog eine blonde Augenbraue hoch und schob sich die zerzausten Haare über die Schultern.

»Ich werde immer auf dich achtgeben und mich um dich kümmern, Rule. Ich tue es gern, weil es mich glücklich macht und weil es sich gut anfühlt. Aber ich werde mich nicht von dir dazu benutzen lassen, gegen deine Dämonen anzukämpfen – so wie du es mit den anderen Frauen vor mir getan hast. Vergiss das nie wieder.«

Ich gab ihr keine Antwort, denn sie hatte recht. Stattdessen hob ich sie hoch und warf sie aufs Bett. Ich musste ihr keine Zeit lassen, um für mich bereit zu sein, denn ich war mir sicher, dass der Blowjob – der beste übrigens, den ich je erlebt hatte – sie selbst auch angemacht hatte, sodass sie inzwischen feucht genug sein sollte. Und tatsächlich war sie bereit, aufzunehmen, was ich ihr zu geben hatte. Als ich in sie drang, achtete ich darauf, dass die Kugel meines Piercings über ihre empfindlichsten Stellen strich. Nachdem wir nun immer ohne Kondom miteinander schliefen, wusste ich, dass ich mit den Piercings Empfindungen schaffen konnte, die sie um den Verstand brachten – auch wenn ich im Bett vielleicht nicht herausragend war. Und mein Ziel war es, sie beim Sex um den Verstand zu bringen. Sie schlang die Beine um meine Hüften, während ich in sie tauchte und mich wieder zurückzog. Ihre Augen waren halb geschlossen. Ich stützte mich über ihr ab, und sie hielt sich an meinem Bizeps fest. Ich war mir ziemlich sicher, dass ich als glücklicher Mann sterben könnte, nachdem ich ihren Blick genossen, ihr Stöhnen gehört, ihren Körper unter mir gespürt und ihre inneren Muskeln gefühlt hatte, die sich lustvoll um meinen Schwanz schlossen. Ich hatte mir nie ernsthafte Gedanken darüber gemacht, monogam zu leben und Sex mit nur einer Frau zu haben, ich hatte einfach nie geglaubt, dass das mein Weg sein könnte. Bei ihr war ich mir aus tiefstem Herzen sicher, dass ich glücklich und zufrieden sein würde, wenn ich sie nur dazu bringen konnte, beim Höhepunkt innerlich in unzählige Stücke zu zerbersten. Als sie voller Begierde meinen Namen flüsterte, löste ihr Orgasmus auch meinen aus. Ich vergrub mein Gesicht in ihrer Halsbeuge und knurrte wie ein wildes Tier. Nachdem es vorbei war, sank ich auf sie und spürte, wie sie ihre schlanken Arme um mich schlang. Mit geschlossenen Augen hauchte ich ihr unzählige sachte Küsse auf den Hals.

»Du gibst mir das Gefühl, dass alles gut werden wird.«

Sie drehte den Kopf, damit ich ihren Hals noch besser erreichen konnte, und streichelte mir über den Rücken. »Wir können es nur versuchen, Rule. Ich bin dazu bereit, wenn du es auch bist. Und ich mache mir nichts vor – ich kenne dich schon lange und weiß, dass es nicht immer locker und spaßig sein wird. Ich weiß, wie sehr dich ein ruhiger Abend mit Pizza zu Hause ins Schleudern bringen kann. Aber ich werde bei dir sein, solange du dir dessen bewusst bist und bereit bist, es trotz allem zu versuchen.«

Meine Stirn lehnte noch an ihrer feuchten Haut, als ich leise lachte, und Shaw erschauerte. »Wenn du mir immer einen bläst, wenn ich durchdrehe, damit ich aufhöre, mich so idiotisch zu benehmen, kann ich nicht versprechen, dass ich damit so bald aufhören werde.«

Sie fluchte und gab mir einen Klaps auf den Hintern. Mit ihr in den Armen und ihrem Lachen im Ohr schlief ich ein. Der Tunnel war lang und dunkel, und manchmal drohten die Wände sich trotz aller guten Vorsätze um mich zu schließen – aber wenn Shaw mein Licht am Ende des Tunnels sein wollte, dann würde ich es auf jeden Fall versuchen.

Am nächsten Morgen gingen wir schweigend zu ihrem Auto. In einem Coffeeshop an der Ecke kehrten wir ein, um zu frühstücken. Keiner von uns schien darauf versessen zu sein, über die Ereignisse des vergangenen Abends zu sprechen. Nachdem wir gut geschlafen hatten und ich beim Aufwachen ihr friedliches und unschuldiges Gesicht erblickt hatte, war ich endlich wieder in der Lage, einen klaren Gedanken zu fassen. Ich verwünschte mich selbst dafür, dass ich mich am Abend zuvor durch meine Launen in eine so düstere Richtung hatte ziehen lassen. Pizza und ein ruhiger Abend auf der Couch waren nichts im Vergleich zu dem Scheiß, der mir immer wieder durch den Kopf ging, seit sie mich dazu gezwungen hatte, vor ihr Farbe zu bekennen. Dass sie wusste, dass ich ihren Körper hatte benutzen wollen, um zu fliehen, war mir unangenehm. Es war mir peinlich, dass ich versucht hatte, etwas so Besonderes wie den Sex mit ihr zu etwas herunterzustufen, das ich mit all den anderen Frauen auch erlebt hatte. Wenn Shaw mich nicht darauf angesprochen hätte und mich einfach hätte machen lassen, dann wäre dies das Ende unserer Beziehung gewesen. Ich wusste es, und ich war mir ziemlich sicher, dass auch sie es wusste. Sie duldete nicht, dass ich sie mit den anderen Frauen in eine Schublade steckte – und dafür würde ich ihr für immer dankbar sein.

Es war ein bisschen wärmer als gestern Abend, und die vereisten Stellen auf den Gehwegen waren zu schmutzigen Pfützen geschmolzen. Mit unseren Bechern mit heißem Kaffee in der Hand wichen wir den Pfützen aus und versuchten, uns warm zu halten. Sie hatte ein paar Blocks von unserem Tattoo-Geschäft entfernt abseits der Straße geparkt. Ich hatte mich gerade innerlich dazu durchgerungen, sie zu fragen, ob es ihr gut ginge, ob zwischen uns alles in Ordnung sei, als sie so unvermittelt stehen blieb, dass ich beinahe in sie hineingelaufen wäre. Als mir der heiße Kaffee über die Hand schwappte, fluchte ich leise. »Was soll das? Was ist los?«

Sie rührte sich nicht, und ich machte einen Satz zurück, als ihr der Kaffeebecher aus der Hand glitt und auf den schneebedeckten Boden fiel. Sie hob eine zitternde Hand an ihren Mund. Ehe ich fragen konnte, was passiert sei, bog der Pickup, der an der Kreuzung gewartet hatte, nach links ab, und ich konnte ihren Wagen sehen.

Alle Fenster waren eingeschlagen und alle Scheinwerfer kaputt. Die vier Reifen waren aufgeschlitzt worden, und das Gummi hing in Fetzen herunter. Der makellose schwarze Lack war mit hässlicher roter Sprühfarbe besudelt. Doch noch hässlicher waren die Worte, die auf dem Auto prangten. Auf der Kühlerhaube stand in fetten Lettern »Hure«, und auf beiden Seiten des Wagens waren Abwandlungen des Begriffs zu lesen. Es war schlimm. Und wenn man bedachte, was für einen Wagen Shaw fuhr, würde es außerdem sehr teuer werden, den angerichteten Schaden reparieren zu lassen.

Ich konnte sehen, dass Shaw zitterte. Behutsam legte ich den Arm um ihre Schultern und wollte sie an meine Brust ziehen. Zuerst wollte sie sich nicht in den Arm nehmen lassen und rührte sich nicht. Wie versteinert stand sie da, den Blick auf die sinnlose Zerstörung gerichtet. Aber mit sanfter Gewalt gelang es mir schließlich doch, sie in die Arme zu schließen. Ich legte mein Kinn auf ihren Kopf.

»Wir sollten die Polizei rufen«, sagte ich.

Sie erschauderte, und ich spürte, wie sie den Kopf schüttelte. »Nein. Wozu? Sein Dad würde wieder ein gutes Wort für ihn einlegen, und die ganze Sache würde unter den Tisch gekehrt. Im Übrigen gibt es keinerlei Beweise, dass er es war.«

Es gefiel mir nicht, zugeben zu müssen, dass sie wahrscheinlich recht hatte. »Soll ich dich zur Uni fahren? Ich kann mich um die Angelegenheit kümmern, während du dort bist.«

»Nein. Ich muss die Versicherung anrufen und den Wagen dann abschleppen lassen. Warum kann er mich nicht einfach in Ruhe lassen?«

Sanft strich ich ihr über das lange helle Haar. »Weil es unmöglich ist, über dich hinwegzukommen und dich zu vergessen.«

Sie seufzte und ließ zu, dass ich sie in meinen Armen hielt, bis ihr Zittern allmählich nachließ. »Ich fürchte, ich muss zurück zu dir nach Hause, um mich von dort aus um alles zu kümmern.«

»Klar. Kein Problem.« Ich reichte ihr den Rest meines Kaffees und hielt sie den ganzen Weg fest im Arm. Wir sagten beide nichts – diesmal allerdings aus anderen Gründen als auf dem Hinweg. Mir war bewusst, dass ich meine unbändige Wut zügeln musste, bis Shaw in Sicherheit war und es ihr ein wenig besser ging. Ich konnte mir nicht vorstellen, wie es war, solche Gewalt erleben zu müssen. Obwohl Gabe sich in den letzten Wochen ruhig verhalten hatte, war jetzt klar, dass er mein Mädchen niemals aufgeben würde.

Als wir in die Wohnung kamen, begann Shaw sofort zu telefonieren, damit ein Sachverständiger sich den Schaden ansehen würde und der Wagen in die nächste Werkstatt geschleppt werden konnte. Sie brauchte in der Zwischenzeit einen Mietwagen und vergeudete keine Zeit, sich auch darum zu kümmern. Nach fast zwei Stunden, in denen ich sie nicht aus den Augen gelassen hatte, ließ der Adrenalinschub langsam nach, und sie sagte, sie wolle duschen und sich kurz hinlegen. Angespannt gab ich ihr einen Kuss, schickte sie in mein Zimmer und konnte nur hoffen, dass sie die Wut, die in jeder Zelle meines Körpers brannte, nicht gespürt hatte.

Ein paar Minuten nachdem ich gehört hatte, wie sie das Wasser angestellt hatte, kam Nash hereingeschlurft. Er sah etwas mitgenommen aus, doch er hatte ein breites Grinsen im Gesicht und sein T-Shirt verkehrt herum an, also vermutete ich, dass sein Date positiv verlaufen war. Er bemerkte, dass ich die Kiefer aufeinanderpresste und dass meine Augen wütend funkelten, als er fragte: »Hattest du einen schlimmen Abend?«

»Einen schlimmen Morgen. Shaws Auto ist gestern Nacht demoliert worden.«

»Denkst du, dass Mr. Polohemd dahintersteckt?«

»Wer sonst?«

»Ich weiß es nicht. Einer von deinen unzähligen One-Night-Stands? Weil eine der Tussis es nicht verkraftet, dass du jetzt vom Markt bist? Da draußen gäbe es einige Kandidatinnen dafür.«

Mir war gar nicht in den Sinn gekommen, dass ich der Grund für den Vergeltungsschlag gegen sie sein könnte. Das machte mich nur noch wütender. Ich wies mit einem Kopfnicken in Richtung meines Schlafzimmers. »Kannst du ein Auge auf sie haben, bis ich zurück bin? So wie es scheint, geht es ihr zwar wieder gut, aber ich habe ihr angemerkt, dass der Vorfall sie ziemlich getroffen hat.«

»Wohin willst du? Ich muss um eins im Laden sein.«

»Bis dahin bin ich längst wieder da.«

»Rule ...«

»Lass es, Nash. Ich hätte die Nerven schon längst verlieren müssen. Dieser Arsch wird von mir persönlich hören, dass ich ihn umbringen werde, wenn er nicht endlich aufhört, sie zu belästigen.«

»Damit suchst du offen Streit.«

»Das ist mir egal. Ich bin bald wieder da. Pass einfach auf Shaw auf. Und falls sie fragt, wo ich bin, denk dir etwas aus. Sie sollte sich jetzt nicht auch noch darüber Gedanken machen müssen.«

Widerwillig stimmte er zu, doch ich konnte ihm ansehen, dass er von meinen Plänen alles andere als begeistert war.

Ich sprang in den Pick-up und fuhr zur Uni. Ich wusste, dass Shaw montags, mittwochs und freitags mit Gabe zusammen Kurse hatte. Nachdem ich geparkt hatte, fragte ich mich bei ihren Kommilitonen durch, nickte hier und zwinkerte da und war kurz darauf unterwegs zu den Räumen, in denen die Kurse für Politikwissenschaft stattfanden. Draußen war es kalt, und die Studenten eilten mit hochgezogenen Schultern von Gebäude zu Gebäude. Niemand beachtete mich, als ich vor dem Gebäude herumlungerte, aus dem Gabe mit Sicherheit kommen würde. Glücklicherweise musste ich nicht allzu lange warten, und der Sicherheitsdienst war an mir vorbeigegangen, ohne stehen zu bleiben. Nach zwanzig Minuten gingen die Türen auf, und ein paar Typen, die aussahen, als hätten sie einen *J. Crew*-Laden ausgeraubt und die Klamotten mit der Winterschuhkollektion von *L.L. Bean* kombiniert, kamen heraus. Sie lachten und unterhielten sich. Davenport wirkte so selbstzufrieden, dass ich ihm furchtbar gern die gebleachten Zähne eingeschlagen hätte.

Ich wartete, bis die Gruppe sich auflöste und Davenport allein war. Er schlug den Kragen seiner *Patagonia*-Jacke hoch und zog sein Handy heraus. Ich stieß mich von der Wand ab, an der ich gelehnt hatte, und folgte ihm schweigend, bis er den Parkplatz erreicht hatte. Als er an seinem Wagen stehen blieb, streckte ich den Arm aus, packte ihn im

Nacken und stieß ihn unsanft nach vorn, sodass sein Gesicht Bekanntschaft mit dem kalten Metall des Autodachs machte. Er brachte einen überraschten Laut hervor, und die Tasche mit seinen Büchern und seinem Laptop fiel zu Boden. Er wehrte sich, aber ich hatte ihn so fest im Griff, dass er keine Chance hatte. Ich beugte mich vor, sodass mein Ellbogen sich schmerzhaft in seinen Nacken bohrte, und packte ihn noch ein bisschen fester.

»Wenn du jemanden belästigen, erschrecken oder verängstigen willst, solltest du dir jemanden aussuchen, der keinen wütenden Freund hat, du schmieriger Schnösel. Das ist das letzte Mal, dass ich dich im Guten bitte, Shaw verdammt noch mal in Ruhe zu lassen. Wenn du es nicht tust, mache ich aus deinem Ken-Gesicht, auf das du so stolz bist, Hackfleisch.« Ich stieß ihn noch einmal unsanft mit dem Gesicht gegen das Autodach. Menschen liefen über den Parkplatz, blieben stehen und blickten uns an, doch das war mir egal. »Haben wir uns verstanden?«

Er grunzte und zog die Arme unter die Brust, sodass er sich vom Wagen abstoßen konnte. Ich ließ ihn los und machte einen Schritt zurück. Meine Arme hingen locker herunter, und ich war bereit, falls er sich entschließen sollte, gleich an Ort und Stelle zurückzuschlagen. Er strich sich die Haare glatt, die unter meiner rauen Behandlung ein bisschen gelitten hatten, und funkelte mich zornig an, während er den Kiefer hin- und herbewegte.

»Wir wissen beide, dass mein Vater mich vor dem Gefängnis bewahren kann. Und was kann deiner für dich tun? Einen Reifen wechseln? Beim Umzug helfen?« Er lachte bitter und spuckte etwas Blut aus, wobei er nur knapp meinen Stiefel verfehlte. »In der echten Welt bist du kein ebenbürtiger Gegner für mich. Du kannst dich noch so oft ihr Freund nennen, aber Tatsache ist, dass sie mich für einen wie dich gar nicht verlassen *darf*. Denn das wäre ein falsches Signal.«

Ich dachte, er wäre nur verzogen und nervig, doch je länger ich ihm zuhörte, desto mehr Sorgen machte ich mir über seine geistige Gesundheit. Der Kerl redete wie ein Wahnsinniger.

»Mann, nerv jemand anders«, knurrte ich. »Shaw steht nicht auf dich. Sie wird auch nie auf dich stehen. Sie zu belästigen bringt überhaupt nichts – außer schlechter Stimmung. Falls du denken solltest, dass irgendetwas, das dein Dad oder sonst jemand mir antun könnte, mir Angst macht, hast du dich geirrt. Selbst wenn es dir gelingen sollte, mich aus dem Weg zu räumen, sodass ich sie nicht mehr schützen kann, gibt es Freunde, die meinen Platz gern einnehmen würden. Es wird dir nichts bringen, sie weiterhin zu verfolgen. Und falls du je wieder Hand an sie legen solltest, werde ich dir jeden deiner Finger einzeln abreißen und sie dir in den Rachen stopfen.«

Er schnaubte verächtlich und stieß mir mit dem Zeigefinger gegen die Brust. Er hatte Glück, dass ich ihm nicht direkt ins Gesicht schlug. »Du bist so dumm, so ungebildet und so zweitklassig, dass du anscheinend wirklich der Meinung bist, es hätte irgendetwas mit Sex zu tun. Ich kann mir überall Sex holen. Meinst du, ich würde mir sechs Monate lang ansehen, wie Shaw mit ihrem süßen Hintern wackelt, ohne mir nebenbei Befriedigung zu verschaffen? Sex ist unbedeutend, und wenn sie mit dir geschlafen hat, fasse ich sie nicht mal mehr mit der Kneifzange an. Hier geht es um das Geschäft und um das Image. Sie kann in der Öffentlichkeit nicht einfach den Eindruck entstehen lassen, ich würde mich durch einen tätowierten Punk ersetzen lassen, der nichts zu bieten hat. Die Leute dürfen das nicht denken.«

Ich packte sein Handgelenk und schob ihn wieder gegen den Wagen. »Wenn du der Meinung bist, der Sex mit Shaw wäre unbedeutend, dann bist du der ungebildete Idiot. Nimm dich nicht so wichtig. Wenn ich beweisen kann, dass du etwas mit ihrem kaputten Wagen zu tun hast, werden wir Anzeige erstatten. Solltest du sie weiterhin belästigen, werden wir uns ans Gericht wenden, und irgendwann wird es jemandem auffallen, dass dein alter Herr dir den Rücken freihält. Das hört jetzt auf, sonst landest du im Krankenhaus – dafür verbringe ich liebend gern einige Zeit im Knast, verstanden?«

Wir starrten einander aufgebracht an. Mittlerweile hatte sich eine Menschentraube um uns gebildet. Ich bemerkte den Sicherheitsmann erst, als er zwischen uns trat. Ehe er anfangen konnte, Fragen zu stellen, zeigte ich Gabe noch einmal den Mittelfinger, machte auf dem Absatz kehrt und verschwand in der Seitenstraße, in der ich den Pick-up geparkt hatte. Der Security-Mann rief mir etwas hinterher, und ich hörte auch Davenports erhobene Stimme, aber ich blieb nicht stehen, bis ich meinen Wagen erreicht hatte. Ich stieg ein und umklammerte das Lenkrad. Ich atmete tief ein und aus, versuchte, mich wieder zu beruhigen. Als ich das letzte Mal eine so unbändige Wut und den Wunsch verspürt hatte, etwas zu zerstören, hatte ich am Grab meines Bruders gestanden und zugesehen, wie man den Sarg herunterließ. Ich wollte Mr. Polohemd langsam auseinandernehmen und zuschauen, wie er litt. Ihn herumzustoßen und ihm Angst einzuflößen reichte nicht. Die Dunkelheit und die Unberechenbarkeit, die in mir schlummerten, erhoben sich wieder und verlangten nach Rache, doch ich drängte sie zurück, weil ich Shaw nicht zumuten wollte, sich wieder damit auseinandersetzen zu müssen.

Es dauerte eine gute halbe Stunde, ehe ich mich in der Lage fühlte, nach Hause zu fahren und ihr gegenüberzutreten. Als ich in die Wohnung kam, spielte Nash gerade ein Spiel auf unserer Konsole und beschimpfte durch das Headset seinen Gegner. Als ich die Wohnungstür schloss, nahm er die Kopfhörer ab, musterte mich von Kopf bis Fuß und erhob sich.

»Ich sehe gar kein Blut oder so.«

Ich zuckte mit den Schultern und warf meine Jacke über die Rückenlehne der Couch. »Es waren zu viele Leute in der Nähe. Außerdem dachte ich, dass es ihn nur weiter ermutigen würde, wenn ich ihn verprügeln würde. Der Typ hat eine ganze Kiste voller Schrauben locker. Es geht nicht einmal um Shaw; es geht nur darum, wie es in der Öffentlichkeit aussieht, dass sie ihn verlassen hat und jetzt mit mir zusammen ist. Er ist vollkommen abgedreht. Ich weiß echt nicht, was wir gegen ihn unternehmen können, denn er hat recht damit, dass sein Dad ihn schützen kann.«

Nash wies mit einem Kopfnicken in Richtung meines Zimmers. »Sie hat keinen Mucks gemacht. Nach dem Duschen ist sie nicht mehr aufgetaucht, also kann ich nicht genau sagen, wie es ihr geht. Ich muss jetzt auch los, sonst komme ich zu spät zu meinem Termin, und ich muss den Entwurf noch ein bisschen nacharbeiten.«

»Vorhin schien alles in Ordnung zu sein. Vielleicht war sie nur so gestresst und erschöpft, dass sie die ganze Zeit geschlafen hat.«

»Das hättest du wohl gern, Bruder.«

Ich schnaubte und winkte ab, als ich mich auf den Weg in mein Zimmer machte. Die Tür war geschlossen. Im Zimmer war es dunkel, als ich sie öffnete. Shaw lag zusammengerollt auf dem Bett. Man musste kein Genie sein, um zu sehen, dass sie wach war und geweint hatte. Sie hatte die Hände unter ihre Wange gelegt und starrte auf den ausgeschalteten Fernseher.

»Was hast du mit ihm gemacht?« Ihre Stimme war rau und noch heiserer als sonst, weil sie geweint hatte. Ich setzte mich auf die Bettkante und streichelte ihr behutsam über das Bein.

»Ich habe ihm gesagt, dass er sich zurückhalten soll und dass es nicht besonders schlau von ihm war, sich mit jemandem anzulegen, der mich als Freund hat. Ich weiß nicht, was mit ihm los ist – ich glaube, er ist unzurechnungsfähig. Er kann überhaupt nicht mehr rational und logisch denken.«

»Ich dachte, du würdest ihm wehtun.«

»Das hätte ich vielleicht getan«, entgegnete ich, »doch es war helllichter Tag, und unglaublich viele Studenten spazierten herum. Ich habe ihn ein bisschen geschubst, und wir haben uns gegenseitig beschimpft. Aber ich wollte ihm im Grunde genommen nur klarmachen, dass du nicht allein bist und dass er sich auf etwas gefasst machen kann, wenn er noch mal versuchen sollte, dir wehzutun. Er weiß jetzt, dass dann ein paar Leute nur auf ihren Einsatz warten, um es ihm heimzuzahlen.«

Tränen rannen ihr die Wangen hinunter. Ich lehnte mich zu ihr hinüber, um die Tränen mit den Daumen abzuwischen.

»Ich möchte einfach, dass er geht und mich in Ruhe lässt«, schluchzte sie. »Ich habe das nicht verdient. Ich habe immer nur getan, was die anderen von mir erwartet haben. Warum werde ich dafür bestraft, wenn ich ein einziges Mal das tue, was ich mir für mich selbst wünsche?«

»Ich weiß es nicht, Casper. Ich weiß es nicht.« Ich wusste nicht, wie ich sie aufmuntern sollte, also setzte ich mich hinter sie aufs Bett und hielt sie in den Armen, während sie weinte. Ich hielt mich nicht für einen mitfühlenden oder besonders einfühlsamen Menschen. Für gewöhnlich war ich zu sehr mit mir selbst und meinem emotionalen Chaos beschäftigt, um mich auf andere Menschen konzentrieren zu können. Doch als ich Shaw in den Armen hielt und sie weinte, veränderte sich etwas Grundlegendes in mir. Ich hatte das Gefühl, dass ich absolut alles tun und geben würde, damit es dieser Frau besser ging. Ich fühlte mich als Versager, weil ich nicht verhindert hatte, dass es so weit gekommen war. Und mir war klar, dass es von jetzt an nicht mehr ausreichen würde, sie im Auge zu behalten und vor Davenport zu beschützen. Mit absoluter Klarheit wusste ich, dass ich sie vor allem schützen wollte, was ihr wehtun konnte. Und das war keine einfache Erkenntnis, denn ich hatte den Verdacht, dass ich ihr im Laufe der Zeit mindestens genauso viel Schmerz bereitet hatte wie Mr. Polohemd. Und plötzlich wünschte ich mir, dass ich ein anderer wäre.

14. Kapitel

Shaw

»Bist du dir sicher, dass du das wirklich willst?« Ayden klang nervös und war nicht gerade begeistert davon, dass ich sie in aller Herrgottsfrühe mit ins Tattoo-Studio *The Marked* geschleift hatte. Wir saßen in einem kleinen Raum im Laden, den ich noch nie zuvor gesehen hatte, obwohl ich inzwischen viel Zeit hier verbrachte, um auf Rule zu warten oder ihm Essen zu bringen, wenn er einmal länger arbeiten musste. Der Raum war ganz offensichtlich von einer Frau eingerichtet worden. Coras abgefahrener Style war nicht zu übersehen. Es roch hier weniger nach Desinfektionsmittel als im Rest des Geschäfts. Ich saß auf einem Stuhl, der fatal an den Untersuchungsstuhl beim Gynäkologen erinnerte, und zappelte unruhig herum.

»Ich bin mir sicher.«

»Ich verstehe nur nicht, warum du etwas machen möchtest, das auf jeden Fall wehtut.«

»Es tut ja nur kurz weh, und ich vertraue Cora.« Das tat ich wirklich. Immer, wenn ich im Studio zu Besuch war, unterhielten wir uns stundenlang. Wir hatten uns auch schon außerhalb des Ladens getroffen. Wenn Rule oder Rome ihrer Pflicht, mich immer im Auge zu behalten, nicht nachkommen konnten, hing Cora mit mir ab, bis einer meiner Wachhunde wieder Zeit hatte. Ich mochte sie sehr, und dass mich jemand piercte, in dessen Gegenwart ich mich wohlfühlte, war der einzige Weg, es überhaupt durchzuziehen. Cora war sogar einverstanden gewesen, außerhalb der Öffnungszeiten und während Rule und Nash im Fitnessstudio waren, in den Laden zu kommen, damit es eine Überraschung bleiben konnte.

»Ich möchte nur sichergehen, dass du es für dich selbst tust und nicht für Rule. Was passiert, wenn ihr beide euch trennt und dein nächster Freund eher streng und korrekt ist? Gepiercte Brustwarzen könnten bei so jemandem nicht gut ankommen.«

Ich warf ihr einen gelangweilten Blick zu und versuchte, mich zu beruhigen. Es war die Wahrheit: Diese Entscheidung hatte nichts mit Rule zu tun. Ich hatte das Gefühl, endlich wieder die Kontrolle über mein Leben zu haben. Die Sache mit meinem Auto, der Einfluss, den Gabe noch immer auf mein tagtägliches Leben hatte, der Druck meiner Eltern, die sich von meinen Haaren bis hin zu Rule über alles beschwerten, die Art, wie Rule sich in sich selbst zurückzog, wenn ich ihm zu nahekam – all das brach über mich herein, und ich wollte einfach nur etwas für mich tun. Ich wollte eine Entscheidung nur für mich treffen, eine Entscheidung, meinen Körper zu verändern. Und niemand hatte das Recht, etwas dazu zu sagen. Ich hatte öfter Migräne – drei Anfälle in den letzten zwei Wochen –, und wenn ich jetzt nicht etwas für mich tat, würde ich in so viele Teile zerspringen, dass es unmöglich wäre, sie wieder zusammenzusetzen.

»Glaubst du ernsthaft, dass mein nächster Freund ein adretter, korrekter Typ sein wird, wenn Rule und ich uns trennen?«

»Warum nicht? Immerhin warst du sechs Monate lang mit Gabe zusammen, und er ist das absolute Gegenteil von Rule. Ich wette, gepiercte Brustwarzen würden bei ihm einen sofortigen Herzstillstand bewirken.«

»Ich werde mich nie wieder mit jemandem verabreden,

weil es von mir erwartet wird. Außerdem habe ich in absehbarer Zukunft nicht vor, jemand anders zu daten als Rule. Also sollten wir uns nicht den Kopf über ungelegte Eier zerbrechen.«

In der vergangenen Woche war die Situation zwischen Rule und mir angespannt gewesen. Ich wusste nicht, warum, aber Rule behandelte mich wie ein rohes Ei, das jeden Moment zerbrechen konnte. Wenn er sich unbeobachtet fühlte, erwischte ich ihn manchmal dabei, wie er mich mit einem verwirrten Ausdruck in den Augen ansah – fast, als würde er sich fragen, was ich noch immer dort machte oder warum er noch immer da war. Er machte sich die größten Sorgen um meine Sicherheit und achtete darauf, dass ich auch wirklich niemals allein war. Wir verbrachten jede Nacht zusammen, entweder bei ihm oder bei mir. Die gemeinsame Zeit im Bett war nicht länger von Leidenschaft und Hemmungslosigkeit geprägt, sondern von Zärtlichkeit und Vergänglichkeit. Auch wenn es schön war, es passte nicht zu Rule. Es fühlte sich nicht richtig an, und das beunruhigte mich. Ich wusste nicht, wie ich es benennen sollte, denn es war nicht so, als würde etwas nicht stimmen. Er war noch immer emotional präsent, noch immer aufmerksam und noch immer bereit, all das, um was ich ihn gebeten hatte, für mich zu versuchen. Dennoch war irgendetwas anders. Ich konnte es nur nicht in Worte fassen.

»Wenn dein Vater davon erfährt, wird er seinen Scheck über die Studiengebühren für das nächste Jahr ganz bestimmt zurückziehen.«

Mein Dad war es irgendwann leid gewesen, dass ich seine Anrufe ignoriert hatte, und hatte mir am vergangenen Wochenende vor meiner Wohnung aufgelauert. Ich hatte versucht, ihm die Situation mit dem Auto zu erklären und ihm klarzumachen, was für ein Mensch Gabe war und dass dieser Mensch mich bedrohte, aber es hatte nicht gefruchtet. Mein Dad machte sich ausschließlich Gedanken darüber, wie die Außenwirkung war und was die Leute über ihn und Mom dachten. Wieder einmal hatte er mir mit dem Entzug des Schulgeldes gedroht, doch das hatte längst keine Wirkung mehr auf mich. Ich hatte ihm gesagt, dass ich mir liebend gern einen Job als Stripperin suchen würde, um mein Studium zu finanzieren, wenn er Ernst machen sollte. Das hatte ihm gar nicht gefallen. Ich wusste, dass meine Drohung ihn nur kurz abschrecken würde. Aber wenn er in der Angelegenheit mit Gabe schon nicht hinter mir stand, reichte mir zumindest das.

Ich hatte seit einiger Zeit nichts mehr von Gabe gesehen, doch ich bezweifelte, dass Rules Drohungen ihn endgültig zur Aufgabe zwingen würden. Ayden hatte mitbekommen, dass einige Mädchen aus ihren Kursen sich über mich unterhalten hatten. Und es hatte ganz so geklungen, als würde Gabe inzwischen versuchen, mit einer Reihe von schäbigen Lügen und unglaublichen Geschichten meinen Ruf auf dem Campus zu zerstören. Glücklicherweise war ich ziemlich immun dagegen, diese fürchterlichen Gerüchte über mich zu hören, da ich in einer voreingenommenen und hasserfüllten Familie aufgewachsen war. Wenn das nicht so gewesen wäre, hätte ich wahrscheinlich die Nerven verloren und mit dem Gedanken gespielt, das College zu wechseln, um vor alldem zu fliehen.

»Ja, das würde Dad wahrscheinlich tun. Gut, dass die Piercings an Stellen sind, die er wohl niemals zu Gesicht bekommen wird.«

Die Tür ging auf, und Cora kam mit einem kleinen Tablett aus Metall in der Hand wieder herein. Die Instrumente darauf sahen aus, als wären sie sterilisiert worden, und es roch nach einem klinischen Desinfektionsmittel.

»Bist du bereit?«, fragte sie.

Ich schwang die Beine hoch, legte mich auf dem Stuhl zurück und versuchte, einigermaßen normal zu atmen.

»Ich bin bereit.«

»Ich arbeite schnell, also dauert es nicht lange. Vergiss nicht, dass du die Wunden in den ersten drei oder vier Wochen regelmäßig und sehr sorgfältig reinigen musst. Spiele nicht mit den Piercings. Und lass auch Du-weißt-schon-wen nicht mit den Piercings spielen. Er sollte die Regeln kennen.«

Ich lachte. Sie bat mich, mein T-Shirt mit dem V-Ausschnitt und meinen BH auszuziehen. Als ich ihrer Bitte nachgekommen war, zitterte ich unwillkürlich. Ich fühlte mich nackt und ausgeliefert. Aber Cora machte mir Mut, und obwohl Ayden sich bei so etwas nie wohlfühlte, hielt sie meine Hand und beobachtete andächtig, was mit mir passierte.

»Zuerst markiere ich die Stelle an, um sicherzugehen, dass die Piercings auf beiden Seiten auf der gleichen Höhe sitzen und gerade sind.« Es war seltsam, dass jemand so etwas mit meinem Körper machte – auch wenn es eine Freundin war. Die Spitze des Stiftes war kalt, und ich erschauerte. Doch als sie die erste Brustwarze in eine Metallzange klemmte, zitterte ich noch viel mehr. Mit ihren außergewöhnlichen Augen blickte sie mich eindringlich an, und ich spürte, wie ich unwillkürlich die Fingernägel in Aydens Handfläche vergrub. »Okay, Kleines, hol jetzt tief Luft. Wenn ich es dir sage, atmest du langsam und gleichmäßig wieder aus. Du wirst den Druck der Nadel spüren, wenn ich sie hineinsteche. Anschließend ziehe ich den Ring hinterher. Sieh mich einfach nur an und atme weiter.«

Ich tat, was sie gesagt hatte. Nachdem der erste Schmerz vorbei war – bei dem mir zugegebenermaßen Tränen in die Augen schossen –, war es nur noch unangenehm, aber nicht mehr schmerzhaft. Sie wiederholte die Prozedur auf der anderen Seite. Dann war es vorbei, und ich war gepierct. Sie fragte mich, ob ich einen Spiegel wolle. Ich nahm ihn entgegen und bewunderte ihre Arbeit.

Ich hatte sowieso schöne Brüste. Zwar waren sie nicht besonders groß, doch sie waren fest, und meine Nippel waren hübsch rosa. Die silbernen Ringe sahen so aus wie die Ringe, die Rule in seiner Augenbraue und in der Lippe hatte. Allerdings hatte mein Ring eine leuchtend blaue Kugel in der Mitte. Der Schmuck sah unglaublich sexy und feminin aus, und mir gefiel der Anblick sehr. Ich nahm den Zettel mit den Pflegehinweisen für die ersten Tage nach dem Piercen entgegen und zog mich wieder an. Ich hatte das Gefühl, dass irgendetwas, das in den vergangenen Wochen ruhelos in mir hin und her geflattert war, seinen Platz endlich wiedergefunden hatte. Ich lächelte Cora an und umarmte sie.

»Ich liebe es.«

»Das solltest du auch. Es sieht unfassbar heiß aus.«

Ayden nickte, als sie sich den Mantel anzog. »Ich hätte nicht gedacht, dass es dir stehen würde, aber ich habe mich geirrt. Es sieht sehr weiblich und sehr sexy aus. Ich verstehe jetzt, warum du dir die Piercings hast stechen lassen.«

Cora zog ihre blonden Augenbrauen hoch, als ich ihr das Geld in die Hand drückte. »Ich weiß, dass du es gratis machen wolltest. Trotzdem möchte ich dich dafür bezahlen.« Sie schüttelte den Kopf und wollte mir das Geld zurückgeben, doch ich weigerte mich, es anzunehmen. »Ich betrachte uns als Freunde, und ich möchte keinen meiner Freunde ausnutzen. Also nimm es bitte an.«

Sie sah mich stirnrunzelnd an und sammelte langsam ihre Instrumente ein. »Wenn du dich hättest tätowieren lassen wollen und Rule oder Nash hätte dir angeboten, es gratis zu stechen, hättest du das Angebot dann angenommen?«

»Von Rule ja, von Nash nicht.«

Sie seufzte resigniert. »Also gut. Sag mir, was dein Liebster davon hält – auch wenn ich nicht glaube, dass er sein schmutziges Grinsen verbergen kann, wenn er es herausgefunden hat. Seine Laune hängt sehr stark davon ab, wie es zwischen euch läuft.«

Ich zog meine langen Haare aus dem Kragen meines Mantels und bemühte mich, nicht zu offensichtlich zusammenzuzucken, obwohl meine Piercings bei dieser Bewegung unangenehm gegen den Stoff meines BHs gedrückt wurden. »Und? Wie sieht es in letzter Zeit mit seiner Laune aus?« Ich wollte es wirklich wissen.

»Gut. Er ist gelassener und vielleicht auch ein bisschen stiller als sonst. Aber insgesamt ist seine Laune gut.«

»Tja, das ist doch schön.«

»Du klingst nicht so überzeugt.«

Ich zuckte die Achseln und wusste nicht, wie ich es erklären sollte. »Rule war eigentlich nie ein gelassener Mensch.«

»Nein, das stimmt. Aber vielleicht bist du der Grund, warum er jetzt so ist. Vielleicht ist er glücklich und hat alles, was er will, und es gibt einfach keinen Grund mehr, ängstlich und aggressiv zu sein.«

Ich wäre gerne überzeugt gewesen, dass sie recht hatte. Doch ich kannte Rule, und mir gefiel das alles überhaupt nicht. »Ja, vielleicht.«

Sie umarmte mich noch einmal und achtete darauf, mir nicht wehzutun. Dann brachte sie uns aus dem Laden. »Grübel nicht zu viel darüber nach. Es ist doch nicht verkehrt, gelassen zu sein.«

»Danke, Cora.«

»Gern geschehen. Jetzt haut ab, damit ich hier aufräumen kann, ehe der normale Wahnsinn losgeht und die Jungs auftauchen, um sich vorzubereiten.«

Ayden sah mich forschend an, als wir in die Kälte hinaustraten. »Wie ist es dir eigentlich gelungen, dir heute Morgen deine Aufpasser vom Hals zu schaffen? Rule bekommt jedes Mal einen Anfall, wenn du versuchst, ohne Bodyguard irgendwo hinzugehen.«

»Ich habe ihm gesagt, dass ich einen Friseurtermin hätte und dass du mich begleiten und mich nicht aus den Augen lassen würdest. Kein Kerl verbringt gern eine Stunde in einem Friseursalon. Vor allem Rule nicht.«

Sie sah mich mit hochgezogenen Augenbrauen an, als wir zu dem Mietwagen kamen, den ich momentan fuhr. »Also lassen wir uns tatsächlich noch die Haare machen?«

Da ich keine Lügnerin war und es mir nicht gefiel, ihn anzuschwindeln, hatte ich in der Tat einen Termin für uns beide vereinbart. »So ist es. Aber dieses Mal geht es auf meine Rechnung, weil wir vorher noch einen Abstecher machen müssen – und es ist ein ziemlicher Umweg.«

»Wohin willst du denn?«

Ich bog auf die Colfax Avenue und fuhr dann über den Highway in Richtung Brookside.

»Wohin fahren wir?«, wiederholte Ayden.

Ich wusste, dass meine Freundin neugierig war, doch als ich aufgewacht war und Rule so fürchterlich höflich und nett gewesen war, hatte ich mir fest vorgenommen, heute noch zwei Sachen zu erledigen. Die erste hatte ich schon hinter mich gebracht, und die zweite würde möglicherweise noch schmerzhafter werden. »Ich muss nur schnell bei einem alten Freund vorbei«, erklärte ich.

»In Brookside?«

»Außerhalb von Brookside. Ich werde es schnell erledigen und dir dann alles erklären, ja?« Schweigend lenkte ich den Wagen durch die Berge, bis wir zu einem kleinen Friedhof in den Außenbezirken von Evergreen kamen. Die melancholische Musik von The Dawes passte perfekt zu meiner Stimmung. Mir war es irgendwie immer wie eine Ironie des Schicksals vorgekommen, dass Remy so weit außerhalb der Stadt auf einem so friedlichen Stück Land beerdigt worden war, obwohl er so temperamentvoll, so ungestüm, so voller Energie und Leben gewesen war. Ich stellte das Auto auf dem Besucherparkplatz ab und nahm mir eine Mütze und ein Paar Handschuhe, weil ich nicht sicher war, wie lange ich an Remys Grab bleiben würde. Hier in den höheren Lagen war es deutlich kälter als in der Stadt.

»Ich lasse den Schlüssel stecken, damit du die Heizung und das Radio laufen lassen kannst. Ich weiß nicht, wie lange ich weg sein werde.«

In Aydens braunen Augen las ich Traurigkeit und Verständnis. Sie umarmte mich kurz und scheuchte mich dann aus dem Wagen. »Ich komme schon zurecht. Lass dir so viel Zeit, wie du brauchst. Du kannst mir ja eine Hot-Stone-Massage spendieren, falls es zu lange dauern sollte.«

»Abgemacht.« Deshalb liebte ich dieses Mädchen.

Unter meinen Stiefeln knirschte der Schnee, als ich ans Ende des Friedhofs ging, wo der Grabstein kalt und steril aus der Erde ragte – eine weitere Schattierung von Grau in der öden Winterlandschaft. Auf dem schneebedeckten Grab lagen leuchtend rote Rosen. Ich musste lächeln. Remy hatte die Farbe Rot geliebt, hatte Dinge geliebt, die strahlend und auffällig waren, alles, was zu ihm gepasst hatte, weil es seiner Persönlichkeit entsprochen hatte. Dass der Boden gefroren und mit Schnee bedeckt war, spielte für mich keine Rolle, als ich mich nun hinkniete und mit einem Finger über seinen Namen auf dem Grabstein fuhr. Sofort standen mir Tränen in den Augen. Dann strich ich sacht über das nach oben geöffnete Hufeisen, das seinen Grabstein zierte. Die überlebenden Archer-Jungs hatten auf diesem Schmuck bestanden, er sollte das Glück einfangen. Rome gefiel die Symbolik, und Rule mochte den Gedanken, dass dieses Hufeisen zeigte, dass er für immer mit seinem Bruder verbunden sein würde.

»Hey, mein Hübscher. Es tut mir leid, dass ich so lange nicht da war, aber in der letzten Zeit war alles ein bisschen … anstrengend.« Ich lachte freudlos. »Ich habe das Gefühl, dass du alle auslachen und den Kopf über uns schütteln würdest, wenn du noch hier wärst. Ich vermisse dich so sehr. Jeden Tag denke ich, dass alles so viel leichter wäre, wenn ich dich einfach anrufen könnte. Du könntest mir bestimmt alles erklären und dafür sorgen, dass all das nicht zerbricht. Es ist so schwierig ohne dich.«

Inzwischen weinte ich und konnte den Grabstein nur noch verschwommen erkennen. Ich legte die Hand auf seinen Namen und konzentrierte mich darauf, tief ein- und auszuatmen. »Ich schlafe mit deinem Bruder. Falls du schon früher der Meinung warst, ich wäre eine liebeskranke Idiotin, solltest du mich jetzt mal sehen. Ich bin völlig durcheinander und außer mir, weil er so nett ist. Ich weiß, ich bin vermutlich die einzige Frau auf der Welt, die sich Sorgen macht, weil ihr Freund zu nett ist. Doch wir beide kennen Rule, und da stimmt etwas nicht. Er wird nicht mit mir darüber reden. Wie seltsam ist es überhaupt, dass ich Rule meinen ›Freund‹ nenne? Mein Herz zieht sich jedes Mal zusammen, wenn ich ihn so bezeichne. Manchmal denke ich, dass meine ganze Welt in seinen Augen steht. Und dann gibt es Momente, in denen er mich vollkommen ausschließt, sich zurückzieht und es mir verdammt schwer macht, ihn *einfach zu lieben.* Wenn du hier wärst, würde ich dich auf ihn ansetzen, und er würde dir erzählen, was los ist. Er würde es dir erzählen, weil er dir immer alles anvertraut hat.«

Ich seufzte und ließ den Kopf sinken. »Ich wünschte, du hättest es ihnen gesagt. Rule und Rome. Ich wünschte, du hättest ihnen genug vertraut, um sie einzuweihen, wie du mich eingeweiht hast. Deine Mutter ist darüber verrückt geworden, dass Rule sich weigert, eine Kopie von dir zu werden. Deshalb ist deine Familie zerrüttet. Wenn alle es gewusst hätten, wenn du ihnen beigebracht hättest, dass jeder Mensch Liebe verdient hat – egal, wie er sein Leben führen will –, dann wäre es vielleicht anders. Dein Dad lenkt langsam ein, aber er versucht noch immer, Margot vor einer Therapie zu bewahren. Und Rome, der arme Rome ist der Spielball aller Beteiligten. Er will alle schützen und alles wieder geradebiegen, doch er steht allein da und hat niemanden, der ihn dabei unterstützt. Er bräuchte eigentlich dich als Schlichter – so, wie du es immer getan hast.«

Meine Knie waren eiskalt und meine Hosenbeine schon lange durchnässt. Meine Zähne klapperten, und ich hatte ziemlich schnell herausgefunden, dass eisige Kälte und Brustwarzen-Piercings sich nicht unbedingt gut miteinander vertrugen.

»Ich habe einen irren Exfreund, der mich verfolgt, belästigt und bedroht, er macht mir das Leben zur Hölle. Meine Eltern sind überzeugt davon, dass ich ihn heiraten und nach Cherry Hills ziehen werde. Rule hasst ihn. Es besteht durchaus die Chance, dass er meinen Exfreund umbringt, wenn der so weitermacht. Das macht alles noch viel komplizierter und schrecklicher. Ich habe den Verdacht, dass du gleich hinter Gabes Fassade geblickt und ihn durchschaut hättest, sodass ich überhaupt nicht in diese Lage gekommen wäre. Mir fehlt es, dass du mich vor mir selbst beschützt. Dein Bruder achtet darauf, dass ich in Sicherheit bin und dass es mir gut geht. Ich glaube, dass ich ihm wirklich etwas bedeute. Aber er ist so beschäftigt damit, mich vor allem und jedem zu beschützen – inklusive vor ihm selbst –, dass er nicht sieht, dass ich selbst mein schlimmster Feind sein kann. Er redete die ganze Zeit davon, dass er die Sache zwischen uns vermasseln könnte. Ich habe nicht den Mut, ihm zu sagen, dass er sich niemals so verhalten könnte, dass ich aufhören würde, ihn zu lieben. Die Möglichkeit besteht, dass er wie alle anderen auch irgendwann herausfindet, dass das, was ich zu bieten habe, doch nicht so großartig ist, und dass er mehr von mir will, als ich geben kann. Es ist alles so kompliziert und verworren, dass ich kaum glauben kann, dass wir es schon so weit geschafft haben.«

Ich lachte leise. Dieses Lachen war echt, und ein Pärchen, das ein paar Meter von mir entfernt an einem Grab stand, warf mir einen bösen Blick zu.

»Ich habe mich an meinem Geburtstag betrunken und mich ihm an den Hals geworfen. Ich hatte die ganze Zeit über Angst, dass er mich zurückweisen könnte, dass er behaupten könnte, er würde mich nur ausnutzen, weil ich betrunken wäre. Doch es ist schließlich passiert, und ich habe deinem Zwillingsbruder meine Jungfräulichkeit geschenkt. Irgendwie bin ich mir sicher, dass du es irrsinnig lustig finden würdest. Du hattest recht. Ich habe die ganze Zeit darauf gewartet, dass er sein Programm durchziehen würde. Und nachdem er das nun getan hat, muss ich sagen, dass mir dieses

Programm gefällt und dass ich mir eine Zukunft ohne Rule oder sein Programm nicht mehr vorstellen kann.«

Ich hauchte einen Kuss auf das Leder meines Handschuhs und drückte ihn auf seinen Namen. »Jeden Tag erinnert mich irgendetwas an dich, Remy. Ich denke ständig an Dinge, die ich dir erzählen möchte. Und ich weine häufig, weil du nicht mehr hier bist. Jeden Tag vermisse ich dich. Jetzt, da ich dich mehr als je zuvor brauche, versuche ich, Entscheidungen zu treffen und in eine Richtung zu gehen, die dich stolz machen und zum Lächeln bringen würde. Doch es ist schwer.«

Ich kniete noch ein paar Minuten an seinem Grab, bis meine Tränen nur noch eisige Spuren auf meinen Wangen waren. Dann erhob ich mich. Ich legte eine Hand auf den Grabstein, verabschiedete mich und versuchte, mich zu sammeln. Als ich kurz darauf ins Auto stieg, hatte Ayden die Herrschaft über das Radio übernommen, und Lady Antebellums Gesang quoll aus den Lautsprechern. Ayden drehte die Musik leise, während ich es mir hinter dem Steuer bequem machte und die Lederhandschuhe abstreifte.

»Ist alles in Ordnung?«, wollte sie wissen.

Ich nickte und hielt meine kalten Hände über die Heizung. Um meine durchnässten Hosenbeine zu trocknen, war die Heizung leider zu klein. »Ja, es ist nur so traurig. Ich vermisse ihn schrecklich. Wir haben jeden Tag, manchmal stundenlang miteinander gesprochen. Ohne ihn fühle ich mich verloren. Ganz oft denke ich, dass er der Einzige wäre, der verstehen könnte, wie schwierig es ist, Rule in den Griff zu bekommen. Sie waren unglaublich verschieden, aber im Kern doch gleich. Beide waren sie gute Menschen mit einem ausgeprägten Sinn für ihr Ich und für Loyalität.«

»Man merkt, dass er dir sehr viel bedeutet hat. Warum

wart ihr eigentlich nie zusammen? Auf mich wirkt es so, als hättet ihr perfekt zueinander gepasst.«

Ich lächelte voller Bedauern, startete den Wagen und lenkte ihn in Richtung Stadt. »Weil unsere Gefühle füreinander nicht dieser Art waren. Er wusste, dass ich in Rule verliebt war. Manchmal unterstützte er es, manchmal wollte er es mir ausreden, aber er wusste davon und respektierte meine Gefühle. Er selbst war in jemand anders verliebt. In jemanden, der ganz anders war als ich. Remy war der Mittelpunkt jeder Party, er hatte unzählige Freunde, und jeder wollte in seiner Nähe sein, doch er war sehr verschlossen, wenn es um sein Liebesleben ging. Rome und Rule hatten einen Frauenverschleiß, der alarmierend war, aber Remy redete nicht darüber, sondern hielt sich stets bedeckt. Er ließ die Leute in dem Glauben, dass zwischen ihm und mir etwas laufen würde, damit man ihm keine Fragen stellte, die er nicht beantworten wollte. Er wollte nicht mit seinen Brüdern verglichen werden, und seine Eltern liebten mich, also war es leichter für ihn, mitzuspielen, als in die unvermeidliche Auseinandersetzung zu gehen.«

»Das war dir gegenüber nicht besonders fair. Wenn er wusste, dass du in Rule verliebt warst, warum ließ er auch ihn dann in dem Glauben, dass ihr beide ein Paar wärt?«

Rule stellte mir genau dieselbe Frage wieder und wieder, auch wenn er nicht wusste, dass ich schon so lange in ihn verliebt war. Es missfiel mir, dass ich ihm nicht die ganze Wahrheit sagen konnte. Ich durfte Remys Geheimnisse nicht erzählen – auch wenn das die angespannte Situation zwischen Rule und mir entschärft hätte.

»Er hatte seine Gründe. Damals habe ich sie verstanden, und ich habe nicht gewusst, wie schädlich sie einmal werden würden. Schließlich hat Remy mich so davor bewahrt, in der

Schule die Hölle zu erleben und von meiner Familie wie ein Möbelstück behandelt zu werden, also machte es mir nichts aus, seinetwegen ein wenig zu leiden. Du hättest ihn auch gemocht. Jeder mochte ihn. Rule kann manchmal sehr launisch und schwierig sein. Remy war das totale Gegenteil. Er war immer umgänglich, hat ständig gelächelt und war glücklich und zufrieden. Er wollte das Leben genießen und dafür sorgen, dass auch die anderen Menschen Spaß hatten und glücklich waren.« Ich atmete tief durch. »Als er die Schule abschloss, hatte er ein Football-Stipendium und sollte nach Kalifornien gehen. Er war gut – besser als gut sogar. Doch er lehnte ab, weil ihm das Spiel keinen Spaß mehr gemacht hätte, wenn er unter Zwang hätte spielen müssen, nur um am College bleiben zu dürfen. Rule zog mit Nash nach Denver, und Remy schloss sich ihnen an. Die Jungs hatten nach dem Abschluss sofort einen Job im Tattoo-Studio, und Remy probierte sich noch aus, um herauszufinden, wohin sein Weg führen sollte. Schließlich bekam er eine Stelle in einer exklusiven Eventagentur, die elegante Partys und schicke Abendveranstaltungen organisierte. Er hatte seinen Platz gefunden und sprach nie wieder vom College. Er verdiente gutes Geld, liebte das Stadtleben und hatte ein gutes Verhältnis zu seinen Brüdern und seiner Familie. Dann verliebte er sich. Diese Beziehung machte ihn so glücklich, dass er sich wie ein fröhliches Kind benahm. Ich war gerade ebenfalls nach Denver gezogen und hatte am College angefangen, als Remy starb. Es war schmerzhaft und unglaublich ungerecht. Alles hatte sich gerade so entwickelt, wie er es sich gewünscht hatte, und dann riss ihn ein blöder Unfall aus dem Leben.«

»Das ist tragisch.« Ich konnte die Traurigkeit in Aydens Stimme hören.

»Das ist es.« Als wir vor dem Friseursalon hielten, freuten

wir uns auf einen kleinen Stimmungsaufheller, und ich beschloss, dass eine Hot-Stone-Massage genau das Richtige war.

Wir wurden umsorgt und entspannten uns. Vielleicht waren wir sogar ein bisschen *zu* entspannt, denn als es um die Frage ging, was mit meinen Haaren passieren sollte, bat ich den Friseur, die Strähnen in meinem Pony, die hellbraun und sehr zurückhaltend waren, fast schwarz zu färben. Dasselbe machte er mit dem unteren Teil meiner langen Haare, sodass meine Frisur anschließend farblich ein bisschen an ein Schachbrett erinnerte. Es war trendy, dramatisch und praktisch nicht zu übersehen. Das Schwarz brachte das Grün meiner Augen zum Schimmern. Mir gefiel die Veränderung sehr, und auch alle anderen fanden es toll. Als wir den Salon schließlich verließen, blieb eine Gruppe von Mädchen stehen, um zu fragen, wo ich das hätte machen lassen.

Ayden und ich fuhren los, um etwas zum Mittagessen zu besorgen, und beschlossen, in einer Bar in der Nähe unserer Wohnung noch einen Cocktail zu trinken. Ich blickte auf mein Handy und bemerkte, dass Rule mir geschrieben hatte, um sich zu erkundigen, wie es mir ginge. Ich starrte finster auf mein Handy und antwortete ihm, dass alles in Ordnung sei. Ich rechnete damit, dass er danach fragen würde, wo ich den ganzen Tag gewesen sei und was ich jetzt vorhabe, aber stattdessen schrieb er, dass das schön sei und wann er heute Abend zu mir kommen solle. Mein Magen zog sich zusammen, und ich spürte Wut in mir hochsteigen. Er war einfach nur aufmerksam, doch mir gefiel das absolut nicht, und ich wollte, dass er damit aufhörte.

Ich glaube, ich bekomme einen Migräneanfall. Ayden arbeitet heute Abend nicht. Ich denke, es gibt einen Mädelsabend mit einem albernen Film und Popcorn. Du kannst dann mit deinen Freunden ausgehen oder so.

Ich wollte, dass er zurückschrieb, dass das dumm wäre. Dass er selbstverständlich trotzdem kommen würde. Aber er antwortete:

Gut. Sag Bescheid, wenn du Tabletten gegen die Kopfschmerzen brauchst. Schließt die Türen ab. Ich traue Davenport noch immer nicht.

Ich wollte meinen alten Rule zurück. Ich wünschte mir, dass er wütend werden würde, dass er sich so verhielt, wie er es immer in meiner Gegenwart getan hatte. Doch nichts dergleichen geschah. Ich bekam von ihm nur ruhige Zustimmung und Einverständnis – Dinge, die ich bei meinem alten Rule vergeblich gesucht hatte. Wütend und unsicher, was ich dagegen tun sollte, warf ich das Handy zurück in meine Tasche und bestellte uns noch einen Drink.

»Was ist los?«, wollte Ayden wissen.

»Nichts.«

»Komm schon, Shaw. Ich war den ganzen Tag mit dir zusammen, und jetzt solltest du mir erklären, was hinter all dem steckt – hinter den Piercings, den Haaren und dem Besuch auf dem Friedhof. Du lässt schließlich auch nie locker, wenn ich eigentlich nicht reden möchte. Also, raus damit.«

Ich seufzte niedergeschlagen und rührte mit dem Strohhalm meinen Drink um. »Ich habe Rule gerade geschrieben, dass er heute Abend nicht zu mir kommen soll, weil ich einen Migräneanfall habe.«

»Was anscheinend nicht stimmt.«

»Nein. Und eigentlich will ich auch gar nicht, dass er *nicht* kommt. Ich möchte nur, dass er tut, was er normalerweise in dem Fall tun würde – einen Wutanfall bekommen, temperamentvoll und herrschsüchtig sein und mir sagen, dass er trotzdem kommt, ob es mir nun passt oder nicht. Stattdessen stimmt er mir nur zu und sagt, dass es kein Problem wäre. Ich weiß nicht, was ich damit anfangen soll. Es ist nicht so, dass er nicht süß und nett sein kann, wenn er will, doch meistens ist er das eben nicht. Er ist kompliziert und streitsüchtig. In letzter Zeit lächelt und nickt er jedoch nur noch, als wäre alles toll, was ich tue. Es sieht ihm überhaupt nicht ähnlich. Und mir macht es Angst.«

»Vielleicht solltest du dich darüber freuen, dass du einen so tollen Freund an deiner Seite hast?«

Ich versuchte, zu lächeln, weil ich wusste, dass sie es nicht ernst meinte. Doch ich konnte es nicht. »Es ist übrigens nicht nur so, wenn wir uns unterhalten oder ich ihn bitte, etwas für mich zu tun. Auch im Bett ist es nicht anders. Eigentlich ist es zwischen uns hemmungslos, ein Höhepunkt jagt den nächsten. Aber in letzter Zeit läuft es anders – eher nach dem Motto: ›Darf ich das hier machen?‹ Oder: ›Ist es in Ordnung, wenn ich das so mache?‹ Oder: ›Wie fühlst du dich dabei?‹ Er war nie der Typ, der um Erlaubnis bittet. Er nimmt sich, was er will, und sorgt dafür, dass du es noch viel mehr willst. Es macht mir Angst, weil ich nicht weiß, wie ich mit ihm darüber reden soll, ohne wie eine Irre mit Verfolgungswahn zu klingen.«

»Tja, du musst mit ihm darüber sprechen. Du kannst nicht weiterhin erwarten, dass er ein bestimmtes Verhalten an den Tag legt, während er sich ganz anders benimmt, denn dann seid ihr am Ende beide enttäuscht.«

Ich wusste, dass sie recht hatte, aber ich wusste immer noch nicht, wie ich mich in der Sache verhalten sollte. »Was auch immer zwischen ihm und Gabe passiert ist, nachdem mein Wagen demoliert worden ist, war der Auslöser. An dem Tag hat er die Wohnung als Rule verlassen und kam als Fremder zurück.«

»Ich kenne ein paar Leute, die gerade auf dem Weg zu ihren Kursen waren, als es zu der Auseinandersetzung zwischen Rule und Gabe kam. Sie meinten, es hätte im ersten Moment so ausgesehen, als hätte Rule Gabe auseinandernehmen wollen. Aber dann hat er ihn wohl plötzlich losgelassen, und die Security-Leute sind gekommen. Ich weiß nicht, was diese seltsame Reaktion ausgelöst haben könnte.«

»Ich weiß es auch nicht. Doch es gefällt mir nicht, und es ist nur ein weiterer Grund, Gabe dafür zu hassen, wie er sich in mein Leben eingemischt hat.«

Ich war niedergeschlagen, und so tranken wir ein paar Cocktails mehr als geplant. Ayden fand, dass wir den Mädelsabend langsam beenden sollten, weil wir ziemlich betrunken waren. Wir bestellten Chicken Wings zum Mitnehmen, dann brachen wir auf und liefen zurück zu unserer Wohnung, wo wir uns auf die Couch fallen ließen. Wir sahen uns drei romantische Komödien in Folge an, verputzten die Chicken Wings und tranken eine Flasche Wein dazu, genossen Eiscreme und Popcorn und lachten über Dinge, die eigentlich nicht besonders lustig waren. Erst als ich Stunden später ins Bett kletterte, wurde mir klar, dass ich Rule weder angerufen noch ihm geschrieben hatte, was ich den Abend über gemacht hatte. Mein Herz schmerzte ein bisschen, als ich auf das Display meines Handys blickte und feststellte, dass auch er nicht angerufen oder geschrieben hatte. Er hatte mir nicht einmal eine gute Nacht gewünscht oder geschrieben, dass ich ihm fehlte.

Diesmal legte ich das Handy auf den Boden, statt es an die Wand zu schleudern, und kroch unter die Bettdecke. Da ich ziemlich angetrunken war, glaubte ich, gleich einschlafen zu können. Aber ich irrte mich. Mehr als zwei Stunden lang wälzte ich mich hin und her, bis ich schließlich aufgab. Mir schwante, dass ich etwas unternehmen musste, wenn ich einschlafen wollte. In den vergangenen Wochen war ich immer an Rule geschmiegt eingeschlafen. Jetzt lag ich allein in einem leeren Bett und fühlte mich schlecht. Ich schlug die Decke zurück und durchwühlte eine der Schubladen, in die Rule ein paar seiner Sachen geräumt hatte, die er benutzte, wenn er bei mir übernachtete. Ich fand sein Lieblings-T-Shirt von Defiance Ohio, zog mich aus und das Shirt an. Es war getragen, weich und erinnerte mich an ihn. Als ich zurück ins Bett krabbelte, konnte ich endlich einschlafen. Aber mir war klar, dass ich einiges würde ändern müssen, wenn ich nicht verrückt werden oder zu einer schlaflosen Trinkerin mutieren wollte.

15. Kapitel

Rule

»Hey, hast du kurz Zeit?«

Überrascht blickte ich von meiner Skizze auf und drehte mich auf meinem Schreibtischstuhl um. Ich arbeitete gerade an einem *Old-School*-Piratenschiff, als die Stimme meines Bruders mich aus meinen Gedanken riss. Rome stand in der Tür zu meinem Zimmer. Ich war so ins Zeichnen versunken gewesen, dass ich gar nicht bemerkt hatte, dass er hereingekommen war. Mit den Gedanken war ich sowieso ganz woanders. Shaw hatte schon den zweiten Abend in Folge eine lahme Ausrede erfunden, um sich nicht mit mir treffen zu müssen. Allmählich machte mich das wütend.

Ich versuchte wirklich, mich wie ein guter Freund zu verhalten. Ich war rücksichtsvoll, aufmerksam, erfüllte ihr jeden Wunsch und drängte sie nicht – im Prinzip war ich also eine echte Pussy. Shaw gab den Ton an. Es brachte mir überhaupt nichts. Nicht einmal im Bett. Ich wollte ein Kerl sein, der ihr keinen Grund gab, ihn verlassen zu wollen, der sie glücklich machte. Sie sollte sich nicht mehr mit meinen Launen oder meinen Verrücktheiten auseinandersetzen müssen. Ich bemühte mich mit begrenztem Erfolg, der Mann zu sein, den sie sich an ihrer Seite wünschte. Vor allem, weil Davenport noch immer keine Ruhe gab. Aber mein neues Verhalten schien nur das Gegenteil zu bewirken. Die letzten beiden Nächte hatte ich schlaflos in meinem Bett gelegen, weil ich mich daran gewöhnt hatte, Shaw in den Armen zu halten. Ich war zu verärgert, um sie einfach anzurufen und ihr zu sagen, dass ich es satt hätte und zu ihr fahren würde. Ich konnte es nicht, obwohl ich wusste, dass wir es beide wollten.

Ich warf Rome meinen Bleistift an den Kopf und bedeutete ihm, hereinzukommen. »Was ist los?«

Er warf den Bleistift zurück und ließ sich aufs Bett sinken. Er streckte die langen Beine aus, kreuzte die Knöchel, lehnte sich zurück und stützte sich auf den Ellbogen ab. Er machte es sich richtig gemütlich.

»Hast du noch immer nichts von Shaw gehört?«

Ich unterdrückte ein Knurren, denn allein der Gedanke an die verfahrene Situation machte mich schon wütend. »Sie meint, sie habe zu viel fürs Studium zu tun und würde nach der Arbeit direkt nach Hause fahren, um zu lernen.«

»Aha.«

»Was soll das heißen?«

»Nichts. Nur ... aha.«

»Ach, komm schon, Rome. Dein ›Aha‹ ist nie bedeutungslos.«

»Na ja, es ist nur komisch, dass sie in den letzten Tagen nicht hier war. Habt ihr euch gestritten? Du hast gar nichts davon gesagt.«

»Nein, wir haben uns nicht gestritten.«

»Bist du dir sicher?«

Ich funkelte ihn finster an. »Ja, ich bin mir sicher, dass wir uns nicht gestritten haben. Bist du nur hierhergekommen, um mich zu belästigen, oder willst du etwas Bestimmtes?«

»Versuchst du, das Thema zu wechseln?«

Ich stieß einen Fluch aus, drehte mich auf meinem Stuhl um und widmete mich wieder meiner Zeichnung. »Wenn du mich nur nerven willst, kannst du gehen. Ich habe hier noch einen Entwurf für einen Kunden fertigzustellen.«

»Ich habe heute grünes Licht vom Arzt bekommen – der

Doktor aus Carson hat vorhin angerufen. Das bedeutet, dass ich Anfang nächster Woche wieder zurückfliege.«

Abrupt wandte ich mich wieder zu ihm um. Er bemühte sich, locker und ruhig zu wirken, doch ich konnte ihm die Anspannung um den Mund und die Augen herum deutlich ansehen.

»Und deine Schulter hält das durch?«, wollte ich wissen.

»Das sagen die Ärzte jedenfalls.«

»Wie sieht's mit dir aus? Bist du bereit, zurückzukehren?«, fragte ich.

»Ich schätze, ich habe keine andere Wahl. Natürlich würde ich lieber gehen, wenn ich wüsste, dass die Dinge zwischen dir und Shaw geklärt sind, dass kein irrer Stalker mehr hinter ihr her ist und dass Mom sich endlich Hilfe sucht, aber ich schätze, solche Wunder geschehen nur in Filmen.«

Ich brummte etwas und strich mit den Händen über meine Haare, die allmählich wieder länger wurden. Ich war versucht, mir wieder eine Irokesenfrisur schneiden zu lassen, doch in meiner Vorstellung sollte Shaw nicht mit jemandem zusammen sein, der eine solche Frisur hatte. Also trug ich die Haare normal und natürlich, obwohl Shaw selbst mir immer wieder sagte, sie würde den Irokesenschnitt vermissen.

»Shaw und mir geht es gut, also mach dir darüber keine Gedanken. Was Mom betrifft, so kann ich dir leider nicht helfen. Versprich mir, dass du auf dich aufpasst. Und nicht mehr über Minen fahren, ja?«

»Das hatte ich beim ersten Mal auch nicht vor. Hör mal, ich werde es Mom und Dad sagen. Dir ist klar, dass sie etwas mit uns zusammen werden unternehmen wollen, da niemand weiß, wann ich zurückkomme oder in welcher Verfassung ich mich dann befinde.«

»Rome, ich halte ein weiteres Treffen mit Mom nicht aus.«

»Ich werde Dad bitten, für das Treffen einen Tisch in einem Restaurant zu reservieren oder so. Ich werde ihm sagen, dass es ein Familientreffen werden soll und dass du und Shaw dazugehört. Ich frage dich nicht, ich fordere dich auf, kleiner Bruder. Ich muss für wer weiß wie lange zurück in die Wüste, und ich habe es verdient, dass ich eine schöne Erinnerung an die Familie mitnehmen kann. Dazu können sich alle wenigstens einen Abend lang zusammenreißen. Mir zuliebe.«

»Du hast doch erlebt, wie gut es beim letzten Mal funktioniert hat – und da habe ich sie in keinster Weise provoziert.«

Er seufzte und erhob sich. »Tu es für mich, Rule. Bitte.«

Ich wollte es nicht. Vor allem nicht, weil es zwischen mir und Shaw gerade so seltsam war und weil Mom ihre Gefühle für mich mehr als deutlich ausgesprochen hatte. Aber ich konnte meinem Bruder kaum einen Wunsch abschlagen – schon gar nicht, wenn er mich darum bat. Ich knurrte ein paar nicht jugendfreie Ausdrücke und ließ den Kopf in den Nacken fallen.

»Sag mir Bescheid, wann und wo das Treffen stattfinden soll. Ich werde es Shaw sagen. Du darfst allerdings nicht enttäuscht sein und wütend zurück in den Krieg ziehen, wenn Mom das tut, was sie immer tut, und es am Ende hässlich wird.«

»Ich verstehe nicht, warum wir nicht ein Mal eine verdammte Familie sein können. Ich finde nicht, dass das zu viel verlangt ist.«

»Du hast recht. Es ist nicht zu viel verlangt. Ich werde mein Bestes tun. Einverstanden?«

»Danke, Bruder. Du bist nur halb so schlimm, wie alle denken.«

»Halt die Klappe.« Ich lachte und widmete mich wieder meinem Entwurf. »Nur, damit du's weißt: Ich werde deine herrschsüchtige Art vermissen.«

Er kam zu mir und nahm mich in den Schwitzkasten. Ich versuchte vergeblich, mich aus seiner Umklammerung zu lösen. Er war einfach zu groß und stark.

»Ich werde deine große Klappe und dein sonderbares Verhalten auch vermissen. Die Frisur steht dir allerdings überhaupt nicht, also werde ich die nicht vermissen.« Endlich ließ er mich los, als ich ihm unsanft in die Rippen boxte. Mit einem Knurren sah er mich an, und ich schob mir die wirren Locken aus der Stirn.

»Du hast nur Angst davor, dass die Leute feststellen, dass ich viel besser aussehe als du, wenn ich eine normale Frisur habe.«

Wieder stürzte er sich auf mich, und wir rangelten ein bisschen, wie wir es schon als Kinder getan hatten. Doch inzwischen war Rome gute fünfzig Pfund schwerer als ich, unglaublich muskulös und ein Schrank von einem Kerl – die Chancen waren also nicht ganz gerecht verteilt. Als er schließlich ging, versprach er, sich zu melden und etwas zum Abendessen zu bestellen. Unauffällig rieb er sich über die Rippen, und ich musste zufrieden schmunzeln.

Ich zog mein Handy hervor und starrte auf das Display. Dass ich nicht wusste, was ich Shaw sagen wollte und dass mir die richtigen Worte fehlten, machte mich wütend. Ich war es gewohnt, immer zu sagen und zu tun, was ich wollte. Diese beherrschte und gefasste Version von mir ging mir schon jetzt auf die Nerven. Ich schrieb ihr eine kurze Nachricht.

Rome hat grünes Licht von den Ärzten bekommen. Er fährt am Montag zurück in die Wüste.

Ich nahm an, dass sie nicht gleich antworten würde, weil sie fürs Studium lernte. In letzter Zeit fielen unsere Gespräch sowieso eher knapp aus.

O nein! Wie geht es euch damit?

Ich hatte schon einen Bruder verloren, also bedeutete der Gedanke, dass mein anderer Bruder einen Job hatte, der ihn ständig in Lebensgefahr brachte, dass es mir nicht gut ging – aber ich konnte nichts daran ändern. Romes Pflichtgefühl war ein Teil seiner Persönlichkeit, und ich respektierte diesen Zug und ihn zu sehr, um die knappe Zeit, die wir zusammen hatten, davon negativ beeinflussen zu lassen.

Mir ging es schon besser, doch für ihn scheint es in Ordnung zu sein. Was bleibt mir also übrig?

Soll ich nach der Arbeit bei dir vorbeikommen?

Ich dachte, du müsstest fürs Studium lernen?

Das muss ich auch, aber wenn du mich brauchst, kann das warten.

Ich brauchte sie. Ich wollte sie in den Armen halten und sie lieben – allerdings nicht, weil sie Mitleid hatte, sondern weil sie auch mit mir zusammen sein wollte. Ich starrte finster auf das Telefon und dachte darüber nach, wie kompliziert die Dinge über Nacht geworden waren.

Nein, ich komme schon zurecht. Aber er wünscht sich ein Familienessen mit ALLEN, ehe er wieder abreist. Er wird Dad bitten, sich darum zu kümmern.

Wie soll das funktionieren? Margot und du seid doch immer noch heillos zerstritten.

Nicht nur ich bin eingeladen – du sollst auch mitkommen.

Um mich mache ich mir keine Sorgen.

Rome scheint der Meinung zu sein, dass sie sich zusammenreißen wird, wenn er sie darum bittet. Immerhin reist er ja ab. Trotzdem habe ich meine Zweifel. Er denkt, dass sie sich benehmen wird, wenn das Essen an einem öffentlichen Ort stattfindet.

Es ist echt traurig, dass ihr euch darüber überhaupt Gedanken machen müsst.

Ich bin nicht der Einzige mit familiären Problemen, Casper.

Nein, das bist du nicht.

Gute Nacht.

Es entstand eine lange Pause, und ich glaubte nicht, dass sie noch etwas antworten würde. Aber nach guten fünf Minuten piepste mein Handy und zeigte eine neue Nachricht an.

Du fehlst mir, Rule.

Ich wusste nicht, was ich darauf erwidern sollte, denn dieses Mal war ich nicht derjenige, der sich zurückzog. Ich steckte das Handy ein und konzentrierte mich wieder auf meinen Entwurf.

Am nächsten Abend war ich es, der Shaw absagte, denn ich fand, dass es eine gute Idee wäre, mit Rome auszugehen und noch ein letztes Mal eine Frau für ihn zu suchen, ehe er wieder nach Übersee fuhr. Aber irgendwie endete es damit, dass ich mich hoffnungslos mit Whiskey betrank – der Plan ging also nicht auf, und ich war so betrunken, dass ich auch keine Hilfe war, für Rome einen One-Night-Stand zu finden. Rome und Nash mussten mich praktisch nach Hause tragen und warfen mich auf mein Bett. Erst weit nach elf Uhr am nächsten Morgen, als ich versuchte, zu duschen und mich anschließend zur Arbeit zu schleppen, bemerkte ich, dass ich in der Zwischenzeit drei Anrufe und fünf Nachrichten von Shaw verpasst hatte. Die Mitteilungen ähnelten sich. *Wo bist du? Was machst du? Warum meldest du dich nicht? Soll ich vorbeikommen? Willst du vorbeikommen?* Als ich die Nachrichten abhörte beziehungsweise las, zuckte ich unwillkürlich zusammen. Ich hatte ein schlechtes Gewissen. Wenn die Situation zwischen uns nicht so angespannt gewesen wäre, dann hätte ich sie angerufen, bevor ich gegangen wäre. Vielleicht hätte ich sie sogar gebeten, mitzukommen. Stattdessen hatte ich es genossen, mal wieder ich selbst zu sein, mich nicht zu verbiegen und auch nicht zu versuchen, den Erwartungen anderer zu entsprechen.

Ich wollte gerade zurückrufen, als Rome aus dem Badezimmer kam und sich das Haar abtrocknete. »Na? Weilst du wieder unter den Lebenden?«

»Ja, gerade so. Ich muss Shaw anrufen. Ich war gestern zu durcheinander, um ihr Bescheid zu sagen, was los war.«

Er sah mich eindringlich an. »Ich habe sie schon angerufen. Sie hat mir gestern Abend eine SMS geschrieben, weil sie sich Sorgen um dich gemacht hat. Also habe ich ihr geantwortet, dass du betrunken und außer Kontrolle wärst. Sie klang traurig. Schlimmer noch: Sie klang so, als wäre sie *deinetwegen* traurig.«

Ich stöhnte auf und stützte die Ellbogen auf der Küchenanrichte ab. »Ich weiß. Ich weiß allerdings überhaupt nicht, was ich falsch gemacht habe. Ich hätte ihren Exfreund auf dem Parkplatz beinahe verprügelt, doch mir ist in letzter Sekunde klar geworden, dass ich ihr nicht helfe, wenn ich mich wie ein Höhlenmensch verhalte. Im Gegenteil: Ich würde sie verlieren und sie nicht mehr beschützen können. Ich habe mich anständig benommen – und, glaube mir, das war nicht leicht. Ich hatte keine Ahnung, wie viele Idioten es auf der Welt gibt. Aber seit ich damit begonnen habe, mich zusammenzureißen, verhält sie sich, als hätte ich sie betrogen oder sonst etwas Fürchterliches getan.«

»Rule, sie hat dich schon gemocht, als du noch nicht auf dein Benehmen oder deine Formen geachtet hast. Hör einfach damit auf, zu versuchen, jemand anders zu sein. Gib ihr die Chance, *dich* zu lieben. Das ist gar nicht so schwer. Übrigens hat Dad angerufen und Bescheid gesagt, dass das Essen heute im *Ruth's Chris Steak House* in der Stadt stattfindet. Ich habe es Shaw schon gesagt. Falls du also nicht vorhast, dich zu entschuldigen und um Gnade zu winseln, musst du sie nicht anrufen.«

»Mom und Dad kommen nach Denver?«

»Dad fand, dass es gut für Mom wäre. Er dachte, dass es ihr guttun würde, aus Brookside herauszukommen, damit die Vergangenheit sie vielleicht ein bisschen loslässt.«

»Wir werden es sehen.«

»Rule.« Ich drehte mich zu ihm um, sah ihn an und war erstaunt über den aufrichtigen Ausdruck in seinen Augen. »Danke, dass du das für mich tust«, sagte Rome. »Ich weiß, dass es nicht leicht für dich ist.«

»Ich habe herausgefunden, dass Dinge, die zu leicht sind, sich nicht auszahlen. Es sind die Dinge, die man sich erarbeiten muss, die wirklich zählen.«

»Du bist immer noch ein kleiner Punk, der nicht viel verträgt, aber irgendwie bist du inzwischen auch ein Mann geworden, und ich bin stolz, dass du mein Bruder bist.«

Wir blickten einander eine Weile an. Mir gefiel es gar nicht, das zugeben zu müssen, doch mir stiegen Tränen in die Augen. Ich räusperte mich und stieß mich von der Küchenanrichte ab.

»Danke, Rome. Jetzt muss ich aber mal telefonieren und sehen, ob ich noch eine Freundin habe oder ob es mir gestern Nacht gelungen ist, mich wieder zum Single zu trinken.«

Ich dachte über Romes Worte nach, als ich Shaws Nummer wählte und direkt zur Mailbox weitergeleitet wurde. Ich sollte ihr die Chance geben, mich zu lieben, doch ich wusste nicht, wie ich das anstellen sollte. Aber ich wusste auch, dass es so, wie ich es im Moment anstellte, nicht funktionierte. Nachdem ich die Ansage gehört hatte, hinterließ ich mit rauer Stimme eine Nachricht.

»Hallo. Ich bin's. Ich hab's versaut, und es tut mir leid. Ich hätte anrufen sollen. Du hast dir bestimmt Sorgen gemacht. Wenn du das Gleiche mit mir gemacht hättest, dann wäre ich wahrscheinlich ausgerastet. Ich habe keine Entschuldigung. Zwischen uns lief es in letzter Zeit einfach nicht rund, und ich versuche gerade, mir über all das klar zu werden. Du kannst mich, wenn du willst, anrufen, wenn du die Nachricht abhörst. Wir sehen uns dann später. Es tut mir wirklich leid, und ich werde versuchen, mein Verhalten nicht mehr zu ändern, wenn es vorher auch funktioniert hat.«

Ich wusste nicht, wie sie reagieren würde. Mir war nur klar, dass ich es vermasselt hatte, und ich hoffte, dass es nicht zu spät war, um alles wieder geradezubiegen. Während ich mich für die Arbeit fertig machte, hörte ich nichts von ihr. Auch während der ersten beiden Kundentermine hörte ich kein Wort von Shaw und fing allmählich an, mir Sorgen zu machen. Ich wusste, dass sie in der Uni war, doch das hielt sie eigentlich nicht davon ab, mir zwischen zwei Kursen eine Nachricht zu schicken oder kurz anzurufen. Ich war versucht, sie noch einmal anzurufen, aber hatte Angst davor, was ich tun würde, wenn ich wieder nur die Mailbox erwischte. Meine Nerven waren sowieso schon zum Zerreißen gespannt. Ich brachte meinen letzten Termin für den Tag hinter mich und bekam endlich eine Antwort von Shaw.

Wir sehen uns beim Abendessen.

Das war alles. Kein: »Ich vergebe dir.« Kein: »Ja, du hast es versaut. Und jetzt sollten wir uns küssen, und alles ist wieder gut.« Kein: »Jeder macht mal Fehler.« Kein: »Ich bin so froh, dass jetzt wieder alles beim Alten ist.« Nur: »Wir sehen uns beim Abendessen.« Was sollte ich damit anfangen? Von diesem Beziehungskram bekam ich allmählich Kopfschmerzen, und ich sehnte mich nach den Zeiten, als wir noch echt gute Feinde gewesen waren, die pro Woche nur eine Stunde miteinander verbracht hatten. Das war zwar reiner Selbstbetrug, doch ich fühlte mich dadurch ein bisschen besser, als ich nach Hause trottete und mir etwas anzog, bei dem meine Mom nicht gleich ausrasten würde.

Ich wählte eine graue *Dickies*-Hose, ein kariertes Hemd mit Perlmuttknöpfen und tauschte den Nietengürtel gegen einen schlichten schwarzen Gürtel. Meine Boots ließ ich an und bändigte mein zerzaustes Haar mit etwas Gel. So blieb ich noch ich selbst, bot aber weder meinem Dad noch meiner Mom eine Angriffsfläche, um mich aufzuziehen oder über mich zu lästern. Ich musste zugeben, dass ich auch Shaw beweisen wollte, dass ich mich schick anziehen konnte, wenn der Anlass es erforderte. Doch ich war, was sie betraf, so durcheinander, dass ich versuchte, nicht zu viel darüber nachzudenken, wie sie reagieren würde, wenn wir uns endlich wiedersahen.

Rome und ich stiegen in den Pick-up, um zu dem Restaurant zu fahren, in dem das Abendessen stattfinden sollte. An Romes Schweigen merkte ich, dass er nervös war. Ich konnte es ihm nicht verübeln, so wie das letzte Zusammentreffen mit der Familie gelaufen war. Bis heute glaubte Mom nicht, dass sie irgendeine Schuld an dem Zerwürfnis trug. Ich war mir nicht sicher, ob ein Treffen an einem öffentlichen Ort und die Spannung, die zwischen mir und Shaw herrschte, unbedingt zum Erfolg beitragen würden. Aber ich war entschlossen, Rome den Abschied zu bereiten, den er verdiente, und nicht zuzulassen, dass er enttäuscht von mir war, wenn er ging, oder sich zu viele Sorgen über seine Lieben machte.

Wir stellten den Wagen auf einem überfüllten Parkplatz ab und zahlten am Kassenhäuschen. Als wir uns auf den Weg zu dem gut besuchten Restaurant machten, sahen wir Mom und Dad schon mit Shaw vor der Tür warten. Mein Atem ging unwillkürlich schneller, und irgendetwas in meinem Inneren schien sich zu überschlagen, als ich Shaw erblickte. Es waren nur ein paar Tage vergangen, doch als ich sie nun wiedersah, fühlte es sich an, als wären wir jahrelang getrennt gewesen.

Seit wir uns zum letzten Mal begegnet waren, hatte sie ihre Frisur verändert. Sie trug die Haare in zwei kontrastreichen, gegensätzlichen Tönen, was bei ihrer blassen Haut und den strahlenden Augen wirklich krass aussah. Ihre Wangen waren von der Kälte gerötet, und in ihren grünen Augen stand ein wachsamer Ausdruck, als wir uns einander näherten. Ich konnte sehen, dass meine Mutter Shaw fest am Arm hielt und sich nicht gerade überschwänglich über unsere Ankunft freute. Rome beugte sich vor, gab den beiden Frauen einen Kuss auf die Wange und schüttelte Dad die Hand, bevor er die Tür aufmachte. Ich entschied mich für ein knappes Nicken und eine hochgezogene Augenbraue in Shaws Richtung.

»Hallo.«

Shaws Mundwinkel wanderten nach unten, und meine Mom beachtete mich überhaupt nicht. »Hallo«, sagte Shaw. »Lasst uns hineingehen. Ich erfriere gleich.« Sie ließ sich von meiner Mom ins Restaurant ziehen. In mir fing es an, zu brodeln, aber hier ging es nicht um mich, also drängte ich die Wut zurück. Mein Dad packte mich im Nacken und schüttelte mich leicht. Ich fühlte mich, als wäre ich zehn Jahre alt – komisch, wo ich doch inzwischen fast fünfzehn Zentimeter größer war als er.

»Das ist gut für uns alle, Junge. Sei einfach geduldig, und wir schaffen es, wieder eine Einheit zu werden.«

»Es ist nur ein Abendessen, Dad. Wir sollten nichts überstürzen.«

»Na ja, du hast recht. Wir müssen einen Schritt nach dem anderen machen, mein Sohn. Im Moment schaffen die Archers allerdings nicht mehr als ein paar winzige wankende Schrittchen. Tja, alles, was wir tun können, ist, vorwärtszugehen.«

Ich wusste nicht, was ich dazu sagen sollte, also hielt ich den Mund und beobachtete Shaw, als die Bedienung uns an einen Tisch im hinteren Teil des Restaurants führte. Meine Mom plapperte ohne Unterlass auf Shaw ein, die ab und an nickte und zustimmend brummte. Mich jedoch würdigte Shaw keines Blickes. Die Wut, die in meinem Inneren leise gebrodelt hatte, kochte höher. Wenn nicht bald etwas geschah, würde ich vermutlich etwas tun, das ich später bereute. Am Tisch saß ich zwischen meinem Bruder und meiner Freundin. Der eine blickte mich warnend an, und in den Augen der anderen sah ich Traurigkeit und Vorwürfe – zwei Dinge, die ich nicht verstand. Mir waren die Konsequenzen inzwischen egal, ich wollte einfach ein paar Antworten haben. Doch ich bekam nicht die Gelegenheit dazu, denn just als ich mich Shaw zuwandte, kam die Kellnerin an unseren Tisch, und wir bestellten die Getränke. Und dann nahm meine Mom Shaw wieder in Beschlag.

Um einmal vorzufühlen, legte ich unter dem Tisch eine Hand auf Shaws Schenkel und spürte, wie sie erstarrte. Ich wartete darauf, dass sie das Bein wegziehen oder meine Hand wegschieben würde, aber sie unterbrach nicht einmal das Gespräch mit meiner Mutter. Es war offensichtlich, dass die beiden einander vermisst hatten. Ich bekam ein schlechtes Gewissen, denn aufgrund ihrer Loyalität und ihrer Gefühle für mich hatte Shaw eine Beziehung auf Eis gelegt, die ihr offenbar viel bedeutete. Ich unterhielt mich mit Dad und meinem Bruder über die *Broncos*, ließ Shaw jedoch nicht aus den Augen. Wir bestellten das Essen. Zwar schob sie meine Hand nicht weg, doch sie würdigte mich auch weiterhin keines Blickes. Zwar wusste ich nicht, was ich davon halten sollte, war aber andererseits auch erleichtert, dass meine Mom so vertieft in die Unterhaltung mit Shaw war, dass sie mich nicht weiter beachtete. Und so verlief das Abendessen so ruhig, wie es den Umständen entsprechend möglich war. Dad bestellte eine Flasche Champagner zum Dessert. Bevor der Nachtisch serviert wurde, verschwand meine Mutter noch mal auf der Toilette. Endlich hatte Shaw die Möglichkeit, sich mir zuzuwenden und mich anzusehen. Als sie mich anblickte, presste sie die Lippen aufeinander und blickte mich wütend an.

»Wir müssen reden.«

Abrupt zog ich die gepiercten Augenbrauen hoch. »Das ist etwas schwierig, wenn du nicht ans Telefon gehst, wenn ich anrufe, und dir irgendwelche lahmen Ausreden überlegst, um keine Zeit mit mir verbringen zu müssen.«

Ich bemerkte, dass sie zusammenzuckte. Dann beugte sie sich vor, und wir steckten die Köpfe zusammen. Sie sprach so leise, dass nur ich sie hören konnte. »Tja«, zischte sie, »entschuldige bitte, dass ich nicht weiß, was ich dir sagen soll – vor allem angesichts der Tatsache, dass du beim letzten Mal, als wir ein paar Tage lang nicht miteinander geredet haben, gleich der erstbesten Tussi die Zunge in den Hals geschoben hast. Ich weiß nicht, was mit dir los ist. Ich habe das Gefühl, dass du ein Fremder bist, und das gefällt mir ganz und gar nicht.«

Ich sah sie finster an und drückte unwillkürlich ihr Bein. »Vertraust du mir eigentlich überhaupt nicht? Mann, Shaw, vielleicht habe ich bloß versucht, ein besserer Freund zu sein – einer, der nicht bei jeder Kleinigkeit ausflippt und nicht im Knast sitzt, während dein irrer Exfreund dich noch immer verfolgt? Vielleicht habe ich nur versucht, ausnahmsweise einmal das Richtige zu tun? Ich habe versucht, der Mann zu sein, den du verdient hast.«

Zwischen zusammengebissenen Zähnen hindurch stieß sie

die Luft aus, die sie unbewusst angehalten hatte. Ich sah, dass in ihren grünen Augen die Wut genauso heiß brannte wie in meinen. »Vielleicht hättest du mich mal fragen sollen, ehe du entscheidest, was das Beste für mich ist, Rule. Vielleicht gefällt es mir ja, dass du wegen Kleinigkeiten ausflippst. Vielleicht vermisse ich ja den Rule, der so leidenschaftlich reagiert, wenn es um mich und meine Sicherheit geht, und der das Risiko, wegen meines Exfreundes ins Gefängnis zu wandern, gern eingeht. Ich habe dich ganz sicher nicht darum gebeten, ein besserer Freund zu sein. Der Freund, der du in den vergangenen Wochen warst, hat mich nur verwirrt und traurig gemacht.«

Keinem von uns beiden war aufgefallen, dass wir die Stimmen erhoben und mittlerweile ein unfreiwilliges Publikum hatten. Erst als meine Mutter einen gequälten Laut ausstieß, der nach einem verwundeten Tier klang, und wankend neben uns stand, blickten wir auf. Mit großen Augen sah sie zwischen Shaw und mir hin und her und presste die Hand auf ihr Herz. Mein Dad wirkte weit weniger überrascht, doch man merkte ihm an, dass er sich wie immer Sorgen um meine Mutter machte.

»Wie hast du ihn gerade genannt?«, stieß meine Mom ungläubig hervor.

Shaw sah zuerst meine Mom und dann mich an. Sie seufzte und antwortete dann leise und ruhig, als hätte sie Angst, die Antwort könnte die Frau, die vor ihr stand, umwerfen. »Rule und ich sind seit einem guten Monat ein Paar. Ich habe ihn gebeten, damit aufzuhören, sich zu verstellen, um mir ein guter Freund sein zu können.« Sie wandte sich mir zu, und ich bemerkte, dass sie einen innerlichen Kampf mit sich ausfocht. Schließlich atmete sie tief ein und drehte sich zu meiner Mom um. »Ich liebe Rule, seit ich vierzehn bin, Margot.«

Ich erstarrte, als ich ihr Geständnis hörte, und spürte, wie in meinem Inneren alles dahinschmolz. Sie liebte mich. Diese perfekte, wunderbare, nette junge Frau liebte mich – und das schon seit Langem. Ich konnte keinen klaren Gedanken fassen. Plötzlich blinzelte meine Mom ihre Tränen zurück und wandte sich zum ersten Mal an diesem Abend an mich.

»Reicht es nicht, dass du Remy das Leben genommen hast? Musstest du ihm auch noch das Mädchen wegnehmen, das er geliebt hat?«

Entsetztes Schweigen hing in der Luft. Mein erster Impuls war, aufzustehen und aus dem Restaurant zu stürmen, doch das konnte ich nicht tun, denn Shaw legte unter dem Tisch ihre Hand auf die meine. Mein Dad und Rome sprangen aufgebracht auf.

»Margot!«

»Mom!«

Alle riefen durcheinander, während die anderen Gäste im Restaurant die Szene neugierig verfolgten. Doch ich war zu verblüfft, um mich darum zu kümmern. Ich hörte, wie Shaw meinen Namen sagte, fühlte, wie mein Bruder seine Hand auf meine Schulter legte, aber irgendwie war ich gar nicht da. Erst als Shaw sich erhob, zwei Finger in den Mund steckte und laut pfiff, sah ich sie erschrocken an. Genau wie die anderen. Sie stützte sich mit den Händen auf den Tisch und beugte sich vor, sodass sie direkt mit meiner Mom redete, jedoch uns alle anblickte.

»Alle halten jetzt mal den Mund.« Sie zeigte auf meine Mutter und verengte die Augen zu schmalen Schlitzen. »Hör mir zu, Margot. Und dieses Mal solltest du *wirklich* zuhören. Ich habe Remy geliebt und liebe ihn noch immer, doch wir waren *nie* ein Paar. Er wusste, was ich für Rule empfunden habe, und hat mich manchmal dazu ermutigt und manchmal versucht, mir das alles auszureden. Aber im Endeffekt war er mit mir einer Meinung, dass wir uns eben nicht immer aussuchen können, in wen wir uns verlieben.«

Sie holte tief Luft, und ich beobachtete, wie ihre Brust sich hob und senkte. Sie kämpfte mit etwas – und zwar mit etwas Großem. Ich konnte es ihr ansehen, die Röte ihrer Wangen und die zu Fäusten geballten Hände waren Beweis genug.

»Remy hatte seine Geheimnisse. Ich weiß, dass ihr Brüder euch sehr nahegestanden habt, dass ihr euch geliebt und einander respektiert habt. Doch Remy war anders als ihr beide, und er wusste nicht, wie er es euch sagen sollte. Er dachte, dass es vielleicht das Beste für alle wäre, euch in dem Glauben zu lassen, wir wären ein Paar, denn Dale und Margot hatten schon auf Rule so heftig reagiert – und Rule hatte sich nur tätowieren lassen und trug eine verrückte Frisur.«

Sie wandte sich um, sodass sie mich ansah. Ich bemerkte die Tränen in ihren Augen. Ihre Unterlippe zitterte. Ich wollte sie in die Arme schließen und sie trösten, aber selbst in meiner emotionalen Schockstarre wusste ich, dass ihre Worte meine Welt für immer verändern würden.

»Ich habe ihm ein Versprechen gegeben, und er hat so viel für mich getan. Ich habe bei meinem Leben geschworen, es niemandem zu erzählen.« Sie blickte in die Runde. »Er würde sich allerdings viel mehr wünschen, dass seine Familie wieder zueinanderfindet, als dass er weiterhin von mir verlangen würde, sein Geheimnis zu bewahren.« Sie atmete tief durch. »Remy war schwul. Er war mein bester Freund, meine Ersatzfamilie, doch er war auch homosexuell. Er hatte eine Beziehung mit einem Mann namens Orlando Fredrick, den er in seinem letzten Jahr als Footballspieler kennengelernt hatte. Das war der wahre Grund für seinen Umzug nach Denver. Lando besucht ebenfalls die *University of Denver.*«

Unglauben und Ablehnung stiegen in mir auf. Es waren kalte, fremde Gefühle. Rome stieß eine Reihe von Flüchen aus, und meine Mom fing an zu weinen. Shaw sah mich traurig an, und ich erwiderte den Blick, als hätte ich sie noch nie zuvor gesehen.

»Unmöglich. Das hätte er mir mit Sicherheit erzählt.«

Sie schüttelte den Kopf, und ihr weißblond und schwarz gefärbtes Haar glitt ihr über die Schultern. »Er wollte es dir sagen, doch er machte sich Sorgen, dass du seinen Wunsch, es nicht an die große Glocke zu hängen, nicht verstehen würdest. Er hatte Angst, dass du ihn zu einem Coming-out drängen würdest. Und dabei ging es nicht darum, wie du reagieren würdest, sondern darum, dass er sich sicher war, dass die Neuigkeit Margot umgebracht hätte.«

»Wir waren Zwillinge, verdammt noch mal. Er hätte es mir gesagt.«

»Rule.«

Ich schob meinen Stuhl vom Tisch zurück, erhob mich und funkelte Shaw aufgebracht an. »Das ist Mist.«

Rome stand ebenfalls auf. Mir entging nicht, dass er Shaw mit einem ebenso harten Blick ansah wie ich. »Du musst dir keine Lügengeschichten über Tote ausdenken, um Rule damit irgendwie zu helfen. Das ist unangemessen und unangebracht, Shaw.«

Tränen rannen ihr über die Wangen, als sie zwischen uns hin- und herblickte. Sie machte den Mund auf, um etwas zu sagen, aber mein Vater unterbrach sie, indem er mit dem Löffel gegen sein Champagnerglas klopfte. »Also gut. Jetzt setzen sich alle wieder hin und halten den Mund.« Er warf meiner Mutter einen scharfen Blick zu und wies stumm auf den Stuhl, von dem sie aufgestanden war. Sie sah aus, als würde sie jeden Moment in Ohnmacht fallen. Und die Aussicht, neben Shaw sitzen zu müssen, schien ihr ganz und gar nicht zu gefallen. Missmutig nahm ich wieder Platz. Überraschenderweise war Rome derjenige, der der Aufforderung nicht folgte. Er stand reglos hinter seinem Stuhl. Erst als mein Dad ihn wütend ansah und knurrte: »Sofort hinsetzen, Soldat!«, lenkte er ein und setzte sich.

Neben mir saß Shaw und weinte. Doch statt das Bedürfnis zu haben, sie in die Arme zu schließen, um sie zu trösten, wünschte ich mir in diesem Augenblick nichts mehr, als so weit wie möglich von ihr entfernt zu sein. Mein Dad räusperte sich und legte die verschränkten Arme auf den Tisch.

»Schon lange ist diese Familie zerrüttet. Es gab zu viele Lügen und zu viele Ausflüchte, als gut ist. Ich habe es satt, weiterhin alles unter den Teppich zu kehren, damit meine Frau glücklich ist. Denn das ist sie nicht. Keiner von uns ist es.« Er fuhr sich mit der Hand über das Kinn und wirkte mit einem Mal viel älter, als er eigentlich war. »Margot, tu nicht länger so, als wäre dir nicht klar, dass die Art, wie du Rule in den letzten Jahren behandelt hast, grausam und unpassend war. Auch ich habe meinen Sohn verloren – genau wie du. Und ich bin es leid, dabei zusehen zu müssen, wie du versuchst, seinen Zwillingsbruder von der Familie, zu entfremden und ihn dazu zu bringen, uns zu hassen. Er ist ein guter Junge. Er arbeitet hart, er liebt seine Familie, und er hat ganz offensichtlich Qualitäten, die unser Mädchen schätzt. Ich will ihn nicht länger ausschließen. Wir wissen beide, dass Shaw seit Kindertagen in ihn verliebt war. Wir haben bemerkt, wie sie ihn beobachtet hat, wie sie ihn verteidigt hat. Und glaube ja nicht, dass mir nicht aufgefallen wäre, dass du deshalb immer versucht hast, sie in Remys Richtung zu manövrieren.«

Er seufzte tief und sah mich und Rome an. »Shaw lügt

nicht, Jungs. Euer Bruder hatte sich tatsächlich für eine alternative Lebensweise entschieden. Vielleicht wollte er nicht, dass eure Mutter und ich davon wissen, aber Teenager sind schlechte Lügner, und er war nicht so diskret, wie er geglaubt hat.« Er warf meiner Mutter einen Seitenblick zu, während Rome und ich uns entsetzt ansahen. »Margot dachte, es wäre nur eine Phase. Und das ist auch der Grund, warum sie Shaw so besonders herzlich in unser Zuhause und unsere Familie aufnahm. Zuerst war sie davon überzeugt, Shaw, dass du ihn ändern würdest, ihn dazu bringen würdest, Mädchen zu mögen – insbesondere dich. Doch es war, wie gesagt, ziemlich offensichtlich, dass du in Rule verliebt warst. Nach einer Weile hatten wir dich in unser Herz geschlossen und bemerkten, dass dir Liebe fehlte und dass du viel zu geben hattest, und wir konnten dich einfach nicht mehr gehen lassen – auch wenn ich es nie gutheißen konnte, dass Remy alle anderen in dem Glauben ließ, zwischen euch wäre mehr als nur Freundschaft.«

»Er hätte es mir gesagt«, knurrte ich und schlug mit der flachen Hand auf den Tisch.

Mein Dad funkelte mich an. »Nein, Sohn. Das hätte er nicht getan. Remy hat mit sich gekämpft. Er hat mit seiner Identität gekämpft, und er hat mit den Erwartungen der anderen Menschen an ihn gerungen. Du hast das nie getan. Du warst immer du selbst, und auf die Menschen, denen das nicht gefiel, hast du ganz einfach verzichtet.«

Ich blickte zu Shaw und starrte dann auf den Tisch. Ich hatte versucht, mich für sie zu verändern, und es war der totale Reinfall gewesen. Ich erhob mich wieder und sah meine Mom an.

»Ich verstehe nicht, warum du mich nicht um meinetwillen lieben konntest, wenn du Remy doch offensichtlich ganz ungeachtet seiner Entscheidungen geliebt hast. Es ergibt keinen Sinn. Ich muss hier weg.«

»Ich komme mit.« Rome wirkte so aufgebracht, wie ich mich innerlich fühlte. Plötzlich schlang sich eine kleine Hand um meinen Unterarm, und ich senkte den Blick. Unwillkürlich zuckte ich zurück und glaubte, in Shaws Augen sehen zu können, wie ihr Herz brach.

»Rule.« Ihre Stimme war nicht mehr als ein raues Flüstern. »Es tut mir leid.« Sie ließ mich los.

Ich konnte kaum sprechen, denn mein Hals war wie zugeschnürt. »Ich verstehe jetzt, was du damit gemeint hast, als du sagtest, dass die Menschen, die einem besonders nahestehen, einen am tiefsten verletzen können. Ich melde mich.« Aber als Rome und ich aus dem Restaurant eilten, war ich mir nicht sicher, ob ich die Wahrheit gesagt hatte. Und ich weigerte mich, darüber nachzudenken, wie sehr es schmerzte, sie so stehen zu lassen.

16. Kapitel

Shaw

Seit ungefähr drei Wochen hatte ich nichts mehr von Rule gehört. Keine Nachrichten, keine Anrufe, keine E-Mails, keine Brieftauben – nur Schweigen und, was mich betraf, ein gebrochenes Herz. Rome hatte nicht mal auf meine Anrufe oder Nachrichten reagiert, in denen ich mich von ihm verabschiedet und ihm gesagt hatte, dass er mir fehlen würde. Er war wütend auf mich gewesen, als er wieder zurück in die Wüste gefahren war. Das allein war schon aufwühlend genug. Dazu kam der tägliche Kampf mit mir, ob ich Rule anrufen und ihn um Verzeihung bitten sollte oder nicht. Es war einfach niederschmetternd. Ich wollte, dass er begriff, dass ich dieses Geheimnis nicht hatte preisgeben dürfen – unabhängig von meinen Gefühlen für Rule. Es wäre Remys Aufgabe gewesen, es seiner Familie zu sagen. Ayden versicherte mir immer wieder, dass Rule sich schon beruhigen würde. Margot und Dale waren jedoch überzeugt davon, dass er nie wieder mit einem von uns reden würde. Rules Eltern und ich saßen im selben Boot. Keiner der Jungs sprach mit ihnen, und Margot hätte beinahe einen Nervenzusammenbruch erlitten, als Rome es abgelehnt hatte, sich von ihnen nach Fort Carson bringen zu lassen, von wo aus er abgereist war. Stattdessen waren die Brüder zusammen dorthin gefahren und hatten uns im Regen stehen lassen.

Ich war verletzt, aber ich war es auch leid, dass meine Liebe und Zuneigung nie ausreichten. Ich hatte für Rule stärkere Gefühle gehabt als für jeden anderen Menschen in meinem Leben. Doch das hatte ihm nicht gereicht, um darüber hinwegzusehen, dass seine Gefühle verletzt worden waren und er sich verraten fühlte, und mit mir an unserer Beziehung zu arbeiten, um alles wieder in Ordnung zu bringen. Ich war immer noch wütend, weil er sich in den Wochen, bevor die Bombe geplatzt war, so ganz anders verhalten hatte als sonst – ich hatte ihn schließlich nicht darum gebeten. Doch wenn ich nachts allein im Bett lag und weinte, musste ich zugeben, dass es eine süße, wenn auch unangebrachte Geste gewesen war. Ich rief mir in Erinnerung, dass ich ihm gesagt hatte, wie furchtbar es werden könnte, wenn wir es gemeinsam versuchen und es nicht funktionieren würde. Ihn wieder und wieder mit so ziemlich jedem Flittchen diesseits des Platte River im Bett erwischt zu haben war nichts gegen diese Art von Kälte und Gleichgültigkeit.

Ich versuchte wirklich, mir nicht allzu viele Gedanken darüber zu machen, was er gerade tat – und vor allem mit wem. Aber mit jedem Tag, der verstrich, resignierte ich mehr. Was auch immer er für mich empfunden hatte, reichte nicht aus, um seinen Schmerz überwinden zu können. Und ganz offensichtlich litt er nicht annähernd so unter der Situation wie ich. So weh es mir auch tat, es gab doch keinen anderen Weg, als loszulassen: Ich musste über Rule hinwegkommen. Ich musste nach vorn schauen und weitermachen. Denn selbst wenn er wieder Kontakt zu mir suchen würde, bestand die große Chance, dass er in seine alten Verhaltensmuster im Umgang mit Frauen zurückgefallen war – und ich glaubte nicht, dass ich einen solchen Verrat durch jemanden, der mir so viel bedeutete, überleben würde. Statt also auf der Stelle zu treten und ihm nachzutrauern, zwang ich mich jeden Tag zu einem Lächeln, übernahm wieder die Schichten bei der Arbeit, die ich seinetwegen abgesagt hatte, vergrub mich in der Vorbereitung für mein Studium und verbrachte so viel Zeit wie möglich mit Ayden und Cora. In Gegenwart von Cora achtete ich darauf, nicht zu zeigen, wie es mir ging, und sie achtete darauf, niemals Rule oder irgendetwas, das mit ihm zu tun hatte, zu erwähnen.

Zu sagen, dass meine Eltern sich freuten, dass Rule nicht länger mein Freund war, wäre die Untertreibung des Jahres gewesen. Mein Dad war so erleichtert und überglücklich, dass er meinen reparierten BMW gegen einen Porsche Cayenne eintauschte, weil ich irgendwann einmal erwähnt hatte, dass ein Geländewagen für den Schnee ganz praktisch wäre. Ich wollte den Wagen nicht annehmen. Ich musste nicht mehr bestochen werden, denn Rule hatte mich verlassen. Aber der Wagen war auf meinen Namen eingetragen und der BMW schon weg, also nahm ich das Geschenk widerwillig an. Meine Mom war noch schlimmer. Sie rief mich jeden Tag an, um mich zu kontrollieren. Die Frau, die nie Zeit für mich gehabt hatte, war auf einmal an allem, was ich tat, und an jeder Person, mit der ich Zeit verbrachte, unglaublich interessiert. Sie wollte mir anscheinend auf ihre sehr subtile Art mitteilen, dass ich mir ihrer Anerkennung sicher sein konnte, solange ich alle widerwärtigen Subjekte aus meinem Leben verbannte.

Das Lustige war, dass ich ihre Anerkennung nun, da Rule nicht mehr an meiner Seite war, gar nicht mehr wollte. Ich hätte mich liebend gern enteignen und enterben lassen, wenn ich ihn so dazu hätte bringen können, wieder mit mir zu reden oder auch nur die Hälfte von dem für mich zu empfinden, was ich für ihn empfunden hatte. Diese Gleichgültigkeit machte meine Eltern nervös. Sie waren so daran gewöhnt, mich mit ihrem Wohlwollen und ihrer Hochachtung zu locken – wie den Esel mit der berühmten Karotte –, dass sie nicht wussten, wie sie reagieren sollten, als mir das alles plötzlich nicht mehr reizvoll erschien. Diese Macht über sie zu besitzen hätte mich beglücken sollen, doch stattdessen fühlte ich mich leer. Ich hätte mich schon viel eher gegen sie wehren müssen. Ich hätte schon so empfinden müssen, als Rule und ich mit dem begonnen hatten, was da auch immer zwischen uns gewesen war. Ich hatte wertvolle Zeit vergeudet und tat es noch immer, und das machte mich nur noch trauriger und reumütiger, als ich ohnehin schon war.

»Danke, Lou.« Ich schenkte unserem Türsteher ein Lächeln, das möglichst wenig angespannt wirkte, was ich inzwischen schon sehr überzeugend beherrschte. Er hatte mich nach meiner Schicht zu meinem Wagen gebracht, und ich ließ mich von ihm umarmen. Zwar hatte ich seit Wochen nichts mehr von Gabe gehört, aber es munterte mich auf, zu wissen, dass sich jemand um mich und meine Sicherheit sorgte, also lehnte ich nie ab, wenn Lou anbot, mich zu meinem Auto zu begleiten. Es war ein seltsamer Abend, denn ich hatte die Schicht nur übernommen, weil eines der Mädchen krank geworden war. Ayden arbeitete nicht, also war ich allein. Meine Mitbewohnerin schien sich aus ihrer Starre gelöst zu haben, sie wollte offenbar nicht länger Trübsal blasen. An diesem Abend traf sie sich mit einem sehr süßen Physikstudenten, der das komplette Gegenteil eines Rock 'n' Rollers war. In dieser Woche war sie schon zweimal mit ihm ausgegangen. Allmählich war Ayden wieder so, wie ich sie kannte. Ich freute mich für sie, auch wenn ich wieder einen Abend allein verbringen und mich in Selbstmitleid suhlen würde. Niemand hatte gesagt, dass der Weg der Genesung schön sein würde.

Lou stellte mich wieder auf den Boden und gab mir einen Kuss auf die Stirn. »Ich vermisse deinen Freund, Shaw. Er war zwar ein Klugscheißer, aber doch ein guter Junge.«

Ich seufzte, denn diese Unterhaltung hatten ich und Lou schon öfter geführt. »Ich weiß. Ich vermisse ihn auch.«

»Pass auf dich auf, Mädchen.«

»Das will ich versuchen.«

Mein neues Auto war toll, das konnte ich nicht leugnen. Es schnurrte, wie ein guter Sportwagen nun einmal schnurren sollte, und hatte keine Schwierigkeiten mit den vereisten Straßen quer durch die Stadt, die ich auf meinem Weg nach Hause nehmen musste. Ich lauschte den Avett Brothers, die traurige Lieder über gebrochene Herzen sangen. Es war nach Mitternacht mitten in der Woche, also waren die Straßen dementsprechend menschenleer. Irgendwo bellte ein Hund. Es war kalt und dunkel, und ich zitterte unwillkürlich. Diesen Teil der Fahrt nach Hause fand ich immer besonders schlimm, denn in solchen Momenten merkte ich deutlich, dass ich wirklich und wahrhaftig allein war. Ich hatte Glück und ergatterte einen Parkplatz direkt vor dem Haus. Hastig rannte ich zur Sicherheitstür, denn meine knappe Uniform war nicht gerade für einen Winter in Denver gemacht. Nachdem ich meinen Code eingegeben hatte, hörte ich das vertraute Klicken des Schlosses, drückte die Tür auf und rannte hinein.

Ich blies warme Luft in meine eiskalten Hände und suchte in meiner Tasche nach meinem Wohnungsschlüssel, den ich für gewöhnlich bereithielt, um nicht länger als unbedingt nötig schutzlos vor der Tür zu stehen. Aber in letzter Zeit war ich oft so abgelenkt von den Geräuschen in meinem Kopf und dem Druck in meiner Brust, dass meine persönliche Sicherheit auf meiner Prioritätenliste ganz ans Ende gerutscht war. Ich hatte den Schlüssel gerade ins Schloss gesteckt und wollte aufschließen, als eine tiefe Stimme hinter mir meinen Namen nannte. Für den Bruchteil einer Sekunde war ich aufgeregt. Unbändige Freude und Erleichterung erfassten mich, denn der einzige Mann, der vor meiner Tür auf mich warten würde, war Rule. Bevor ich mich umdrehen und meine Arme um ihn schlingen konnte, packten mich zwei starke Hände im Nacken und stießen mich brutal mit dem Kopf gegen die Tür. Erschrocken keuchte ich auf. Ein Teil meines Gehirns sagte mir, dass ich um Hilfe rufen musste, doch ich war wie erstarrt. Die Tür wurde von einem Arm aufgestoßen, an dessen Handgelenk eine mir wohlbekannte Uhr prangte. Ich stolperte vorwärts, als die groben Hände mich in die Wohnung schubsten.

Meine Tasche fiel mir aus der Hand, und ich war erstaunt, Gabe vor mir stehen zu sehen. Er sah so makellos und glatt aus wie immer. Nur in seinen Augen bemerkte ich einen wahnsinnigen Ausdruck, und er hatte ein irres Lächeln auf den Lippen, das mir Angst machte. Ich konnte mich nicht rühren.

»Wie bist du reingekommen?« Ich wusste, dass die Situation alles andere als gut war. Ich war in Gefahr. Ich wollte nicht mit ihm allein sein, doch die Wohnung war klein, und es gab keinen Ausweg, ihm zu entkommen. Das Pfefferspray befand sich in der Tasche auf dem Boden, und der Taser, den Rule mir besorgt hatte, lag unnütz in meinem neuen Auto herum. In diesem Moment bereute ich es, dass ich Rule nie erlaubt hatte, seine Waffe hierzulassen, als wir noch zusammen gewesen waren.

Mit vor Aufregung zitternden Händen fuhr Gabe sich durch das dunkle Haar und beobachtete mich, wie ein Raubtier seine Beute beäugte. »Ich habe deiner Mutter erzählt, wir würden uns allmählich wieder annähern und auf eine Versöhnung hinarbeiten. Ich habe behauptet, dich überraschen zu wollen. Sie hat mir den Code sofort gegeben. Ich bin dir von der Bar aus nach Hause gefolgt. Der Freak ist ja offenbar kein Thema mehr, und der Armee-Affe war auch nicht in der Nähe. Ich dachte mir, dass das der perfekte Zeitpunkt wäre, um eine Annäherung zwischen uns anzubahnen.«

Er war so kalt und klang so sachlich. Ich war mir sicher, dass er nicht verstand, dass er mit Gewalt in meine Wohnung eingedrungen war und dass ich vor Angst zitterte. Ich verschränkte die Arme vor der Brust, da ich versuchen wollte, meine Panik vor ihm zu verbergen. Gabe starrte mich derweil weiterhin an, als wollte er mich gedanklich auseinandernehmen.

»Annäherung? Wir bewegen uns nicht mal auf demselben Planeten, Gabe. Du musst gehen, weil ich in ungefähr zwei Sekunden so laut schreien werde, wie ich kann.«

Er schüttelte den Kopf und schnalzte missbilligend mit der Zunge. »Schau mal, Shaw, in letzter Zeit lief es nicht besonders gut für mich. Seit dein rüpelhafter Freund mich wie einen Schlappschwanz hat aussehen lassen und mein Dad mir wegen deiner kleinen Einlage mit der einstweiligen Verfügung die Kreditkarte weggenommen hat, ist es nur noch bergab gegangen. Ich falle in Politik durch, meine Studentenverbindung will mich loswerden, weil es offensichtlich nicht in Ordnung ist, wenn ein Typ mit dem IQ einer Kanalratte einen auf dem Campus dastehen lässt wie einen Trottel, meine Eltern sind wegen der einstweiligen Verfügung sauer auf mich, und das Praktikum im Wahlkampfteam deiner Mutter findet nicht statt, weil sie keine Zeit hatte, alles zu organisieren. Du siehst also, Shaw, seit du dich entschieden hast, eine selbstsüchtige Hure zu sein, und seit du all den tollen Dingen, die wir gemeinsam hätten haben und erreichen können, den Rücken zugewandt hast, muss ich mich doppelt anstrengen, um zu bekommen, was ich verdient habe.«

Er war wahnsinnig. Total irre. Ich wollte unauffällig vor ihm zurückweichen, denn mir war klar, dass es, wenn er mir nahe genug kam, um mich in die Finger zu kriegen, nicht mehr nur beängstigend sein, sondern grauenvoll werden würde.

»Es tut mir leid, dass es gerade so schwierig für dich ist, Gabe, doch du hättest mein Auto nicht demolieren dürfen. Rule hat es gesehen und ist durchgedreht. Ich habe dich gebeten, mich in Ruhe zu lassen, weil ich wusste, dass dir nicht gefallen würde, was Rule andernfalls tun würde.«

Erschrocken schrie ich auf, denn anscheinend war die Erwähnung von Rules Namen nicht die beste Idee gewesen: Gabe wollte sich auf mich stürzen, und er bewegte sich schneller, als ich gedacht hätte. Er stürzte mir hinterher, als ich nach hinten taumelte, um so viel Abstand wie möglich zwischen uns zu bringen. Unglücklicherweise erwischte er mich im Wohnzimmer. Obwohl ich mich nach Kräften wehrte, hatte ich keine Chance, denn er war größer und stärker. Er packte mich am Hals und rang mich zu Boden. Es krachte laut, als ich einen Beistelltisch umriss. Gabe schlug mir hart ins Gesicht. Meine Lippe platzte auf. Tränen der Angst schossen mir in die Augen, und ich hatte Schwierigkeiten, Luft zu bekommen. Ich klammerte mich an seinen Händen fest, die mir den Atem raubten, und trat um mich, aber er beugte sich nur über mich und drückte noch fester zu.

»Glaubst du, es kümmert mich, was dieser Loser denkt? Glaubst du, es kümmert mich, was dieser degenerierte Mensch mit mir machen will? Er ist ein Nichts. Ich habe von Anfang an gesagt, dass er nicht bleiben wird – und jetzt sieh dich an. Allein und endlich bereit, meine Spielregeln zu befolgen. Ich habe dir gesagt, dass ich mich durchsetzen werde. Ich gewinne immer.«

Ich musste weg hier. Weg von Gabe. Er würde mich umbringen. Mir verschwamm alles vor Augen, und meine Lunge brannte. Er drückte meine Kehle immer fester zu, wobei er auf mir saß und mir erzählte, wie wir wieder zusammenkommen würden und wie ich meine Mutter anrufen würde, um sie dazu zu bringen, sich die Sache mit dem Praktikum noch einmal durch den Kopf gehen zu lassen, weil wir doch wieder ein Paar wären. Ich warf den Kopf hin und her und rang nach Luft. Es gelang mir, meine Hände zwischen uns zu schieben, sodass ich meine Fingernägel schmerzhaft in seinen Bizeps krallen konnte. Er zuckte zurück und löste sich dabei so weit von mir, dass ich rückwärts wegkriechen konnte. Ich schnitt mir an den Scherben einer zerbrochenen Lampe die Hand auf, als ich mich umdrehte und versuchte, auf die Beine zu kommen. Doch ehe ich aufstehen konnte, zog er mich an den Haaren zurück. Ich stöhnte auf, als er sich auf meinen Rücken warf. Blut rann mir die Schläfe hinunter und in meine Augen, als ich unsanft gegen das Bein des umgeworfenen Tisches knallte. Ich blinzelte es weg.

»Ayden kommt jeden Moment nach Hause.« Meine Stimme klang dünn, weil Gabe mich brutal gewürgt hatte. Aber meine Worte ließen ihn sowieso kalt. Gabe riss mich hoch, bis ich stand, und stieß mich dann nach vorn, sodass ich, über die Rückenlehne der Couch gebeugt, vor ihm stand. Ich versuchte, nicht darüber nachzudenken, wie wenig Widerstand meine knappe Uniform bot, wenn er mich jetzt überwältigen wollte. Er lehnte sich nach vorn, bis sein Gesicht ganz nah an meinem war. Es schien ihm nichts auszumachen, dass er sich mit meinem Blut beschmierte.

»Wen kümmert's? Du bist meine Freundin, Shaw, du gehörst zu mir. Wenn deine Mitbewohnerin nach Hause kommt, wirst du ihr einfach erzählen, dass es ein bisschen rauer zugegangen ist, als wir rumgemacht haben.«

Er lehnte sich so schwer auf mich, dass mein Arm, den er umgedreht hatte und hinter meinem Rücken festhielt, dem Druck nicht mehr standhalten konnte. Mit einem grauenvollen Geräusch, bei dem Gabe und ich zusammenzuckten, kugelte meine Schulter aus. Ich schrie vor Schmerzen. Mein Arm hing schlaff herunter. Angst und Panik hatten mich fest im Griff. Ich versuchte, mich zu wehren. Ich musste meine Tasche erreichen, um das Pfefferspray in die Hände zu bekommen, oder in die Küche gelangen, um irgendeine Waffe zu greifen. Er ließ meine Hände los. Mit einer Hand hielt er mich im Nacken fest und drückte mich hart auf die Rückenlehne, während er mit der anderen begann, sich am unteren Teil meiner Uniform zu schaffen zu machen. Er murmelte unverständliche Satzfetzen vor sich hin und erklärte mir, wie er dafür sorgen würde, dass ich endlich verstand, dass wir ein Paar wären. Er sagte irgendetwas von Hochzeit und davon, unsere Familien zu vereinen. Ich fing an, zu weinen. Ich hatte keine Ahnung, wie ich mich gegen ihn zur Wehr setzen sollte. Glücklicherweise war die Lampe, die ich umgestoßen hatte, neben der Couch gelandet, und ein Teil des zerbrochenen Glasschirms steckte in einem der Polster. Während Gabe damit beschäftigt war, an meinen Kleidern zu zerren und zu ziehen, schlang ich die Finger der gesunden Hand um die Scherbe. Ich spürte, wie die Shorts mit den Rüschen, die ich unter der Uniform trug, zerrissen. Das reichte, um meine letzten Kräfte zu mobilisieren. Das Einzige, was ich aus meiner Position erreichen konnte, war sein Oberschenkel. Ich war mir nicht sicher, ob ich genug Kraft würde aufbringen können, um Schaden anzurichten, aber ich holte mit der Scherbe so weit aus, wie ich konnte, und schlug dann zu. Ich hörte, wie er fluchte. Abrupt wich er zurück und ließ mich los. Ich fiel auf Hände und Knie und schrie laut auf, als ich mit meinem ganzen Gewicht auf dem verletzten Arm landete. So schnell ich konnte, kroch ich über den Boden, während Gabe versuchte, die Scherbe aus seinem Bein zu ziehen. Es gelang mir, meine Tasche zu erreichen. Ich kam auf die Beine, als er sich auch schon wieder auf mich stürzte. In letzter Sekunde bekam ich jedoch das Pfefferspray zu fassen, richtete die Dose auf sein Gesicht und sprühte ihm eine Ladung direkt in die Augen. Er heulte auf wie ein verwundeter Wolf. Mit der Dose in der Hand rannte ich zur Tür. Ich war mir sicher, dass ich aussah, als wäre ich aus dem Irrenhaus geflohen – ich weinte hysterisch, mein Gesicht war blutverschmiert, und ich brachte kaum einen Ton heraus, weil mein Hals verletzt war. Ich lief auf die Sicherheitstür zu und Ayden, die gerade hereinkam, direkt in die Arme. Ich sackte in mich zusammen, und sie hielt mich fest.

Sie schrie meinen Namen und wollte wissen, was passiert sei. Dann hörte ich, wie sie den Notruf wählte. Der Schock und der Schmerz forderten ihren Tribut, und alles verschwamm. Durch das Blut hindurch blinzelte ich Ayden an und bemerkte, dass einige der Bewohner aus ihren Wohnungen kamen. Es war zu viel, und im selben Moment versank die Welt um mich herum in Dunkelheit. Ich fiel zu Boden, doch Ayden hielt mich. Das Nächste, an das ich mich erinnerte, war der Anblick von Sanitätern, die mich auf einer Trage festschnallten und mich in einen Krankenwagen schoben. Die Lichter und die Sirenen bereiteten mir Kopfschmerzen. Der Sanitäter stellte Ayden, die zu mir in den Krankenwagen gesprungen war, unzählige Fragen. Sie ergriff meine Hand und drückte sie. Mir fiel auf, dass meine Freundin fast genauso heftig weinte, wie ich es getan hatte.

»Gabe?« Meine Kehle brannte höllisch, und das Sprechen fühlte sich an, als hätte ich Rasierklingen eingeatmet.

Mit zitternden Händen wischte Ayden sich die Tränen fort, und ich zuckte zusammen, als der Sanitäter begann, mich zu befragen.

»Die Cops haben ihn geschnappt«, erzählte Ayden mir, als der Sanitäter mich weiter untersuchte. »Sein Dad tauchte auf, als sie ihn gerade ins Polizeiauto setzen wollten. Die Spuren, die dein Pfefferspray hinterlassen hat, waren eindeutig, also konnte Gabe nicht leugnen, in unserer Wohnung gewesen zu sein. Wie ist er durch die Sicherheitstür gekommen?«

Ich zuckte zurück, als der Sanitäter meine Schulter berührte. Mitfühlend blickte er mich an. »Wir werden die Schulter wieder einrenken müssen. Sie ist ausgekugelt. Die Platzwunde auf Ihrer Stirn ist so tief, dass sie geklebt oder genäht werden muss. Tut mir leid.«

Ich wollte ihm sagen, dass es in Ordnung sei, denn immerhin hatte ich den Angriff überlebt, und Gabe war nicht dazu gekommen, mich zu vergewaltigen, doch das Sprechen war zu schmerzhaft. Als er fragte, ob ich mich wegen eines möglichen sexuellen Übergriffs gynäkologisch untersuchen lassen müsse, schüttelte ich den Kopf und drückte Ayden, die wieder zu weinen begonnen hatte, die Hand.

Ich sah Ayden an. »Meine Mom.« Die Worte klangen gebrochen – und das nicht nur wegen meiner Kehle. »Sie hat ihm den Code gegeben, weil er ihr gegenüber behauptet hat, wir würden wieder zusammenkommen.«

Ayden stieß eine Reihe von Schimpfwörtern aus, die Rule stolz gemacht hätten, und wir hielten uns den Rest der kurzen Fahrt über in den Armen.

In den folgenden zwei Stunden gaben sich Ärzte und Polizisten im Krankenhaus die Klinke in die Hand. Nach den ersten fünfzehn Minuten war klar, dass ich nicht weiterreden konnte, weil meine Stimmbänder zu sehr in Mitleidenschaft gezogen worden waren. Ich musste alles aufschreiben. Gabe saß zumindest die Nacht über in Untersuchungshaft – daran konnte auch sein Vater nichts ändern. Der Detective, der meine Aussage aufnahm, erklärte mir, dass die Familie wahrscheinlich eine Kaution für ihn hinterlegen würde und Gabe am nächsten Morgen aus der Untersuchungshaft entlassen werden würde. Aber er meinte auch, dass mittlerweile ein zwingendes Kontaktverbot ausgesprochen worden sei und Gabes Vater nichts dagegen würde unternehmen können. Aber im Augenblick kümmerte mich das nicht mal so richtig, da ich sowieso mindestens eine Nacht im Krankenhaus verbringen musste, damit die Ärzte untersuchen konnten, wie schlimm die Verletzung an meinem Hals war. Und ich musste starke Schmerzmittel nehmen, um die Migräne zu lindern, unter der ich zusätzlich zu den Schmerzen durch die Verletzungen und durch das Einrenken der ausgekugelten Schulter litt.

Meine Mom und Jack kamen gegen Abend ins Krankenhaus, und auch mein Dad wollte mich besuchen. Ich sagte Ayden, dass ich keinen von ihnen sehen wollte. Meine Eltern machten eine Riesenszene. Als meine Mom losschrie und behauptete, es könne nur einer von den Rowdys gewesen sein, die ich kennengelernt hätte, als ich mit Rule zusammen gewesen sei, verlor Ayden die Nerven. Sie sagte meinen Eltern, dass das alles nicht passiert wäre, wenn meine Mutter Gabe nicht den Code für die Sicherheitstür zu unserem Gebäude gegeben hätte. Das brachte sie zum Schweigen. Meinem Dad gelang es durch seine Beziehungen irgendwie doch, in mein Zimmer zu kommen, und ich verbrachte eine gute Stunde damit, ihn zu ignorieren und wütend vor mich hin zu blicken, während er sich wieder und wieder entschuldigte. Als er versuchte, mir einen Kuss auf die Wange zu geben, drehte ich mein Gesicht weg und achtete darauf, dass er bei der Gelegenheit auch die Verachtung in meinem Blick sah. Zum Teil hatte Gabes Besessenheit mit all den Dingen zu tun, die diese Menschen repräsentierten, und ich konnte es gerade nicht ertragen, sie um mich zu haben. Meine Eltern gingen erst, als eine Krankenschwester drohte, den Sicherheitsdienst zu holen, wenn sie nicht aufhörten, mich zu belästigen.

Ayden zog einen Stuhl heran und legte ihre Beine auf die Bettkante. Und während der Morgen dämmerte, schliefen wir. Doch ich fand keinen richtigen Schlaf, sondern döste nur. Meine Schulter und andere Körperstellen, die ebenfalls gelitten hatte, taten mir weh, und ich brauchte weitere Schmerzmittel. Gegen Mittag ging Ayden, und ich bekam wieder Besuch von Ärzten und Detectives. Gabes Dad hatte ihn tatsächlich auf Kaution aus dem Gefängnis geholt, aber es bestand kein Zweifel daran, wie schwer er mich verletzt hatte. Es sah so aus, dass Gabe wegen versuchten Mordes angeklagt werden würde. Immer wieder musste ich der Polizei die ganze Geschichte erzählen, wobei ich kein noch so brutales Detail ausließ. Gabe war krank, er brauchte Hilfe, doch noch wichtiger war, dass er an einen Ort gebracht wurde, wo er keinem anderen Menschen so etwas antun konnte. Zu glauben, dass man einen anderen Menschen ohne Rücksicht auf dessen Gefühle besitzen konnte, ging schon über psychische Labilität hinaus.

Ayden kam mit einem Joghurt und etwas Müsli zurück und wirkte verlegen. »Ich habe Cora angerufen und ihr erzählt, was los ist. Ich habe gar nicht darüber nachgedacht, dass sie bei der Arbeit ist und sich schrecklich aufregen würde.«

Ich erstarrte und blickte meine Freundin mit großen Augen an.

»Offensichtlich ist Rule durchgedreht, als er gehört hat, was passiert ist. Unnötig zu sagen, dass er in fünf Minuten hier sein wird. Tut mir leid, aber ich denke, du solltest es wissen. Ich könnte die Schwestern bitten, ihn nicht zu dir zu lassen, wenn du das möchtest. Obwohl ich das Gefühl habe, dass es ein echter Kampf werden wird, ihn aufzuhalten, wenn er so aufgeregt ist. Das wäre dann noch ein Exfreund, den du über Nacht zur Beruhigung ins Gefängnis schicken müsstest.«

Ich war mir nicht sicher, was ich davon halten sollte, dass er hierherkommen würde. Einerseits hatte ich mir im vergangenen Monat nichts mehr gewünscht, als ihn zu sehen. Ich hatte mir gewünscht, dass er mich zur Kenntnis nehmen würde. Doch andererseits hätte es nicht erst zu einem gewaltsamen Übergriff kommen müssen, damit er sich meldete. Ich seufzte und nickte. Sie hatte auf jeden Fall recht: Ihn zurückzuhalten, wenn er sich in den Kopf gesetzt hatte, die Burg zu stürmen, würde wirklich ein Kampf werden – und das konnte ich im Moment nicht gebrauchen.

»Es ist schon in Ordnung. Ich komme mit ihm zurecht.« Meine Stimme klang noch immer rau und kratzig, aber zumindest tat es etwas weniger weh, sie zu benutzen.

»Ehrlich gesagt, siehst du gerade nicht so aus, als wärst du in der Lage, mit irgendetwas zurechtzukommen.« Da hatte sie nicht ganz unrecht: Mein Arm hing in einer Schlinge, ich hatte eine siebeneinhalb Zentimeter lange Schnittwunde auf der Stirn, die geklebt und verbunden worden war, und meine aufgeschnittene Hand war ebenfalls verbunden worden. Meine Lippe war aufgeplatzt und blutverkrustet, um meinen Hals zogen sich rot-blaue Flecke und, um das Bild abzurunden, hatte ich zwei Blutergüsse unter den Augen, weil ich mit dem Kopf voran gegen die Tür und auf den Boden gestoßen worden war.

»Es ist schon gut. Er kann kommen, sich davon überzeugen, dass es mir gut geht, und dann wieder gehen. Ich bin mir sicher, dass das alles ist, was er will.«

Sie warf mir einen skeptischen Blick zu und tätschelte meine Füße unter der kratzigen Krankenhausdecke. »Also gut. Wenn du mir schwörst, dass es dir gut geht und dass du klarkommst, gehe ich kurz los, um einen Kaffee aufzutreiben, der nicht nach Spülwasser schmeckt, und komme später wieder.« Ich nickte, und sie verschwand.

Ich bezweifelte, dass es mir je wieder richtig gut gehen würde, denn niemand, der das durchgemacht hatte, was ich in den vergangenen Monaten durchgemacht hatte, würde es so einfach abschütteln und weitermachen können. Doch ich hatte keine Angst vor Rule. Fast von einem Wahnsinnigen vergewaltigt worden zu sein war eine Erfahrung, nach der ich ganz anders auf mein Leben blickte. Mir war klar geworden, was mir in meinem Leben fehlte und was ich ab jetzt ändern würde. Ich wollte mit meinen Haaren spielen, aber die waren völlig mit getrocknetem Blut verklebt. Mein Gesicht würde ich wohl auch kaum noch herrichten können, ehe Rule auftauchte. Er würde sich also dem Horror stellen und damit fertigwerden müssen.

Ich war gerade mit meinem Handy beschäftigt und beantwortete Nachrichten von Cora und Rules Jungs, um ihnen mitzuteilen, dass es mir gut ging, als die Tür aufging und Rule hereinkam. Ich blickte auf und sah ihn an. Ich bemerkte, wie die Wut, die auf seinem hübschen Gesicht gestanden hatte, urplötzlich Entsetzen wich, als er sah, wie übel ich zugerichtet worden war. Seine Brust hob und senkte sich, als er scharf einatmete und ans Fußende des Bettes trat. Schweigend blickten wir einander an. Mir fiel auf, dass er noch immer eine normale Frisur und seine natürliche dunkelbraune Haarfarbe hatte, was ich schrecklich fand, weil er so wie ein Fremder aussah. Seine Augen waren aufgerissen und wirkten viel zu groß für sein Gesicht. Ein aufgewühlter, zorniger Ausdruck stand in den hellen Tiefen. Er spielte unbewusst mit seinem Lippen-Piercing, wie er es immer tat, wenn er nervös war. Mir wurde klar, dass wir uns vermutlich den ganzen Tag nur stumm anstarren würden, wenn ich nichts sagte.

»Du hättest nicht extra herkommen müssen. Mir geht es gut. Ich bin nur ein bisschen verprügelt worden.«

Mit den Händen umklammerte er den Griff am Fußende des Krankenhausbettes, und ich konnte sehen, wie sich die Schlange auf seinem Arm anspannte und dann wieder entspannte.

»Ich wollte mit eigenen Augen sehen, dass es dir gut geht. Du hättest mich anrufen können, um mir zu sagen, dass du verletzt worden bist.«

Ich wandte bewusst nicht den Blick ab. Je mehr Verletzungen er an meinem Körper entdeckte, desto wütender schien er zu werden. »Na ja, angesichts der Tatsache, dass du seit Wochen nicht mehr mit mir redest, kam es mir nicht besonders naheliegend vor, gerade dir Bescheid zu sagen, was mir zugestoßen ist«, sagte ich.

Er presste die Lippen aufeinander. »Du hast recht. Ich hätte da sein müssen. Du hättest nicht allein sein dürfen.«

Ich seufzte und umklammerte die Decke. »Du hast recht. Du hättest da sein müssen. Allerdings nicht, weil Gabe verrückt ist, und nicht, weil ich vor ihm beschützt werden musste. Du hättest da sein müssen, weil ich dir genauso am

Herzen liege, wie du mir. Aber vielleicht ist das ja auch gar nicht der Fall. An dieser Sache ist niemand schuld außer Gabe. Er ist krank und kaputt. Selbst wenn jemand bei mir gewesen wäre, hätte er sich wahrscheinlich nicht unter Kontrolle gehabt. Es ist, wie es ist. Ich mache niemanden dafür verantwortlich außer ihm. Im Übrigen ist mein Körper schon auf dem Weg der Besserung. Mein Herz fühlt sich dagegen immer noch an, als wäre es durch den Fleischwolf gedreht worden.«

»Shaw ...« Rule versuchte, mich zu unterbrechen.

Ich hob abwehrend meine gesunde Hand. »Ich bin es leid, dass meine Liebe nicht gut genug ist. Als es zwischen dir und mir begann, habe ich geglaubt, dass ich mit dem, was du zu geben bereit warst, zufrieden sein würde. Ich dachte, ich könnte dich genug für uns beide lieben, weil ich schon so lange so viel für dich empfunden habe. Aber jetzt weiß ich, dass ich mehr verdient habe.«

Ich blinzelte die Tränen weg, die mir in die Augen geschossen waren. »Ich verdiene alles, weil ich bereit bin, alles zu geben. Ich wäre mit dir durch die Dunkelheit gegangen, Rule. Ich hätte dich herausgeführt aus der Finsternis. Was ich nicht tun werde, ist, dabei zuzusehen, wie du jedes Mal wegläufst, wenn irgendetwas passiert, das dich vielleicht verletzen könnte. Es tut mir leid, dass ich nie mit dir über Remy gesprochen habe, doch ich habe dir immer wieder gesagt, dass er und ich kein Paar waren. Den Beweis hast du an meinem Geburtstag bekommen. Du solltest wütend auf ihn sein, weil er sein Geheimnis nicht mit dir geteilt hat, und nicht auf mich. Du hattest die ganze Zeit recht: Wir vertrauen einander einfach nicht genug, damit diese Beziehung funktionieren kann. Ich glaube, ich wollte es zu sehr, und du wolltest es nicht genug.«

Als ich geendet hatte, bemerkte ich überrascht, dass Tränen in seinen Augen schimmerten. Nur bei Remys Beerdigung hatte ich Rule weinen sehen. Er streckte den Arm aus, als wollte er die Hand auf mein Bein legen, aber zog sie zurück, noch ehe er mich berührte.

»Shaw, was wäre denn, wenn ich dich geliebt habe?« Seine Stimme war kaum mehr als ein Flüstern. »Dich so zu sehen weckt in mir den Wunsch, Davenport mit bloßen Händen zu erwürgen. Doch tief in meinem Inneren schmerzt es auch. Ich habe dich in den letzten Wochen vermisst, aber ich war auch wütend auf dich. Diese beiden Gefühle konnte ich nicht miteinander in Einklang bringen.«

Traurig schüttelte ich den Kopf. Tränen quollen mir aus den Augen und rannen mir über die Wangen. »Das reicht nicht. Mein ganzes Leben lang habe ich versucht, unerreichbare Erwartungen zu erfüllen. Mit dir zusammen zu sein war das Einzige, was ich mir je für mich selbst gewünscht habe. Und als wir dann zusammen waren, hattest du das Gefühl, dich vollkommen ändern zu müssen, damit es funktioniert. Ich will die Erwartungen, mit denen ich immer gerungen habe, nicht an jemand anders stellen. Einerseits passen wir perfekt zusammen, Rule, und andererseits auch wieder nicht. Das hier«, ich wies auf meinen Körper, »wird wieder gut werden. Und wir beide leben unser Leben einfach so weiter wie zuvor.« Ich wollte sichergehen, dass er verstand, dass ich damit alles meinte – von meinem geschundenen Körper bis hin zu meinem gebrochenen Herzen. Ich würde über ihn hinwegkommen. Ich hatte gar keine andere Wahl.

»Du warst immer ein Teil meines Lebens, Shaw. Wir hätten es hinkriegen müssen.«

Ich wollte die Achseln zucken, ließ es jedoch wegen meiner verletzten Schulter lieber bleiben. Stattdessen wischte ich mir mit dem Handrücken die Tränen aus dem Gesicht und warf Rule ein zittriges Lächeln zu. »Es gibt viele Dinge, die eigentlich anders hätten laufen sollen, als sie dann gelaufen sind. Ich weiß, dass die meisten Leute gedacht haben, dass das mit uns sowieso zum Scheitern verurteilt war, also sollten wir einfach dankbar für alles sein, was wir hatten.«

»Ich habe das Gefühl, dich im Stich zu lassen und zu enttäuschen. Ich habe das Gefühl, auch alle anderen zu enttäuschen. Und zum ersten Mal in meinem Leben macht es mir etwas aus. Ich weiß nicht, wie ich mit all dem, was in meinem Kopf so vor sich geht, umgehen soll.« Er tippte sich mit einem Finger an die Schläfe.

Ich weinte. Es lag mir auf der Zunge, ihm zu sagen, dass alles gut werden würde, wenn er mich nur lieben könnte, wenn er nur zulassen würde, dass ich ihn so liebte, wie er es verdiente und wie ich es mir wünschte. Doch es würde nicht alles gut werden. Wir mussten an uns glauben, mussten darauf vertrauen, dass wir einander genug waren, und nicht versuchen, jemand anders zu sein. Aber das taten wir nicht. Ich schloss die Augen, und ausnahmsweise war ich diejenige, die *ihn* ausschloss und sich in die Dunkelheit fallen ließ.

»Einige Dinge sollen einfach nicht sein. Ich bin müde. Kannst du auf dem Weg nach draußen eine Schwester zu mir schicken? Ich glaube, die Schmerzmittel lassen allmählich nach.«

»Shaw, es tut mir so leid.«

»Mir auch, Rule, mir auch.« Mein Leben lang hatte ich ihn geliebt. Und sosehr ich auch stark sein und alles hinter mir lassen wollte, war mir doch klar, dass es die schwierigste Aufgabe meines Lebens werden würde, all das, was ich für ihn empfand, hinter mir zu lassen. Wir blickten einander eine lange traurige Minute an, und dann drehte er sich um und ging.

Als Ayden zurückkam, weinte ich hemmungslos. Wortlos kletterte sie neben mich ins Bett, schlang die Arme um mich und hielt mich fest. Ich weinte länger als je zuvor in meinem Leben. Ich weinte so lange, bis keine Tränen mehr übrig waren. Ich lag in den Armen meiner besten Freundin, als mein Herz zerbrach und ich zerfiel. Die Krankenschwester kam herein, um mir ein Schmerzmittel zu bringen, doch als sie sah, in welcher Verfassung ich mich befand, holte sie mir ein Beruhigungsmittel.

Ich verbrachte noch einen weiteren Tag im Krankenhaus. Als ich entlassen wurde, wusste ich, dass ich auf keinen Fall in meine Wohnung zurückkehren würde, solange Gabe noch auf freiem Fuß war – einstweilige Verfügung hin oder her. Glücklicherweise hatte Cora in dem Haus, das sie in Washington Park gemietet hatte, gerade zwei Zimmer frei, denn ihre beiden Mitbewohner hatten sich vor Kurzem verlobt und waren zusammengezogen. Ayden brachte mich zu Coras Haus und kehrte dann zwei Stunden später mit einigen Dingen zurück, die ich für einen längeren Aufenthalt brauchen würde. Sie erzählte, dass die Hausverwaltung sich darum kümmern würde, die Schäden in unserer Wohnung zu beseitigen, dass der Mitarbeiter ihr jedoch abgeraten habe, allein dortzubleiben. Nur eine Woche später fragte Ayden Cora, ob sie in das zweite freie Zimmer ziehen könne, und die Hausverwaltung akzeptierte aufgrund der furchtbaren Dinge, die mir widerfahren waren, unsere Kündigung, ohne dass wir eine Strafe zahlen mussten. Mit den Mädchen zusammen zu sein war Balsam für meine Seele und für meinen Körper. Sie enttäuschten mich nie, und immer war jemand da, der mich daran erinnerte, dass das, was ich im Moment empfand, nur vorübergehend war. Außerdem ließen sie nicht zu, dass ich nur aus Angst die Anzeige gegen Gabe nicht weiter vorantrieb.

Es ging alles sehr schnell, und zwischendurch sah es so aus, als würde Gabes Vater alle Hebel in Bewegung setzen, um seinen Sohn vor einer Verurteilung zu bewahren. Doch Alex Carsten hatte sich eingeschaltet, sodass Gabe inzwischen eine elektronische Fußfessel trug und nicht nur wegen schwerer Körperverletzung, sondern auch wegen Einbruchs angeklagt wurde. Ich glaubte nicht eine Sekunde lang, dass meine Mutter Alex angerufen hatte, um ihn darum zu bitten, aber da zwischen Rule und mir Funkstille herrschte, konnte ich ihn nicht danach fragen oder mich bei ihm dafür bedanken. Natürlich hatten die Davenports den besten Strafverteidiger der Stadt auf ihrer Gehaltsliste, doch für mich standen alle Zeichen auf Sieg, also bemühte ich mich, zuversichtlich zu bleiben.

Ich weigerte mich, mit meinen Eltern zu sprechen. Genau genommen hatte ich weder Mom noch Dad erzählt, dass ich direkt nach meiner Entlassung aus dem Krankenhaus umgezogen war und meine Telefonnummer geändert hatte. Tatsache war, dass ich keinem von beiden etwas zu sagen hatte – alles, was ich zu Rule gesagt hatte, galt auch für sie. Ich verdiente etwas Besseres, und wenn sie die Liebe, die ich für sie empfand, nicht ohne Einschränkungen oder Forderungen erwiderten, wollte ich nichts mehr mit ihnen zu tun haben. Ich wusste, dass meine Mom daran zu knabbern hatte, dass sie Gabe den Sicherheitscode verraten hatte, doch wie ich Rule schon gesagt hatte, war Gabe der Einzige, dem ich die Schuld an allem gab. Mir war es wichtiger, dass sie einsah, dass sie mich nie hätte drängen dürfen, mit ihm zusammen zu sein – vor allem nicht, nachdem ich ihr gesagt hatte, dass ich in jemand anders verliebt war. Wenn es ihnen nicht gelang, mich um meiner selbst willen zu lieben, dann musste ich eben ohne sie weiterleben.

Ayden und ich fanden allmählich in unseren Alltag zurück. Wir beide vergötterten Cora. Es war schön, in einem Haus und nicht in einem Apartment zu wohnen. Jeden Tag wurde es ein bisschen leichter, das tiefe Loch in meiner Brust an der Stelle, wo einst mein Herz gewesen war, zu ertragen. Es war erst zwei Wochen her, aber es fühlte sich an, als wären Rule und ich schon eine Ewigkeit getrennt. Dieses Mal war es viel schwieriger, nach vorn zu blicken und weiterzumachen. Vielleicht lag es daran, dass ich dieses Mal sicher wusste, dass es für immer vorbei war. Dieses Mal setzte ich kein falsches Lächeln auf und tat nicht so, als könnte ich einfach weiterleben, als wäre nichts passiert. Ich kämpfte damit. Und ich kämpfte hart. Ich vermisste ihn. Ich liebte ihn. Ich konnte ihn nicht haben, und das machte mir viel mehr zu schaffen als in den Zeiten, als ich ihn aus der Ferne geliebt hatte. Cora bemühte sich, nicht zu viel von der Arbeit und den Jungs zu erzählen. Doch manchmal ließ sie eine Bemerkung über ihn fallen, und jedes Mal fühlte es sich für mich so an, als hätte man mir eine Glasscherbe in eine offene Wunde gestoßen. Zu hören, dass es ihm nicht besser zu gehen schien als mir, hätte mich aufmuntern müssen – aber das tat es nicht. Wir beide verdienten es, glücklich zu sein, und es war einfach scheiße, dass wir das Glück nicht zusammen finden konnten.

Es war kurz vor *Saint Patrick's Day,* der dieses Jahr auf ein Wochenende fiel. Doch nicht nur das: Es war auch Rules Geburtstag. Die Mädchen hatten beschlossen, dass wir nicht länger herumsitzen und Trübsal blasen, sondern ausgehen und Spaß haben sollten. Ich wollte nicht mitgehen – wirklich nicht. Nicht nur, weil mein Gesicht noch immer nicht wiederhergestellt war, sondern auch, weil ich nicht glaubte, jetzt schon wieder Menschenmassen ertragen zu können. Ich war mir sicher, dass es mir keinen Spaß machen würde. Aber weil ich die Mädchen liebte, ließ ich mich von ihnen überreden, mitzukommen. Zu meiner Überraschung gelang es mir nach ein paar Martinis in einer Bar, die etwas abseits vom Trubel lag, tatsächlich, mich zu entspannen und es zu genießen. Nein, mehr noch: Ich hatte superviel Spaß, und genau das brauchte ich gerade.

Mich am nächsten Morgen aus dem Bett zu quälen, um in die Uni zu gehen, war furchtbar, und ich spielte mit dem Gedanken, zu schwänzen, allerdings hatte ich aufgrund des Überfalls schon so viel versäumt, dass ich mir das nicht leisten konnte.

Ich stand vor dem Spiegel, machte mir die Haare und versuchte vergeblich, die gelblichen Überreste der Blutergüsse um meine Augen zu verbergen, als mir eine überraschende Erkenntnis kam. Rule zu lieben war nie leicht gewesen. Diese Liebe war schwierig und schmerzhaft, und es hatte Jahre gedauert, bis sie sich »ausgezahlt« hatte. Doch ich hatte nie geglaubt, dass Rule das alles nicht wert wäre. Ihn zu lieben war keine bewusste Entscheidung gewesen, die ich getroffen hatte, es war vielmehr unausweichlich gewesen – genau wie die Einsicht, dass er mich niemals so lieben würde wie ich ihn. Gestern Abend war ich mir sicher gewesen, dass mir das Ausgehen keinen Spaß machen würde, dass es fürchterlich werden würde, aber als ich es dann gewagt hatte, war es ein toller Abend geworden, der das Wagnis absolut wert gewesen war. Aber was Rule betraf, hatte ich etwas getan, das ich eigentlich niemals hatte tun wollen: Ich war gegangen, weil es am Ende keine Garantie für ein Happy End für uns beide gegeben hatte.

Ich legte meinen Lockenstab auf dem Waschbeckenrand ab und starrte mein Spiegelbild an. Die Traurigkeit und die Einsamkeit waren mir deutlich anzusehen. Rule war das Einzige, was ich mir je gewünscht hatte, und als es schwierig geworden war, weiter an ihm festzuhalten, hatte ich einfach losgelassen, statt um ihn und uns zu kämpfen. Das war falsch gewesen. Ich verdiente Liebe, aber ich verdiente auch ihn und die Art, wie er mir seine Liebe zeigte – wie auch immer das aussehen mochte. Rule war kein normaler Mann. Mit ihm würde es keine Herzchen und Blumen geben, und er würde mir niemals ein Gedicht schreiben, bei dem ich vor Glück errötete. Mit ihm würde es ein ewiges Geben und Nehmen sein, mit Höhen und Tiefen und einer Leidenschaft, die heiß in uns beiden brannte. Als er mich im Krankenhaus gefragte hatte: »Was wäre denn, wenn ich dich geliebt habe?«, hätte meine Antwort lauten müssen: »Wenn du fragst, tust du es doch.« Jetzt wusste ich es, sah es so klar und deutlich wie mein Spiegelbild vor mir: Rule liebte mich. Er wusste nur nicht, dass es Liebe war. Keiner von uns beiden hatte je eine gesunde Liebesbeziehung erlebt, an der er das, was zwischen uns war, messen könnte. Doch in dem Moment, als er gesagt hatte, er würde es versuchen, hätte ich wissen müssen, dass er sich in mich verliebt hatte. Schließlich hatte er das für keine andere Frau je getan.

Es klopfte an der Badezimmertür, und Ayden steckte den Kopf herein. »Wir müssen gleich los. Bist du fertig?«

Da ich erst eine Seite meiner Haare gestylt hatte, lag die Antwort wohl auf der Hand. Mit großen Augen sah ich Ayden an. »Nach der Uni müssen wir ein Kleid kaufen gehen.«

Sie lehnte sich mit der Hüfte an den Türrahmen und sah mich mit einer hochgezogenen Augenbraue an. »Gibt es dafür einen besonderen Grund?«

»Rule hat an diesem Wochenende Geburtstag.«

»Cora hat so etwas erwähnt.«

»Er wird seinen Geburtstag sicher mit einer Party feiern.«

»Das könnte sie auch erwähnt haben.«

»Tja, wir müssen hingehen.«

»Warum? Ich dachte, du wärst mit dem Thema durch. Oder sprechen da die Martinis von gestern aus dir?«

Ich schüttelte den Kopf und nahm den Lockenstab wieder in die Hand. »Ich muss ihm ein Geschenk machen.«

»Ach ja? Und was ist, wenn er nicht allein da ist?«

Abrupt drehte ich den Kopf und sah sie an. Die Möglichkeit war mir gar nicht in den Sinn gekommen. »Ist das denn wahrscheinlich?«

Leise murmelte sie etwas vor sich hin und strich sich die Haare aus dem Gesicht. »Nein. Cora hat gesagt, dass er sich total zurückgezogen hat, seit ihr euch getrennt habt. Außerdem hat er richtig miese Laune, und jeder, der keine Lust auf Ärger hat, geht ihm lieber aus dem Weg. Was willst du ihm denn schenken?«

»Das Einzige, was er sich wirklich wünscht.«

Sie lachte leise. »Noch ein Piercing für sein Gesicht?«

Ich lachte ebenfalls. »Nein … Mich. Ich glaube, das Einzige, was er sich wirklich wünscht, bin ich. Wir waren beide nur zu durcheinander, um es zu kapieren.«

Sie rieb die Hände aneinander. »Das klingt auf alle Fälle, als würde es interessant werden.«

»Interessant« war nicht annähernd der passende Ausdruck, aber in diesem neuen Kapitel meines Lebens ging es vor allem darum, dass ich mir selbst etwas Gutes tat – und Rule war auf jeden Fall gut für mich. Ich konnte nur hoffen, dass er sich nicht so weit in den dunklen Tunnel zurückgezogen hatte, dass ich ihn nicht mehr daraus befreien konnte.

17. Kapitel

Rule

»Hey, Mann, herzlichen Glückwunsch.« Behutsam fuhr ich mit dem Finger über das Hufeisen. Rome und ich hatten damals darauf bestanden, dass es auf den Grabstein gesetzt wurde. Entschlossen schob ich die Emotionen beiseite, die mir den Hals zuschnürten. Ich kam nicht oft genug hierher, doch jedes Jahr an unserem Geburtstag besuchte ich Remys Grab, um meinem Bruder zu zeigen, dass ich an ihn dachte. Es war schwer, jedes Jahr aufs Neue daran erinnert zu werden, dass ich älter wurde und er für immer zwanzig bleiben würde, weil sein Leben viel zu früh geendet hatte.

»Im Augenblick bin ich echt wütend auf dich. Mein Leben steht kopf, und ich finde keinen Halt mehr. Alles, was ich sonst immer mache, um den Schmerz und die Verwirrung nicht spüren zu müssen, reizt mich gerade überhaupt nicht. Ich verstehe nicht, warum du nicht mit mir gesprochen hast und warum du Shaw für deine Zwecke benutzt hast. Und ich verstehe nicht, warum du zugelassen hast, dass ich mich ihr gegenüber jahrelang wie ein Arsch verhalten habe, obwohl du wusstest, dass sie Gefühle für mich hatte. Tja, hier kommt eine Neuigkeit, Brüderchen: Ich habe auch Gefühle für sie. Und jetzt ist alles so verfahren, dass ich keine Ahnung habe, wie ich es jemals wiedergutmachen kann. Alle haben sich immer darüber aufgeregt, dass ich so schwierig, launisch und kompliziert war, jetzt sieht es so aus, als hätte viel mehr hinter deiner netten Fassade gesteckt, als Rome und ich je gedacht hätten. Trotzdem warst du immer der Liebling unserer Eltern. Wenn das mal kein Schlag ins Gesicht ist, oder?«

Zum zweiten Mal innerhalb weniger Wochen spürte ich, wie mir Tränen in die Augen stiegen. »Shaw hat dein Geheimnis bewahrt. Die ganze Zeit über. Selbst als es zwischen uns ernst wurde, hat sie dein Geheimnis nicht verraten. Sie liebt dich, aber sie liebt auch mich. Ich wusste nicht, wie ich damit umgehen sollte, bin wütend geworden und habe sie ausgeschlossen. Sie ist verletzt. Jetzt gibt es kein Zurück mehr für mich, obwohl ich mir nichts sehnlicher wünsche, als wieder mit ihr zusammen zu sein. Es ist scheiße, die Liebe ist scheiße, und ich glaube, das nichts von alledem passiert wäre, wenn du noch hier wärst, also bist du auch scheiße.«

Es kam keine Antwort. Ich hörte nur mein schnelles Atmen und den Wind, der durch die Zweige der Bäume strich. Zum ersten Mal seit langer Zeit fühlte ich mich vollkommen allein, und der Verlust meines Zwillingsbruders zog mich runter. Die letzten eineinhalb Monate waren hart gewesen. Durch die Schwierigkeiten mit Shaw hatte ich mich angespannt, nackt und schutzlos gefühlt. Meine normale Reaktion auf solche Gefühle hätte so ausgesehen, dass ich mich gnadenlos betrunken hätte und mit allen Frauen ins Bett gegangen wäre, die in meine Richtung geblickt hätten. Doch ich hatte nichts davon getan. Schnaps hätte nicht ausgereicht, um meine innere Stimme zum Schweigen zu bringen, die immer wieder schrie, dass ich mich mehr hätte anstrengen, dass ich es noch mehr hätte versuchen müssen, dass ich den Schock und die Wut besser hätte in den Griff bekommen müssen. Und die Vorstellung, mit einer anderen Frau zu schlafen als Shaw, tötete sämtliche Lust in mir.

Ich arbeitete viel, versuchte, Gabe mit Unterstützung von Mark und Alex nicht aus den Augen zu lassen – ich hatte mir vorgenommen, dafür zu sorgen, dass Gabe sich Shaw nie mehr nähern würde, auch wenn sie nichts davon wusste –, und ich verbrachte viel Zeit mit den Jungs und leckte meine Wunden. Shaw war zwar wütend auf mich gewesen, weil ich begonnen hatte, mich ihretwegen zu ändern, doch es hatte einige große Veränderungen in mir selbst bewirkt, und das war gut so. Ich erlaubte es mir, zu fühlen, zu empfinden. Und auch wenn die gescheiterte Beziehung zu Shaw Gefühle in mir weckte, die mich zu verbrennen drohten, ließ ich es zu, durchlebte es und versuchte nicht, die Empfindungen in schlechten Angewohnheiten zu ersticken.

Ich wollte mich gerade verabschieden, als ich Schritte auf dem Schnee hörte, der noch immer den Boden bedeckte. Ich blickte auf. Unwillkürlich verengte ich die Augen zu schmalen Schlitzen und zog die Mundwinkel herunter, als ich die Gestalt erkannte, die auf mich zukam. Alles in mir schrie, aufzustehen und einfach zu gehen, ehe sie mir den Tag verderben könnte. Aber ich blieb, wo ich war, weil sie mich direkt ansah. Und ausnahmsweise einmal bemerkte ich, dass in ihren Augen keine Verachtung und kein Hass standen.

»Mom.«

»Herzlichen Glückwunsch zum Geburtstag, Rule.«

Ich räusperte mich, weil ich nicht wusste, was ich sagen sollte. Ich klopfte mit den Fingerknöcheln auf den Grabstein, um mich stumm von meinem Bruder zu verabschieden. »Ich gehe jetzt, damit du ungestört bei ihm sein kannst. Ich bin mir sicher, dass es heute kein leichter Tag für dich ist.«

Ich wäre beinahe gestolpert, als sie die Hand auf meinen Unterarm legte. Meine Mutter hatte mich in den letzten Jahren nie bewusst berührt. Verblüfft hielt ich inne.

»Es ist für uns alle ein schwerer Tag, doch deshalb bin ich

nicht hier. Ich habe im Tattoo-Studio angerufen, weil ich dich fragen wollte, ob ich dich zum Mittagessen einladen darf. Immerhin ist heute dein Geburtstag. Ich habe mir gedacht, dass du bestimmt nicht abnehmen würdest, wenn ich dich auf deinem Handy angerufen hätte, also habe ich deinen Mitbewohner gefragt, wo ich dich finden könnte, und er hat es mir gesagt. Wenn ich nicht all die Jahre so beschäftigt damit gewesen wäre, dich auszuschließen, wäre ich wahrscheinlich von selbst dahintergekommen.«

Ich machte einen Schritt zurück, denn ich war mir ziemlich sicher, dass meine Mom von Aliens entführt worden war und dass das Wesen, das hier vor mir stand, nicht echt sein konnte. Ich konnte das, was sie sagte, kaum verarbeiten. »Wo ist Dad?«

»Zu Hause. Er bemüht sich, Kontakt zu deinem Bruder aufzunehmen. Nach allem, was passiert ist, war es meine Aufgabe, zu dir zu kommen. Darf ich dich zum Essen oder vielleicht auf einen Kaffee einladen?«

Ich wollte das nicht. Ich traute ihren Beweggründen nicht. Aber ich hatte Geburtstag, und wir standen am Grab meines toten Zwillingsbruders, also kam es mir nicht richtig vor, sie zurückzuweisen.

»Kaffee wäre in Ordnung.« Sie warf mir ein trauriges, ein sehr trauriges Lächeln zu. Zum ersten Mal wurde mir klar, dass auch meine Mom einen dunklen Tunnel hatte, in den sie sich zurückzog, und dass ich es vermutlich von ihr so gelernt hatte. Schweigend gingen wir zum Parkplatz zurück, und ich folgte ihr zurück nach Brookside, obwohl ich mir nichts mehr wünschte, als nach Denver zu fahren. Wir hielten bei dem Coffeeshop an, den ich immer besuchte, wenn ich in der Stadt war, und ich ließ mich von Mom zu einem Kaffee einladen. Während sie die Getränke holte, setzte ich mich an einen etwas abseits liegenden Tisch und streckte die Beine aus. Ich konnte ihr ansehen, dass sie nervös war, also versuchte ich, mich zu entspannen und nicht so vorsichtig zu sein, wie ich es sonst in ihrer Gegenwart gern war.

»Ich habe mit einem Arzt gesprochen. Dein Dad hat jemanden in der Gegend aufgetan, der sich auf Trauerarbeit mit Hinterbliebenen und Problembewältigung innerhalb einer Familie spezialisiert hat. Ich glaube, es hat mir sehr geholfen.«

Überrascht blinzelte ich. »Das ist mal eine Nachricht.«

Sie lächelte traurig, und ich erhaschte einen Blick auf die Frau, die mich großgezogen hatte, bevor unsere Beziehung durch den Schmerz vollkommen verändert worden war.

»Nach dem Eklat bei dem gemeinsamen Abendessen konnte euer Dad nicht mehr. Ich hatte die Wahl, mir entweder Hilfe zu suchen oder so weiterzumachen wie bisher und zuzusehen, wie mich der Mann, mit dem ich seit sechsunddreißig Jahren verheiratet bin, endgültig verlässt. Dale war die einzige Konstante in meinem Leben. Ich war mir immer sicher, ohne ihn nicht weitermachen zu können. Erst als mir klar wurde, wie einsam ich wäre, wenn er mich verlassen würde, verstand ich, was ich meiner Familie in den letzten Jahren angetan habe.«

Ich konnte sie nur erschrocken anstarren. Ich wusste nicht, was ich sagen oder tun sollte, also nippte ich nur weiter an meinem Kaffee und blickte sie an.

»Du hast mich gefragt, wie ich Remy lieben konnte, obwohl ich wusste, dass er anders war, und wieso ich mich so schwergetan habe, dich zu lieben. Ich will versuchen, es zu erklären. Es soll keine Entschuldigung sein.« Sie atmete tief durch. »Unser Verhältnis zueinander war nie einfach. Wir standen uns nie so nahe, wie ich und dein Bruder uns gestanden haben, und das fing schon nach eurer Geburt an. Ihr seid ein bisschen zu früh auf die Welt gekommen, was bei Zwillingen nichts Ungewöhnliches ist. Du warst jedoch stark und gesund und hast gleich laut losgebrüllt. Dein Bruder dagegen hatte nicht so viel Glück. Bei Remy hatte sich die Nabelschnur um den Hals gelegt, und er lag falsch – er war eine Steißgeburt. Es kostete viel Kraft, ihn lebend auf die Welt zu bringen. Na ja, von Anfang an habe ich mich deshalb wohl mehr auf ihn konzentriert. Das macht mich zu einer schrecklichen Mutter, heißt jedoch nicht, dass ich nicht *euch beide* geliebt hätte. Remy bekam die Brust, du wolltest die Flasche. Als ihr alt genug wart, tapste Remy an meiner Hand durch das Haus, während du dich meist an Rome hochgezogen hast und dann ganz allein losgelaufen bist. Dein Bruder hat mich immer gebraucht und meine Hilfe auch gern angenommen. Du hingegen warst schon immer so, wie du auch jetzt bist: unabhängig, leidenschaftlich und entschlossen, deinen Weg allein zu gehen. Also habe ich dich gehen lassen. Dein Dad und ich haben dich einfach aus den Händen gegeben.«

Ich hatte das Gefühl, nicht mehr richtig atmen zu können, doch ich war so auf ihre Worte konzentriert, dass es keine Rolle spielte.

»Als Remy Shaw mit nach Hause brachte, war ich total aufgeregt und freute mich sehr.« Sie lächelte traurig. »Er hatte bis zu dem Zeitpunkt kein Interesse an Mädchen gezeigt, während dein Dad pro Woche mindestens ein Mädchen aus deinem Fenster entwischen sah. Was Remy betraf, zählten wir irgendwann eins und eins zusammen. Und doch war ich überzeugt davon, dass er nur auf das richtige Mädchen warten würde. Und Shaw hatte alles – sie ist reizend, gebildet und kommt aus gutem Hause. Mir war nie in den Sinn gekommen, dass die Dinge, die sie in ihrer eigenen Familie erlebt hatte, sie zu empfindlich gemacht, sie gebrochen haben könnten, sodass sie noch nicht einmal mit jemandem, der so nett und lieb war wie Remy, zusammen sein konnte. Sie brauchte jemanden, der stark war, jemanden, der keine Angst vor den Dingen hatte, die sie tagein, tagaus quälten. Und so wählte sie dich. Sie hat dich schon immer geliebt. Ich habe es bemerkt, dein Dad hat es bemerkt – und dennoch haben wir zugelassen, dass Remy sie benutzt hat, um alle davon zu überzeugen, dass sie ein Paar wären. Es war leichter, als mit der Wahrheit zurechtzukommen.«

Sie hörte auf, mit ihrer Tasse herumzuspielen, und sah mich an. Tränen standen in ihren Augen. Das war nichts Neues, aber diese Tränen schienen tatsächlich ihre Reue zu spiegeln und nicht nur die Wut und die Vorwürfe, die sie sonst für mich übrig hatte.

»In der Nacht, als Remy starb, rief er mich an. Ich wusste, dass er dich abholen wollte, und ich bat ihn, nicht zu fahren. Ich sagte ihm, du wärst erwachsen und kämst schon allein zurecht. Er wurde wütend auf mich und sagte mir, ich müsse endlich über all das hinwegkommen, was mich davon abhalten würde, dich in meine Arme zu schließen und dich so offen und herzlich zu lieben wie ihn. Ich wurde ebenfalls wütend und warf ihm an den Kopf, dass es ihm nicht zustehen würde, mir einen Vortrag darüber zu halten, wie ich mich dir gegenüber verhalten solle, wenn er weiterhin eine Lüge lebte. Wir hatten einen schlimmen Streit. Es war sehr unschön, und ich drohte ihm. Ich drohte ihm, dir und Rome zu erzählen, wer genau ihr Bruder wäre, und er flippte aus. Er legte auf und fuhr los, um dich abzuholen. Und das waren die letzten Worte, die ich mit meinem Baby gewechselt habe.«

Sie weinte, und ich konnte nur dasitzen und alles, was sie gesagt hatte, über mich hereinbrechen lassen.

»Ich sagte, es hätte dich treffen sollen – ich legte all meinen Schmerz, meine Trauer und die Schuld an dem Unfall auf deine Schultern, weil ich zu schwach war, mir meinen Teil der Verantwortung für das, was Remy passiert war, einzugestehen. Von uns allen bist du der Stärkste, du bist derjenige, der mit alldem am besten zurechtgekommen ist. Es war leichter, dir die Schuld zu geben, statt dich anzusehen und zu erkennen, was ich getan hatte. Du hast mich nie so geliebt, wie Remy es getan hat, und je weiter ich dich von mir gestoßen habe, desto einfacher war es, auch die Schuldgefühle zu verdrängen. Was ich getan habe, tut mir leid – du hast es nicht verdient. Ich hatte immer das Gefühl, dich sowieso verloren zu haben, und deshalb war die Vorstellung, dich zu verlieren, nicht so beängstigend für mich, wie keinen Kontakt mehr zu Rome zu haben. Doch jetzt weiß ich, dass du nie verloren warst, sondern dass ich dich nur so weit und so entschlossen weggestoßen habe, wie ich konnte. Und das ist weder gesund noch akzeptabel.«

Schweigend saßen wir beieinander, während ich versuchte, all das, was sie mir gerade gesagt hatte, zu verarbeiten. Ich konnte ihre Entschuldigung nicht einfach so annehmen, denn es war zu viel passiert, und zu viele verletzende Worte waren gesagt worden. Doch ich konnte anerkennen, dass wir alle Menschen waren und dass wir anfällig dafür waren, achtlos Fehler gegenüber Leuten zu begehen, die uns am Herzen lagen. Und ich konnte versuchen, von jetzt ab an einer Lösung zu arbeiten.

»Das war einiges, Mom, und ich weiß nicht genau, was du jetzt, nachdem du mir das alles gesagt hast, von mir erwartest.«

Mit dem Handrücken wischte sie sich die Tränen von den Wangen und warf mir ein reumütiges, trauriges Lächeln zu.

»Ich erwarte überhaupt nichts. Ich möchte nur, dass du weißt, dass dein Vater und ich uns bemühen werden, diese Familie wieder zu vereinen – inklusive Shaw. Ich weiß, dass du wütend bist, weil sie dir nicht von Remys Geheimnis erzählt hat, aber mir ist auch nicht entgangen, wie ihr beide euch angesehen habt. Ich habe mitbekommen, wie du sie behandelt hast, Rule, und ich weiß, dass du dich noch keinem anderen Menschen gegenüber je so liebevoll verhalten hast. Sie hat immer daran geglaubt, dass du liebenswert bist und dass du Liebe brauchst, auch wenn du dem Rest der Welt weismachen wolltest, dass du kein Interesse daran hast, geliebt zu werden. Ich denke, darüber solltest du nachdenken, ehe du sie für immer verlässt.«

Wollte meine Mom, die mich in den vergangenen drei Jahren wie den letzten Dreck behandelt hatte, mir gerade Beziehungsratschläge geben? Wollte sie mich ernsthaft davon überzeugen, es noch einmal mit Shaw zu versuchen?

»Genau genommen hat sie mich verlassen. Sie meinte, es würde nicht ausreichen, es nur zu versuchen, sie müsse sich sicher sein, dass ich sie liebe. Das konnte ich ihr nicht versprechen. Ich weiß nicht, ob wir wirklich die Richtigen füreinander sind.«

Meine Mom streckte den Arm aus und ergriff meine Hand, die neben meiner Tasse lag. Ich wäre beinahe zusammengezuckt.

»Sie braucht deine Stärke, und du brauchst sie, damit sie dir beibringt, wie man liebt. Ihre Familie hat sich ihr gegenüber furchtbar verhalten, Rule. Sie braucht jemanden, der zu ihr steht, wenn sie sich dem stellt. Und du brauchst jemanden, der keine Angst vor dir hat, jemanden, der dich und all deine Facetten liebt und der dich nicht bittet, dich zu verändern. Sie liebt dich schon seit Jahren, auch wenn du das nicht wusstest. Sie war deinem Bruder gegenüber loyal und hat sein Geheimnis bewahrt, auch wenn es so schwieriger mit dir war. Und sie wird auch dir gegenüber loyal sein.«

Schweigend saßen wir beieinander, während ich die Worte auf mich wirken ließ. Ich wusste noch immer nicht, was ich dazu sagen sollte, doch ich wusste, dass mein Leben ohne Shaw nicht mehr dasselbe war. Die vergangenen Wochen waren leer gewesen. Ich vermisste Shaw. Ich vermisste sie im Bett – und wie. Aber nicht nur dort. Ich vermisste sie am Morgen, wenn ich frühstückte, ich vermisste es, tagsüber von ihr zu hören und ihr kleine verruchte Nachrichten zu schicken, die sie erröten ließen, ich vermisste es, dass sie zum Abendessen ins Studio kam und dort ihre Hausarbeiten machte. Ich vermisste sie einfach, denn ohne sie war das alles nicht so schön wie mit ihr.

»Ich muss sagen, dass dies der überraschendste Geburtstag war, den ich je erlebt habe.«

»Du verdienst Frieden, und ich muss die Verantwortung dafür übernehmen, dass ich es dir so schwer gemacht habe, die wahre, aufrichtige Liebe zu erkennen, obwohl du ihr direkt ins Gesicht blickst.«

»Ich muss jetzt los.« Ich erhob mich und sah sie an. Ich war ihr dankbar, dass sie nicht ebenfalls aufstand, um mich zu umarmen, denn dazu war ich noch nicht bereit. Aber als sie mir ein kleines Lächeln zuwarf, zögerte ich nicht, es zu erwidern.

»Danke, Mom.«

»Du hast Glück verdient, Rule, inklusive einer zufriedenen und gesunden Familie.«

»Ein Schritt nach dem anderen, Mom.«

Ich trat gerade aus dem Coffeeshop, als ich eine zierliche Brünette umrannte, die mich bei meinem letzten Besuch hier die ganze Zeit gemustert hatte. Ich griff nach ihrem Arm, damit sie nicht hinfiel, und ließ sie dann wieder los, um an ihr vorbeizugehen. Mit einem Mal wusste ich, was ich tun und wen ich sehen musste. Die Erkenntnis war wie ein Licht am Ende des Tunnels, und ich wusste, dass die Dunkelheit mich nicht länger im Griff haben würde, wenn ich es jetzt wiedergutmachen könnte.

»Tut mir leid.« Ich wollte an ihr vorbeigehen, doch sie machte einen Schritt zur Seite, sodass sie mir den Weg versperrte. Stirnrunzelnd sah ich sie an, während sie mit den Wimpern klimperte und mich musterte.

»So ganz ohne Freundin unterwegs? Was für ein Jammer«, säuselte sie.

Ich fuhr zusammen. Das hier erwartete mich: Mädchen, die mit mir flirteten und mit mir nach Hause gehen wollten, obwohl sie wussten, dass ich eine Freundin hatte. Plötzlich reichte mir das nicht mehr. Ich verdiente etwas Besseres. »Eigentlich wollte ich gerade zu ihr.«

Die Brünette versuchte, einen sexy Schmollmund zu machen, doch es ließ mich vollkommen kalt.

»Ich hätte niemals gedacht, dass du und Shaw zusammenkommen würdet. Seit der High School ist sie schon frigide. Außerdem dachte ich, sie wäre mit deinem Bruder zusammen. Macht es dir nichts aus, als Ersatz für ihn zu dienen?«

Normalerweise hätte ich bei so einer Bemerkung rotgesehen und wäre explodiert. Doch jetzt verstand ich es: Dieses Mädchen war ein Nichts, ein Niemand. Die Meinung dieser Frau zählte nicht, und es war lächerlich, wie wenig sie wusste. Ich ließ nicht länger zu, dass irgendjemand, dass irgendein ahnungsloser Fremder Remy als Waffe gegen mich benutzte.

»Ich muss jetzt los. Beim nächsten Mal werde ich darauf

achten, in die andere Richtung zu gehen, wenn ich dich sehen sollte.« Sie keuchte wütend, es war mir egal. Ich war zu beschäftigt damit, an ihr vorbeizugehen und Cora eine Nachricht zu schicken, um sie zu fragen, ob Shaw noch bei ihr wohnte. Zwar konnte ich nicht damit rechnen, eine Antwort von ihr zu bekommen, weil die Mädchen zusammenhielten und Cora der Meinung war, dass ich mich »verdammt noch mal von Shaw fernhalten sollte«, doch sie antwortete mir – vielleicht, weil ich Geburtstag hatte. Sie schrieb, dass Shaw und Ayden heute in der Bar gearbeitet hätten und dass sie jetzt zu Hause sein müssten. Ich hätte Shaw lieber unter vier Augen gesprochen, um ihr zu sagen, was ich ihr zu sagen hatte, denn gerade Ayden war im Augenblick nicht gerade mein größter Fan. Aber ich war bereit, es notfalls auch mit ihr aufzunehmen, falls sie mich nicht zu meinem Mädchen vorlassen sollte.

Es war bereits spät am Nachmittag, als ich in die Stadt zurückkehrte. Ich war froh, mir den Tag freigenommen zu haben, wenn ich so darüber nachdachte, wie viele unerwartete Geständnisse, die mein Leben verändern würden, ich heute gehört hatte. Zum Abendessen wollte ich mich mit den Jungs treffen, und anschließend würde ich im *Cerberus* eine kleine Party geben. Jets Band würde spielen, und alle meine Freunde und einige meiner Stammkunden würden auf den einen oder anderen Drink vorbeikommen. Es war blöd, dass Rome schon weg war, doch wir waren uns in der Zeit, die er bei mir verbracht hatte, so viel nähergekommen, dass ich ihm versprochen hatte, für ihn mitzutrinken, damit er im Geiste mit dabei wäre. Doch es würde keine richtige Feier werden, solange ich nicht bei Shaw gewesen wäre und ihr gesagt hätte, was ich ihr zu sagen hatte.

Als ich vor Coras Haus hielt, lagen meine Nerven blank.

Ich musste diese letzte Chance nutzen. Ich wusste nicht, wie ich damit umgehen sollte, wenn sie mich nicht zurücknehmen würde. Es bestand die Chance, dass Shaw mir das Herz brechen würde, und das machte mir eine Riesenangst, denn bevor sie in mein Leben getreten war, hatte ich nicht einmal gewusst, dass ich ein Herz hatte, das man brechen konnte. Ich ging an einem brandneuen Geländewagen von Porsche vorbei und war erleichtert, dass Aydens Jeep nicht zu entdecken war. Aus dem Haus konnte ich leise Musik hören. Sie hatte die Heartless Bastards aufgelegt, und ich musste leise lachen, als ich auf die Türklingel drückte. Gute fünf Minuten wartete ich, bevor die Musik leiser gestellt wurde und das Rollo neben der Tür sich bewegte. Es war gut, dass sie nicht einfach die Tür öffnete, ohne vorher zu schauen, wer davorstand, aber ich hielt es fast nicht aus, dass die Tür nicht sofort geöffnet wurde.

Als Shaw dann endlich an die Tür kam, stockte mir der Atem, und ich vergaß alles, was ich hatte sagen wollen. Offensichtlich machte sie sich gerade zurecht, um auszugehen. Sie trug ein superenges, superkurzes schwarzes Kleid, das das Grün ihrer Augen leuchten und ihre blassblonden Haare wie einen Heiligenschein strahlen ließ. Anscheinend hatte ich sie gestört, denn sie war barfuß und hatte noch kein Make-up aufgetragen. Ihre Haare hatte sie allerdings schon kunstvoll gestylt. Sie sah so perfekt aus, dass ich den Anblick kaum ertragen konnte. Die Vorstellung, dass sie zu einem Date gehen könnte, brachte meine hart erkämpfte Entschlossenheit ins Wanken. Ich biss die Zähne aufeinander.

»Hallo«, sagte ich, was wenig einfallsreich oder romantisch war. Doch es schien ihr nichts auszumachen.

Shaw zitterte in ihrem knappen Outfit und machte einen Schritt zurück. »Komm rein. Es ist kalt draußen.«

Ich folgte ihr ins Haus und war erleichtert, als sie in die Küche ging und mir ein Bier aus dem Kühlschrank holte. So hatten meine Hände zumindest etwas zu tun, und ich konnte mich kurz sammeln und nachdenken, was ich sagen wollte.

»Das ist zwar kein wirklich tolles Geschenk, aber das Beste, was ich dir auf die Schnelle bieten kann. Herzlichen Glückwunsch, Rule.«

»Danke. Willst du ... äh ... ausgehen?« Ich musterte sie von ihren glänzenden Haaren bis hinunter zu ihren leuchtend rot lackierten Fußnägeln. Ihre Wunden waren fast völlig verheilt. Sie sah aus wie das, was ich mir immer gewünscht hatte, und die Verletzungen erinnerten mich daran, wie kurz ich davorgestanden hatte, sie für immer zu verlieren. »Du siehst richtig gut aus.«

Sie lächelte verlegen und wickelte sich eine Haarsträhne um ihren Zeigefinger. »Ich mache mich fertig, um später noch auszugehen.«

»Oh. Tja, ich wollte dich auch gar nicht lange aufhalten. Ich wollte nur schnell mit dir reden.«

Sie lehnte sich an die Anrichte, während ich am Küchentisch Platz nahm.

»Ayden muss noch etwas für Anorganische Chemie vorbereiten und wird erst in zwei Stunden oder so zurück sein. Cora hat um sieben Feierabend. Wir wollen zusammen essen gehen«, erklärte sie.

Ich war so glücklich und erleichtert, dass sie kein Date mit einem anderen Mann hatte, dass ich hörbar seufzte. Sie zog eine ihrer blassen Augenbrauen hoch.

»Worüber wolltest du mit mir reden, Rule?«, fragte sie. »Es ist schön, dich zu sehen, aber ehrlich gesagt, bin ich ziemlich überrascht, dass du hier bist.«

Ich wollte ihr sagen, dass ich sie brauchte, dass ich ohne sie nicht derselbe war, dass sie meine Welt war. Stattdessen sagte ich: »Ich habe heute mit meiner Mom Kaffee getrunken.«

Ich bemerkte, wie sie die Augen aufriss. »Wow. Das ist toll.«

»Sie hat mich an Remys Grab überrascht. Ich war gerade dabei, ihn zu verteufeln und ihm zu sagen, wie sehr er mir fehlt. Jedes Jahr an unserem Geburtstag besuche ich ihn. Wusstest du, dass Dad gedroht hat, Mom zu verlassen, wenn sie sich keine Hilfe suchen würde?«

Sie biss sich auf die Unterlippe, und es bedurfte all meiner Selbstbeherrschung, nicht aufzustehen und sie einfach zu küssen.

»Nein, wusste ich nicht, aber ich wusste, dass die Lage ernst war. Dass du dich zurückziehst, sind sie gewohnt. Doch dass Rome sich so verschlossen hat und sie auch jetzt noch nicht sehen möchte, hat sie tief getroffen. Ich bin froh, dass es etwas ins Rollen gebracht hat. Ihr seid eine Familie, ihr braucht einander.«

»Darum geht es, Shaw – das ist mir erst durch dich klar geworden. Ich dachte immer, dass ich nichts und niemanden brauche, bis du in meinem Kopf und meinem Herz Einzug gehalten und damit begonnen hast, die Mauern einzureißen, hinter denen ich meine Gefühle verborgen gehalten habe.«

Wir blickten einander an, und es herrschte ein angespanntes Schweigen. Dann seufzte sie leise. »Mir tut es nicht leid. Es ist nicht verkehrt, so zu empfinden. Es ist nicht verkehrt, andere Menschen in sein Herz zu schließen.«

Ich sah sie aufmerksam an. Ich wusste nicht, was genau sie fühlte, und das machte das Geständnis für mich noch beängstigender. »Nein, das ist nicht verkehrt. Trotzdem macht es mir Angst. Noch nie hatte ich irgendetwas zu verlieren, und dich zu verlieren hat mich fast verrückt gemacht.«

Sie atmete scharf ein, und ich sah all die Emotionen, die in ihren Augen und auf ihrem Gesicht standen. »Mich hätte es doch auch fast verrückt gemacht.«

Mit gespreizten Fingern fuhr ich mir durchs Haar und sah ihr tief in die Augen. Ich wollte, dass sie sehen konnte, was ich empfand. Ich war nicht gut darin, meine Gefühle in Worte zu fassen, und das frustrierte mich. »Du sollst wissen, dass es außer dir keine Frau gab, Shaw. Ich kreise nur noch um dich und bin so angespannt, dass es niemanden außer dir geben kann. Ich vermisse dich. Ich weiß, dass du dir wünschst, ich würde dir meine unsterbliche Liebe gestehen, ich weiß, dass es dir nicht reicht, wenn ich es einfach nur versuche, dass du möchtest, dass ich es tue. Ich will dich. Ich brauche dich. Und was noch wichtiger ist: Ich weiß jetzt, dass du mich auch brauchst. Keine verwässerte, künstliche Version von mir, mit der alles leicht ist. Du willst die harte, alles andere als unkomplizierte Version von mir, an deren Schulter du dich anlehnen kannst, weil sie stark ist, Shaw. Ich werde nicht zulassen, dass irgendjemand – vor allem nicht deine Familie – all die wundervollen Dinge, die du zu geben hast, heruntermacht.«

Ich stand auf und ging zu ihr. Sie sah mich mit großen Augen an, und ich bemerkte, wie schnell sich ihre Brust hob und senkte. Sie hatte noch immer nichts gesagt, also zog ich den Stift hervor, den ich mir in die hintere Hosentasche gesteckt hatte, und streckte meine Hand aus.

»Ich bin nicht Jet, also kann ich dir keinen Song schreiben, der dir zeigt, wie viel du mir bedeutest. Ich bin nicht Nash, also kann ich kein Graffiti an die Wand sprühen, das dir sagt, dass mit dir alles für mich beginnt und endet.« Sie legte ihre Hand mit der Handfläche nach oben in meine und wandte den Blick nicht ab, als ich den Kopf senkte und anfing, eine schnelle Skizze auf ihre blasse Haut zu zeichnen. »Ich bin Tätowierer, ich werde wahrscheinlich immer Tätowierer sein, und ich weiß nicht, wie das in deine Zukunft oder die Zukunft, die du nach der Uni geplant hast, passt. Und offen gesagt, ist es mir auch egal. Das hier ist das, was ich dir bieten kann, Shaw. So wie du zugelassen hast, dass ich der Erste für dich bin, lasse ich zu, dass du die Erste für mich bist.«

Ich zeichnete ein Herz Jesu auf ihre Handinnenfläche. Es sah genauso aus wie die Tätowierung auf meiner Brust. Hinter dem Herz schlugen Flammen empor, und eine Dornenkrone stand darüber, darunter lagen Rosen, und in der Mitte prangte ein ausgerolltes Banner mit meinem Namen. »Hier ist mein Herz, Shaw. Du hast es in der Hand, und ich verspreche dir, dass du die erste und die letzte Frau bist, die es je berührt. Du musst gut darauf achten, denn es ist zerbrechlicher, als ich je gedacht hätte. Und wenn du versuchen solltest, es mir zurückzugeben, werde ich es nicht annehmen. Ich weiß nicht genug über die Liebe, um sicher sein zu können, dass das zwischen uns Liebe ist, aber ich weiß, dass es von jetzt an niemand anders mehr für mich geben wird als dich. Ich kann dir nur versprechen, darauf zu achten, dass ich dich nicht wieder wegstoße. Ein Leben ohne dich ist machbar, doch wenn ich die Wahl habe, will ich mein Leben mit dir an meiner Seite verbringen, und ich verspreche dir, dass ich nicht vor der Arbeit davonlaufen werde, die es bedeutet, zusammen zu sein. Shaw, ich habe keine Angst mehr vor einem ›Wir‹.«

Als ich geendet hatte, war ich atemlos, aber ich hatte auch das Gefühl, dass eine schwere Last von meinen Schultern gewichen war. Selbst wenn sie mich jetzt zurückwies, so wusste sie zumindest, was ich für sie empfand. Ich ließ ihre Hand los, und sie schloss die Finger um die Zeichnung in ihrer Handfläche. Als ich den Blick hob und ihr in die Augen sah, war ich erstaunt, Tränen in den grünen Tiefen schimmern zu sehen. Sie legte die andere Hand an meine Wange und strich mit dem Daumen über meine Unterlippe. Dann zog sie einen Mundwinkel hoch. Und in dem Moment wusste ich, dass alles wieder gut werden würde.

»Ich wollte heute Abend deine Geburtstagsfeier crashen.« Wir standen dicht beieinander, nur ein paar Zentimeter trennten uns noch. Ich konnte den Blick nicht von ihr abwenden. Sie legte die andere Hand auf meine Brust, auf die Tätowierung, die der Zeichnung ähnelte, die ich gerade auf ihre Handfläche gemalt hatte. »Dahin wollte ich später noch.«

»Ich hätte mich sehr gefreut, dich zu sehen.«

Ihr Lächeln wurde ein bisschen breiter. »Ich habe neulich beschlossen, mir nicht länger Gedanken darüber zu machen, wie die Dinge laufen könnten, bevor ich ihnen überhaupt die Gelegenheit gegeben habe, zu geschehen. Ja, du hast mich ausgeschlossen, Rule. Aber nur, weil ich es zugelassen habe. Ich habe mir solche Sorgen darüber gemacht, was du getan hast und was noch geschehen könnte, dass ich einfach zugelassen habe, dass du die Tür schließt. Und als du sie wieder öffnen wolltest, hatte ich solche Angst davor, wie schmerzhaft es wäre, ohne dich zu sein, dass ich es nicht noch einmal erlauben wollte. Das wurde uns beiden nicht gerecht. Ich habe – genau wie du – keine Angst mehr vor der Arbeit oder vor einem ›Wir‹. Ich verspreche, dass ich mich nicht mehr von dir wegstoßen lasse. Ich brauche dich, Rule, und du bist das Einzige, was ich mir je für mich allein gewünscht habe. Ich hätte viel mehr um dich kämpfen müssen, denn du hast recht: Ich muss hiermit vorsichtig sein.« Behutsam klopfte sie mit der Hand, auf die ich das Herz gezeichnet hatte, auf mein pochendes Herz. »Es ist wertvoll und das beste Geschenk, das ich je bekommen habe.«

Ich schlang die Arme um sie und hob sie hoch. Ich wollte sie küssen, wollte all die Dinge mit ihr tun, die ich so lange vermisst hatte, ich wollte sie Davenports brutale Hände vergessen lassen und ihr all meine Gefühle zeigen, doch sie wich zurück und schüttelte den Kopf.

»Wenn du damit anfängst, wirst du es weder zum Abendessen mit den Jungs noch zu deiner Party schaffen.«

Sie hatte recht, aber es war mir egal. Ich hatte sie zurückgewonnen, und das war das einzige Geschenk, das ich wirklich wollte. Sie musste es mir an meiner Miene abgelesen haben, denn sie drückte mir mit geschlossenem Mund einen langweiligen Kuss auf die Lippen und löste sich dann aus meiner Umarmung. »Ich liebe dich, Rule. Ich liebe dich wirklich. Ich habe etwas, das ich dir zum Geburtstag schenken möchte. Allerdings muss das bis später warten, wenn wir allein sind. Außerdem besteht die Gefahr, dass Ayden oder Cora hereinplatzen könnten. Du solltest dich jetzt erst mal mit den Jungs treffen und Spaß haben. Wir sehen uns später in der Bar, und anschließend können wir privat ein bisschen feiern.«

Ich schmollte. Ich schmollte tatsächlich wie ein kleines Kind, dem man sein Lieblingsspielzeug vorenthielt. Wir waren viel zu lange getrennt gewesen. Ich musste sie berühren, musste sie unter meinen Händen spüren, doch sie ließ es nicht zu. »Komm schon, Shaw. Nur ein kleiner Kuss. Ich habe schließlich Geburtstag, und ich habe dich so schrecklich vermisst.« Ich klang weinerlich und gar nicht wie ein harter Kerl. Aber an der Art, wie sie sich mir näherte, bemerkte ich, dass sie kurz davorstand, nachzugeben – als der Moment auch schon wieder zerstört wurde, weil das Türschloss klickte, und Ayden in all ihrer langbeinigen dunkelhaarigen Pracht hereingestürmt kam. Sie warf einen Blick auf mich und Shaw und grinste.

»Halleluja! Es wurde aber auch langsam Zeit, dass ihr zwei Idioten begreift, dass ihr füreinander bestimmt seid.«

Shaw lachte und schüttelte den Kopf. Sie gab mir noch einen kleinen Kuss und entfernte sich ein paar Schritte von mir. »Heute Abend. Ich verspreche dir, dass sich das Warten lohnen wird.« Widerwillig stimmte ich zu. Ich wollte noch immer heftig mit ihr knutschen, sie streicheln und spüren, doch ich wusste, dass sie sich nicht umstimmen lassen würde. Ich musste zugeben, dass meine Neugierde geweckt war und dass ich mich fragte, welches Geschenk sie mir – und nur mir allein – machen wollte. Ich fuhr nach Hause, duschte eiskalt und machte mich für den Abend fertig. Ich wollte nicht zu viel trinken, denn der Alkohol sollte die Wiedervereinigung mit meinem Mädchen auf keinen Fall beeinträchtigen. Ich hatte der Vorstellung, dass Sex mit jemandem, den man liebte, viel schöner war, nie Glauben geschenkt. Aber es entsprach der Wahrheit.

Die Jungs gingen mit mir ins *Buckhorn Exchange,* wo wir wie die Höhlenmänner an gigantischen Stücken Wildbret nagen und uns wie eine Horde von Idioten benehmen konnten. Nachdem mit Shaw wieder alles in Ordnung war, fühlte ich mich beschwingter und glücklicher als in den letzten Monaten, und das sahen meine Freunde mir an. Sie alle hatten mich wegen meiner chronisch schlechten Laune und meiner unglaublichen Sturheit aufgezogen, und ich merkte ihnen an, dass sie erleichtert und dankbar waren, dass ich wieder der alte Rule war. Beim Essen hatten wir viel Spaß, doch ich wollte gern im Programm weitermachen, damit ich Shaw mit nach Hause nehmen und wundervollen Versöhnungssex mit ihr haben konnte, denn nur so würde dieser Geburtstag auch zum besten Geburtstag meines Lebens werden.

Die Bar war brechend voll. Überall standen Leute, die mir zum Geburtstag gratulieren wollten. Sogar Onkel Phil war gekommen. Ich nahm das freundliche Schulterklopfen und die Umarmungen entgegen, während ich in der Menge nach einem ganz bestimmten blonden Schopf Ausschau hielt. Es bedurfte einigen Geschicks, um den Schnäpsen auszuweichen, die mir ständig gereicht wurden, aber es gelang mir, wenig zu trinken. In der Nähe der Bühne erblickte ich schließlich einen Schimmer von Weiß und Schwarz. Shaw stand mit Ayden und Cora dort vorne, und es ärgerte mich maßlos, dass Jet es im Gegensatz zu mir schon geschafft hatte, den Tisch zu erreichen und mit seiner Auserwählten zu flirten. Ich ignorierte alle anderen, die meinen Namen riefen, um meine Aufmerksamkeit zu erregen. Stattdessen ging ich nach vorn und hob mein Mädchen schwungvoll hoch, auch wenn Shaw High Heels trug und zum ersten Mal beinahe mit mir auf Augenhöhe war. Voller Leidenschaft küsste ich sie. Es war mir egal, dass sie überrascht widersprechen wollte. Ich wollte einen Kuss von ihr, und ich hatte Geburtstag, also bekam ich auch einen verdammten Kuss von dem Mädchen, das mir alles bedeutete.

Sie wand sich ein wenig, bis sie ihre Hände in meinen Haaren vergrub, und ich achtete darauf, dass es sich für sie lohnte. Begierig erkundete ich mit meiner Zunge ihren Mund. Sie stöhnte leise auf, und ich strich mit der Hand bis zu ihrem Po. Dann schmiegte ich mich so eng an sie wie nur möglich. Erst jetzt bemerkte ich die Pfiffe und den Applaus der Leute, die um uns herumstanden. Ich hob den Kopf. Atemlos und keuchend sahen Shaw und ich in die Runde und brachen gleichzeitig in Lachen aus. Ich machte eine kleine Verbeugung, und sie knickste leicht. Alle anderen lachten mit uns. Shaw umarmte mich erneut und gab mir noch einen Kuss, bei dem ich innerlich dahinschmolz und zu keinem klaren Gedanken mehr fähig war. Die Kombination aus ein paar Bieren, ihrem weichen Mund und dem absurd kurzen Kleid brachte mich dazu, meine eigene Party vorzeitig verlassen zu wollen. Wir blieben noch so lange, bis Jet auf der Bühne stand und mir ein Geburtstagsständchen gesungen hatte. Dann sagte ich Nash, er solle leise sein, wenn er nach Hause kommen würde. Ich sammelte meine Geschenke ein und zog Shaw weit vor Mitternacht aus der Bar.

Auf der Rückfahrt hielten wir im Pick-up Händchen und unterhielten uns darüber, was wir in der Zeit, in der wir getrennt gewesen waren, so getrieben hatten. Ich war erleichtert, zu hören, dass sie ungefähr das Gleiche gemacht hatte wie ich und dass sie die Situation mit Gabe so professionell und sachlich betrachtete. Sie war unglaublich, und ich konnte mich wirklich glücklich schätzen, sie an meiner Seite zu haben.

Als ich sie in die Wohnung führte, konnte ich mich kaum zurückhalten, sie ins Schlafzimmer zu zerren und sofort mit ihr zu schlafen, doch sie zog ihre sexy High Heels aus und tapste in die Küche, um uns zwei Drinks zu holen. Ich war gespannt und erregt, aber ich wollte sie nicht drängen, also folgte ich ihr zur Couch und nahm das Bier, das sie mir reichte. Sie setzte sich neben mich, drehte sich zu mir um, und vergrub die Hände in meinem Haar. Es war schön, doch ich wollte ihre Hände auch an ganz anderen Stellen spüren, also fragte ich sie: »Warum spielst du immer mit meinen Haaren?«

»Weil du deine Frisur ständig änderst und es sich jedes Mal

anders anfühlt. Das ist das erste Mal, dass es ganz natürlich ist, und ich kann kaum glauben, wie weich die Haare sind.«

»Ich dachte, dir hätte die Irokesenfrisur so gut gefallen ...«

»Das stimmt. Mir gefallen alle deine Frisuren, aber wenn es so natürlich ist, wirkst du viel zugänglicher.«

Sie schien nervös zu sein, was seltsam war. Eigentlich hatte es im Bett zwischen uns noch nie Probleme gegeben, also wusste ich nicht genau, was ich tun konnte, damit sie sich entspannte. Ich stieß mit ihr an und grinste schief. »Happy birthday to me.«

Sie erwiderte mein Lächeln und setzte sich anders hin, sodass ihr Haar nach vorne fiel. »Ich muss dir noch etwas sagen, ehe du dein Geschenk bekommst.«

Ihr Tonfall war ernst, und ich dachte sofort an das Schlimmste – vielleicht hatte es einen anderen gegeben, während wir getrennt waren, vielleicht hatte Gabe sie heftiger verletzt, als alle anderen ahnten, und sie war noch nicht bereit für Intimitäten, vielleicht wollte sie doch keine Beziehung mit mir, oder vielleicht wollte sie nach Peru ziehen. Ich musste mich furchtbar zusammenreißen, um nicht durchzudrehen und jeden Fortschritt, den wir heute gemacht hatten, zu ruinieren.

»Also gut, schieß los«, sagte ich.

»Es ist ein bisschen peinlich.«

»Shaw, ich sterbe gleich vor Ungeduld und Neugierde. Sag es mir einfach.« Sie stellte ihr Bier ab und rutschte auf der Couch näher zu mir, wobei der Saum ihres Kleides verführerisch nach oben glitt und den Blick auf ihre blassen Schenkel freigab. Wenn sie es nicht gleich sagen würde, dann würde ich sie auf der Stelle ins Bett schleppen, und wir könnten alles andere morgen früh besprechen.

Unvermittelt nahm sie mein Gesicht in beide Hände und zog mich zu sich heran, sodass wir uns direkt anblickten. »Diese Freundlichkeit, die Zurückhaltung und der Versuch, jemand anders zu sein, damit die Beziehung funktioniert, gelten auch fürs Schlafzimmer, habe ich recht?«

Ich hob die Augenbrauen, schlang die Arme um ihre Taille und zog sie auf meinen Schoß. »Worauf willst du hinaus, Casper? Spuck's aus.«

Sie verzog das Gesicht, und ich bemerkte, dass sie zart errötete. »Also, der nette Rule, der Rule mit dieser Frisur ist ... langweilig im Bett. Er gefällt mir nicht besonders. Ich wünsche mir den normalen Rule zurück – und alles, was dazugehört. Es ist schon eine Weile her, also will ich nur sichergehen, dass wir uns richtig verstehen.«

Ich lachte laut auf und drückte sie. Vorsichtig schob ich die Hände unter den Stoff ihres Kleides, um ihren wundervollen Po spüren zu können. »Ich weiß nicht genau, ob ich mich freuen oder ob ich gekränkt sein soll.«

Sie beugte sich vor, sodass sich unsere Lippen beinahe berührten. »Ich will nur dich.«

Ich knurrte und beschloss, dass wir genug geredet hatten. Sie stieß einen überraschten Schrei aus, als ich mich mit ihr auf dem Arm erhob. Sie schlang die Beine um meine Taille und umfasste meinen Hals.

»Die Geschenkübergabe kann vermutlich im Schlafzimmer stattfinden?« Sie antwortete mir nicht, sondern fing an, Küsse auf meinen Hals zu hauchen. Das Blut rauschte in meinen Ohren, und ich war mir nicht sicher, ob ich es noch bis zum Bett schaffen würde, als sie mir ins Ohrläppchen biss und mir all die schmutzigen Dinge ins Ohr flüsterte, die ich hören wollte. Mit dem Stiefel kickte ich die Tür zu und küsste sie, bis wir auf der schwarzen Tagesdecke auf meinem

Bett lagen. Shaw spreizte die Beine, und ich fand mich an dem Ort wieder, an dem ich immer sein wollte. Ich steckte einen Finger in ihr kleines Höschen und zog es ihr aus. Hätte ich gewusst, wie wenig Stoff sie unter ihrem kurzen Kleid trug, hätte ich nicht einmal bis zur Hälfte der Party durchgehalten. Wir stöhnten auf, als sie mein T-Shirt packte, um es mir über den Kopf zu ziehen, und zum ersten Mal Haut auf Haut traf. Wir hatten immer noch so viel Kleidung an, dass ich sie küssen und die Reibung des Stoffes auf der Haut genießen konnte. Unsere Erregung wuchs, bis wir irgendwann keuchten und uns gierig aneinanderpressten. Ich war froh, dass sie es nicht sanft und liebevoll wollte, und ich war froh, dass sie nehmen konnte, was ich ihr zu geben hatte, denn das letzte Mal war schon lange her, und ich hatte das Gefühl, jeden Moment in unzählige Stücke auseinanderzubrechen. Ich stieß einen kehligen Protestlaut aus, als sie sich von mir löste und mich auf den Rücken drehte. Zu wissen, dass sie unter dem Kleid nackt war, hatte in mir das Verlangen geweckt, meine Finger überall dort zu haben, wo sie feucht und begierig war – doch sie hatte etwas anderes vor.

Sie widmete sich meinem Gürtel und forderte mich auf, meine Boots auszuziehen. Aber offensichtlich war ich zu langsam, denn sie kümmerte sich selbst um alles. In kürzester Zeit lag ich nackt, wie Gott mich geschaffen hatte, unter ihr. Sie erhob sich aus dem Bett, drehte mir den Rücken zu und bat mich, den Reißverschluss ihres Kleides zu öffnen, der von ihren Schultern bis hinunter zu ihrem Steißbein reichte. Eifrig kam ich ihrem Wunsch nach. Der seidige schwarze Stoff glitt an ihrer zarten Haut hinunter. Ich fuhr mit den Fingerspitzen über ihre Wirbelsäule und bemerkte die Gänsehaut, die der Spur meiner Finger zu folgen schien. Shaw warf mir über die Schulter hinweg einen Blick zu, und mein

Herz machte einen Hüpfer, als ich den Schalk in ihren Augen sah.

»Also, ich habe mich schon vor längerer Zeit um dein Geburtstagsgeschenk gekümmert – noch bevor wir Probleme miteinander hatten. Ein glücklicher Zufall irgendwie, denn jetzt ist alles verheilt, und du kannst es berühren.« Sie nahm ihre Haare zu einem Zopf zusammen und drehte sich wieder zu mir um. Meine Neugierde wuchs ins Unermessliche, denn sie hatte den Arm über ihre nackten Brüste gelegt. Sie kletterte zurück aufs Bett und setzte sich auf mich, sodass meine Erektion erwartungsvoll zwischen uns stand. Plötzlich ließ Shaw den Arm sinken, und ich riss die Augen auf: Shaw war auch so die schönste Frau der Welt für mich, doch als sie nackt und mit den Nippel-Piercings auf mir saß, sorgte ihr Anblick für einen Kurzschluss in meinem Gehirn, als sämtliches Blut in einen bestimmten Teil meines Körpers schoss.

»O Mann, das ist unfassbar heiß«, brachte ich hervor.

Sie lachte leise. Aber als ich mit dem Finger das kühle Metall in ihren Brustspitzen berührte, wich das Lachen einem kleinen Wimmern. »Das ist übrigens mein Geburtsstein.« Der Edelstein in der Mitte des Ringes war ein glänzender, hübscher blau-grüner Aquamarin – zart und wunderschön wie sie.

Sie atmete scharf aus, als ich sacht an dem Ring zog. Ich bemerkte, dass in ihren Augen Verlangen aufblitzte. Ich wusste besser als jeder andere, wie sehr Intim-Piercings sexuelle Erfahrungen intensivieren konnten, und ich hatte vor, Shaw alles zu zeigen, was ich je gelernt hatte. Sie beugte sich herunter, um mich zu küssen.

»Happy birthday, Rule. Ich bin dein Geschenk. Für immer und ewig. Und wenn du das Geschenk wieder zurückgeben willst, werde ich nicht gehen.«

Ich drehte mich mit ihr im Arm um und küsste sie, als wäre es das letzte Mal, küsste sie, als würden wir uns nie wieder küssen können, küsste sie, als würde ich sie … lieben und sie nie mehr gehen lassen. Die leidenschaftliche Liebkosung der Zungen und der Druck meines Lippen-Piercings sollten ihr zeigen, wie sehr sie mir gefehlt hatte. Die zärtlichen Bisse und die Male, die sie hinterließen, würden der Welt beweisen, dass wir zueinander gehörten. Als wir die Fingernägel in der Haut des anderen vergruben, atmeten wir schwer. Und als ich meine Hände zwischen ihre Beine schob und meinen Mund auf die hübschen Ringe in ihren noch hübscheren Nippeln presste, keuchten wir beide vor Lust und hielten uns begierig umschlungen. Ich spürte, wie sie mir fast schmerzhaft über den Po kratzte, als ich sie mit den Händen und dem Mund reizte. Doch ich war noch lange nicht fertig. Wir waren so lange getrennt gewesen, und in den Wochen davor hatte ich mich angestrengt, jemand zu sein, der ich nicht war. Ich hatte etwas, das so wundervoll gewesen war, befleckt – und ich wollte es wiedergutmachen. Doch mein Mädchen hatte andere Pläne.

»Rule.« Eine Hand hatte sie in meinen Haaren vergraben, und die andere streckte sie nach meinem Schwanz aus, der ungeduldig zwischen uns zuckte. »Mir gefällt das Vorspiel, und ich finde es gut, dass der nette Rule wieder verschwunden ist, aber wenn du nicht in zwei Sekunden in mir bist, schreie ich. Es ist viel zu lange her.«

Ihre Augen waren strahlend und klar. Zwar hätte ich mir gewünscht, dass sie mindestens einmal kommen würde, ehe ich meine angestaute Energie an ihr ausließ, doch es sah nicht so aus, als ließe sie mir in dieser Frage die Wahl. Ich knurrte, weil sie die Finger um meinen Schwanz schloss und über die Haut streichelte, die von den Piercings und der harten Erektion gespannt war. Sie spielte mit unfairen Mitteln, also legte ich mich auf sie, stützte mich über ihr ab, sodass sich mein Schwanz über ihrer feuchten Hitze befand, und ließ mich von ihr nach Hause führen. Als wir eins wurden, hielten wir kurz inne, denn es war unglaublich, wie perfekt wir zusammenpassten, und wir mussten einen Moment innehalten, um das Gefühl in uns aufsteigen zu lassen. Shaw hob die Hüften an, und ich glitt tief in sie hinein, bis wir beide unterschiedliche Flüche ausstießen. Der Liebesakt war nicht bedächtig und süß, sondern wild und hemmungslos. Und doch war die Erfahrung wundervoll und so verdammt heiß, dass ich fürchtete, wir würden beide verbrennen. Das Metall in ihren Nippeln ließ mich jedes Mal aufstöhnen, wenn sie damit über meine Brust strich. Ich konnte spüren, wie die Kugel, die in der Spitze meines Schwanzes steckte, über ihren geheimsten Punkt glitt, denn Shaw bäumte sich auf, und ihr Atem ging schnell und stoßweise. Eine solch sinnliche Erfahrung konnte ich nur mit ihr erleben. Als ich fühlte, dass sie kurz davorstand, zu kommen, wurde mir eines klar: Vielleicht wusste ich nicht so genau, was Liebe war, aber ich konnte sie erkennen, wenn Shaw mich ansah. Und ich glaubte, dass Shaw dasselbe sah, wenn sie mich anblickte. Ich steigerte das Tempo, spürte, wie sie über meinen Rücken streichelte, meinen Hintern packte und dann von ihrem Höhepunkt mitgerissen wurde.

Sie drehte den Kopf und gab mir einen Kuss auf die Schläfe. »Ich liebe dich.«

Ich schmiegte mein Gesicht in ihre Halsbeuge und knabberte an ihrer Haut. »Ich werde dich auch lieben, Shaw.«

Winzige Lachfältchen bildeten sich um ihre Augen, als sie mich ansah. »Du tust es doch schon.«

Ich musste nichts mehr sagen, denn sie hatte wahrscheinlich recht. Ich und dieses Mädchen hatten viel zu viel Zeit damit vergeudet, aus zu vielen falschen Gründen für viel zu viele unterschiedliche Menschen viel zu viel zu sein, was wir nicht waren. Jetzt war es an uns, wir selbst zu sein und einander aus den richtigen Gründen zu lieben. Als sie neben mir lag, sich an mich schmiegte und ihr Bein über meine Taille legte, war ich mir sicher, dass es immer so sein sollte. Und vielleicht war diese Frau ein Geschenk, das ich mit Remy teilen konnte, weil ich glücklich war, weil Shaw glücklich war und weil er sich genau das für uns beide gewünscht hätte.

Epilog

Acht Monate später

Rule

»Wenn du nicht stillhältst und aufhörst, so herumzuzappeln, höre ich sofort auf.«

»Aber es tut weh.«

»Das sagst du immer. Dabei haben wir das hier schon so oft gemacht, dass du eigentlich genau wissen müsstest, auf was du dich einlässt. Ich bin fast fertig, also hör auf, zu jammern.«

»Du könntest etwas behutsamer sein.«

»Du magst es doch nicht, wenn ich zu behutsam bin. Ernsthaft, Casper, du bist die schlimmste Kundin, die ich je hatte, und das ist eine Schande, weil deine helle Haut die Farbe unglaublich gut annimmt.« Ich funkelte Rowdy an, als er wieder über die halbhohe Mauer guckte. Mein Blick war mörderisch. »Wenn du nicht aufhörst, bei jeder Gelegenheit einen Blick auf den Arsch meiner Freundin erhaschen zu wollen, wirst du dir einen neuen Job suchen müssen, weil ich dir alle deine Finger brechen werde.«

Shaw, die vor mir auf einer Liege lag, kicherte und drehte den Kopf, den sie auf ihre gekreuzten Arme gebettet hatte. Das Tattoo, an dem ich gerade für sie arbeitete, bedeckte ihre gesamte rechte Seite – von der Achselhöhle bis zu der Stelle, wo ihr Po in ihren Oberschenkel überging. Es war riesig, gegenständlich und erstreckte sich über ihren wundervollen Brustkorb. Es würde noch gute drei Stunden dauern, die

Farbe und die Schattierungen aufzubringen, doch da meine Leinwand praktisch bei mir wohnte, machte ich mir keine Sorgen, genügend Zeit zu finden, um es zu vollenden. Doch als ich nun daran arbeitete, war sie fast nackt – bedeckt nur von einem meiner Kapuzenpullover und winzigen Shorts. Ich wusste, dass die Jungs im Laden die Aussicht genossen – wie immer, wenn ich Shaw tätowierte –, doch es war nicht leicht, sich gleichzeitig zu konzentrieren und die Spanner von ihr fernzuhalten.

Rowdy zeigte mir grinsend den Mittelfinger. Meine Freunde liebten Shaw, und sie schätzten es, dass sie mich dazu brachte, etwas weniger verrückt und etwas umgänglicher zu sein. Es war fast ein Jahr vergangen, und ich war immer noch nicht der einfachste Mensch, aber ich machte Fortschritte.

»Das könnte das beste Tattoo werden, das ich je von dir gesehen habe«, sagte er. »Wirst du es in deine Mappe aufnehmen, wenn es fertig ist?«

Das Tattoo zeigte einen kunstvollen, sehr bunten Todesengel, der vom mexikanischen *Dia de los Muertos,* dem Tag der Toten, inspiriert war. Das Gesicht der Frau war schön und tragisch, und sie hielt eine exakte Kopie des Herzens, das ich vor Monaten auf Shaws Handfläche gemalt hatte. Shaw hatte bei dem Design auf zwei Dingen bestanden: Sie wollte, dass das Herz Jesu eingearbeitet wurde, und sie wollte, dass es dem Todesengel auf meinem Oberkörper glich. Ich hätte niemals geglaubt, dass Shaw einmal genauso viel Interesse an Körpermodifikationen haben könnte wie ich, doch als wir ungefähr einen Monat lang offiziell zusammen gewesen waren, hatte sie mich gebeten, ihr ein paar Schneeflocken in unterschiedlichen Schattierungen von Blau, Grau und Weiß zu stechen. Als ich den Grund hatte wissen wollen, hatte sie geantwortet, dass meine Augen sie an den Winter erinnern würden und dass sie sich etwas wünschte, das sie immer an mich erinnerte. Inzwischen war daraus ein wahrer Schneesturm geworden, der hinter ihrem linken Ohr begann und sich über den Nacken bis zu ihrer rechten Schulter zog. Es war die Körperstelle, über die ich am liebsten leckte. Mir gefiel nicht nur, dass Shaw auf diese Weise eine ständige Erinnerung an mich hatte, sondern dass ich derjenige gewesen war, der ihr das Tattoo gestochen hatte. Zwei Monate später hatte sie sich ein Hufeisen mit Remys Namen gewünscht, damit sie auch ein Tattoo als Erinnerung an meinen Bruder hätte. Jedes Mal, wenn sie mich umarmte oder wir Händchen hielten, sah ich die Tätowierung auf der Innenseite ihres Arms und freute mich. Das Tattoo, an dem ich gerade arbeitete, war viel größer und viel detaillierter als die anderen. Es war ein Statement, und ich musste zugeben, dass ich es wunderschön fand. Ich liebte den Entwurf, liebte es, dass sie mir genug vertraute, um sich von mir für immer verändern zu lassen, und ich liebte es, dass ich der einzige Mensch sein würde, der es jeden Tag zu Gesicht bekäme, wenn sie zu mir ins Bett kroch.

Ich strich mit dem Papiertuch, das ich benutzte, um überschüssige Farbe und Blut abzuwischen, über ihre Hüfte und machte sie sauber. Dann gab ich ihr einen kleinen Klaps auf den Po und zog mir die Handschuhe aus.

»Das sollte Shaw entscheiden«, beantwortete ich Rowdys Frage. »Wenn sie möchte, dass es in die Mappe kommt, werde ich das machen. Wenn nicht, ist es auch okay.« Ich dehnte meine Finger, während sie die Beine über die Kante der Liege schwang, damit ich die Tattoo-Salbe auftragen und sie verbinden konnte, damit sie Blut und Farbe nicht überall im Studio verteilte, bis ich sie später nach Hause bringen würde. Mit der Rückseite der Hand, auf deren Fingerknöcheln ihr Name stand, streichelte ich ihr zärtlich über die Wange und erschlich mir einen Kuss. Als professioneller Tätowierer wusste ich, wie problematisch es werden konnte, sich den Namen seines Schatzes auf den Körper tätowieren zu lassen, aber mir war das egal. Mir gefiel es, den Blick zu senken und ihren Namen auf meinem Körper zu sehen – ganz besonders, wenn ich die Hände nebeneinanderhielt und unsere Namen für immer vereint auf meiner Haut lesen konnte. Außerdem hatte ich mir von Nash eine kleine Version von Casper, dem freundlichen Geist, hinter mein linkes Ohr stechen lassen, sodass ich ein Andenken an sie hatte – an der gleichen Stelle, an der auch sie ein Andenken an mich trug. Es war vielleicht kitschig, doch sie fand es süß. Und die Erinnerung daran, wie sie mir anschließend ihre Freude darüber gezeigt hatte, hatte mir noch tagelang ein Lächeln auf die Lippen gezaubert. Also, wen kümmerte es?

»Es ist wunderschön. Danke, mein Lieber.«

»Genauso schön wie du.« Wieder küsste ich sie. Sie sprang von der Liege und achtete darauf, all die interessanten Stellen zu bedecken, als sie sich auf den Weg ins Badezimmer machte, um sich anzuziehen. Mit einem Finger strich sie über die Stoppeln auf meinem Kopf. Ich hatte die Seiten abrasiert. In unregelmäßigen Abständen kehrte die Irokesenfrisur zurück. Shaw hatte nicht gelogen: Ihr machte es nichts aus, wie ich meine Haare gerade trug. Solange sie ihre Hände darin vergraben oder die Haare packen konnte, war es ihr egal, wie sie gestylt waren oder welche Farbe ich mir in diesem Monat gerade ausgesucht hatte.

Rowdy schüttelte den Kopf und warf mir einen verärgerten Blick zu. »Du bist ein echtes Glücksschwein, Archer.«

Ich lachte und fing an, meinen Arbeitsplatz aufzuräumen. »Ich weiß.«

Es war nicht immer alles perfekt, und es lief nicht immer alles reibungslos. Wir waren noch immer sehr unterschiedliche Menschen auf sehr unterschiedlichen Lebenswegen, doch es gelang uns trotzdem, uns die Zeit zu nehmen und alle Schwierigkeiten zu meistern. Der Prozess gegen Davenport war hart gewesen. Ich hatte es kaum ertragen können, dabei zusehen zu müssen, wie sie alles noch einmal durchlebt hatte. Es gab zu viele zu einflussreiche Personen in seinem Umfeld, und so bekam er nicht die Strafe, die er eigentlich verdient hatte. Doch Shaw blieb trotzdem stark. Als ihre Eltern sie hatten überreden wollen, die Anzeige fallen zu lassen und darauf zu vertrauen, dass Davenports Vater sich um alles kümmern würde, hatte sie nicht klein beigegeben, sondern das Richtige getan. Gabe wurde verurteilt – auch wenn die Strafe milder ausfiel, als wir alle es uns gewünscht hätten. Shaws Eltern hießen unsere Beziehung nach wie vor nicht gut, doch je klarer ihnen wurde, dass es Shaw und mich nur noch im Doppelpack oder gar nicht mehr gab, lenkten sie ein wenig ein. Meiner Meinung nach waren es vor allem die Schuldgefühle wegen des Angriffs und wegen ihrer miserablen Fähigkeiten als Eltern, die sie dazu veranlassten, weiterhin die Studiengebühren zu bezahlen und mich widerwillig zu akzeptieren. Mir war das sowieso vollkommen egal, denn ich war hier, um Shaw vor ihnen zu beschützen. Ganz gleich aus welchem Grund – solange sie sich benahmen, war alles in Ordnung.

Mit meinen Eltern lief es besser – nicht perfekt, aber besser. Meine Mom und ich hatten uns angenähert und eine Einigung erreicht. Wir würden niemals die innige Bindung haben, wie sie sie mit Remy erlebt hatte, doch immerhin konnten wir jetzt miteinander reden. Ich hatte sie sogar zu einigen ihrer Therapiesitzungen begleitet und verstand nun besser, wie sie dachte und fühlte. Zu meiner Überraschung waren wir einander ähnlicher, als ich es je für möglich gehalten hätte. Shaw und ich legten Wert darauf, wieder jeden Sonntag zum Brunch zu meinen Eltern zu fahren. Und nachdem ich nun auch in die Runde eingebunden war, zählte der Sonntag zu meinen Lieblingstagen. Leider war inzwischen Rome der Archer-Junge, mit dem es nicht ganz leicht war. Er weigerte sich noch immer, mit Mom und Dad zu reden. Shaw gegenüber war er nur aufgetaut, weil ich ihm angedroht hatte, ihm bei seinem nächsten Heimatbesuch den Arsch zu versohlen, wenn er ihr weiterhin die kalte Schulter zeigen würde. Das Verhältnis zwischen Rome und meinen Eltern blieb jedoch schwierig. Rome fühlte sich belogen und betrogen. Aber ich glaubte an ihn. Wenn ich schon zu der Erkenntnis gekommen war und das Licht am Ende meines Tunnels sah, dann würde mein Bruder, der ohnehin ein viel besserer Mensch war als ich, auch irgendwann wieder zu sich kommen.

Shaw kam aus dem Badezimmer zurück und fasste ihre Haare zu einem lockeren Zopf zusammen. Cora, die an ihrem Empfangstresen saß, drehte sich zu ihr um und funkelte sie finster an. »Ich kann nicht glauben, dass du mich für dieses Arschloch verlässt. Du wirst mir so fehlen.«

»Ohhh … Ich werde dich auch vermissen, Kleine, doch ich bin ja sowieso nur selten da, und ich habe es satt, dass mein Zeug an zwei verschiedenen Orten ist.« Shaw hatte vor, an diesem Wochenende zu mir und Nash zu ziehen. Wir hatten es immer wieder aufgeschoben, obwohl sie fünf oder sechs Nächte in der Woche bei uns war, weil ich Nash nicht hatte belasten wollen. Aber es war mein bester Freund selbst gewesen, der eines Morgens beim Frühstück zu ihr gesagt hatte, dass sie, wenn sie den Großteil des Kochens übernehmen würde, gern bei uns einziehen könne. Wir waren beide sehr dankbar, denn ich mochte unsere Wohnung, die ganz in der Nähe des Studios lag, ich wollte nicht ausziehen und auch Nash nicht darum bitten, zu gehen. Glücklicherweise verstanden wir drei uns extrem gut, und Nash verbrachte die Nächte oft genug woanders, sodass wir uns nicht auf die Nerven gehen konnten. Die Mädchen waren natürlich deprimiert, weil Shaw auszog, und ich wusste, dass sie Ayden und Cora auch sehr vermissen würde. Aber sie verbrachten auch sonst genug Zeit miteinander und hatten kurzerhand den Donnerstagabend zum Mädelsabend erklärt. Von daher machte ich mir keine Sorgen, dass Shaw ihre Entscheidung bereuen könnte.

Cora verzog das Gesicht und sah aus wie eine wütende Tinker Bell. »Mir gefällt die Vorstellung nicht, dass ein Fremder bei uns einzieht. Du und Ayden wart die perfekten Mitbewohnerinnen. Und nach allem, was dir passiert ist, möchte ich nicht, dass einfach irgendein Fremder von der Straße bei mir einzieht.«

Shaw setzte sich auf den Stuhl, von dem ich mich gerade erhoben hatte, damit ich aufräumen und sauber machen konnte. Ich musste mir ein Grinsen verkneifen, als sie heimlich mit den Fingern über die Innenseite meines Oberschenkels fuhr. Plötzlich sah Nash von der Eule auf, an der er gerade arbeitete, und blickte zwischen mir und Rowdy hin und her. »Sagt mal, kommt Jet nicht bald von seiner Tour zurück?«

»Ja. Und?« Artifice hatten richtig eingeschlagen und waren beim *Metalfest* dabei, und Jets Band Enmity konnte als Vorgruppe auftreten. Über sechs Monate lang war Jet auf Tour gewesen. Während er unterwegs gewesen war, hatte das Mädchen, mit dem er zusammengelebt hatte, eine Affäre mit einem ehemaligen Gefängnisinsassen angefangen, und so würde Jet bei seiner Rückkehr praktisch auf der Straße sitzen. Wir hatten angenommen, dass er bei Rowdy oder einem der Jungs aus der Band auf dem Sofa schlafen würde.

»Du kannst *ihm* das Zimmer vermieten«, sagte Nash plötzlich, als wäre das total naheliegend. »Er versteht sich mit Ayden und ist sowieso ständig unterwegs. Ich glaube, er würde gut zu euch passen.«

Shaw und ich sahen uns mit hochgezogenen Augenbrauen an. Es stimmte, Jet verstand sich gut mit Ayden – sie hatten sogar Freundschaft geschlossen, sodass wir uns schon fragten, wie nahe sich das Countrygirl und der Metalboy wirklich standen. Sie hatten eine besondere Beziehung, doch sie waren auch so verschieden, dass kaum nachzuvollziehen war, worüber sie sich miteinander unterhielten. Meiner Meinung nach würde es nur Ärger mit sich bringen, wenn Jet mit der dunkelhaarigen Schönheit unter ein Dach zog – oder aber es würde genau das Gegenteil passieren, und sie würden unglaublich viel Spaß miteinander haben. Das kam darauf an, wie man es betrachtete. Ich räusperte mich und ergriff Shaws Hand.

»Mein großer Bruder kommt in ein paar Monaten auch wieder zurück«, warf ich ein. »Er wird einen Platz zum Übernachten brauchen, bis er sich entschieden hat, was er tun will. Vielleicht wäre das auch noch eine Möglichkeit.« Cora nickte und wandte sich wieder dem Computer zu. »Willst du jetzt nach Hause?«, fragte ich Shaw.

Ich stellte ihr diese Frage unglaublich gerne. Und es gefiel mir, dass sie wusste, wie sehr ich es liebte. Sie lächelte mich an, stellte sich schnell auf die Zehenspitzen, schlang die Arme um meinen Hals und gab mir einen kleinen Kuss. Ich wusste, dass ihre Seite wehtun musste. Vier Stunden lang tätowiert zu werden war nicht ohne, und meist hielt sie absolut still. Eine echte Heldin. Zu Hause würde ich ihr ein heißes Bad einlassen und sie ein bisschen verwöhnen.

»Ja.«

Hand in Hand verließen wir den Laden und gingen zu mir nach Hause. Sie strich dabei gern mit dem Daumen über ihren Namen auf meinen Fingerknöcheln, weil sie wusste, dass mir diese kleine Geste ein Lächeln auf die Lippen zauberte.

»Möchtest du mich in deine Mappe aufnehmen, Rule?«

Ich hatte nicht mit der Frage gerechnet und blickte sie erstaunt an. »Warum fragst du mich das?«

Sie zuckte die Schultern. »Weiß nicht. Du sammelst alle deine großen Tätowierungen in deiner Mappe, und deshalb wüsste ich nicht, warum du diese Arbeit nicht dokumentieren solltest.«

Ich legte einen Arm um ihre Schultern und zog sie an mich, sodass ich ihr einen Kuss auf den Scheitel geben konnte. »Die anderen Tätowierungen sind rein beruflich. Ich tätowiere Menschen, die dann in die Welt hinausgehen, wo sie hoffentlich von anderen Menschen geschätzt und geliebt werden. Alles, was ich für dich tue, alles, was zwischen uns ist, zählt nicht zu meiner Arbeit. Nur wir beide sollten die Tätowierung sehen und uns daran erfreuen. Wenn ich dich tätowiere, dann tue ich das in dem Wissen, dass alles, was ich unter deine Haut steche, für immer mit uns sein wird. Wie ich schon sagte: Wenn du es in der Mappe sehen möchtest, dann mache ich das gern, wenn nicht, werde ich es genießen, der Einzige zu sein, der dieses Meisterwerk jeden Tag bewundern darf.«

Schweigend blickte sie mich an und brach dann unvermittelt in Lachen aus. »Du verteilst die schrägsten Komplimente der Welt. Aber es war ganz reizend, und du hast absolut recht. Du sollst der Einzige sein, der das Tattoo zu Gesicht bekommt.«

Ich knurrte und zog sacht an ihrem Haar. »Das Ding bedeckt deinen halben Po. Du solltest also besser darauf achten, dass nur ich es sehe, Casper.«

Ihre grünen Augen strahlten, und ich wusste, dass nur ich sie so zum Leuchten bringen konnte. »Ich liebe dich, Rule Archer.«

Jedes Mal, wenn sie das sagte, fiel es mir leichter, ihr zu antworten: »Ich dich auch.« Das war es. Ich musste nichts hinterfragen, musste mir keine Sorgen machen, musste mich nicht wieder in den dunklen Tunnel zurückziehen, denn ich erwiderte Shaws Gefühle einfach und wusste, dass es genug war. Ich musste es nicht versuchen, sondern tat es. Und mit jedem Tag, der verging, wurde ich besser.

»Also, was hältst du davon, dass Jet oder Rome bei Cora und Ayden wohnen könnten?«, wollte ich wissen.

Sie schmiegte sich an meine Seite, während wir nach Hause liefen.

»Ich kann's kaum erwarten, zu sehen, wie sich *das* entwickelt.«

Ich schnaubte. »Das haben auch alle über uns gesagt.«

»Und sieh dir an, wie wir es allen gezeigt haben.«

»Das stimmt. Und Gegensätze ziehen sich nicht nur an, sie brennen auch füreinander und entfachen das reinste Feuerwerk.«

»Als ob ich das nicht wüsste.«

Was auch immer geschah, eines wusste ich genau: Wenn einer meiner Jungs das Glück haben würde, eine Frau zu finden, für die er das Gleiche empfand wie ich für Shaw, würde ich alles in meiner Macht Stehende tun, damit diese Beziehung funktionierte. Eine solche Liebe sollte niemand verpassen – auch nicht diejenigen von uns, denen nicht klar war, dass es diese Liebe da draußen gab. Mann, wie zuversichtlich und positiv ich plötzlich war.

Remy wäre stolz auf mich gewesen.

– Ende –

Wenn es zu dieser Geschichte einen Soundtrack gäbe, dann würde er so aussehen:

The Civil Wars – Falling
Social Distortion – Outlaw
Twisted Sister – We're Not Gonna Take It
Garth Brooks – I Got Friends In Low Places
Black Rebel Motorcycle Club – Ain't No Easy Way
Bad Religion – American Jesus
Gaslight Anthem – Film Noir
Drive By Truckers – Decoration Day
Straylight Run – Big Shot
The Black Angels – Better Off Alone
Lucero – I Kissed The Bottle
The Bloody Hollies – Raised By Wolves
Against Me! – Borne On The FM Heart Wave
Dawes – If I Wanted Someone
Lady Antebellum – Need You Now
Defiance Ohio – Anxious And Worrying
The Avett Brothers – I Would Be Sad
Heartless Bastards – Only For You

Über mich

Zuerst einmal bin ich eine Frau … Ja, ich hätte auch nicht gedacht, dass ich darauf hinweisen muss, aber nach ein paar interessanten E-Mails, die ich in letzter Zeit bekommen habe, glaube ich, dass ich es doch öffentlich machen sollte. Jay ist die Kurzform von Jennifer.

Ich lebe in Colorado. Colorado ist ein reizender Bundesstaat und bietet die ganze Bandbreite unterschiedlichster Menschen, von denen ich mich inspirieren lassen kann. Ich liebe Tätowierungen und sonstige Körpermodifikationen, und daher gefällt es mir sehr, dass es immer mehr Geschichten gibt, in denen Held und Heldin widerspiegeln, was ich sehe, wenn ich mich in der Welt umschaue. Ich lese unheimlich gern und liebe tolle Geschichten, die mich fesseln. Und ein gut aussehender, tätowierter Bad Boy ist natürlich das Sahnehäubchen obendrauf. Mein Leben hat sich in diesem Jahr drastisch verändert, und so bin ich eines Morgens aufgewacht und habe beschlossen, eine der unzähligen Geschichten, an denen ich immer mal wieder schreibe und herumfeile, tatsächlich zu Ende zu bringen. Schreiben ist meine große Leidenschaft, und ich habe sehr lange darüber nachgedacht, was ich mit meinem Leben anstellen soll. Betrachten Sie sich also als einen hochgeschätzten Teil meines neuen Lebensentwurfs. Ich hoffe, Ihnen hat die Geschichte gefallen. Wenn Sie Kontakt zu mir aufnehmen möchten, schicken Sie mir gern eine E-Mail – ich liebe Feedback in jeglicher Form. Doch wenn Sie gemein zu mir sind, könnten wir aneinandergeraten.

Um es noch einmal deutlich zu machen: Ich befand mich in einem Zustand der Verzweiflung, und dieses Buch ist der

Versuch, mein Leben wieder in den Griff zu bekommen. Ich wollte einfach beweisen, dass ich es kann, dass ich etwas zu Ende bringen kann, das ich mir selbst schon lange versprochen habe. Es war eine persönliche Herausforderung, und ich hätte nicht gedacht, dass diese Geschichte überhaupt jemals veröffentlicht werden würde. Der Text war nie perfekt lektoriert oder goldrichtig. Natürlich ist diese Ausgabe inzwischen überarbeitet worden, aber ich behaupte nicht, dass sie jetzt makellos oder perfekt ist, weil das einfach nicht mein Stil ist. Bei denjenigen von Ihnen, die die erste Ausgabe gelesen und die Geschichte hinter den Rechtschreibfehlern geliebt haben, möchte ich mich bedanken. Bei denjenigen von Ihnen, die sich betrogen gefühlt haben, möchte ich mich entschuldigen. Doch ich habe daraus gelernt, wie schnell sich ein Buch verbreiten und wie man es überarbeiten kann. Und ich verspreche, dass ich mir beim nächsten Mal mehr Mühe geben werde.

jaycrownover@gmail.com

Bis bald
JC

Die neue Serie der NEW-YORK-TIMES- und SPIEGEL-Bestseller-Autorin

Jessica Clare
PERFECT TOUCH
- UNGESTÜM
Roman
Aus dem amerikanischen
Englisch von
Kerstin Fricke
336 Seiten
ISBN 978-3-404-17466-9

Marjorie Ivarsson fällt es nicht leicht, Männer kennenzulernen. Zum einen ist die schüchterne Blondine mit ihren 1,85 Meter größer als die meisten Menschen, zum anderen verbringt sie ihre Abende lieber damit, mit Rentnern Bingo zu spielen, anstatt auszugehen. Deshalb ist sie mit Mitte zwanzig auch noch immer Jungfrau. Doch mit ihrem ruhigen, eintönigen Leben ist es vorbei, als sie zu einer Hochzeit auf eine tropische Insel eingeladen wird – und dort den Milliardär Robert Cannon trifft, der ihr den Boden unter den Füßen wegzieht …

»Ich verschlinge Jessica Clares Milliardärs-Bücher wie Schokolade – sie sind einfach so gut.« BOOKLOVERS FOR LIFE

Bastei Lübbe

Lesejury